KB190099

에드거 앨런 포 단편선

EDGAR ALLAN POE COLLECTED WORKS

에드거 앨런 포 단편선

에드거 앨런 포 지음 / 김성진 편역

LINN
인문고전
클래식13

LINN
도 서 출 판 린

에드거 앨런 포 단편선

● 들어가며

에드거 앨런 포(Edgar Allan Poe) 단편선은 미국 문학의 아이콘인 단편 소설과 시 등 상징적인 작품을 모은 것이다. 19세기 소설의 대표적 인물인 앨런 포는 장인 정신과 비극, 공포에 대한 취향으로 여러 세대의 독자와 작가에게 영감을 주었다. 그의 짧지만 강렬한 경력은 미국 문학에 영원한 궤적을 남겼으며, 과학소설 · 공포와 탐정에 관한 글쓰기로 위대한 유산을 형성했다.

이 컬렉션에는 포의 가장 사랑받는 이야기와 시를 모두 담았다. 이는 뒤틀리고 으스스한 이야기를 담은, 문학 역사상 최고의 작가가 제공하는 최고의 작품이다. 『구덩이와 진자』의 어두운 운명의 협곡부터 『아몬틸라도의 술통』 속 공기 없는 지하 묘지까지, 『까마귀』의 위엄 있고 엄숙한 유령부터『모르그 거리의 살인 사건』의 마스터 탐정 오 귀스트 뒤팽에 이르기까지, 가장 사랑받는 이야기와 시를 모았다. 포의 대표작인『검은 고양이』,『고자질하는 심장』,『적사병 가면』,『어셔가의 몰락』,『절름발이 개구리』,『도둑맞은 편지』,『타원형 초상화』등 주옥같은 단편 18편이 바로 그것이다.

『검은 고양이』는 포의 1845년 작품이다. 분위기는 공포 소설로서 손색없다. '동물을 괴롭히면 천벌을 받는다'가 교훈으로 보이지만 넓게 보면 욕구를 참지 못하고 결국 범죄를 저지른 인간이 몰락하여 파멸에 이르는 과정을 적나라하게 보여주는 작품이다.

『어셔 가의 몰락』에서 한 남자는 오랜 친구로부터 자신의 저택으로 와 달라는 편지를 받는다. 그곳에서 로데릭 어셔와 쌍둥이 자매 매들린은 알 수 없는 질병을 앓고, 화자는 초자연적 활동의 징후로 말미암아 집 자체가 생명체라고 믿게 되면서 그들을 위로하기 위해 고군분투한다.

『적사병 가면』은 강력한 군주의 수도원을 배경으로 한 고딕 소설로 시의적절한 작품이다. 바깥세상이 치명적인 전염병으로 고통받기 때문에 군주는 부유한 친구와 동료 귀족을 위해 가장무도회를 열고, 자신도 모르게 자신의 문 앞에 죽음을 가져온다.

『모르그 거리의 살인 사건』은 탐정이 등장하는 최초의 소설이다. 탐정의 존재. 1인칭 화자, 밀실 미스터리, 그리고 미스터리를 푸는 과정, 범인을 밝히는 모습은 추리 소설의 원형을 제공한다. 특히 몰락한 귀

족인 오거스트 뒤팽이라는 탐정이 등장하는데, 분석력이 매우 뛰어
난 것으로 묘사한다.

『황금충』은 해적 캡틴 키드가 남긴 암호문을 해독하여 키드가 숨겨
놓은 보물을 찾아내는 내용으로, 고전적인 암호문을 해독하는 방법을
체계적이고도 쉽게 설명한다. 우리는 암호학을 다룬 추리 소설에서
이 소설의 기법을 오마주한 경우를 만난다.

이 선집의 끝에 「꿈속의 꿈」, 「까마귀」 등 포의 대표적인 시가 있다.
그의 시는 낭만주의 시의 고전으로, 미스터리, 아름다움, 천천히 타오
르는 공포의 걸작이다.

● 차례

에드거 앨런 포 전기

    에드거 앨런 포는 1809년 1월 19일에 태어나 1849년 10월 7일에 사망했다. 40년이라는 짧은 생애 동안 미국 문학과 세계 문학에서 영구적인 자리를 차지했다. 포의 삶에 대한 몇 가지 사실은 논란의 여지가 없지만, 포의 삶에 관한 거의 모든 것은 위조되거나, 심하게 낭만적인 것으로 점철되거나, 비방 때문에 왜곡되거나, 그로테스크한 프로이트의 해석을 피하지 못했다.

    포는 여러 차례 조울증을 겪었고, 마약 중독자, 간질 환자, 알코올 중독자였다고 한다. 그는 매독에 걸렸고, 발기 부전이며, 사생아를 낳았다는 소문이 돌았다. 포의 전기 작가들은 그의 삶에 대해 진지하고 사실에 근거한 내용을 적는 데 만족하지 않았다. 이것은 그의 초기 전기 작가들이 해당되며, 요즘에는 초기 연구가 반박되었다.

포의 이야기에 담긴 공포와 미스터리, 그의 시의 어두운 낭만주의에 흥미를 느낀 초기 비평가·전기 작가들은 어떤 인간이 이 '이상한' 이야기와 시를 만들었는지에 대한 자신만의 상상력 풍부한 비전을 만들기 위해 그의 과거와 이야기를 부풀렸다. 포의 진정한 천재성은 오랫동안 무시되었다. 포에 대해서는 자신이 쓴 것보다 더 많은 소설이 쓰여졌을 것이다. 이제 우리는 포의 저술과 생애에 공정하고 편견 없는 평가를 내릴 수 있으며 그가 어떤 사람이었는지 판단하게 될 것이다. 미국 최초의 '진정한 신경증 천재'라는 수식어는 계속해서 포를 따라다닐 것이며, 포는 이러한 수식어가 불쾌하지는 않을 것이다.

포는 지독한 가난과 우울증으로 알코올 중독, 약물 복용, 도박에서 벗어나지 못했고, 비극적인 삶에 대한 냉소적인 시선을 견지했다. 그의 작품에는 주로 죽음을 바탕으로 한 주제 의식을 살인·생매장·자아분열·환시 등의 기괴한 방식으로 풀어나가는 악마적인 상상력이 돋보인다. 이와 더불어 「까마귀(The Raven)」, 「애너벨 리(Annabel Lee)」 등의 시편을 통해 아름다움과 암울한 상념 등에 천착하며 음악적 리듬감을 효과적으로 표현한 순수시를 선보였다.

포의 작품은 생전에 미국 문단으로부터 비주류 문학으로 외면당하며 저평가되었다. 하지만 그의 사후에는 샤를 피에르 보들레르(Charles Pierre Baudelaire, 1821~1867)가 집필한 포의 전기가 프랑스 문단에 소개되었고, 스테판 말라르메(Stéphane Mallarmé, 1842~1898)가 포의 시편 「까마귀」를 번역 출간하는 등 그의 천재성이 재평가되었다.

살인·광기·공포 등을 주제로 한 추리소설 분야에서 독보적인 위치를 확립한 포는 오스카 와일드(Oscar Wilde, 1854~1900)를 비롯해 『셜록 홈즈(Sherlock Holmes)』 시리즈의 작가 아서 코난 도일(Arthur Conan Doyle, 1859~1930)에게도 지대한 영향을 미쳤다.

　미국에서는 추리소설 작가에게 수여하는 '미국 추리소설가 협회상(MWA: Mystery Writers of America)'을 1945년 제정하고 '에드거상(Edgar Awards)'으로 부르며, 매년 4월에 추리소설을 비롯해 TV · 라디오 드라마, 영화, 연극, 평론 등 전년도에 발표된 작품들에 대하여 시상하고 있다.

●에드거 앨런 포 단편선 요약

『검은 고양이』

광기, 분노, 악마성 등 인간의 어두운 내면을 파헤친 작품이다. 살인자가 자신의 범죄를 숨기고 들킬 수조차 없다고 생각하지만, 수없이 상기되는 죄책감 때문에 스스로를 허물고 진실이 드러나게 된다. 온전한 정신과 대립하는 광기에 대한 문제를 담은 『검은 고양이』는 알코올 중독의 위험에 대한 포의 가장 강력한 경고이기도 하다.

『적사병 가면』

프로스페로 왕자가 수도원에 숨어 붉은 죽음이라는 전염병을 피하려는 시도를 따라 벌어지는 사건을 담았다. 포의 이야기는 고딕 소설의 전통을 따르며 죽음의 필연성에 대한 우화로 분석되지만 일부 비평가들은 우화적인 읽기를 조언한다. 질병의 본질을 확인하려는 시도뿐만 아니라 다른 해석들이 제시되었다.

『어셔 가의 몰락』

이 이야기는 많은 비평가들이 인간 정신에 대한 설명으로 분석하도록 자극했다. 예를 들어 집을 무의식에 비유하고 그 중심 균열을 분열된 성격에 비유했다. 로드릭과 메들린의 근친상간 관계는 명시적으로 언급하지 않았지만 형제 사이의 애착에 의해 암시되고 있다.

『도둑맞은 편지』

가상의 뒤팽이 등장하는 포의 탐정 이야기 중 세 번째 단편이다. 포는 출판 직전에 제임스 러셀 로웰에게 "『도둑맞은 편지』를 나의 이야기 중 최고"라고 생각한다고 썼다. 이 이야기는 현대 탐정 이야기의 중요한 선구자로 간주되며 수많은 저널과 신문에 재수록되었다.

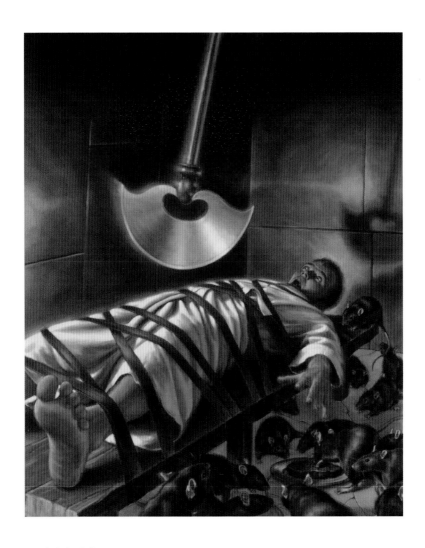

『구덩이와 진자』

스페인 종교 재판소의 죄수가 견뎌낸 고통에 관한 것이지만 포는 역사적 사실을 왜곡했다. 화자는 고문을 당한 경험을 설명한다. 이야기는 초자연적인 도움을 받는 포의 많은 이야기와 달리 소리와 같은 감각에 중점을 두어 현실을 강조하기 때문에 독자에게 두려움을 불러일으키는 데 특히 효과적이다.

『고자질하는 심장』

화자가 저지른 살인을 묘사하는 동시에 독자에게 화자가 제정신임을 확신시키려고 노력하는 이름 없는 화자와 관련이 있다. 화자는 살인에 대한 신중한 계산을 강조하고, 완전 범죄를 시도하고, 욕조에서 시체를 절단하고 마루판 아래에 숨긴다. 결국 화자의 행동 때문에 쿵쿵거리는 소리가 들리게 되는데, 화자는 이를 죽은 사람의 심장이 뛰는 것으로 해석한다.

『타원형 초상화』

이야기의 중심은 예술과 삶의 혼란스러운 관계에 있다. '타원형 초상화'에서 예술과 그것에 대한 중독은 궁극적으로 젊은 신부의 죽음에 책임이 있는 살인자로 묘사된다. 이러한 맥락에서 예술과 죽음을 동일시할 수 있는 반면, 예술과 삶의 관계는 결과적으로 경쟁으로 간주된다. 포의 가장 짧은 이야기로, 1842년 초기 출판에서는 단 두 페이지만 채웠다.

『모르그 거리의 살인 사건』

최초의 탐정 이야기다. 두 여성의 잔인한 살인 사건의 미스터리를 푸는 뒤팽은 셜록 홈즈와 에르큘 포와로를 포함한 후속 허구의 탐정에서 문학적 관습이 된 특성을 보여준다. 분석에 중점을 둔다는 점에서 일반적인 미스터리 스토리와 구별된다.

『절름발이 개구리』

왜소증 환자인 주인공은 실용적인 농담을 좋아하는 왕의 광대가 된다. 왕이 친구이자 동료 난쟁이인 트리페타를 때린 것에 복수하기 위해 왕과 내각에 가장 무도회를 위한 오랑우탄 옷을 입힌다. 왕의 손님들 앞에서 절름발이 개구리는 트리페타와 함께 탈출하기 전 의상에 불을 질러 그들을 모두 살해한다.

『침묵』

포의 명성은 주로 공포에 대한 이야기와 잊히지 않는 서정시에 있다. 포의 이야기에 등장하는 기괴한 인물들이 대중의 상상력을 사로잡았듯 포 자신도 마찬가지다. 그는 달빛이 비치는 묘지나 무너져가는 성의 그늘에 숨은 병적이고 신비한 인물로 여겨진다. 포의 내적 영감을 잘 드러내는 이 이야기에서 우리는 또 한 번 머리를 쥐어짤 것이다.

『마리 로제의 미스터리』
메리 세실리아 로저스 살인 사건을 소재로 하고 있다. 로저스는 1838년 10월 4일 뉴욕 시에서
실종되었다. 언론은 그녀가 해군 장교와 눈이 맞아 달아났다가 돌아왔다고 썼다. 3년 뒤 로저
스는 다시 실종되었고 3일 뒤 허드슨 강에서 시체로 발견되었다. 진짜 범죄를 소재로 한 최초
의 살인 추리물이다.

『심술궂은 님프』

이 이야기의 제목은 잘못된 일을 할 수 있다는 이유 때문에 주어진 상황에서 정확히 잘못된 일을 하려는 충동에 대한 은유이다. 충동은 님프에 비유되며, 님프는 멀쩡한 사람을 장난으로 이끌고 때로는 죽음에 이르게 한다. 포는 『검은 고양이』 같은 가상의 인물을 통해 충동을 탐구하고 다른 여러 이야기에 그 힌트를 포함한다.

『윌리엄 윌슨』

런던 외곽에서의 포의 형성기에서 영감을 받은 작품이다. 이야기에는 도플갱어가 등장한다. 1840년 그로테스크와 아라베스크의 이야기 모음집에 등장했으며 여러 번 각색되었다. 포는 이름이 같은 사람을 만나서 느끼는 짜증에 대해 워싱턴 어빙의 『바이런 경의 기록되지 않은 드라마』로부터 영감을 받았다.

『최면술 계시』

사망 순간에 최면에 빠진 사람과 최면술사에 관한 이야기이다. 이 서스펜스와 공포 이야기의 한 예로, 허구라고 밝히지 않고 출판되었기 때문에 출판 당시(1845년) 많은 사람들이 사실적인 설명으로 받아들였다. 훗날 포는 특파원에게 보낸 편지에서 순수한 소설 작품임을 인정했다.

『황금충』

자신이 발견한 특이한 금색 벌레에 집착하게 된 르 그랑의 이야기이다. 하인 주피터는 르 그랑
이 미쳐가는 것을 두려워하고 오랜 친구인 이름 없는 화자에게 간다. 르 그랑은 묻힌 보물로 이
어질 비밀 메시지를 해독한 후 다른 두 사람을 모험으로 끌어들인다.

『직사각형 상자』

화자가 인디펜던스 호를 타고 찰스턴에서 뉴욕으로 가는 여름 바다 항해 이야기로 시작된다. 화자는 대학 친구인 코넬리우스 와이어트가 아내와 두 자매와 함께 배에 타고 있다는 것을 알게 된다. 친구가 이상야릇한 직사각형 소나무 상자를 가져왔다는 것을 알게 되고 사건은 증폭된다.

『엘레오노라』

자전적이며 상대적으로 해피엔딩의 형식이다. 향기로운 꽃, 환상적인 나무, 침묵의 강으로 가득
한 '다색 풀의 계곡'에서 사촌, 이모와 함께 사는 이름 없는 화자의 이야기이다. 이야기 속 무덤
너머에서 옛 사랑을 방문하기 위해 돌아온 여자는 포가 자주 사용하는 가장 시적인 주제이다.

『아몬틸라도의 술통』

카니발 기간에 이탈리아 도시를 배경으로 한 이 이야기는 자신을 모욕한 친구에게 치명적인 복수를 하는 남자에 관한 것이다. 포의 여러 이야기와 마찬가지로 내러티브는 산 채로 묻힌 사람을 따른다. 『검은 고양이』에서처럼 포는 살인자의 관점에서 이야기한다.

『까마귀』

포의 대표적인 내레티브 시이다. 1845년 1월에 출판된 이 시는 음악성, 양식화된 언어, 초자연적인 분위기로 유명하다. 말하는 까마귀의 신비한 방문을 받는 혼란스러운 연인에 대한 이야기이다. 연인은 사랑의 상실을 애도한다. 이 시는 민속적, 신화적, 종교적, 고전적 참고 문헌을 사용하고 있다.

에드거 앨런 포의 소설

검은 고양이

　지금부터 쓰려는, 거짓은 전혀 없는 이 기괴한 이야기를 누군가가 믿어주기를 기대하거나 요구하지 않겠다. 사실 내 감각으로도 믿지 못하는 일을 믿어 달라고 한다면 이 글을 읽는 이들은 참으로 미친 자의 넋두리쯤으로 여겨질 것이다. 그러나 나는 화가 나지 않았으며 꿈도 꾸지 않았다. 나는 내일 사형수로 죽을 것이고, 오늘 나는 내 영혼의 무거운 짐을 내려놓고 싶다. 아무튼 내 집 안에서 일어난 일련의 사건을 있는 그대로 아무 설명도 덧붙이지 않고 세상 사람들에게 이야기하려 한다.

　그 사건의 결과는 나를 두렵게 했으며 번민을 안겨다 주었고 끝내는 나를 파괴했다. 그러나 나는 그것들을 설명하지 않을 것이다. 내게는 그것들이 공포감만 주었을 뿐이지만, 세상 사람들은 그저 터무니없는 괴담으로 여길지 모를 일이다. 어쩌면 이제부터 나의 환상을 평범한 것으로 축소시킬 어떤 지성, 즉 나보다 더 차분하고, 더 논리적이며, 훨씬 덜 흥분하는 지성이 발견될 수 있으며, 내가 경외심을 가지고 자세히 설명하는 상황에서 매우 자연스러운 원인과 결과의 평범한 연속에 지나지 않는다는 것을 인식할 것이다.

나는 어려서부터 온순하고 남을 위하는 동정심이 많았다. 어린 내 마음은 너무나 두드러져서 친구들의 조롱거리가 되기도 했다. 나는 특히 동물을 좋아했고 부모님은 내가 바라는 대로 여러 애완동물을 사 주었다. 나는 날마다 그 동물들과 함께 지니며 먹이를 주고 쓰다듬어 줄 때 가장 큰 즐거움을 느꼈다.

이러한 독특한 성격은 나이들어가면서 한층 더해져 어른이 되었을 때는 그것으로부터 즐거움의 원천을 얻었다. 충실하고 영리한 개에 대한 애정을 소중히 간직한 사람들에게 나는 그렇게 해서 얻을 수 있는 만족의 본질이나 강도를 설명하는 데 어려움을 겪을 필요가 거의 없었다. 사람들의 천박한 우정과 경박한 신의를 여러 번 겪은 이라면 동물의 이기심 없고 헌신적인 애정에서 가슴 뭉클한 무언가를 느낄 것이다.

나는 일찍 결혼하여 사랑하는 아내를 맞았는데 그녀도 나와 비슷한 성품이어서 동물을 좋아하였다. 우리집에는 작은 새, 금붕어, 훌륭한 개, 토끼, 작은 원숭이, 고양이가 있었다. 고양이는 온몸이 새까맣고 영리했다. 그 고양이의 지능이 화제에 오를 그 고양이는 온몸이 새까맣고 영리했다. 이 고양이의 지능이 화제에 오를 때면 적잖이 미신을 믿는 아내는 검은 고양이는 마녀의 화신이라고 예부터 전해 오는 말을 입에 올리곤 했다. 그렇다고 아내가 미신에 대해 진지했던 것은 아니다. 내가 그 문제를 언급하는 것은 그 말이 우연히 떠올라서 쓰고 있는 데 지나지 않는다.

검은 고양이는 플루토(로마 신화 속 지옥의 왕)라고 이름 지었는데 내가 가장 좋아하는 애완동물이자 놀이 친구였다. 늘 내가 먹이를 주었으며 어디든지 내 뒤를 졸졸 따라다녔다. 밖으로 나갈 때도 쫓아 나오려고 해서 그것을 막는 것이 여간 어려운 일이 아니었다.

우리의 우정은 이런 식으로 몇 년 동안 지속되었으며, 그 사이에 나의 기질과 성격은 폭음 때문에(고백하기 위해 얼굴을 붉히며) 전날의 자취는 찾아볼 수 없을 만큼 달라져 가고 있었다. 나는 나날이 변덕이 심해졌고 화를 잘 내고 다른 사람의 기분 같은 것은 염두에 두지 않고 아내에게도 갖은 욕설과 폭력을 가하는 지경에 이르렀다. 물론 내 애완동물도 내 성향의 변화를 느꼈다. 나는 동물을 돌보는 일을 소홀히 했을 뿐만 아니라 그들을 학대했다. 그러나 플루토에게만은 아직 그 손길을 뻗치지 않았다. 토끼, 원숭이, 개 들이 우연히 또는 반가워하며 내 곁에 다가오면 사정없이 그들을 못살게 괴롭혔다. 그러나 내 병은 —아, 알코올보다 더한 병벽이 또 어디 있으랴!— 점점 나빠져 늙어가는 플루토까지도, 성가신 플루토까지도, 나의 나쁜 기질의 영향을 맛보았다.

늘 다니던 선술집에서 술에 취해 돌아온 나는 플루토가 피하는 기색을 느꼈다. 나는 플루토를 붙잡았다. 나의 폭력에 겁먹은 플루토는 이

빨로 내 손에 상처를 입혔다. 악마의 분노가 순식간에 나를 사로잡았다. 나는 더는 나 자신을 알지 못했다. 내 영혼은 즉시 내 몸에서 날아가는 것처럼 보였고 술이 키운 사악한 악의가 내 몸의 모든 섬유를 전율시켰다. 나는 조끼 주머니에서 펜나이프를 꺼내 열고는 그 불쌍한 고양이의 목을 움켜쥐고 눈 하나를 도려냈다. 이 무섭고 잔인한 행위에 대해 쓰자니 얼굴이 붉어지고 화끈거리며 몸이 떨려온다.

다음 날 아침 취기가 진정되고 이성이 돌아오자 밤의 방탕한 연기를 내뿜으며 잠이 들었을 때 내가 저지른 범죄에 대해 반은 공포 반은 후회했다. 그것은 기껏해야 연약하고 모호한 느낌이었고 영혼은 손대지 않은 채로 남아 있었다. 나는 다시 알코올에 빠졌고 곧 그 행위에 대한 모든 기억을 술잔에 빠뜨렸다.

플루토는 차츰 회복되었다. 잃어버린 눈구멍은 무서운 모습이었지만 더는 고통을 겪지 않는 것처럼 보였다. 플루토는 여느 때처럼 집안을 돌아다녔지만 내가 다가가자 극도의 공포에 질려 달아났다. 내게는 옛정이 너무나 많이 남아 있었기에 나를 그토록 사랑했던 고양이의 명백한 혐오감이 처음에는 슬픔으로 다가왔다. 이 느낌은 곧 짜증으로 바뀌었다. 끝내 구원받을 수 없는 파멸의 구렁텅이로 나를 몰아넣으려는 듯 짓궂은 감정이 북받쳤다. 이러한 근성에 대해서 철학은 아직까지 아무 설명도 없다. 이런 근성이야말로 인간 마음에 내재한 원초적 충동이며, 인간 성격을 형성하는 근원적 기능 또는 감정이다. 나는 그것을 내 영혼이 실재하듯 믿는다. 해서는 안된다는 것을 알면서도 이 때문에 오히려 되풀이되는 어리석은 행위를 저지르는 사람이

세상에는 얼마나 많은가? 뛰어난 분별력을 지니고도 법률이기 때문에 그것을 어기고 싶은 욕구가 늘 우리에게 있는 것은 아닐까?

이 비뚤어진 정신은 나의 마지막 전복에 이르렀다. 영혼이 스스로 괴롭히고 싶은 헤아릴 수 없는 갈망, 즉 자신의 본성에 폭력을 휘두르고 그릇된 일만을 위해 그릇된 일을 하고픈 욕망이 계속해서 그리고 마침내 그 무례한 짐승에게 가한 상처를 완성하도록 촉구했다.

어느 날 아침에 나는 냉혈한의 마음으로 고양이 목에 올가미를 감아 나뭇가지에 매달았다. 내 눈에서 흐르는 눈물과 쓰라린 후회를 담아 매달았다. 가슴 아팠던 것은 플루토가 나를 사랑하고 있으며 나에게 분노를 일으킬 만한 일을 저지르지 않았으므로 이렇게 하는 것이 죄를 짓는 일이며, 결국 내 불멸의 영혼을 —그런 게 있다면— 신의 무한한 자비심으로도 구할 수 없는 깊은 구렁텅이로 빠뜨리는 것이었다.

이 참혹한 짓을 한 날 밤, 잠자던 나는 "불이야!" 하는 소리에 눈을 떴다. 침대와 커튼이 불길에 휩싸이고 집안은 온통 불바다였다. 아내와 하녀와 나는 가까스로 빠져나왔다. 모든 세속적 재산은 타버렸고 나는 절망했다.

재난과 나의 잔학 행위 사이에 어떤 관계가 있다고 생각지는 않지만 일련의 사실을 있는 그대로 이야기하는 마당에 어느 한 가지라도 소홀히 넘기고 싶지는 않다.

화재가 발생한 다음 날 나는 폐허를 방문했다. 담은 한쪽만 남은 채 모두 허물어졌다. 내 침대 머리 판이 있던 칸막이벽은 타지 않았다. 나는 그것이 얼마 전에 석회를 발라 새로 칠한 것이기 때문이라고 생각했다. 이 벽 언저리에 사람들이 모여들어 한 부분을 아주 세밀하게 살펴보고 있었다.

"신기한데!"

"이상한 일도 다 있군!"

다른 비슷한 표현들이 나의 호기심을 자극했다. 나는 가까이 다가가서 하얀 표면에 도드라지게 새긴 것 같은 거대한 고양이 형상을 보았다. 그 인상은 참으로 놀랍게도 정확했다. 고양이 목에는 밧줄이 걸려 있었다.

이 환영을 처음 보았을 때 놀라움과 공포는 끔찍했다. 가까스로 냉정을 되찾았다. 고양이를 매단 곳은 집 옆 정원이었음이 생각난 것이다. 화재 경보가 울리자마자 정원은 사람들로 가득 찼는데 그중 한 사람이 나무에서 동물을 내려 열린 창문을 통해 내 방으로 던진 것이 틀림없었다. 나를 잠에서 깨우려고 한 것이다. 벽돌이 무너지면서 내 잔인함의 희생자가 갓 펴진 석고로 압축되었다. 화염과 시체의 암모니아와 함께 석회가 내가 본 것처럼 초상화를 완성했다.

나의 양심에 대해서라기보다 이성에 대해서 자세하게 적은 놀랄 만한 사실의 원인을 이렇게 설명해 보기는 했지만, 그것은 나의 공상에 깊은 인상을 남겼다. 몇 달 동안 고양이의 환상을 없앨 수 없었다. 그러는 동안 내 영혼에는 양심의 가책은 아닌 것처럼 보였지만 감정이 반쯤 돌아왔다. 나는 그 동물을 잃은 것을 후회도 했고 내가 습관적으로 자주 찾는 사악한 유령들 사이에서 같은 종의 다른 애완동물을 찾으려고 둘러보기도 했다.

어느 날 밤 허술한 술집에서 멍 때리고 있을 때 진이나 럼주를 담는 커다란 통 위에 거뭇거뭇한 물체가 웅크리고 있는 것을 보았다. 몇 분 동안 그 통 위를 바라보았는데 나를 놀라게 한 것은 그 위에 있는 물체를 더 빨리 인식하지 못했다는 사실이었다. 나는 다가가 손으로 그것을 만졌다. 그것은 매우 큰 검은 고양이 플루토만큼 컸고, 딱 한 가지만 제외하고는 모든 면에서 닮았다. 플루토는 몸의 어느 부분에도 흰 털이 없었다. 그러나 이 고양이는 흰색 얼룩이 있었다. 그를 만지자 즉시 일어나서 큰 소리로 그르렁거리며 내 손을 문지르고는 그를 알아본 것에 기뻐했다. 그렇다면 이것은 내가 찾던 바로 그 생물이었다. 나는 즉시 집주인에게 그것을 사겠다고 했다. 주인은 그것에 대해 아무것도 몰랐으며 전에 그것을 본 적도 없다고 말했다.

고양이를 쓰다듬으며 돌아갈 준비를 할 때 고양이는 나를 따라나섰다. 나는 그렇게 하도록 허락했으며 몸을 굽혀 고양이의 등을 가볍게 두드리기도 했다. 고양이는 길들여졌고 곧 아내의 마음을 사로잡았다.

하지만 나는 얼마 지나지 않아 그 고양이를 미워했다. 내 예상과는 정반대의 상황이었다. 고양이의 명백한 애정은 ―나는 왜, 어떻게 그랬는지 모른다― 오히려 역겹고 짜증났다. 혐오감과 성가심은 서서히 증오의 쓰라림으로 치솟았다. 나는 고양이를 피했다. 부끄러움과 이전의 잔인 행위에 대한 기억 때문에 고양이를 신체적으로 학대하는 것만은 막을 수 있었다. 나는 몇 주 동안 고양이에게 폭력을 가하지 않았다. 그러나 점차 말로 표현할 수 없는 혐오감으로 고양이를 바라

보게 되었고, 역병의 숨결을 피하듯이 그 혐오스러운 존재로부터 조용히 도망쳤다.

의심할 여지없이 그 고양이에 대한 증오가 더해진 것은 고양이를 집으로 데려온 다음 날 아침에 예전의 플루토처럼 한쪽 눈이 없는 것을 발견했기 때문이다. 이러한 상황에서도 고양이는 아내에게 사랑받았는데, 아내는 한때 나의 두드러진 특성이자 가장 단순하고 순수한 쾌락의 근원이었던 감정의 인간적인 면을 소유한 사람이었기 때문이다.

그러나 나는 이 고양이에 대한 혐오감으로 말미암아 편파성이 늘었다. 그것은 독자가 이해하기 어려운 인내심으로 내 발자취를 따랐다. 내가 앉을 때마다 의자 밑에 웅크리거나 무릎을 꿇고 솟구쳐 올라 혐오스러운 애무로 나를 덮쳤다. 내가 일어나 걸으면 내 발 사이로 들어가서 나를 쓰러뜨릴 뻔했고, 길고 날카로운 발톱을 옷에 고정하고 내 가슴으로 기어올랐다. 그럴 때마다 일격으로 파괴하기를 갈망하였지만, 부분적으로는 이전 범죄에 대한 기억 때문에, 실상은 짐승에 대한 절대적인 두려움 때문에 그러기를 미루었다.

이 두려움은 정확히 육체적 악에 대한 두려움은 아니었지만 달리 어떻게 정의해야 할지 헤맸다. 그 동물이 내게 영감을 준 공포가 상상할 수 있는 가장 단순한 공통점에 의해 고조되었다는 것이 부끄럽다. 아내는 흰 털의 특징에 대해 여러 번 주의를 환기했으며, 그것은 그 이상한 짐승과 내가 파괴한 짐승 사이에서 눈에 띄는 유일한 차이점이었다.

그러나 느리게 감지할 수 없는 정도로, 오랫동안 내 이성이 공상적인 것으로 거부하려고 애썼던 정도로, 그것은 뚜렷한 윤곽을 드러냈다. 이제 내가 이름 지으려고 몸서리치는 대상의 표상이었다 ―이것 때문에, 무엇보다도 혐오스럽고, 두려웠고, 내가 그럴 수 있었더라면 그 괴물을 제거했을 것이다― 그것은 끔찍하고 무시무시한 교수대 형상이었다! 오, 공포와 범죄, 고뇌와 죽음의 슬프고 끔찍한 동력이었다! 이제 나는 단순한 인류의 비참함을 넘어 참으로 비참해졌다. 내가 경멸스럽게 죽인 짐승, 나를 위해 해결해야 할 짐승, 높은 하느님의 형상으로 빚어진 사람, 참을 수 없는 비애가 너무 많았다! 슬프게도! 나는 낮이나 밤이나 더는 안식의 축복을 알지 못하였다! 전자의 경우 그 생물은 나를 혼자 남겨 두지 않았다. 후자의 경우 말로 표현할 수 없는 두려운 꿈에서 매시간 내 얼굴에 떠오르는 뜨거운 숨결과 그 엄청난 무게, 즉 떨쳐버릴 힘이 없는 화신(化身)한 악몽을 내 마음에 영원히 새겼다!

이 같은 고통의 압박 아래서 내 안에 있는 선한 것의 연약한 흔적이 굴복했다. 악한 생각은 나의 유일한, 친밀한 생각, 가장 어둡고 가장 사악한 생각이 되었다. 평소 기질의 변덕스러움은 만물과 모든 인류에 대한 증오로 발전했다. 갑작스럽고, 빈번하고, 통제할 수 없는 분노의 폭발 때문에 맹목적으로 나 자신을 버렸고, 불평하지 않는 아내는, 아! 가장 평범하고 가장 참을성 있는 환자였다.

어느 날 가난 때문에 어쩔 수 없이 살고 있던 낡은 집의 지하실에 볼일이 생겨 아내는 나를 따라 지하로 내려왔다. 고양이도 나를 따라 가파른 계단을 내려왔는데 하마터면 나뒹굴 뻔했던 나는 몹시 흥분했다.

나도 모르게 도끼를 들어 올리고, 분노 속에서, 내 손에 머물렀던 어린애 같은 공포를 잊어버리고, 그 고양이에게 일격을 가했다. 내가 원하는 대로였다면 고양이는 그 자리에서 숨이 끊어졌을 것이다. 그 일격은 아내의 말리는 손 때문에 멈췄다. 아내의 방해로 말미암아 악마 같은 분노에 휩싸인 나는 그녀의 손아귀에서 팔을 빼내고 아내의 머리 한복판에 도끼를 묻었다. 그녀는 비명도 지르지 못하고 쓰러져 죽었다.

이 끔찍한 살인이 벌어지자 곧 신중하게 아내의 시체를 은폐할 방법을 골몰했다. 낮이건 밤이건 이웃 사람들의 눈에 띄지 않게 시체를 내가는 일은 도저히 불가능했다. 많은 방법이 머리에 떠올랐다. 시체를 아주 작은 조각으로 자르고 불로 태워버릴 생각을 했다. 지하실 바닥을 파서 매장할 생각도 했다. 정원의 우물에 던져버릴까? 물건처럼 보이게 포장하여 짐꾼에게 내가도록 하는 것도 숙고했다. 마침내 훌륭한 방법이 떠올랐다. 시체를 지하실 벽에 쌓아 두기로 결심했는데, 중세의 승려들이 희생자들을 벽으로 막았다는 기록이 생각났기 때문이다.

이런 목적 달성에 지하실은 매우 훌륭한 장소였다. 벽은 느슨했으며 최근에는 대기의 습기 때문에 덜 굳은 거친 석고로 회반죽을 칠했다. 게다가 굴뚝이나 벽난로 때문에 튀어나온 돌출부가 있었는데, 지금 그 돌출부는 막힌 채 지하실의 빨간색과 비슷하다. 벽돌을 옮기고, 시체를 넣고, 이전처럼 전체를 막으면 어느 누구도 감지할 수 없다는 데 의심의 여지가 없었다. 나는 쇠지레로 벽돌을 떼어내고, 아내의 시신을 내벽에 조심스럽게 내려놓은 다음 그 위치에 고정하고, 전체 구조물을 원래 있던 그대로 다시 놓았다. 가능한 모든 조치를 하고 모르타르와 모래를 섞어 이전과 조금도 다름없는 회반죽을 새로 쌓아 올린 벽돌에 골고루 발랐다. 일이 다 끝났을 때 다 되었군 하고 만족했다. 벽은 조금도 손댄 것처럼 보이지 않았다. 바닥에 떨어진 티끌 하나도 낱낱이 주웠다. 나는 의기양양하게 주위를 둘러보며 속으로 말했다.

'자, 적어도 헛수고는 하지 않았어.'

다음은 그토록 수많은 비참함의 원인인 고양이를 찾는 것이었다. 나는 그것을 죽이기로 굳게 결심했다. 그 순간에 고양이가 눈에 띄었다면 그 운명에 대해 의심의 여지가 없었을 것이다. 그 교활한 고양이는 지난번 내 격렬한 분노에 겁먹었는지 얼씬도 하지 않았다. 혐오스러운 피조물의 부재가 내 가슴에 일으킨 깊고 행복한 안도감을 글로는 표현할 수 없다. 고양이는 밤새도록 나타나지 않았고, 덕분에 고양이를 집으로 데리고 온 뒤 처음으로 밤새 편안히 잤다. 그렇다. 살인을 저질렀다는 중압감이 억눌렀는데도 편안히 잤다.

둘째 날, 셋째 날이 지났는데도 나를 괴롭히는 자는 오지 않았다. 다시 한번 나는 자유인으로 숨을 쉬었다. 공포에 질린 괴물은 영원히 도망쳤다! 그것에 대해 더는 생각하지 말아야 한다! 나의 행복은 최고조였다! 어둠의 행위에 대한 죄책감은 나를 괴롭히지 않았다. 아내의 실종에 대해 탐문이 있었지만 쉽게 피해 갔다. 수색이 시작되었지만 아무것도 발견되지 않았다. 나는 장래의 행복이 보장되었다고 여겼다.

아내를 살해한 지 나흘째, 뜻밖에도 경찰들이 들이닥쳐 건물을 다시 엄격하게 조사했다. 나는 당황하지 않았다. 경찰관들은 수색에 동행하라고 명했고 구석구석을 샅샅이 조사했다. 그들은 서너 번 건물 수색을 마친 뒤 지하실로 내려갔다. 나는 얼굴빛 하나 달라지지 않았다. 심장은 천진난만하게 잠든 아이처럼 조용히 뛰었다. 나는 팔짱을 끼고 유유히 돌아다녔다. 경찰은 의심이 풀려 집을 떠나려 했다. 나는 기쁨을 억누를 수 없었다. 나는 승리의 기쁨으로 무슨 말이라도 하고 싶었고, 죄가 없다고 확신하고 싶은 마음으로 불타올랐다. 참지 못한 나는 계단을 올라가는 경찰들에게 말을 건넸다.

"여러분, 의심이 풀려 기쁩니다. 여러분의 건강을 빌겠습니다만, 다음에는 좀 더 예의를 지켜주셨으면 합니다. 그건 그렇고 이 집은 아주 잘 지어진 집입니다."

그 순간 내가 무슨 말을 하는지 알지 못했다.

"훌륭하게 잘 지은 집이라고 할 수 있습니다. 이 벽도 —아니, 벌써 가시는 겁니까?— 이 벽도 얼마나 견고하게 만들어졌는지요."

여기까지 말하고 그저 허세를 부려보고 싶은 광인 같은 마음에서 사랑하는 아내의 시신을 숨겨둔 바로 그 부분의 벽돌을 지팡이로 세차게 두드렸다.

아, 신이시여. 악마의 송곳니로부터 나를 보호하고 구해 주시기를 빕니다! 내 타격의 잔향이 침묵 속으로 가라앉자마자 무덤 안에서 목소리가 들려왔다! —어린아이가 흐느끼는 소리처럼 숨이 막히고 부서지다가 곧 길게 계속되는 비명으로 부풀어 오르고, 완전히 변칙적이

고 비인간적인 절규가 끊임없이 들려왔다― 울부짖는 비명, 공포의 절반과 승리의 절반은 지옥에서만 일어날 수 있는 것과 같은 고통에 처한 자들과 저주를 기뻐하는 악마들의 목구멍에서 나올 수 있는 울음소리였다.

내 생각을 말하는 것은 어리석다. 나는 깜짝 놀라 비틀거리며 반대편 벽으로 갔다. 계단에 있던 경찰들은 공포에 전신이 떨려 한 발짝도 움직이지 못했다. 그순간 억센 팔 열두 개가 벽을 뜯어내기 시작했다. 벽은 힘없이 무너졌다. 피가 엉겨붙고 심하게 부패한 시체가 모두의 눈앞에 우뚝 서 있었다.

머리 위에는 시뻘건 입을 크게 벌리고 불같은 외눈박이 눈을 커다랗게 뜬 그 무서운 고양이가 나에게 살인하도록 감쪽같이 꼬드이고, 지금은 그 비명으로 나를 교수대로 이끈 녀석이 앉아 있었다. 나는 이 괴물을 벽의 무덤 속에 시체와 함께 넣고는 그대로 발라버렸다.

적사병 가면

'적사병'이 이 나라의 국토를 황폐화한 지도 오랜 시간이 흘렀다. 어떤 역병도 그렇게 치명적이거나 끔찍하지 않았다. 피는 그것의 화신이자 봉인이었다. 피의 붉음과 공포였다. 적사병에 걸리면 날카로운 통증과 갑작스러운 현기증, 모공에서 출혈이 컸다. 몸에, 특히 희생자의 얼굴에 묻은 주홍색 얼룩은 동료의 비호로부터도 버림을 받게 만드는 전조(前兆)였다. 역병의 감염, 진행, 종식의 모든 과정은 30분 이내에 일어났다.

프로스페로 군주는 행복하고 대담하고 현명했다. 그의 영토에 인구가 반쯤 줄어들었을 때, 궁정의 기사와 귀부인들 중에서 튼튼하고 천성이 쾌활한 신하 1천 명을 불러모아 그들과 함께 성으로 둘러싸인 수도원으로 은거하였다. 수도원은 광범위하고 웅장했으며 군주의 기이한 취향을 반영했다. 튼튼하고 높은 벽이 수도원을 감쌌으며 그 벽에는 거대한 철문이 있었는데 문은 망치와 볼트로 용접되었다.

그들이 떠나기로 결심한 것은 갑작스러운 절망이나 내부로부터의 광란의 침입 혹은 탈출을 의미하지 않는다. 수도원에는 식량이 넉넉했고 완전한 준비가 되어 있었으므로 그들은 마음이 제법 든든했다. 밖의 사정은 알 바 아니다. 슬퍼하거나 고민하는 것은 어리석은 일이었다. 군주는 쾌락의 모든 도구를 제공했다. 광대도 즉흥 연주자도 발레 댄서도 음악가도 미녀도 와인도 있었다. 이 모든 평안함이 내부에 있었으며 외부에는 '적사병'이 있었다.

은둔 생활을 시작한 지 대여섯 달 지날 무렵, 즉 밖에서는 역병이 한창일 무렵 프로스페로 군주는 호화찬란하기 짝이 없는 장엄한 가면무도회를 열어 천여 명을 즐겁게 했다.

그것은 관능적인 장면으로 아름답기 그지없는 풍경이었다 —먼저 그것이 개최된 스위트룸에 대해 설명하겠다— 그곳에는 황실 스위트룸이 일곱 개였다. 황실 스위트룸은 한 줄로 이어졌는데 활짝 열린 여닫이문을 통해 한쪽 끝에서부터 다른 쪽 끝까지 훤하게 보였다. 이상한 것을 찾는 군주의 취미로 미루어 짐작할 수 있듯 스위트룸들의 구조는 이와 달랐다. 스위트룸의 구조는 아주 불규칙해서 한 번에 스위트룸 하나가 보일 뿐이었으며 스위트룸 일곱 개를 모두 들여다볼 수는 없었다.

복도는 2,30야드마다 급격하게 굽었고 볼 때마다 새로운 효과를 일으켰다. 오른쪽과 왼쪽, 각 벽의 중앙에 크고 좁은 고딕 양식의 창문이

스위트룸의 구불구불한 닫힌 복도를 바라보았다. 창문은 스테인드글라스로 만들어졌으며 색깔은 열린 스위트룸을 꾸민 장식의 색조에 따라 다양했다. 동쪽 끝에는 파란색 스위트룸으로 창문은 생생한 파란색이었다. 두 번째 스위트룸은 장식품과 태피스트리가 모두 자주색이었고 창문도 자주색이었다. 세 번째는 전체적으로 녹색이었고 창문도 마찬가지였다. 네 번째는 주황색으로, 다섯 번째는 흰색으로, 여섯 번째는 보라색으로 장식되었고 조명도 마찬가지였다.

일곱 번째 스위트룸은 천장과 벽에 매달린 검은 벨벳 태피스트리로 촘촘히 가렸고 태피스트리는 같은 재료와 색조의 카펫 위에 무겁게 접혀 떨어져 있었다. 이 스위트룸에서만 창문 색상이 장식과 일치하지 않았다. 이곳 유리창은 짙은 핏빛의 진홍색이었다. 스위트룸 가운데 어느 곳에도 등불이나 촛대가 없었고, 스위트룸 안의 램프나 촛불에서 나오는 어떤 종류의 빛도 없었다. 스위트룸을 따라가는 복도에는 각 창문 맞은편에 무거운 삼각대가 서 있었는데, 삼각대는 착색 유리를 통해 광선을 투사하여 스위트룸을 눈부시게 비추었다. 그리하여 수많은 화려하고 환상적인 모습이 생겨났다. 서쪽 또는 검은 스위트룸에서는 핏빛으로 물든 창문을 통해 어둡게 쏟아지는 불빛이 극도로 끔찍했고, 들어가는 사람들의 얼굴이 너무나 무섭게 보였기 때문에 경내에 발을 디딜 만큼 대담한 사람은 없었다.

이 스위트룸의 서쪽 벽에는 거대한 흑단 시계가 서 있었다. 시계추는 둔중하고 단조로운 소리를 내며 양옆으로 흔들거렸다. 긴 바늘이 빙 돌아 정시를 알릴 때 구리 폐장(閉藏)에서 맑고, 크고, 깊고, 매우 기괴한 소리가 흘러나왔다. 이 때문에 한 시간이 지날 때마다 오케스트라 연주자들은 연주를 멈추고 시계의 종소리에 귀기울였으며, 흥이 나서 왈츠를 추던 사람들도 춤을 멈춤으로써 지금까지 흥겹던 분위기와는 달리 적막이 흘렀다.

시계의 종소리가 들리는 동안은 흥겨워하던 사람들도 파랗게 질린 표정이었으며 노인과 침착한 몇몇만이 환상이나 명상에 사로잡힌 듯 이마에 손을 얹고 있었다.

시계의 메아리가 그치면 가벼운 웃음소리가 즉시 회중에 퍼졌다. 음악가들은 서로 바라보며 초조함과 어리석음에 미소를 지었고, 다음번 시계 소리가 울릴 때는 비슷한 감정을 느끼지 않겠다고 속삭였다. 그러나 60분 지난 뒤, 즉 3,600초라는 시간이 흘러 다시 종소리가 들리면 모든 사람은 여전히 불안과 전율과 명상에 잠겼다.

이러한 일련의 소요에도 불구하고 그것은 웅장한 향연이었다. 군주의 취향은 독특했다. 그는 색채와 그 효과에 훌륭한 안목을 지녔다. 그는 단순한 패션으로서의 장식을 무시했다. 그의 계획은 대담하고 불같았으며, 그의 관념은 야만적인 광채로 빛났다. 그를 미쳤다고 생각했을 사람들도 있다. 추종자들은 이를 확인하기 위해 그를 듣고 보고 만질 필요가 있었다.

그는 이 축제를 위해 일곱 스위트룸의 움직일 수 있는 장식 대부분을 결정하고 지시했다. 가면극 사자들에게 인격을 부여한 것 역시 그의 취향이었다. 모두 괴이한 것뿐이었음은 말할 나위도 없다. 눈부심과 반짝임, 수많은 화려함과 환상이 가득했다. 빅토르 위고의 희극 『에르나니』

에서 볼 수 있었던 모든 것이 거기에 있었다. 어울리지 않는 팔다리와 아라베스크한 인물이 있고, 미치광이 같은 헛된 공상이 있었다. 아름다운 것, 무자비한 것, 기괴한 것, 끔찍한 것, 혐오감을 불러일으킬 것들이 적지 않았다. 사람들은 일곱 개의 스위트룸에서 이리저리 돌아다니며 실제로 수많은 꿈을 꾸었다. 꿈들이 이리저리 몸부림치며 방에 색조를 띠게 만들었고, 오케스트라의 거친 음악이 그들 발걸음의 메아리처럼 보였다. 비로드 벨벳의 홀에 서 있는 흑단 시계가 시간을 알리면 모든 스위트룸에는 쥐죽은 듯한 침묵이 흘렀다. 시계 소리 말고는 아무 소리도 들리지 않았다. 환상의 무리는 얼어붙은 듯 제자리에 선 채 꽁꽁 얼어붙었다.

한순간이지만 시계 종소리가 끝나면 가벼운, 조금 억누른 듯한 웃음소리가 사라지는 시계 소리 뒤를 이어 들려왔다. 그러면 흥겨운 음악이 다시 부풀어 오르고, 꿈이 살아 숨 쉬고, 삼각대에서 흘러나오는 갖가지 찬란한 빛 속에서 이리저리 뛰어 돌아다녔다. 여전히 서쪽 끝의 스위트룸에 들어가려는 사람은 한 명도 없었다.

밤이 저물고 피를 끼얹은 듯한 스테인드글라스 창문으로부터 한층 더 붉은 빛이 흘러들어오면 새까만 벽 모전(毛氈)이 사람의 마음을 소스라치게 했다. 검은담비 양탄자에 발을 딛는 사람에게는 가까이 있는 흑단의 시계에서, 다른 스위트룸의 더 외딴곳에 있는 화려함에 탐닉하는 그들의 귀에 닿는 어떤 것보다 더 엄숙하게 강조되는 숨막히는 울음소리가 들려온다.

다른 스위트룸들은 빽빽하게 붐볐고 삶의 심장이 열렬히 뛰었다. 흥청거림은 소용돌이치며 계속되었고 마침내 시계가 자정을 울렸다. 음악이 멈췄다. 미친 듯 왈츠를 추던 사람들 모두 제자리에 선 채 온 집안은 쥐죽은 듯 고요해졌다.

시계 소리가 열두 번 울리고 마지막 울림이 긴 여운을 남기자 날뛰며 춤추던 사람들 사이에서 사려 깊은 사람들은 명상으로 스며들었다. 어쩌면 마지막 종소리의 메아리가 완전히 침묵 속으로 가라앉기도 전에 사람들은 그때까지 눈에 띄지 않던 낯선 가장(假裝) 인물을 발견하고는 공포와 증오와 혐오를 드러낸 귓속말과 불평을 터트렸다.

이 모임에서 웬만큼 혐오스러운 치장으로는 이런 소동이 일어나지 않았을 것이다. 밤의 가장무도회 가면은 아무런 제한 없이 허용되어 있었다.

문제의 가장 인물은 프로스페로 군주의 무한한 너그러움으로 생각해 보더라도 너무나 무시무시했다. 아무리 둔감한 사람일지라도 이쯤 되면 반드시 동요를 일으키는 금선(琴線)이 있다. 삶과 죽음이 똑같이 농담인 자들에게도 어떤 농담도 할 수 없는 문제가 있다. 일행 전체는 이제 낯선 사람의 옷차림과 태도에 재치도 예의도 없었다. 그 형체는 키가 크고 수척했으며 머리부터 발끝까지 가려져 있었다. 얼굴을 가린 가면은 굳은 시체의 얼굴과 거의 비슷하게 만들어져서 바싹 들여다보아도 가면 같아 보이지 않았다.

언저리에서 즐겨 날뛰던 사람들은 이 가장을 인정할 수는 없다 하더라도 그의 존재를 참을지도 모른다. 그러나 여기저기서 '적사병'과 흡사하다고 소곤대는 소리가 들렸다. 그의 옷은 피로 젖었고 넓은 이마는 얼굴의 다른 부분과 함께 무섭게 얼룩졌기 때문이다.

프로스페로 군주의 시선이 이 유령의 형상에 쏠렸을 때 —유령의 형상은 그 역할을 더 온전히 유지하려는 듯 느리고 엄숙한 움직임으로 왈츠 연주자들 사이를 이리저리 돌아다녔다 —처음에는 공포와 불쾌감으로 부들부들 떨더니 다음 순간 격노가 치밀어 이마가 주홍빛이 되고 말았다. 프로스페로 군주는 쉰 목소리로 신하에게 물었다.

"누가 감히 이 신성모독적인 조롱으로 우리를 모욕할 수 있는가? 그를 붙잡아 가면을 벗겨라. 해가 뜰 때 성벽에 목을 매달아 녀석의 얼굴을 볼 수 있도록!"

프로스페로 군주가 소리 지른 곳은 동쪽 방, 즉 파란 방이었다. 그 목소리는 일곱 개 방 구석구석까지 크고 우렁차게 울렸다. 그는 대담하고 건장했으며 음악도 그의 손짓에 따라 멈춘 상태였기 때문이었다. 파랗게 질린 신하들에 싸여 군주가 서 있던 곳은 파란 방이었다. 군주가 외치자 사람들에게서는 침입자를 향해 돌진하려는 기운이 솟았다. 그 순간 침입자 역시 차분하고 당당한 발걸음으로 군주에게 다가서려 했다. 하지만 그의 상상을 뛰어넘는 분장이 그 자리에 있던 사람들에게 심어준 말로는 표현할 수 없는 공포심 때문에 그 누구도 그를 제지하려 들지 않았다.

그는 누구의 방해도 받지 않고 군주와 1야드도 떨어지지 않은 곳까지 갈 수 있었다. 그곳에 있던 수많은 사람들이 똑같은 충동에 사로잡히기라도 한 것처럼 일제히 스위트룸 중앙에서 벽으로 물러서는 것을 바라보며, 그는 처음부터 눈에 띄던 위엄에 넘쳐 흐트러짐이라고는 찾아볼 수 없는 발걸음으로 천천히 파란 스위트룸을 지나서 보라색 스위트룸으로, 보라색 스위트룸을 지나서 녹색 스위트룸으로, 녹색 스위트룸을 지나서 주황색 스위트룸으로, 거기서 하얀색 스위트룸으로 그리고 자주색 스위트룸으로 걸어갔는데 그때까지도 그를 저지하기 위한 단호한 조치는 취해지지 않았다. 프로스페로 군주는 일시적으로나마 자신이 겁먹었다는 사실이 분해 화를 내며 여섯 개의 스위트룸을 단숨에 내달렸지만 다른 사람들은 얼빠진 듯 벌벌 떨고 있을 뿐 아무도 뒤를 좇지 못했다.

프로스페로 군주는 칼을 뽑아 들고 헐떡거리며 달아나는 괴물의 3, 4피트 뒤까지 바싹 다가섰다. 드디어 괴물은 검은 비로드 스위트룸의 마지막 벽까지 달려가자 홱 돌아서 추격자와 마주 섰다. 그 순간 날카로운 외침이 들렸다. 단검이 검은 담비 카펫 위로 번쩍이며 떨어졌고 프로스페로 군주가 바닥에 엎드려 죽었다.

벌벌 떨던 사람들은 절망 끝에 용기를 쥐어짜내며 곧 검은 스위트룸으로 몸을 던져 흑단 시계의 그림자 뒤에 꼼짝하지 않고 꼿꼿이 서 있는 괴물의 목덜미를 붙잡고 무시무시한 썩은 수의와 시체 같은 가면을 닥치는 대로 쥐어뜯으며 흔들었다. 그것은 손에 잡히는 거라곤 아무것도 없는 정체 모를 존재였다. 사람들은 이제 무어라 말할 수 없는 공포에 휩싸여 헐떡이며 부들부들 떨고만 있었다.

그들은 그야말로 '적사병'이 나타난 것을 알 수 있었다. '적사병'은 밤도둑처럼 슬그머니 들어온 것이다. 이제까지 즐겨 날뛰던 무리가 하나씩 그들이 즐겨 날뛰던 피에 젖은 방에서 쓰러졌다. 그리고 쓰러

진 그대로 처참한 꼴로 죽어갔다. 흑단 시계의 수명도 이 성대한 파티가 막을 내리는 것과 더불어 뚝 끊어졌다. 삼각대의 불꽃이 사그라들었다. 다만 '어둠'과 '부패'와 '적사병'은 모든 것을 무한히 지배하였다.

어셔 가의 몰락

구름이 억누르듯 낮게 드리웠던 그해 가을의 흐릿하고 어둡고 소리 없는 하루 내내 나는 말을 타고 황량한 시골을 지나가고 있었는데, 저녁의 어둠이 드리워지면서 우울한 어셔 가문의 저택이 눈에 들어왔다. 이유는 모르겠지만 건물을 처음 보았을 때 참을 수 없는 우울함이 내 영혼을 가득 채웠다. 나는 내 앞에 펼쳐진 광경, 즉 저택과 그 지역의 단순한 풍경을 —황량한 벽들 위에, 텅 빈 눈 같은 창문들과 몇 개의 계단 꼭대기 위에, 썩어가는 나무들의 하얀 줄기들을— 뭐라 말할 수 없는 기분으로 바라보았다.

그때의 내 기분은 아편 중독자가 느끼는 달콤한 꿈에서 깬 듯한 기분, 더 적절하게는 지상의 어떤 감각과도 비교할 수 없는 영혼의 완전한 우울함을 본 기분이었다. 그곳에는 얼어붙음, 가라앉음, 역겨움이 있었다. 어떤 상상의 선동도 숭고한 것에 대해 고문할 수 없는 구제되지 않은 생각의 황량함이 있었다. 어서 가문에 대한 생각에서 나를 그토록 불안하게 만든 것은 무엇이었을까? 완전히 풀리지 않는 수수께끼였다. 곰곰이 생각하는 동안 내게 몰려드는 그림자 같은 공상과 씨름할 수도 없었다. 의심할 여지없이, 우리에게 영향을 미치는 매우 단순한 자연물의 조합이 있지만, 여전히 이 힘에 대한 분석은 우리의 깊이를 넘어서는 곳에 있다는 불만족스러운 결론에 의존할 수밖에 없었다. 나는 장면의 세부 사항, 그림의 세부 사항의 단순한 다른 배열만으로도 슬픈 인상을 줄 수 있는 능력을 수정하거나 소멸시키기에 충분하리라 생각했다. 이 생각에 따라 행동하면서, 말의 고삐를 잡고 집 옆에 주름지지 않은 광택이 깔린 검고 무시무시한 타르의 가파른 벼랑 끝에 서서 회색 사초와 무시무시한 나무줄기, 그리고 텅 빈 눈 같은 개조된 창문의 거꾸로 된 이미지를 이전보다 훨씬 더 전율적으로 내려다보았다.

이 어두운 저택에서 나는 몇 주 동안 머물 것을 제안받았다. 주인인 로드릭 어셔는 소년 시절의 친구였다. 마지막 만남 이후 여러 해가 흘렀다. 최근에 먼 곳에 있는 나에게 편지가 한 통 도착했는데, 발신인은 반드시 친필로 답장을 해줄 것을 요구했다. 다발성 경화증은 신경질적인 동요의 증거를 제시했다. 발신인은 극심한 신체적 질병, 즉 그를 억압하는 정신 장애에 대해 이야기했고, 우리 사회의 쾌활함으로 그의 질병을 완화시키고자 하는 관점에서, 그의 훌륭하고 유일한 친구로서 나를 보고자 하는 열렬한 열망에 대해 이야기했다. 나는 그의

요청에 따르고자 했고 망설일 시간이 없었다. 나는 여전히 매우 독특한 소환이라고 생각했다.

소년 시절에 우리는 친밀하기도 했지만 나는 친구에 대해 거의 알지 못했다. 그는 말수가 무척 적었다. 가문의 내력이 긴 그의 집안은 오랜 옛날부터 아주 민감한 성품의 사람들로 유명했으며, 그 기질은 대대로 우수한 예술품이 되어 나타났고, 최근에는 너그러우면서도 겸허한 자선사업으로 나타났다. 더불어 그의 집안 사람들은 음악에서도 정통적이고 알기 쉬운 음계보다 복잡한 음에 열정을 보였다.

어셔 집안의 혈통은 매우 유서 깊기도 했지만 어느 시대에나 오랫동안 분가해서 산 사람이 없다는 사실, 다시 말하자면 직계만으로 이어져 왔으며 하찮고 일시적 예외는 있었지만 대대로 늘 그래 왔다는 놀라운 사실을 나는 알고 있었다. 이 저택의 성격과 이 저택에 사는 사람들의 알려진 성격이 너무나도 잘 조화를 이루고 있었기에 몇 백 년이라는 세월이 흐르는 동안 이 저택이 그곳에 사는 사람들에게 영향을 준 부분도 있지 않을까 생각하는 동안, 나는 이런 결론에 닿았다. 이처럼 방계(傍系)의 자손이 없었기 때문에 어셔 가문이 아버지에게서 아들에게로 직접 이어져 왔다는 사실이 결국 저택과 그곳에 사는 사람을 동일시하게 만들어 이 소유지의 이름을 '어셔 가문'이라는 고풍스럽고 혼란스러운 이름으로 바꾼 게 아닐까. 그 이름을 입에 담는 소작인들의 머릿속에서 '어셔 가문'이라는 이름은 일족과 저택을 모두 의미하는 듯했다.

연못에 비친 저택의 그림자에서 눈을 들어 실제 저택을 보았을 때,

내 마음속에 이상한 공상이 ―싱겁기 짝이 없는 공상이었으므로, 다만 그때 나를 괴롭혔던 감각의 위력을 나타내기 위해 기록하는 데 지나지 않는다― 선뜻 떠오른 것도 이런 까닭에서였는지도 모르겠다. 나는 멋대로 궁리해 본 결과 저택과 그 언저리의 특유한 대기 ―하늘의 대기와는 딴판인 썩은 나무와 회색 벽, 잠잠한 늪에서 증발된 대기― 희미하고 완만하여 겨우 그 속의 사물을 알아볼 수 있는, 우중충한 빛깔을 띤 독기 어린 증기가 저택 주위를 떠돌고 있다고까지 믿게 되었다.

악몽 같은 꿈으로밖에 생각되지 않는 망상을 마음속으로부터 쫓아내려고 나는 더 한층 자세히 저택 모양을 살펴보았다. 그것의 주요 특징은 과도한 고대의 것 같았다. 세월의 변색은 컸다. 미세한 곰팡이가 전체 외관을 뒤덮고 처마에 얽힌 거미줄처럼 추녀 끝에 축 늘어져 있었다. 그렇다고 해서 황폐화되었다고는 할 수 없었다. 주춧돌은 허물어지지 않았지만 손을 본 완전한 부분과 퍼석퍼석 바스러져 한 개 한 개 쌓아 올린 돌 사이에 큰 부조화가 있는 것처럼 보였다. 사용되지 않은 채 오랫동안 광 속에서 썩은 겉모양만 번드르르한 작은 목공예품의 겉을 보는 것 같은 연상을 불러일으켰다.

이같이 모두가 황폐한 빛을 띠었지만 집이 무너질 염려는 없어 보였다. 더욱 조심해서 바싹 들여다보니 보일까 말까 한 균열이 건물 앞쪽 지붕으로부터 담까지 꾸불꾸불 내려와 늪으로 사라진 게 보였다. 이것들을 바라보며 나는 짧은 둑길을 건너 집으로 향했다. 기다리던 하인에게 말고삐를 건네주고는 홀의 고딕 양식으로 된 아치형 통로로

들어갔다. 발걸음이 은밀한 하인이 주인의 작업실로 나를 안내하는 동안 어둡고 복잡한 통로를 수없이 통과했다. 주위의 물건들, 즉 천장의 조각 벽의 음침한 태피스트리, 바닥의 흑단 같은 어둠, 내가 걸을 때마다 덜컹거리는 환상적인 갑옷 전리품은 어린 시절부터 익숙했던 것들이었고, 이 모든 것이 얼마나 친숙한지 인정하기를 주저하지 않았다. 계단을 오르던 중 주치의를 만났는데 그의 얼굴에는 저급한 교활함과 당혹스러움이 뒤섞여 있었다. 그는 떨리는 목소리로 내게 인사한 뒤 계단을 내려갔다.

하인은 문을 열고 주인이 있는 곳으로 안내했다. 내가 들어선 방은 매우 넓고 천장도 높았다. 창문은 길고, 좁고, 뾰족했고, 검은 오크 바닥에서 너무 멀리 떨어져 있어서 안으로는 접근할 수 없었다. 진홍색의 희미한 빛이 격자창을 통과하여 주변의 물체를 더욱 두드러져 보이게 했다. 눈은 방의 더 먼 곳, 초조한 천장의 움푹 들어간 곳에 도달하기 위해 애썼지만 헛수고였다. 어두운 커튼이 벽에 걸려 있었다. 가구는 풍성하고, 편안하고, 골동품이었으며, 너덜너덜했다. 책과 악기들이 여기저기 흩어져 있었지만 방에 활력을 불어넣지는 못했다. 슬픈 분위기를 내뿜는 무언가를 느꼈다. 엄격하고 깊고 돌이킬 수 없는 어둠의 공기가 모든 것을 뒤덮었다.

내가 들어서자 어셔는 누워 있던 소파에서 일어나 활기찬 따뜻함으로 반갑게 맞이했다. 처음에는 억지로 만든 진심 —인생에 권태를 느낀 사람이 흔히 만들어 내는 가면적 노력— 에서 나온 것이 아닌가 싶었지만, 그의 얼굴을 흘끗 쳐다본 순간 진정한 열성에서 나온 것임을 알았다.

우리는 앉았다. 그가 아무 말도 하지 않은 채 앉아 있는 동안 나는 반쯤은 동정심으로 반쯤은 경외심으로 그를 바라보았다. 로드릭 어셔처럼 짧은 시일 안에 이같이 무서운 모습으로 바뀐 사람도 드물 것이다. 지금 내 눈앞에 앉아 있는 핼쑥한 남자가 소년 시절의 내 동무였다고는 도저히 믿기지 않았다.

그 얼굴의 특징은 조금도 달라진 데가 없었다. 누런 얼굴빛, 크고도 부드러우며 번쩍이는 두 눈, 좀 얇고 핼쑥하지만 아름다운 곡선을 이루는 입술, 우아한 헤브라이 형이면서도 그들에게서는 보기 힘든 콧구멍이 넓은 코, 잘생겼지만 쑥 들어간 탓으로 도덕적 정력이 부족해 보이는 턱, 거미줄보다 더 부드럽고 가느다란 머리칼 등 갖가지 특징과 함께 또 한 가지, 귀밑에 남달리 넓게 생긴 점이 쉽사리 잊히지 않는 특이한 인상을 주었다.

이제는 무시무시할 정도로 창백해진 피부와 기적적인 눈의 광채는 나를 놀라게 하고 경외심마저 불러일으켰다. 비단 같은 머리카락도 아무렇게나 자라 거친 질감을 띠며 얼굴에 떨어지지 않고 공중에 붕 떠 있었기 때문에 어떠한 노력으로도 그를 예전의 내 친구와 연결할 수 없었다.

나는 곧 친구의 태도에 앞뒤가 맞지 않는 모순이 있음을 알아챘다. 이것은 극도의 흥분에 따른 습관적인 경련을 억누르는 연약하고 쓸데없는 노력의 결과에서 비롯된 것임을 알았다. 하긴 이러한 것들은 그의 편지며 소년 시절에 대한 회상과 특유한 체질과 기질로 미루어 각오하긴 했지만.

그의 행동은 활기차다가도 침울해지곤 했고 목소리는 모든 것이 다 성가신 듯 부들부들 떨리다가도 곤드레만드레 취한 주정꾼과 처치 곤란한 아편 중독자가 몹시 흥분했을 때 버럭 지르는 급하고도 무게 있는 태평스러운 굵은 목소리 ―침울하고 침착하여 완전히 조절된 후음 ― 로 바뀌었다. 이러한 말투로 나를 부른 목적과 나를 만나고 싶어 한 열망과 내가 줄 것이라고 기대하던 위안에 대해 대강 말한 다음 그의 병의 본질로 생각되는 것으로 화제를 돌려 꽤 길게 이야기를 나눴다.

그의 병은 유전적으로 내려오는 것이므로 치료 방법이 전혀 없어 단념하고 있다면서, 신경 계통의 간단한 병세에 지나지 않으니 틀림없이 곧 나을 것이라고 말이 끝나기 무섭게 덧붙였다. 그의 병세는 부자연스러운 감각으로 나타나 ―그가 자세히 말하는 태도와도 관계가 있었겠지만― 나를 재미있게도 당황하게도 만들었다.

그는 병적인 과민성으로 무척 고통받고 있었다. 음식물은 아주 깨끗해야 했고, 옷도 일정한 색깔이 아니면 안 되었다. 꽃향기는 그 어떤 것이든 숨이 막혔고, 약한 빛에도 눈이 아팠다. 그에게 공포심을 일으키지 않는 것은 어떤 음향뿐이었으며 그것도 현악기 정도였다. 나는 그가 변태적인 공포에 시달리고 있음을 깨달았다. 그가 이상한 공포의 포로가 되었다는 사실을 알 수 있었다.

"나는 죽어간다"고 그는 말했다. "이처럼 비참한 어리석음 속에서 죽어가야만 한다네. 나는 그저 이렇게 사라져갈 수밖에 없어. 나는 미래에 일어날 일보다 결과를 더욱 두려워하고 있어. 이 견디기 힘든 마음의 동요에 영향을 주는 일은 제 아무리 사소한 것이라도 생각하는 것만으로도 소름이 끼쳐. 솔직히 말하자면 나는 위험을 두려워하는 것이 아니라네. 그것의 궁극적인 결과인 공포가 두려울 뿐. 이처럼 기력을 완전히 잃어 가엾은 상태에 빠진 나는 '공포'라는 무시무시한 망령과의 격투에서 목숨과 이성을 모두 버려야만 할 때가 조만간 찾아올 것 같다는 생각이 들어."

그뿐만 아니었다. 그가 대화 중에 때때로, 더듬더듬, 애매하기는 했지만 은근히 내뱉는 말을 통해서 그의 정신 상태의 또 다른 특징을 한 가지 더 깨달았다. 그가 벌써 몇 년 동안 외출할 용기도 없이 미신적인 인상에 사로잡혀 이 집에서 살고 있다는 사실이었다. 그는 이상한 힘을 가진 가공의 지배력에 대한 이야기를 지금 여기에 옮길 수 없을 만큼 모호한 말로 이야기했다. 아주 오랫동안 이곳에서 견뎌 오는 동안, 그의 집인 이 건물의 형태와 그 자체에 깃든 특이한 성질이 어느 틈엔가 정신을 지배하게 되었고, 저택의 회색 벽과 작은 탑, 그것들이 그림자를 내던지는 어두컴컴한 연못, 이런 것들의 형태가 결국 자신이라는 존재의 정신에 영향을 준 것이라고 그는 말했다.

그가 망설이며 인정한 또 다른 원인, 그를 그토록 괴롭히는 이상한 우울증의 자연스럽고 명료한 원인은 오랜 세월 동안 지상에 남아 있던 유일한 반려인 여동생의 죽음이었다. "동생이 죽는다면" 잊을 수 없는 비통한 목소리로 그가 말했다. "희망이 없고 허약한 나는, 이 가문의 마지막 사람이 될 거라네."

그가 말하는 동안 메들린 부인(바로 그 여동생)이 방에서 멀리 떨어진

곳을 천천히 지나갔는데 내가 그곳에 있다는 사실도 모른 채 자취를 감췄다. 나는 공포가 섞인 놀라움으로 그녀를 가만히 바라보았다. 나는 그러한 감정을 설명하는 일이 불가능하다는 것을 알았다. 어리둥절함이 나를 억눌렀고, 내 눈은 뒷걸음질치는 그녀를 따라갔다. 문이 닫히자, 나는 본능적으로 그리고 간절히 그의 얼굴을 살폈다. 그는 두 손에 얼굴을 묻었고 나는 열정적인 눈물을 흘리는 그의 수척한 손가락에 이미 쇠약함이 퍼졌음을 알아차렸다.

메들린 부인의 병은 오랫동안 의사들을 좌절시켰다. 그녀는 병의 압박을 꾸준히 견뎌 왔으며 더는 잠자리에 들지 않았다. 내가 집에 도착한 날 저녁이 끝나갈 무렵, 그녀는 병마의 파괴적인 힘 앞에 굴복했다 (그녀의 오빠가 말로 표현할 수 없는 동요로 나에게 말했듯이). 내가 그녀의 모습을 얼핏 본 게 그녀의 마지막 모습일 것이며 적어도 살아 있는 동안에는 그녀를 더는 볼 수 없을 것임을 깨달았다.

며칠 동안 어셔와 나는 메들린 부인의 이야기를 하지 않았다. 그동안 나는 어떻게든 친구의 우울증을 달래 보려 열심히 노력했다. 함께 그림을 그리기도 하고 책을 읽기도 했다. 그가 연주하는 기타의 광기 어린 즉흥곡에 꿈꾸는 기분으로 귀기울이기도 했다. 그와 나는 더욱 친해졌으며 이제 그의 마음 깊은 곳까지 자유자재로 들어갈 수 있게 되었는데, 그의 마음을 밝게 해주려는 어떤 노력도 부질없는 짓이라는 사실만을 뼈저리게 느꼈을 뿐이었다. 그의 마음속에서는 암흑이라는 것이, 그것이 그의 선천적인 특성이기라도 한 것처럼, 정신세계와 물질세계의 모든 대상을 향해 한 줄기 끊임없는 암울한 방사선이 되어 쏟아져 나왔다.

이렇게 어셔 가문의 주인과 단둘이 보냈던 엄숙한 시간에 대한 기억을 영원히 잊지 못할 것이다. 그의 긴 즉흥 연주는 내 귀에 영원히 울릴 것이다. 무엇보다도 폰 베버의 마지막 왈츠의 거친 공기에 대한 독특한 전곡과 변곡이 마음 아프게도 내 가슴에 되살아나곤 한다. 또한 치밀한 공상에서 시작되어 한 붓 한 붓 칠해 나아감에 따라 더 한층 몽롱한 느낌을 불러일으키는 그의 그림은 무척 무서웠다. 그 그림은 아직까지도 눈앞에 아물거리지만 여기서는 도저히 뭐라 표현할 길이 없다. 극도의 단순성과 노골적으로 드러난 의도가 보는 이의 주의를 끌며 위압감을 느끼게 한다. 하나의 사상을 그림에 정확하게 나타낸 사람이 있다면 그는 바로 로드릭 어셔이리라. 적어도 그때 나를 둘러싸고 있던 분위기에서 이 우울병자가 캔버스에 그리려고 했던 순수한 추상 관념으로부터 프겔리(스웨덴 화가)의 타오르는 듯하면서도 구체적인 환상화를 조용히 내려다보았을 때도 느끼지 못했던 참을 수 없는 공포를 느꼈다.

친구의 환상적인 그림 가운데 희미하게나마 말로 표현할 수 있는 게 하나 있다. 그 작은 그림은 엄청나게 길고 직사각형인 금고 또는 터널의 내부를 보여 주었는데 벽은 낮고 매끄럽고 흰색이며 어떠한 장치도 없다. 이것은 지표면 아래 매우 깊은 곳에 있으며 출구도 보이지 않고 횃불이나 다른 인공적인 광원도 식별할 수 없을 것처럼 보이는데, 다만 강렬한 광선의 홍수가 전체로 퍼져 무시무시하고 부적절한 화려함으로 그림을 물들였다.

나는 현악기의 효과를 제외하고는 모든 음악을 고통받는 사람이 견딜 수 없게 만드는 청신경의 병적인 상태에 대해 방금 이야기했다. 그러나 그의 열렬한 즉흥 연주 능력은 그렇게 설명될 수 없었다. 그것은 가장 높은 인위적인 흥분의 특정 순간에서만 관찰할 수 있는 강력한 정신적 집중의 결과였다. 그의 즉흥 연주 가운데 가장 강력하게 감명을 받은 랩소디를 정확히 기억하는데, 그 이유는 그 신비한 랩소디를 통해 어셔가 왕좌에 앉은 자신의 고귀한 이성이 흔들리는 것을 처음으로 완전히 의식하고 있다고 상상했기 때문이다. 「귀신의 궁전」이라는 제목의 랩소디는 대략 다음과 같은 내용이다.

푸른빛 짙은 골짜기에
천사들 깃들여 살던
아름답고 웅장한 궁정,
빛나는 궁전 우뚝 솟아 있도다.

'사상'의 제국에
거기 궁전은 솟아 있노라!
천사도 이같이 아름다운 궁전에는
내려온 적 없으리라!

노랗게 빛나는 황금빛 깃발들
지붕 위에 휘날렸도다.

'이는 모두 아주 먼 옛적'
그리운 그날
엄숙하고 창백한 보루를 스쳐
솔솔 부는 부드러운 바람
향기로운 깃을 달고 살며시 스쳤노라.

행복의 골짜기를 헤매는 방랑의 무리
빛나는 두 개의 창으로부터
은은히 들리는 비파 소리에 따라
춤추며 옥좌를 돌고 도는
신들을 보네.
옥좌에는 자줏빛 옷 입은 하늘나라 임금!
그럴듯한 위엄을 띠고
하늘나라 임금, 내려오심이 보이도다.

아름다운 궁전의 문은
진주와 루비 빛으로 비치고
그 문으로 흐르고 흘러
또 영원히 번쩍이는
산울림의 무리 뛰어들어 오도다.
세상에도 드문 아름다운 소리로
임의 크신 공덕을 찬미함을

오직 하나의 의무로 삼고.

악마들은 슬픔의 옷을 입고
하늘나라 임금의 옥좌를 부수었도다.
'아, 슬프도다,
하늘나라 임금을 다시는 보지 못하리.'
궁터에 떠도는
빨갛게 피어오른 영광도
이제는 다만 묻힌
남은 옛 추억의 한 줄기.

골짜기를 지나는 여행자 무리들
이제는 다만
빨강 빛 비치는 창으로부터
미친 듯 터져 나오는
음악 소리에 맞춰
희미하게 흔들리는 커다란 그림자를 볼 뿐
무서운 급류 같이
파리한 문을 지나
괴물의 무리 영원히 터져 나와
큰 소리로 웃는다.
미소는 벌써 볼 수도 없구나.

지금도 기억에 뚜렷이 남아 있는 이 짧은 시가 준 암시는 여러 가지 생각을 불러일으키고 어셔가 지닌 견해까지 알 수 있게 했다. 그 견해는 참신함 때문이 아니라(다른 사람들이 그렇게 생각했기 때문에) 그가 유지한 타당성 때문이었다. 이는 모든 사물의 지각에 대한 의견이었다.

그러나 그의 무질서한 공상 속에서 그 생각은 더 대담한 성격을 띠었고 특정 조건에서 무기체에까지 적용된다고 믿었다. 나는 그의 설득을 온전히 말로 표현할 수가 없다. 그 믿음은 (내가 이전에 암시했듯이) 그의 조상들의 집 회색 돌과 연결되어 있었다. 그는 지각의 조건이 이 돌들을 배열하는 방법에서, 배열의 순서에서, 그것들을 덮고 있는 많은 균류와 주변에 서 있는 썩어 가는 나무들의 배열에서, 무엇보다도 이 배열의 오래도록 방해받지 않고 견디는 힘과 잔잔한 물에서 다시 복제됨으로써 충족되었다고 상상했다. 그 결과는 수 세기에 걸쳐 그 가족의 운명을 좌지우지했던 조용하지만 중요하고 끔찍한 영향력에서 발견할 수 있었고, 그것이 내가 아는 그를 지금의 모습으로 만들었다고 덧붙였다. 그러한 의견에 나는 아무 말도 덧붙이지 않았다.

우리가 읽은 책들, 즉 여러 해 동안 병자들의 정신적 존재의 적지 않은 부분을 차지해 온 책들은 짐작할 수 있듯이 이러한 환상의 성격을 엄격히 준수하고 있었다. 우리는 그레세의『베르베르와 샤르틀즈』를 비롯해, 마키아벨리의『벨페고르』, 스웨덴보그의『천국과 지옥』, 홀베르그의『니콜라스 클림의 지하 여행』, 로버트 플루트, 장 댕자지네, 드 라 샹브르 등의『손금 보는 법』, 티그의『창공의 여행』, 캄파넬라의『태양의 도시』등을 읽었으며, 가장 좋아하는 책은 도미니크파 성직자에이메릭 드 지론의 소형 8절 판본인 『종교재판법』이었다. 폼포니우스 멜라의 저서에는 고대 아프리카의 반인반수 신과 이지판 인에 대해 기록한 부분이 있는데 어셔는 그것들에 심취해서 꿈꾸는 듯한 기분으로 몇 시간이고 지낸 적도 있었다. 하지만 그가 가장 좋아했던 것은 4절판 고딕체의 희귀본 —지금은 잊힌 한 교회의 기도서— 인 『메인스 교회 성가대에 의한 사자를 위한 철야 기도』를 탐독하는 일이었다.

어느 날 저녁 어셔는 메들린 부인이 더는 존재하지 않는다는 것을 나에게 알리고 그녀의 유체를 건물의 수많은 지하 납골당 중 한 곳에 2주일 동안(마지막 매장 전까지) 보존할 의사를 밝혔다. 그 말을 듣는 순간 나는 조금 전에 말한 희귀본 속의 기괴한 장례 의식과 틀림없이 이 우울증 환자에게 주었을 영향에 대해서 생각했다. 하지만 그런 묘한 처리법을 취하는 이유에 대해서 그와 언쟁을 벌일 처지가 못됐다. 그가 그런 결심을 하게 된 까닭은 (그의 말에 따르면) 죽은 자의 병에 이상한 점이 있고, 주치의들이 주제넘게 어떤 일을 자꾸만 캐내려 하며, 어셔 가의 묘지가 멀리 떨어진 들판에 있다는 이유 때문이었다. 내가 저택에 도착한 날 계단에서 만난 의사에게서 받았던 나쁜 인상을 떠올려보면 이러한 결정이 아무런 해가 될 것도 없으므로, 결코 부자연스럽다고 할 수 없는 이 세심한 처치에 대해서 이의를 제기할 마음이 조금도 없었다.

어셔의 요청에 따라 임시 매장을 준비하는 일을 도왔다. 우리는 시신을 관에 넣고 안치소까지 옮겼다. 관을 내려놓은 지하 납골당(너무 오랫동안 열리지 않았기 때문에 우리의 횃불은 억압적인 분위기에 반쯤 질식되어 자세히 들여다볼 기회가 없었다)은 작고 축축했으며 빛이 전혀 들어오지 않았다. 그곳은 내가 쓰는 침실의 바로 밑 아주 깊은 곳이었다. 이곳은 먼 봉건 시대에 지하 감옥 같은 바람직스럽지 못한 목적으로 사용된 듯했으며, 그 후에는 화약을 비롯한 가연성 물질을 보관하는 창고로 쓴 듯했다. 바닥의 일부와 입구에 이르기까지 긴 아치형 통로의 내부가 구리로 덮였고 거대한 철문도 마찬가지로 보호되고 있었기 때문이다. 엄청난 무게 때문에 경첩 위에서 문이 움직일 때마다 비정상적으로 날카롭고 삐걱거리는 소리가 났다.

이처럼 오싹한 장소에 있는 관 받침대 위에 가엾은 시신의 관을 올려놓은 뒤, 우리는 아직 나사로 조이지 않은 관 뚜껑을 옆으로 돌리고 깊이 잠든 자의 얼굴을 바라보았다. 오누이가 매우 똑같이 생겼다는 점이 내 주의를 사로잡았다. 어셔는 내 의견을 곰곰이 생각하면서 몇 마디를 중얼거렸고, 그로부터 고인과 그가 쌍둥이였으며 그들 사이에는 이해할 수 없는 동정심이 항상 존재했다는 것을 알게 되었다. 우리의 시선은 오래지 않아 죽은 자에게로 향했는데 경외심 없이 그녀를 바라볼 수 없었기 때문이다. 이처럼 여인을 젊음의 성숙기에 가두어 놓은 질병은, 엄밀히 말하면 강직적인 성격의 모든 질병에서 늘 그렇듯이, 가슴과 얼굴에 희미한 홍조의 조롱을 남겼고 입술에는 의심스러울 정도로 여운이 남는 미소를 남겼다. 우리는 뚜껑을 다시 닫고 나사를 조이고, 철문을 단단히 고정하고 집으로 돌아왔다.

쓰라린 슬픔의 며칠이 지나자 친구의 정신 장애에 눈에 띄는 변화가 일어났다. 그는 늘 해오던 일을 하지 않거나 잊곤 했다. 안정되지 못

한 급한 발걸음으로 뚜렷한 목적도 없이 이 방 저 방 헤매고 돌아다녔다. 그의 창백한 얼굴은 섬뜩한 색조였지만 눈의 광채는 완전히 사라졌다. 지난날 그가 이야기할 때의 어조는 더는 들리지 않았다. 그리고 극도의 공포에 질린 것처럼 떨리는 음성이 습관적으로 그의 발언마다 튀어나왔다. 나는 그의 끊임없이 동요하는 마음이 어떤 억압적인 비밀을 지키려고 애쓴다고 생각한 때가 있었고, 그가 필요한 용기를 얻기 위해 고군분투한다고 믿었다. 나는 모든 것을 단지 설명할 수 없는 광기의 변덕스러움으로 치부하지 않을 수 없었는데, 가끔 그가 상상의 소리를 듣는 것처럼 가장 깊은 주의를 기울이는 태도로 오랜 시간 먼 곳을 바라보는 것을 보았기 때문이다. 그의 상태가 나를 두렵게 만들고 그것이 나를 감염시킨 것은 놀라운 일이 아니다. 나는 느리지만 그의 환상적이면서도 인상적인 미신의 거친 영향이 내게 스며드는 것 같았다. 특히 메들린 부인을 지하 납골당에 안치한 뒤 일곱째 날이나 여덟째 날 밤늦게 잠자리에 들었을 때 나는 조금 전에 말한 감정을 매우 강하게 느꼈다.

좀처럼 잠이 오지 않았고 그렇게 몇 시간인가가 쓸쓸하게 흘러갔다. 나를 사로잡고 있는 신경의 흥분 상태를 이성으로 내쫓으려고 노력했다. 내가 느낀 것의 전부는 아닐지라도 많은 부분이 그 방의 우울한 가구, 즉 어둡고 너덜너덜한 커튼 때문일 거라고 믿으려 애썼다. 그 커튼은 폭풍우가 몰아치는 바람에 고문을 당하고, 벽에 적당히 이리저리 흔들리고, 침대 장식에 닿아 불안하게 바스락거렸다.

나의 노력은 결실을 맺지 못했다. 억제할 수 없는 떨림이 점차 내

몸속으로 스며들었다. 마침내 내 마음속에는 이유 없는 경각심이 자리 잡았다. 숨을 헐떡이고 몸부림치며 모든 생각을 떨쳐버리려고 베개 위로 몸을 일으켜 세운 나는 방의 짙은 어둠을 진지하게 들여다보면서 폭풍우가 멈추기를 기다렸다.

바로 그때 긴 간격으로 낮고 불분명한 소리가 들려왔다. 나는 그 소리에 귀를 기울였다. 강렬한 공포감에 사로잡혀 견딜 수 없었던 나는 서둘러 옷을 벗어던지고 이리저리 빠르게 방을 서성거림으로써 비참한 상태에서 깨어나려고 노력했다. 이런 식으로 몇 바퀴를 돌았을 때 계단에서 가볍게 발을 내딛는 소리가 내 주의를 끌었다. 어셔의 소리일 거라고 짐작한 순간 방문을 두드리는 소리가 들리더니 등불을 손에 든 그가 들어왔다. 그의 얼굴은 여느 때처럼 사나웠고 게다가 눈에는 광기에 찬 들뜬 기색이 역력했다. 그의 모든 태도에는 분명히 억제된 히스테리가 있었다. 그를 둘러싼 공기는 나를 소름 끼치게 했지만, 내가 그토록 오랫동안 견뎌 온 고독에 비하면 그의 존재는 안도감을 주기에 충분했다.

그는 한동안 아무 말 없이 주위를 둘러본 뒤 이렇게 말했다.

"자네는 그걸 보지 못한 모양이군. 그렇다면 잠깐 기다리게. 당장 보여줄 테니."

손으로 램프를 조심스럽게 가린 뒤 한쪽 창으로 다가가 폭풍을 향해 문을 열어젖혔다. 몰려오는 바람 때문에 우리는 몸의 중심을 잃고 쓰러질 뻔했다. 그날은 폭풍우가 몰아치면서도 엄숙하게 아름다운 밤이었고, 그 공포와 아름다움이 매우 독특한 분위기를 만들었다. 회오리바람이 우리 근처에서 힘을 모은 것 같았다. 바람의 방향이 자주 세차게 바뀌었기 때문이다. 짙은 구름이(집의 포탑을 누를 정도로 낮게 매달려 있는) 깔려 있었음에도 바람이 먼 곳으로 불지 않고 여러 방향에서 서로 부딪치는 그 생물 같은 속도를 뚜렷하게 볼 수 있었다.

우리는 달이나 별을 볼 수 없었고 번쩍이는 번개도 없었다. 그러나 휘몰아치는 거대한 수증기 덩어리의 표면 아래, 바로 주변에 있는 지상의 모든 물체는 저택을 둘러싼 희미하게 빛나고 뚜렷하게 보이는 기체의 부자연스러운 빛으로 빛나고 있었다.

"안 돼, 이런 걸 봐서는 안 돼!"

나는 몸을 떨며 어셔를 의자 쪽으로 거칠게 데려가며 말했다.

"자네, 이런 광경을 보고 아주 놀란 듯하지만 사실 저건 그다지 신기할 것도 없는 전기 현상에 지나지 않는 거야. 이 굉장한 광경의 원인은 저 연못이 내뿜는 독기 때문일지도 몰라. 자, 저 창을 닫도록 하세. 공기가 차서 자네 몸에는 독이 될 거야. 자네가 좋아할 만한 책이 여기 있어. 읽어줄 테니 들어봐. 이 공포의 밤을 함께 보내자고."

내가 집어 들었던 낡은 책은 런슬릿 캐닝 경의 『광기 어린 만남』이었다. 나는 그것을 슬픈 농담조로 어셔가 가장 좋아하는 것이라고 불렀다. 사실 그 무례하고 상상력이라고는 없는 다작에는 내 친구의 고상하고 영적인 이상이 관심을 가질 만한 것이 거의 없었기 때문이다. 그러나 그 책은 손에 바로 넣을 수 있는 유일한 책이었다. 나는 우울증 환자의 마음속에서 소란을 피우고 있는 흥분을 내가 지금부터 읽으려는 저열하기 짝이 없는 이야기로 달래볼지도 모른다(정신 장애의 역사는

유사한 변칙으로 가득 차 있기 때문이다)는 덧없는 희망을 품었다. 실제로 내가 읽는 이야기 한마디 한마디에 귀기울이거나 귀기울인 것처럼 보이는 그의 이상할 정도로 긴장되고 활발한 모습으로 판단해 본다면 내의도가 성공했음을 기뻐해도 좋을 것 같았다.

나는 이 이야기의 주인공인 에델렛이 은둔자의 암자로 조용히 들어갈 것을 청했지만 거절당하자 힘으로 밀어붙이려는 부분까지 읽어 나아갔다. 여러분도 아시다시피 그 이야기는 다음과 같다.

"……그리고 천성적으로 강인한 마음이었고, 이제 그가 마신 포도주의 강력함 때문에 힘이 세진 에델렛은 은둔자와 협상하기를 기다리지 않았다. 철퇴를 완전히 들어올린 뒤 일격을 가해 문 널빤지에 재빨리 자리를 내밀어 건틀릿을 낀 손을 놓았다. 그리고 이제 그는 그것을 굳건히 잡아당겼고, 금이 가고 찢어지고, 그렇게 모든 것을 찢어버렸고, 메마르고 속이 빈 나무의 소리가 숲 전체에 울려퍼졌다."

이 문장이 끝날 때 나는 깜짝 놀라 말을 끊었다. 왜냐하면(비록 즉시 나의 흥분된 공상이 나를 속였다고 결론을 내렸지만) 저택 안 아주 먼 곳에서부터 그와 닮은 소리가, 런슬릿 경이 자세하게 묘사한 그 문을 깨부수는 소리의 메아리(그러나 확실히 숨막히고 둔한 소리)가 들려왔기 때문이다. 의심할 여지없이 내 관심을 사로잡은 것은 우연의 일치였다. 창문의 테두리가 덜컹거리는 소리와 여전히 커지는 폭풍우가 뒤섞인 소음 속에서 그 소리 자체로는 확실히 나를 흥미롭게 하거나 방해할 만한 것이 없었기 때문이다. 나는 이야기를 계속했다.

"그러나 이제 문 안으로 들어온 선한 용사 에델렛은 악의에 찬 은둔자의 신호를 전혀 감지하지 못하고 몹시 분노하고 놀랐다. 그 대신에 비늘이 있고 엄청난 용모와 불같은 혀를 가진 용이 바닥이 은으로 된 금 궁전 앞을 지키고 있었다. 벽에는 이 전설이 새겨진 빛나는 놋쇠 방패가 걸려 있었다.

'여기에 들어오는 자는 승리자다.
용을 죽이는 자는 방패를 얻으리라.'

그리고 에델렛이 철퇴를 들어 용의 머리를 내리치자 용은 쓰러져 단말마의 독기를 내뿜으며 온몸이 오싹해질 만큼 무시무시한 소리를 내질렀는데, 귀를 찢는 듯한 소리에 에델렛은 자신도 모르게 두 손으로 귀를 막았다. 그 소리는 지금까지 누구도 들어본 적이 없을 만큼 끔찍했다."

나는 갑자기 말을 멈췄고 엄청난 놀라움을 느꼈다. 이번만큼은 낮고, 거칠고, 길고, 특이한 비명이나 삐걱거리는 소리를 들었다는 데 의심의 여지가 없었기 때문이다. 이처럼 놀라운 일이 두 번이나 일어났기 때문에 나는 놀라움과 극도의 공포가 지배하는 수많은 감정들의 싸움에 압도되었지만, 그래도 그런 사실을 입에 담아 친구의 과민한 신경을 자극하는 것을 억제할 만한 침착함을 잃지는 않았다.

나는 그가 문제의 소리를 알아차렸다는 것을 확신하지 못했다. 지난 몇 분 동안 그의 태도에는 확실히 이상한 변화가 일어났다. 그는 내 앞에 앉은 자리에서 의자를 돌려 방문에 얼굴을 대고 앉았다. 나는 그의 이목구비를 부분적으로만 알아차릴 수 있었지만 그의 입술이 들리지 않게 중얼거리며 떨리는 것을 보았다. 그의 머리는 그의 가슴 위로 떨어졌지만 잠들지 않았다는 것을 알았고, 흘끗 본 옆모습에서 크고 딱딱하게 열린 두 눈을 보았다. 그는 부드럽지만 일정하게 몸을 좌우로 흔들었고 나는 이 모든 것을 재빨리 알아차리고는 다시 런슬릿 경의 이야기를 시작했다.

"그리고 이제, 용의 무서운 분노에서 벗어난 전사는 그 놋쇠 방패를 생각해내고 그 위에 걸린 저주를 풀기 위해서 자신의 앞길을 막고 있는 용의 시체를 치운 뒤, 벽에 걸린 방패를 향해서 은이 깔린 성 안의 바닥을 늠름하게 걸어갔는데, 그가 오기까지 기다리지 못하고 그의 발밑으로 방패가 떨어졌기 때문에 오싹하고 무시무시한 굉음이 사방으로 퍼졌다."

내가 이 부분을 읽자마자 —놋쇠 방패가 그 순간 실제로 은이 깔린 바닥으로 떨어진 것처럼— 뚜렷하게 공허한 금속성 물질이 서로 부딪쳐 울리는 것 같은 하지만 무엇인가에 짓눌린 듯한 소리가 들려왔다. 나는 깜짝 놀라 자리에서 벌떡 일어섰다. 그러나 어셔의 규칙적인 흔들림은 방해받지 않았다. 나는 그가 앉은 의자로 달려갔다. 그의 눈은 고정되었고 얼굴은 돌처럼 굳어 있었다. 그의 어깨에 손을 얹었을 때 그의 온몸은 심하게 전율했다. 그의 입술에 역겨운 미소가 서렸다. 그가 내 존재를 의식하지 못하는 것처럼 낮고 빠르게 횡설수설하는 것을 보았다. 그에게로 몸을 바짝 굽히고 그가 말하는 소름 끼치는 이야기를 뚜렷하게 들었다.

"저 소리가 들리지 않아? 내게는 들리는데. 아까부터 틀림없이 듣고 있었어. 훨씬, 훨씬, 훨씬 전부터, 몇 분 동안이나, 몇 시간 동안이나, 며칠 동안이나 나는 저 소리를 들어왔어. 하지만 내게는 용기가 없었어. 아, 나를 불쌍히 여기게, 나는 왜 이다지도 한심하단 말인가? 나는 용기가, 말할 용기가 없었어! 우리는 그녀를 산 채로 무덤 속에 넣은 거야! 내 감각이 아주 예민하다는 것은 전에도 말한 적이 있었지? 이제 와서 하는 말이지만, 나는 동생이 그 빈 관 속에서 처음으로 몸을 움직이는 소리를 들었어. 나는 들었어. 며칠 동안이나, 며칠 전부터. 하지만 용기가, 말할 용기가 없었어! 그런데 지금, 오늘 밤, 에델렛이, 하, 은둔자의 문이 부서지는 소리, 용의 단말마의 비명, 방패가 부딪치는 소리, 그녀의 관이 찢어지는 소리, 감옥의 철제 경첩이 삐걱거리는 소리, 지하 납골당의 동판을 붙인 복도에서 동생이 몸부림치는 소리야! 아, 나의 성급한 행동을 질책하러 동생이 서둘러 올 거야! 계단을 올라오는 소리가 들리지 않나? 동생의 심장이 뛰는, 저 짓누르는 듯한 무시무시한 고동 소리가 확실하게 들려오는 듯해! 이 미친놈아!" 이렇게 말한 그는 엄청난 기세로 일어났다. 그런 다음부터는 마지막 순간의 외침처럼 찢어지는 듯한 소리로 한마디 한마디 외쳤다.

"이 미친놈아! 동생은 이미 문밖에 서 있어!"

어셔의 초인적인 힘이 담긴 절규에 마력이라도 숨어 있던 것일까? 그가 가리킨 낡고 거대한 거울이 달린 문이 곧 육중한 흑단의 입을 천천히 뒤쪽으로 밀어냈다. 문밖에는 큰 키의 메들린 부인이 수의를 입은 채 우뚝 서 있었다. 그녀가 입고 있는 하얀 옷에는 피가 배어 있었

으며, 여위고 쇠약해진 몸은 심하게 몸부림치며 이쪽저쪽으로 비틀거리다가 낮은 신음소리를 울리며 오빠의 몸 위로 털썩 쓰러지더니 단말마의 격렬한 고통에 사로잡혀 그를 바닥으로 밀어 쓰러뜨렸다. 그때는 그도 이미 숨을 거두고 시체가 되어 쓰러져 있었다. 그가 예견한 대로 격렬한 공포의 희생양이 되어 쓰러진 것이었다.

나는 겁에 질려 도망쳤다. 폭풍은 여전히 미친 듯이 불어댔다. 내가 달리던 좁은 길에서 이상한 빛이 번쩍였다. 나는 심상치 않은 빛이 어디서 나온 것인지 확인하려고 뒤돌아보았다. 넓고 큰 저택과 그 그림자가 내 뒤에 홀로 있었다. 그 광채는 지금 막 기우는 피처럼 붉은 보름달의 빛이었다. 달빛은 전에 내가 이야기한, 그전에는 보일까 말까 했던 벽의 갈라진 틈새로 밝게 비치고 있었다.

우두커니 서서 바라보는데 이 갈라진 부분이 점점 넓어지더니 회오리바람이 한 번 휙 불고 지나가자 달 모양이 내 눈앞에 동그랗게 나타났다. 거대한 벽이 무너지면서 산산조각으로 쏟아져 내리는 것을 보았을 때 나는 머리가 아찔했다. 거센 파도 소리 같은 요란한 고함소리가 들리더니, 발밑의 깊고 어두침침한 늪이 소리도 없이 음침하게 어셔 저택의 파편을 삼켰다.

도둑맞은 편지

18××년 파리. 가을의 찬바람 불던 저녁, 해가 떨어지고 얼마 지나지 않은 시각, 나는 친구 C. 오귀스트 뒤팽과 함께 포브르 생제르맹 뒤노 가 33번지에 위치한 친구의 집 3층 구석의 서재라고 해야 할지 서고라고 해야 할지 모를 작은 방에서 해포석 파이프에서 나오는 보라색 연기와 명상에 잠기는 이중의 사치를 즐기고 있었다. 적어도 한 시간 동안 우리는 깊은 침묵을 유지했다. 우연한 관찰자에게는 각각이 방의 분위기를 억압하는 연기의 소용돌이에 열중하고 몰두하는 것처럼 보였을 것이다. 우리는 저녁 일찍 우리 사이에 대화의 주제를 형성한 어떤 문제에 대해 토론하고 있었다. 그것은 모르그 가의 사건과 마리로제 살해 사건에 관련된 수수께끼였다. 그때 방문이 열리며 우리의 오랜 친구인 파리 경찰국장 '무슈 G'가 들어왔다.

우리는 그를 진심으로 환영했다. 겉모습이 야비해 보이긴 해도 어느 정도 유쾌한 면도 있는 사람인데다 여러 해 동안 만나지 못했던 탓에 그의 방문은 반가웠다. 그때까지 우리는 어둠 속에 앉아 있었고 뒤팽은 등불을 켤 목적으로 일어섰는데, G는 우리에게 자문을 얻기 위해 아니 내 친구의 의견을 묻기 위해 왔다고 말했다.

뒤팽은 램프에 불을 붙이려던 손을 멈추고 말했다.

"깊이 생각해야 할 문제라면 어둠 속이 낫겠군."

그는 다시 앉았다.

"또 당신의 그 이상한 버릇이 나오는군요."

G가 말했다.

그에게는 자기가 이해할 수 없는 일은 무엇이든 이상한 것으로 여기는 버릇이 있었으므로, 그는 이상한 것들 투성이 속에서 살아 온 셈이었다.

"그렇고 말고요."

뒤팽은 그에게 담배를 권하고 안락의자를 밀어주었다.

"그런데 이번에는 어떤 어려운 사건입니까? 또 살인 사건은 아니겠지요?"

내가 물었다.

"아니, 그렇지 않습니다. 전혀 다른 종류의 문제입니다. 아주 단순한 문제이기 때문에 우리의 힘만으로도 충분히 풀 수 있지만, 아주 묘한 부분이 있기 때문에 뒤팽 씨라면 틀림없이 알고 싶어 하실 거라고 생각해서 찾아 왔습니다."

"단순하고 이상하다고요?"

뒤팽이 말했다.

"네, 그렇습니다. 그러나 그렇다고만은 할 수 없지요. 사실 사건이 너무 단순해서 손댈 길이 없단 말입니다. 아주 성가시지요."

"당신들을 성가시게 하는 것의 정체는 아마도 이 극단적인 '단순함'인 것 같군요."

내 친구가 말했다.

"농담하지 마십시오."

G는 자못 유쾌한 듯 큰 소리로 웃어댔다.

"그럼 너무 명백한 거군요."

뒤팽이 말했다.

"하하하, 뒤팽 씨한테는 역시 못 당한단 말이야. 뒤팽 씨, 제 배꼽을 떼어 놓으실 작정입니까? 그것만은 참아 주십시오."

"그건 그렇고, 당면한 문제가 뭡니까?"

내가 이렇게 묻자 G는 진지하고 심각하게 담배를 한 모금 깊이 들이마시며 의자 깊숙이 고쳐 앉고 대답했다.

"그럼 말씀드리겠습니다. 간단하게 말씀드리겠습니다만, 그전에 알아두셔야 할 점은 비밀을 철저히 지켜주셔야 한다는 겁니다. 이 이야기를 내가 했다는 사실이 밝혀지면 저는 지금의 지위에서 물러나야 할 겁니다."

"계속해 보세요."

내가 말했다.

"아니면 그만두시든지."

뒤팽이 말했다.

"그럼 말씀드리겠습니다. 제가 은밀하게 알고 지내는 친구 가운데 신분이 고귀한 사람이 있습니다. 그에게서 들었는데 궁정에 있던 중요한 서류를 도둑맞았다고 합니다. 훔친 사람도 틀림없이 알고 있다고 합니다. 훔치는 현장을 목격했으니까요. 그리고 그것이 여전히 그의 소유로 남아 있는 것으로 알려져 있습니다."

"그걸 어떻게 안다는 거죠?"

뒤팽이 물었다.

"문서의 성격과 도둑의 소유물로부터 즉시 발생할 수 있는 특정 결과가 아직 나타나지 않은 것으로부터 분명히 추론됩니다."

"구체적으로 말씀해 주시죠."

내가 말했다.

"그럼 이야기하죠. 그 서류는 어떤 방면에서 그 소유자에게 특정 권익을 가져다주는데, 그 권익은 매우 귀중하게 여겨지는 것입니다."

G는 외교 용어를 좋아했다.

"아직도 이해가 잘 안 돼요."

뒤팽이 말했다.

"잘 모르겠다? 잘 들어보세요. 이름은 밝힐 수 없지만 그 서류가 제3자에게 폭로되면 지위가 매우 높은 어떤 분의 명예가 실추됩니다. 그 서류를 쥐고 있는 사람이 그 고귀한 분에게 권세를 부릴 입장에 서게 된단 말입니다. 때문에 그 고귀한 분의 명예와 안전이 매우 걱정되는 상태입니다."

내가 그의 말을 끊었다.

"그러한 권세를 부리려면 도둑맞은 사람이 누가 그런 짓을 했는지 알고 있다는 전제가 필요하겠군요. 도대체 누가 일부러 그런 짓을?"

G가 대답했다.

"서류를 훔친 사람은 D 장관으로 이 사람은 인간다운 행동이든 인간답지 못한 행동이든 서슴지 않고 저지를 사람입니다. 이번 서류를 훔친 방법 또한 대담무쌍하고 교묘하기 짝이 없습니다. 그 고귀한 분은 문제의 서류, 즉 편지 한 통을 궁정의 내실에 혼자 있을 때 받았습니다. 그것을 읽고 있을 때 그분과 마찬가지로 고귀한 어떤 분이 들어오셨는데 그분에게만은 절대로 편지를 보이고 싶지 않은 이유가 있었기 때문에 서둘러 서랍에 넣으려 했지만 뜻대로 되지 않아 편지를 펼친 채로 테이블에 놓았습니다. 마침 받는 사람의 이름이 적혀 있었고 내용은 보이지 않았기 때문에 편지의 정체는 드러나지 않았습니다. 그런데 바로 그때 등장한 것이 D 장관이었습니다. 장관은 눈이 살쾡이 같은 사람으로 바로 편지를 발견하고는 받는 사람의 이름을 보고 필적을 감정했으며 편지를 받은 부인이 당황하고 있다는 사실까지 감지했고, 비밀의 냄새를 맡았습니다. 평소와 다름없이 그는 간단하게 용건을 마무리지은 뒤 문제의 편지와 외견이 비슷한 다른 편지를 꺼내 펼쳐들고 읽는 척하다가 그것을 문제의 편지 바로 옆에 놓았습니다. 그리고 약 15분 정도 공적인 이야기를 하고 그 방에서 나올 때 자신의 것이 아닌 편지를 테이블에서 집어 갔습니다. 그 편지의 정당한 주인은 그것을 보기는 했지만 바로 옆에 제3자가 서 있었기 때문에 그의 행동을 책망할 수 없었습니다. 장관은 방에서 나갔고 엉뚱한 편지만 탁자에 남았습니다. 이렇게 된 겁니다."

G의 이야기가 끝나자 뒤팽이 나를 보며 말했다.

"자, 이것으로 조금 전에 자네가 권세를 부리기 위해서 필요하다고 했던 조건들이 전부 갖춰졌음을 확실히 알게 됐군. 도둑맞은 사람이 범인을 알고 있다는 사실을 범인이 알고 있다는 조건이."

G가 고개를 끄덕였다.

"그렇습니다. 게다가 이렇게 장악된 힘이 지난 몇 개월 동안 정치적 목적으로 이용되었는데 그 수위가 상당히 위험한 수준까지 이르렀습니다. 도둑맞은 분은 날이 갈수록 그 편지를 되찾아야 한다는 사실을 통감하고 있습니다. 그래서 생각 끝에 제게 일을 맡긴 겁니다."

뒤팽이 그야말로 연기의 소용돌이 속에서 말했다.

"당신보다 더 은밀하고 유능하게 일을 처리할 사람은 상상할 수도 없었을 거예요."

"너무 치켜세우지 마십시오. 하지만 실제로 그랬을지도 모릅니다."

G가 대답했다.

"당신 말대로라면 편지는 아직도 장관의 손에 있군요. 편지로 힘을 행사하는 것보다 그것을 가지고 있는 편이 더 유리할 테니까요. 그것을 사용하면 효과는 사라지죠."

내가 말했다.

"맞습니다. 그렇게 확신하고 일을 진행시키고 있습니다. 우선 장관의 저택을 철저히 조사해볼 생각이었습니다. 수사한다는 사실을 장관이 모르게 해야 했기 때문에 일이 그리 수월하지만은 않았습니다. 우리의 의도를 의심하게 할 만한 구실을 상대방에게 주면 그 사람의 성격으로 봐서 위험한 일이 벌어질지도 모르니 조심하라고 신신당부했죠."

G의 말에 다시 내가 물었다.

"그런 수사라면 당신들에게는 식은 죽 먹기 아닙니까? 파리 경찰은 그런 일에 익숙할 테니까요."

"그건 그렇습니다. 그런 것 때문에 걱정하는 게 아닙니다. 게다가 그 장관의 습성은 우리에게 아주 유리한 것이니까요. 그 사람, 하룻밤 내내 집을 비우는 날이 아주 많습니다. 하인도 많지 않습니다. 그들이 자는 곳은 주인의 방에서 멀리 떨어져 있으며 대부분 나폴리 사람이기 때문에 술에 취하게 만드는 일도 식은 죽 먹기입니다. 아시다시피 우리에게는 파리에 있는 모든 방의 문을 열 수 있는 열쇠가 있습니다. 지난 3개월 동안 하룻밤도 쉬지 않고, 그것도 거의 밤새도록 제가 직접 나서서 D 장관의 저택을 수사했습니다."

G가 말을 마치자 뒤팽이 나를 보며 말했다.

"두 가지 특수한 조건, 즉 왕궁의 사정과 특히 D 장관이 관련되어 있다는 그 음모의 분위기로 미루어 보아, 장관에게는 편지를 언제든 이용할 수 있도록 준비해 두는 것이 편지를 가지고 있는 일 못지않게 중요할 걸세."

내가 물었다.

"금방 꺼낼 수 있도록 준비해 둔다는 것은 무슨 뜻인가?"

"찢어버리기 쉽게 둔다는 말이지."

"그렇다면 그 편지는 분명 집안에 있겠군. D 장관이 몸에 지니고 다닐 가능성은 전혀 없을 테니까."

그러자 G가 말했다.

"네, 그렇습니다. 도둑인 척하고 두 번이나 그를 지켜보다가 내가 직접 엄중히 몸을 뒤져보기도 했습니다."

뒤팽이 대답했다.

"그런 성가신 일은 안 해도 좋았을 걸 그랬군요. D 장관이 바보는 아닐 테니 그런 일쯤이야 각오하고 있었겠지요."

"바보는 아니지요. 그러나 D 장관은 시인입니다. 나는 시인을 바보의 이웃사촌쯤으로 생각합니다."

해포석 파이프에서 입을 떼고 연기를 내뱉으며 뒤팽은 말했다.

"그렇겠군요. 나도 서투른 시 나부랭이를 지어 본 적이 있기는 합니다만."

두 사람의 이야기를 듣던 내가 G에게 물었다.

"수색 방법을 좀 자세히 설명해 주십시오."

"네, 많은 시간을 들여 '모든 방'을 샅샅이 수색했지요. 이런 일에 오랜 경험이 있으니까요. 방 하나를 조사하는 데 이틀 밤씩 걸렸고 방 하나하나 차례로 집안 전체를 모두 조사했습니다. 우선 방마다 가구를 조사하고 서랍을 모두 열어 보았습니다. 잘 훈련된 경찰관에게는 비밀 서랍 같은 것이 불가능하다는 것을 알고 계실 겁니다. 어떤 사람이든 이런 종류의 수색에서 '비밀' 서랍이 있다고 생각하는 이가 있다면 그야말로 얼뜨기지요. 사실은 아주 간단합니다. 모든 캐비닛에는 어느 정도의 공간이 있습니다. 거기에는 정확한 규칙이 있지요. 우리는 세밀한 자를 가지고 있으므로 한 라인(12분의 1인치)의 50분의 1도 우리 눈을 속일 수 없습니다. 다음으로는 긴 바늘로 찔러도 보고 책상의 위쪽 상판까지 뜯어 보았지요."

"왜 그런 일까지."

"탁자나 이와 유사한 구조의 가구 뚜껑에 물품을 숨기려는 예가 얼마든지 있으니까요. 다리에 구멍을 뚫고 그 속에 물건을 넣은 다음 감쪽같이 뚜껑을 덮은 예도 있습니다. 침대 다리의 끝과 위쪽도 이런 목적으로 쓰이지요."

다시 내가 물었다.

"그렇지만 구멍 같은 거야 두들겨 보면 알 수 있지 않을까요?"

"그건 말도 안 됩니다. 물건을 숨긴 다음 주위에 솜을 가득 넣으면 그때는 어떻게 됩니까? 그리고 우리는 소리를 내서는 절대로 안 됩니다."

"뜯어낸다고 했지만 지금 당신이 말한 방법으로 물건을 숨겨 둘 만한 가구를 하나도 빠짐없이 살펴보지는 못했겠지요. 편지는 돌돌 말 수도 있고, 그렇게 하면 모양도 크기도 조금 굵은 뜨개바늘 정도밖에 되지 않으니까요. 그런 물건이라면 의자의 뼈대 같은 데도 숨길 수 있어요. 의자의 뼈대까지 전부 뜯어 보지는 않았겠지요?"

"물론입니다. 하지만 더 현명한 방법을 사용했습니다. 집안에 있는 모든 의자의 뼈대, 그리고 모든 가구의 연결 부분을 성능 좋은 확대경으로 살펴봤습니다. 최근에 만진 흔적이 조금이라도 남아 있다면 바로 찾아낼 수 있었을 겁니다. 톱밥 하나라도 사과만큼 커다랗게 보이니까요. 아교가 조금이라도 벗겨졌거나 연결 부분의 틈새에 조금이라도 이상한 곳이 있었다면 그것만으로도 들통났을 겁니다."

"물론 거울도 신경써서 살펴봤겠지요. 거울과 판자 사이도 커튼과 카펫, 침대와 침구 등도 전부 살펴봤겠지요?"

"물론이지요. 이런 식으로 모든 가구를 살펴본 다음 집 자체를 조사해 봤습니다. 가옥의 전 면적을 일정하게 나눠서 빠짐없이 각각의 공간에 번호를 매기고, 옆에 있는 건물 두 동까지 포함한 그 집의 대지 면적 또한 구획으로 나누고, 번호를 매겨 놓치는 부분이 없도록 했습니다. 그런 다음 이전과 같이 확대경으로 바로 인접한 두 집을 포함하여 건물 전체의 각 평방(平枋)을 면밀하게 조사했습니다."

"인접한 두 집까지……! 정말 고생하셨겠군요."

내가 감탄한 듯 말했다.

"그렇습니다. 그만큼 보수도 굉장하니까요."

"지면도 살펴봤나요?"

"지면이라고 해봐야 모두 벽돌이 깔려 있기 때문에 그리 힘들이지 않고 조사할 수 있었습니다. 벽돌 사이의 이끼를 조사해 봤지만 움직인 흔적은 없었습니다."

"D 장관의 서류, 그리고 서재의 책도?"

"물론입니다. 우리는 모든 상자와 소포를 열어 봤습니다. 모든 책을 펼쳐 봤을 뿐만 아니라, 각 권의 커버도 모두 뒤집어 보았으며, 한 페이지 한 페이지 넘겨 보기까지 했습니다. 우리 경찰에서 흔히 쓰는 방법이기는 하지만 그저 책을 흔들어 보는 것만으로는 성에 차질 않아서요. 책의 표지도 정확한 자로 일일이 재보고 확대경으로 면밀하게 조사해 봤습니다. 장정을 최근에 조금이라도 만진 흔적이 있었다면 우리는 그걸 틀림없이 찾아냈을 겁니다. 제책소에서 얼마 전에 도착한 책 대여섯 권은 바늘로 찔러가며 주의깊게 살펴봤습니다."

"카펫 밑바닥도 살펴봤습니까?"

"의심의 여지가 없습니다. 우리는 모든 카펫을 제거하고 확대경으로 바닥을 검사했습니다."

"벽에 걸린 벽지는요?"

"살펴봤습니다."

"지하실은?"

"살펴보고 말고요."

"그렇다면, 당신이 잘못 생각한 거로군요. 당신 생각과는 달리 편지는 집안에 없다는 얘깁니다."

내가 말했다.

"분하지만 그 점에 관해서는 당신 말이 옳은 것 같습니다. 그렇다면 뒤팽 씨, 당신 생각은 어떻습니까?"

G가 뒤팽을 보며 말했다.

"다시 한번 집을 철저하게 수색해 보라고 충고하고 싶군요."

"그건 헛수고라고 장담할 수 있습니다. 편지가 거기에 없다는 사실은 지금 제가 살아 있다는 사실만큼 명백합니다."

G가 대답했다.

"그보다 나은 충고는 없을 듯합니다. 그건 그렇고 편지의 특징은 알고 계시죠?"

뒤팽이 말했다.

"그야 당연하죠!"

이렇게 말한 G는 수첩을 꺼내 사라진 문서의 내용, 특히 외관에 대해서 자세하게 적어 놓은 것을 큰 소리로 읽었다. 읽기를 마친 그는 서둘러 돌아갔는데, 나는 그 선량한 신사가 그처럼 의기소침해 하는 모습을 지금까지 본 적이 없었다.

한 달쯤 뒤 그가 우리 앞에 다시 모습을 드러냈는데 우리는 이전과 별반 다를 바 없는 문제에 깊이 잠겨 있었다. 그는 파이프를 받아들고 의자에 앉아 잡담하기 시작했다. 드디어 내가 입을 열었다.

"그 도둑맞은 편지는 어떻게 됐나요? 설마 그 장관을 이길 수 없다는 사실을 깨달았다고 말하지는 않겠지요?"

"화가 납니다만 말씀하신 그대로입니다. 뒤팽 씨의 충고대로 다시 한번 조사해 봤지만, 완전히 헛수고였습니다."

"보수가 얼마라고 하셨죠?"

뒤팽이 물었다.

"음, 엄청난 금액입니다. 입이 떡 벌어질 정도죠. 정확히 얼마인지 말하고 싶지 않습니다. 한 가지 말씀드리고 싶은 것은, 그 편지를 찾는 사람에게 5만 프랑짜리 개인 수표를 주어도 상관없다는 것입니다. 사실 그것은 매일 점점 더 중요해지고 있습니다. 보상은 최근에 두 배가 되었습니다. 그러나 세 배가 된다 해도 나는 내가 한 것 이상을 할 수는 없을 겁니다."

뒤팽이 해포석 파이프로 연기를 뻑뻑 들이마신 뒤 연기를 내뿜으며 말했다.

"그런가요? 사실 내가 보기에는 당신의 노력이 부족했던 것 같아요. 이번 사건에서 당신은 아직 당신의 능력을 모두 사용하지 않았어요. 조금 더 힘을 쏟아부을 수도 있지 않았나요."

"뭐라고요? 어째서 그런 말을 하는 겁니까?"

"그러니까" 뻑뻑. "당신은" 뻑뻑. "이번 사건에서 다른 사람의 지혜를 빌려도 상관없지 않았나요?" 뻑뻑뻑. "애버네티라는 사람에 대한 이야기를 기억하십니까?"

"모릅니다. 애버네티인지 뭔지 엿이나 먹으라지!"

"옳으신 말씀! 엿을 먹든지 말든지 상관없지만, 옛날에 애버네티에게 병을 고칠 수 있는 방법을 공짜로 알아내려던 구두쇠가 있었다고 하더군요. 그런 꿍꿍이속이었기에 애버네티와 단둘이 이야기 하게 되었을 때, 그 구두쇠는 자신의 병을 다른 사람의 병인 것처럼 이야기했다고 합니다. '만약에 말입니다'라고 그 구두쇠가 말했어요. '어떤 사람이 이런저런 증상을 보인다고 합시다. 선생님이라면 그 사람에게 어떤 지시를 내리시겠습니까?'라고. '어떤 지시냐고요?' 애버네티가 말했어요. '뻔하지 않습니까? 의사의 지시를 받으라고 말할 겁니다'."

G는 조금 실망한 목소리로 말했다.

"하지만 저는 기꺼이 지시를 받을 것이고 사례도 할 겁니다. 이번 사건에서 저를 도와주는 사람들에게는 그가 누가 됐든 정말로 5만 프랑을 줄 생각입니다."

뒤팽이 서랍을 열어 수표책을 꺼내며 대답했다.

"그렇다면, 지금 말씀하신 금액의 수표를 써 주세요. 서명이 끝나면 편지를 드리죠."

나는 어처구니없었다. G는 벼락이라도 맞은 표정이었다. G는 한동안 아무런 말없이, 꼼짝도 하지 않고 서서 입을 벌린 채 내 친구를 의심스럽게 바라보았는데 그의 눈은 당장에라도 튀어나올 것 같았다. 잠시 후 그는 어느 정도 제정신을 차린 듯 펜을 쥐고 수표에 사인하고 망설이다가 탁자 너머에 있는 뒤팽에게 건네주었다. 그것을 유심히 살펴본 뒤팽은 수표를 지갑에 넣은 뒤 책상 서랍을 열어 편지를 꺼내 G에게 건네주었다. G는 너무나도 기쁜 나머지 숨막히는 표정으로 그것을 쥐더니 떨리는 손으로 편지를 펼쳐 내용을 훑어 보고는 문을 향해서 비틀비틀 걸어갔다. 뒤팽에게 수표를 쓰라는 말을 들은 이후부터 단 한마디도 하지 않은 채 예의도 잊고, 이 집에서 재빨리 모습을 감췄다.

그가 떠나자 뒤팽이 천천히 설명했다.

"파리 경찰은 나름대로 아주 유능하기는 하지. 인내심 강하고 머리도 잘 돌아가고, 꼼꼼하고, 임무 수행에 필요한 사항에는 정통해 그래서 G로부터 D 장관의 저택 수색법을 자세히 들었을 때 그가 만족할 만한 수색을 했음에 틀림없다고 확신했지. 물론 그의 수색이 미치는 범위 내에서의 이야기이기는 하지만."

"그의 수색이 미치는 범위 내에서?"

내가 물었다.

"그래. 그가 사용한 방법은 나름대로 최선책이었고 완벽하게 수행됐어. 만약 편지가 그의 수색이 미치는 범위 내에 있었다면 그들은 틀림없이 편지를 발견했을 거야."

나는 웃을 수밖에 없었다. 그는 아주 진지하게 이야기하는 듯했다. 그가 말을 이었다.

"그러니 나름대로 괜찮은 방법을 택했다고 할 수 있고, 그것을 수행하는 데도 빈틈이 없었어. 문제는 그 방법이 이번 경우와 이번 인물에 대해서는 효과가 없었다는 점에 있지. 아주 교묘한 책략이었지만 그것도 G에게는 프로크루스테스의 침대 같은 것으로, 거기에 억지로 키를 맞추려 했지. 그는 끌어안고 있는 사건을 너무 깊이 생각하거나 너무 가볍게 생각해서 실수를 저지르곤 해. 초등학생 중에도 그보다 뛰어난 추리가는 얼마든지 있을 거야. 내가 알고 있는 아이 중에 8살 정도 된 아이가 있는데 그 아이는 '홀짝놀이'를 아주 잘해서 신동 취급을 받고 있어. 그 놀이는 구슬로 하는 아주 간단한 놀이야. 한 사람이 구슬을 몇 개 쥐고 홀수인지 짝수인지를 상대방에게 물어서 상대가 맞히면 구슬을 하나 받지. 조금 전에 말한 그 아이는 학교 안의 구슬이란 구슬은 전부 끌어모았어. 그 아이에게는 추리의 원칙이라는 게 있는데 그리 대단할 것도 없는 방법이지. 상대방의 머리가 어느 정도인지를 관찰해서 추측하는 거야. 예를 들어 머리가 아주 나쁜 아이가 구슬을 잡고 '홀짝?'이라고 물으면, 그 아이는 '홀'이라고 대답해서 져주지. 하지만 두 번째에는 이겨. 이렇게 생각하는 거지.

'이 바보는 처음에 짝을 집었지만 두 번째는 기껏해야 홀을 집을 정도의 머리밖에 되지 않는다. 그러니 홀로 하자.' 그리고 이기는 거지. 다음으로 같은 바보이기는 하지만 조금 나은 바보가 상대라고 하세. 그러면 이렇게 생각하는 거지. '이 녀석은 내가 처음에 홀이라고 했으니 두 번째는 조금 전의 바보처럼 짝에서 홀로 바꾸려고 하겠지만, 그건 너무 단순하다고 생각을 고쳐먹고 결국에는 첫 번째와 마찬가지로 짝을 집을 거야. 그러니 짝으로 하자.' 그리고 이기는 거야. 바로 이게 그 아이의 추리법인데 아이들은 그저 녀석은 '운이 좋다'고만 생각하지. 그런데 그게 과연 운일까? 운이 아니면 뭘까?"

"그것은 단지 추리하는 사람의 지성과 상대방의 지성을 동일시하는 거지."

나는 말했다.

"바로 그거야. 그 아이에게 자신의 사고를 상대방의 사고에 완전히 일치시키는 비결을 물었더니 이렇게 대답하더군. '상대방이 얼마나 영리한지, 얼마나 멍청한지, 얼마나 좋은 사람인지, 얼마나 나쁜 사람인지, 지금 무슨 생각을 하고 있는지를 알고 싶을 때는 상대방의 얼굴 표정과 어울리는 표정을 지어 보는 거예요. 얼굴 표정에 어울리는 생각과 기분이 마음속에 떠오르기 때문에 거기에 신경을 집중하면 돼요.' 그 아이의 대답은 꽤 심원한 것으로, 그에 비해 라 로슈푸코(프랑스 윤리학자), 라브레(프랑스 윤리학자), 마키아벨리(이탈리아 르네상스 정치사상가며 저작가), 캄파넬라(이탈리아 철학자, 신부)의 말이라며 애지중지하고 있는 것들의 심원함은 그저 피상적인 것에 불과하지."

뒤팽이 말했다.

"그러니까 결국 자네 말은 추리자의 지력과 상대방 지력의 일치는 이쪽이 상대방의 지력을 확실히 추측하고 있느냐 없느냐에 달려 있다는 거로군."

내가 말했다.

"실용적인 가치는 이것에 달려 있어. 그리고 경찰국장과 그의 동료들이 그렇게도 자주 실패하는 이유는, 첫째로 자신의 머리를 상대방의 머리와 일치시키지 못하기 때문이고, 둘째는 상대방의 머리를 측정하지 못하기 때문이야. 아니 전혀 측정하려 들지 않기 때문이지. 그들은 머리를 어떻게 쓰느냐 하는 문제를 자기들 방식으로만 생각해, 그러니까 숨겨진 물건을 찾을 때는 자신들이라면 어디에 숨겼을까 하는 것만을 생각하지. 즉 그들의 생각이 대중의 생각을 충실하게 대표하고 있다는 점까지만이야. 하지만 제대로 된 악당의 교활함은 그들과는 질적으로 달라서 대중은 늘 의표를 찔리지, 그들보다 상대방이 더 영리할 때는 그런 일이 늘 일어나고, 영리하지 못할 때라도 그런 일은 일어나. 그들은 수색 원칙을 바꿀 줄 몰라. 긴급사태가 발생하거나 막대한 보수 같은 자극이 더해져도 원칙에는 손을 대지 않고 그저 지금까지 하던 방법을 확대하거나 강화하는 게 고작이지.

이번 D 장관 사건의 경우에 행동의 원칙을 변화시키기 위해 어떤 일들이 행해졌지? 이 모든 지루한 방식들, 조사하고, 소리를 내고, 확대경으로 대보고, 건물의 표면을 일정 단위로 나눠서 번호를 매기는 것

들은 수색의 원칙 또는 모든 원칙의 강화, 응용에 지나지 않아. 이와 같은 수사상의 모든 원칙은 일종의 선입관에 바탕을 두는 것인데, G는 오랫동안 그에 따라서 일을 했기 때문에 완전히 타성에 젖게 됐지. 누군가가 편지를 감출 때면 의자의 다리에 구멍을 뚫는다고까지는 생각하지 않았겠지만, 의자의 다리에 구멍을 뚫어 숨기고 싶어 하는 정신적 경향에서 도출해낼 수 있는, 사람들의 눈에 띄지 않는 구멍이나 구석에 은폐시키는 법이라는 선입관을 가지고 수색을 했던 거야. 그렇게 은밀한 구석에 숨기는 방법은 대부분의 경우에 평범한 지능을 가진 사람들이 생각해내는 것일 뿐이라는 사실도. 그렇기에 물건을 숨길 때는 어떤 경우라도 숨길 물건을 처리하는 일, 즉 그와 같은 교묘한 방법으로 처리할 거라는 사실을 예상하는 거지. 그렇다면 그것을 찾아내는 일은 찾는 사람의 머리가 좋은가 하는 것과는 전혀 관계없는 일이 되며, 단지 세심하고 의지가 굳기만 하면 되는 것이지. 따라서 도둑맞은 편지가 G의 수색 범위 안의 어떤 곳에 있기만 하면 —즉 범인의 은닉 원칙이 G의 수색 원칙에 포함되어 있었다면— 그것은 의심할 여지없이 발견됐을 테지. 그러나 G는 철두철미하게 속아 넘어갔네. 그의 실패 원인은 장관을 시인으로 여긴 데에 있네. '모든 시인은 바보'라고 생각하고, 이 전제로부터 추론을 내려 그 판단이 개념을 끌어내지 못하는 잘못을 저지른 것일세."

뒤팽의 설명을 듣고 나는 다시 물었다.

"하지만 이 사람이 정말 시인일까? 형제 둘 다 학문적으로 이름을 날리고 있고 D 장관은 미분학에 관한 뛰어난 저술이 있다고 기억하는

데, 그는 수학자이지 시인은 아닐세."

"착각하고 있군. 나는 그를 잘 알고 있는데, 그는 둘 다야. 시인이면서 수학자지. 그래서 높은 추리력을 지녔다네. 수학자일 뿐이라면 추리가 다 뭔가. G의 굴레에 빠졌을 걸세."

"여보게, 그렇다면 세상의 여느 의견과 모순되지 않는가. 자네는 여러 세기 동안 내려오는 전설을 무시하는 건 아니겠지. 지금까지는 수학적 추리가 최고의 추리라고 여겨져 왔어."

뒤팽이 샹폴(프랑스 문인)의 말을 인용해서 대답했다.

"'세상의 모든 통념, 용인되고 있는 모든 습관은 명백하게 어리석은 것이다. 왜냐하면 그것은 대중의 취향에 맞는 것이기 때문이다.' 수학자들은 자네가 말한 것과 같은 그릇된 견해를 세상에 퍼뜨리는 데 크게 공헌했는데, 그것을 진리로 널리 퍼트렸다는 점은 용서하기 어려운 부분이야. 예를 들어 더 나은 일을 위해서 사용했다면 좋았을 기교를 교묘하게 조작해서 그들은 '해석'이라는 말을 대수학에 적용하려했어. 이와 같은 속임수를 맨 처음 시작한 원흉이 바로 프랑스인들인데, 언어라는 것에도 이른바 관록이라는 게 있다면 ―즉 언어의 가치가 여기에서는 조화를 이루고 저기에서는 조화를 이루지 못한다는 점에 있다면― '해석'이라는 말은 '대수'라는 말과 전혀 조화를 이룰 수 없을 거야. 그건 라틴어의 '분주'가 '야심'을, '맺다'가 '종교'를 '유명인'이 '고결한 사람'을 의미하지 않는 것과 같은 거야."

"자네 지금 파리의 대수학자와 논쟁을 벌이고 있는 것 같군. 어쨌든 계속 들어보기로 하지."

"추상논리라는 형식에 의해서 나온 것이 아니라면, 그 외의 제아무리 특별한 형식에 의해서 나온 것이라 할지라도 그런 추리법의 유효선, 그러니까 가치는 믿을 만한 것이 못 된다는 게 내 의견이야. 내가 특히 의심을 품고 있는 것은 수학적 연구에서 나온 추리법이야. 수학은 형태와 양에 관한 과학이기 때문에 수학적 추리법은 그와 같은 형태와 양의 관찰에만 적용될 수 있는 논리인데도 모든 순수 대수학의 진리를 추상적·보편적 진리라고 생각한다는 데서 오류가 생겨나는 거야. 그런데 그 오류라는 게 엄청난 오류임에도 세상 사람들에게 받아들여졌다는 점을 생각하면 화가 나서 견딜 수가 없어. 수학적 공리는 공리가 아니야. 관계, 즉 형태와 양에서는 참인 것이 윤리학에서는 엄청난 거짓이 되는 경우가 얼마든지 있어. 윤리학에서는 부분의 결합과 전체에 관해서는 참된 것이 도덕에 관해서는 종종 심하게 거짓이지. 이 후자의 과학에서는 집합된 부분이 전체와 동일하다는 것은 사실이 아니야.

화학에서도 그 공리는 맞아떨어지지 않는다네. 두 가지의 동기, 각각의 일정한 가치를 지닌 두 가지 동기가 합쳐졌을 때 그것이 반드시 각각의 총합만큼 가치를 지니는 것은 아니거든. 관계의 범위에서만 진리라고 할 수 있는 다른 수학적인 진리들이 얼마든지 있단 말일세. 그러나 수학자들은 자기의 제한된 진리에서 시작하여 습관적으로, 세상이 실제 그렇게 상상하는 대로 마치 그것들이 절대적이며 보편적인 것처럼 주장하지.

브라이언트는 매우 박식한 저서인 『신화학』에서 '우리는 이교도의 우화를 믿지 않으면서도 끊임없이 우리 자신을 망각하고 그들이 현존하는 실체들인 양 그것들로부터 추론을 한다'고 말했어. 그러나 이교도 같은 대수학자들은 바로 그 이교도의 우화를 실제로 신봉하고 그것으로부터 추론을 하지. 간단히 말하자면 수학의 중근을 믿는 것을 기꺼이 포기하려 한다거나 그것을 x^2+px는 절대적이고 무조건적으로 q와 같다는 것에 대한 자기 믿음의 출발점으로 삼고 있지 않은 수학자를 이제껏 만나 본 적이 없다네. 시험 삼아 이런 신사 중 한 명에게 x^2+px가 반드시 q라고는 생각지 않는다고 한번 말해 보게. 단, 상대방에게 자네의 의문점을 알린 뒤에는 가능한 한 빨리 몸을 피하도록 하게. 상대방은 틀림없이 자네를 때려눕히려고 할 테니까."

그의 말에 내가 그저 히죽히죽 웃기만 하자 뒤팽이 계속해서 말했다.

"D 장관이 수학자에 불과했다면 G가 나에게 이 수표를 줄 필요가 없었을 것이라는 말이야. 하지만 나는 그가 수학자인 동시에 시인이라는 사실도 알고 있었기 때문에 그의 입장까지도 참작해서 내 척도를 상대방의 능력에 맞출 수 있었던 거야. 그리고 그가 궁정의 신하, 대담한 음모가라는 사실도 알고 있었지. 그런 사람이 경찰이라면 반드시 사용할 진부한 수법을 모를 거라고는 생각되지 않아. 불심 검문을 예견하지 못했을 리가 없어. 그 이후의 사태가 그것을 증명하고 있는 대로 집안을 은밀하게 수색할 것이라는 사실도 예측하고 있을 것이라 생각했지. 그가 밤이면 자주 집을 비운다는 사실을, G는 자신에게 유리한 일이라며 기뻐했지만 나는 그것을 책략이라고 봤어. 경찰에게 마음껏 수색할 기회를 주겠다는 속셈이었지. 그렇게 하면 그만큼 빨리 편지가 집안에 없다는 확신을 경찰에게 심어줄 수 있고, 실제로 G는 그런 확신을 품게 됐어.

　숨겨진 물건을 찾을 때 경찰이 쓰는 빤한 행동 원리에 대해서 지금까지 장황하게 설명했는데 그와 같은 일련의 생각이 하나도 남김없이 장관의 머리에도 떠올랐을 것이라고 나는 생각했지. 그렇다면 장관이 흔히 생각할 수 있는 은밀한 곳은 쳐다보지도 않을 것이라는 사실이 명확해지질 않는가? 집안의 제아무리 은밀한 곳, 제아무리 사람의 눈에 띄지 않는 구석이라 할지라도 G의 눈과 바늘, 송곳, 확대경 앞에서는 아주 흔히 볼 수 있는 장롱과 크게 다를 바가 없다는 사실을 그도 알고 있을 거라고 생각했어. 따라서 굳이 그런 곳을 선택하지 않고, 당연한 얘기가 되겠지만, 오히려 단순한 방법을 선택할 것이라고 나는 생각했지. 우리가 처음 만났을 때의 일, 자네도 아직 잊지 않았겠지? 내가 G에게 수수께끼가 너무나도 자명해서 어려움을 겪는 게 아니냐고 물었더니 그 작자 완전히 나를 비웃었지?"

　"물론 그의 기쁨을 잘 기억하지. 그렇게 기뻐하다가 숨넘어가는 게 아닐까 정말로 걱정했거든."

　내가 말했다.

　"물질계에는 비물질계와 아주 비슷한 부분이 헤아릴 수 없이 많아. 그렇기 때문에 은유나 직유가 묘사에 생생함을 더해줄 뿐만 아니라 논의의 보강에도 도움이 된다는 수사학의 독단도 어느 정도는 진실성을 띠고 있다고 말할 수 있지. 쉽게 말해서, 관성의 법칙은 물리학에서도 형이상학에서도 통용될 수 있을 거야. 물리학에 조그만 물체보

다 커다란 물질을 움직이는 게 더 어려우며 그에 필요한 운동량은 그 어려움에 비례한다는 말이 있는 것처럼, 형이상학에서도 용량이 크고 뛰어난 두뇌는 열등한 두뇌보다도 일단 움직이기 시작하기까지 여러 가지로 번거로우며, 움직이기 시작해서도 한동안은 불안정하고 주저하기도 하지. 이쯤에서 한 가지만 더 물어보겠네. 상점의 간판 중에서 어떤 것이 가장 눈에 잘 들어오나?"

"그런 건 생각해본 적 없는데."

나의 대답에 뒤팽이 계속해서 말을 이었다.

"지도를 사용하는 퍼즐 게임이 있어. 한쪽 그룹이 다른 그룹에게 어떤 이름을 말하지(도시, 강, 주 또는 제국의 이름). 그러니까 이름이라면 무엇이든 상관없어, 알록달록하게 뒤죽박죽 얽혀 있는 지도 위의 이름을 말하면 되는 거야. 처음 해보는 사람은 상대방을 당황하게 만들려고 가장 작은 글자로 적혀 있는 이름을 선택하지. 하지만 점점 익숙해질수록 커다란 글자로 지도의 끝에서 끝에 걸쳐 있는 이름들을 선택하게 된다네. 간판이나 거리의 표지판에서도 마찬가지로 너무 눈에 잘 들어오는 것은 오히려 놓치기 쉬운 법이야. 이런 면에서는 물적인 사물을 보지 못하는 것과 심적인 것을 보지 못하는 것이 완전히 일치하는데, 같은 이유로 지성이라는 것은 너무 개방적이거나 너무 명백한 것에는 생각이 미치질 못해. 그런데 이런 사실은 G의 이해력을 조금 상회하거나 조금 하회하지. 그 사람은 D 장관이 그 편지를 남들에게 절대로 보이지 않을 거라고 생각했기 때문에, 편지를 세상 사람들의 눈과 코앞에 두는 일은 절대로 없을 것이며 그런 일이 있으리라고는 생각해 보지도 않았으니까.

　하지만 D 장관의 대담하고, 면밀한 지력, 분별력 있는 독창성에 대해 생각하면 할수록 ─그가 좋은 목적으로 문서를 사용하려는 의도가 있었다면 문서는 항상 가까이에 있었음에 틀림없다는 사실에 따라 ─ 그리고 장관이 입수한 결정적인 증거에 따르면 그것이 그 고위 인사의 일반적인 수색의 한계 내에 숨겨져 있지 않다는 것, 나는 이 편지를 숨기기 위해 장관이 그것을 전혀 숨기려고 시도하지 않는 포괄적이고 현명한 편법에 의존했다는 사실에 더욱 만족하게 되었지.

　이러한 생각으로 가득 찬 나는 녹색 안경을 준비했고, 어느 화창한 날 아침 지나가다 생각나서 들른 것처럼 장관의 집을 방문했어. D 장관은 집에 있었지. 평소와 다름없이 하품을 하기도 하고 이리저리 거닐기도 하는 등 따분해서 죽겠다는 시늉하고 있더군. 하지만 사실은 그처럼 정력적인 사람도 없을 거야. 물론 사람들의 눈에 띄지 않는 곳에서만 그렇다는 이야기지만.

　나도 지지 않고, 안경 같은 건 쓰고 싶지 않지만 눈이 나빠서 어쩔 수 없다는 둥 불평하며 그 안경으로 그의 주의를 돌려놓고, 주인 이야기에 귀기울이는 척하며 낱낱이 방 안을 살펴보았네. 옆에 있는 큰 책상이 특히 나의 주의를 끌었는데 그 위에는 편지 여러 통과 서류, 악기 두서너 개와 책이 난잡하게 놓여 있더군. 한동안 세밀히 살펴보았지만 특히 의심할 만한 건 아무것도 없음을 알았네. 방 안을 휘휘 둘러보다가 마침내 내 눈은 벽난로 한복판 아래의 조그마한 구리 집게로부터 더러운 파란 리본이 매달리고 그 끝이 겉보기만 번드레한 철사로 꾸며진 마분지 편지꽂이로 향했네.

서너 칸으로 나뉜 편지꽂이에는 명함 몇 장과 편지 한 통이 들어 있었지. 그 편지는 아주 더럽게 구겨져 있고, 처음에는 불필요한 것으로 여겨 찢어버리려다 다시 그대로 꽂아 둔 것처럼 가운데가 둘로 찢어져 있지 않겠나. 그 편지에는 시커멓게 큰 봉인이 있고 'D'라고 뚜렷이 적혀 있었는데, 가느다란 여자 필적으로 D 장관에게 보낸 것이었네. 그것은 편지꽂이 맨 윗자리에 아무렇게나 내던져진 듯 꽂혀 있었지. 나는 이거야말로 내가 찾고 있는 편지임이 틀림없다고 생각했네. 물론 이 편지는 G가 우리에게 자세히 설명한 것과는 전혀 달랐지. 이 편지의 봉인은 크고 검었으며 'D'라는 기호가 있었네. G가 말한 편지는 봉인이 작고 붉은색이며 S집안 공작 문장이었지. 또 이 편지의 주소는 가는 여자 필적으로 씌어 있는데, 도둑맞은 편지는 어느 왕족이 보낸 거라고 G가 말하지 않나. 다만 편지의 크기만이 같단 말일세.

그러나 편지의 외양이 극단적으로 다른 점과 손때 묻고 더럽고 찢어진 편지 모양이 D의 빈틈없는 일상생활의 습관과 모순된 점, 그 편지를 보는 사람에게 아무 쓸모없는 것처럼 생각하게 하려는 계획의 암시, 또 편지가 모든 방문자의 눈에 띄는 곳에 아무렇게나 놓여 있는 점 등이 내가 이미 도달한 결론과 완전히 일치했네. 이러한 사실은 수색의 목적을 안고 온 나에게 대번에 큰 의심을 안겨 주었지. 나는 되도록 오랫동안 머뭇거리고 앉아 그의 흥미를 끌기 위해 노력했지. 그를 감동시킬 만한 문제를 끌어내어 열렬한 토론을 벌이면서도 편지로부터는 한순간도 주의를 떼지 않았네.

조사를 계속하는 동안 나는 편지의 겉모양과 편지꽂이에 꽂혀 있는 모양들을 머릿속에 깊이 새겨 넣었네. 그러고는 정말 확실한 점을 발견하게 되었지. 이젠 조금도 망설일 필요가 없어진 걸세. 편지 모서리를 자세히 살펴보니 필요 이상으로 구겨졌더란 말이야. 딱딱한 종이를 한 번 접어 그 위를 집게로 누른 다음 꺾인 자리를 반대쪽으로 다시 꺾을 때 나타나는 갈라진 모양을 하고 있었단 말일세. 이것만으로 충분했지. 나는 장관에게 작별 인사를 하고 일부러 금으로 만든 담뱃갑을 책상 위에 놓고 곧 돌아왔네.

이튿날 아침 나는 담뱃갑을 찾으러 가서 전날 우리들이 하던 이야기를 다시 꺼내 열심히 토론했지. 그러나 그렇게 토론을 벌이는 동안 권총이 발사된 것처럼 큰 소리가 호텔 창문 바로 아래에서 들렸고, 뒤이어 일련의 두려운 비명과 겁에 질린 폭도들의 고함이 들렸네. D 장관은 창으로 달려가 문을 열어젖히고 밖을 내다보았네. 그러는 동안 나는 재빨리 편지꽂이로 가서 그 편지를 꺼내 주머니에 넣은 다음 겉모양이 똑같은 가짜 편지를 대신 넣어 두었네. 그것은 빵으로 만든 봉인으로 D 장관의 기호를 흉내 내어 집에서 미리 빈틈없이 만들어 가지고 간 것이었어.

거리의 소란은 머스킷 총을 든 남자의 광란적인 행동 때문에 발생한 것이었는데, 그는 여자와 아이들이 가득한 군중 사이에서 그것을 쏘았지. 그러나 탄알 없는 공포탄으로 밝혀져 미친 사람이 아니면 주정꾼 탓으로 돌리고 그냥 풀려났다네. 나도 편지를 손에 넣고는 곧바로 D 장관의 뒤를 쫓아 창 쪽에 가 있었지. 사나이가 가버린 뒤 D 장관은 다시 자리로 돌아왔고, 나는 곧 인사를 하고 그 집을 떠났네. 물론 그 총을 든 사나이는 내 부탁을 받은 가짜 미치광이었지."

"그런데 무슨 목적이 있어서 그 편지를 가짜 편지로 바꿨지? 처음 방문했을 때 그것을 공개적으로 가져오는 편이 더 나을 뻔하지 않았나?"

내가 물었다.

"D 장관은 대담한 사람이야. 게다가 용기도 있고, 그의 집에는 주인을 위해서라면 목숨을 바칠 수도 있다는 부하들이 있고, 자네가 말한 대로 했다면 D 장관의 집에서 살아 나올 수 없었을 거야. 선량한 파리 사람들은 그 이후로 내 소식을 들을 수 없었을 거고. 그런 이유도 있었지만 내게는 또 다른 목적이 있었어. 내 정치적 견해가 어떤 것인지는 자네도 잘 알고 있지?

이번 사건에서 나는 그 부인 편이야. 18개월 동안 D 장관은 그녀를 자신의 권력에 두었어. 이제는 그 부인이 손아귀에 쥐고 놀 차례야. D 장관은 편지가 자신에게 없다는 사실을 모른 채 아직도 자신이 가지고 있는 줄 알고 어려운 일을 부인에게 떠넘길 거야. 그러면 그는 정치적으로 바로 실각하게 돼 있지. 순식간에 몰락하게 될 테니 아주 볼만할 거야.

'지옥으로 떨어지기는 쉽다(베르길리우스의 『아이네이스』에서 인용)'라는 말이 있지. 그러나 카탈리나(이탈리아 성악가)가 성악에 관해 이야기한 것 중에 저음에서 고음으로 올라가며 노래하는 편이 그 반대보다 훨씬 쉽다고 말했듯 올라가는 것이 떨어지는 것보다 훨씬 기분 좋은 일이지. 이 경우에서 나는 떨어지는 자에게 아무 동정도 하기 싫네. 조금도 가엾게 여겨지지 않아. 그는 무서운 괴물, 파렴치한 천재야. 그러나 D 장관이 내가 편지꽂이에 쑤셔 넣은 그 편지를 펴 보고는 어떤 생각을 할지 퍽 궁금하군."

"왜? 뭐 특별한 거라도 넣어 두었나?"

"물론. 그냥 백지만 넣기도 좀 뭣하지 않은가. 그것은 D 장관을 모욕하는 것과 같지 않겠어? D는 언젠가 한번 빈에서 나를 크게 약올린 적이 있다네. 그때 나는 불쾌한 낯을 하지 않고 다만 언제든지 이 일을 기억하고 있겠노라고 했지. 그래서 그가 이번에 자신의 모략보다 한 걸음 더 앞선 사람이 누군지 궁금해할 것도 같고, 또 실마리를 알리지 않는 것도 가엾을 것 같아서 말이야. 내 필체는 그도 잘 알고 있으므로 백지에 다음과 같은 글을 써넣었지.

이러한 무참한 계획은
아트레에게는 알맞지 않을지라도
티에스트에게는 어울리리라.

이 글은 크레비용(프랑스 시인)의 명작 『아트레와 티에스트』 가운데 한 구절일세."

구덩이와 진자

　나는 병들어 지쳤다. 오랜 고문의 고통으로 죽을 만큼 지쳤다. 그리고 마침내 그들이 나를 속박에서 벗어나 앉아도 좋다고 허락했을 때 내 감각은 나를 떠났다. 그 무서운 사형 선고는 내 귀에 들려온 뚜렷한 마지막 징조였다. 그 후 종교 재판소의 목소리가 꿈결 같은 불확실한 윙윙거림으로 합쳐진 것 같았다. 그것은 내 영혼에 혁명의 개념을 전달했는데, 그것은 방앗간 물레방아가 돌아가는 소리로부터 연상된 듯했다.

　더는 듣지 못하였다. 그러나 한동안 나는 보았다. 얼마나 과장되게 보였는지! 검은 옷을 두르고 있는 심문관들의 입술을 보았다. 그것들은 내게 하얗게 보였는데, 지금 이 말을 적고 있는 하얀 시트보다 더 하얗게 보였다. 그리고 기괴할 정도로 —흔들리지 않는 의지— 인간의 고통에 대한 잔혹한 냉소를 극도로 보여 주는 얇은 입술, 내게는 '운명' 그 자체인 선고가 여전히 그 입술을 통해서 흘러나오는 것이 보였다. 그들이 치명적인 발언으로 몸부림치는 것을 보았다. 그들이 내 이름의 음절을 만드는 것을 보았고 소리가 들리지 않아서 몸서리쳤다.

또한 한동안 정신이 혼미한 공포, 방의 벽을 둘러싸고 있는 검은담비 커튼의 부드럽고 감지할 수 없는 흔들림을 보았다. 그러고 나서 나의 시선은 탁자에 놓인 촛불 일곱 개로 떨어졌다. 처음에 그들은 사랑의 모습을 하고 있었고 나를 구원할 하얀 천사들처럼 보였다. 그러나 그때, 한꺼번에, 나의 영혼에 가장 치명적인 메스꺼움이 찾아왔고, 마치 축전기의 전선을 만진 것처럼 내몸의 모든 섬유가 전율했고 천사의 형상들은 불길의 머리를 가진 무의미한 유령이 되었으며, 나는 그들로부터 아무런 도움도 받지 못할 것임을 알았다. 그러고 나서 풍성한 음표처럼 무덤에 어떤 달콤한 안식이 있어야 하는지에 대한 생각이 내 공상을 뒤덮었다. 그 생각은 부드럽고 은밀하게 다가왔고, 완전한 인식에 도달하기까지 오랜 시간이 걸렸다. 그러나 내 영혼이 그것을 느끼고 즐기기 시작했을 때 재판관의 모습은 마술처럼 내 앞에서 사라졌다. 키 큰 촛불은 허공으로 가라앉았다. 불길은 완전히 꺼졌다. 어둠이 덮였다. 모든 감각은 영혼이 하데스로 향하는 것처럼 미친 듯이 돌진하는 하강으로 말미암아 삼켜진 것처럼 보였다. 그리고 침묵과 고요함, 밤은 우주였다.

나는 깜짝 놀랐다. 그러나 여전히 모든 의식이 사라졌다고 말하지는 않을 것이다. 거기에 무엇이 남아 있었는지 나는 정의하거나 설명하려고 시도하지 않을 것이다. 그러나 모든 것을 잃은 것은 아니다. 가장 깊은 잠에 빠져 있을 때 ―아니다! 정신 착란에 빠진 것은 아니다! 절대 그렇지 않다!― 무덤 속에서도 모든 것을 잃는 것은 아니다. 그렇지 않으면 인간에게는 불멸이 없다. 가장 깊은 잠에서 깨어나서 우리는 어떤 꿈의 거미줄을 끊는다. 그러나 잠시 후(거미줄이 너무 약했을 수도 있다) 우리는 우리가 꿈꿔 왔던 것을 기억하지 못한다.

실신 상태에서 제정신으로 돌아오려면 두 단계를 거쳐야 한다. 첫째, 정신적 또는 영적 감각의 단계. 둘째, 육체적 존재의 지각 단계. 두 번째 단계에 이르렀을 때 첫 번째 단계의 인상을 회상할 수 있다면 그 인상은 저 멀리 심연의 기억을 확실하게 보여 줄 것이다. 심연이란 대체 무엇일까? 하다못해 심연의 환상과 무덤의 환상을 우리는 어떻게 구별하면 좋겠는가? 지금 내가 첫 번째 단계라 했던 상태의 인상을 의식적으로 불러낼 수는 없지만, 오랜 시간이 흐른 뒤에 그것들이 어디서 오는지 우리가 감탄하는 동안 그것들은 뜻하지 않게 오지 않겠는가? 한 번도 기절한 적 없는 사람은 빛나는 석탄에서 이상한 궁전과 낯익은 얼굴을 발견하는 사람이 아니다. 많은 사람이 볼 수 없는 슬픈 환상을, 공중에 떠 있는 것을 보는 사람이 아닐까? 어떤 새로운 꽃의 향기에 대해 숙고하는 사람이 아닌가? 그의 주의를 한 번도 사로잡은 적 없는 음악적 리듬의 의미에 어리둥절해지는 사람은 아닌가?

기억하기 위한 빈번하고 사려 깊은 노력에서, 내 영혼이 빠져나간 것처럼 보이는 상태의 흔적을 되찾기 위해 진지한 투쟁을 하는 동안, 나에게는 성공을 꿈꿨던 순간들이 있었다. 내가 기억을 떠올렸던 짧

디짧은 기간이 있었는데, 이 기억의 그림자는 내리막이 끝이 없다는 단순한 생각만으로도 끔찍한 현기증을 일으키고 침묵 속에서 나를 억압하고 들어 올리고 지탱했던 키 큰 인물들을 불분명하게 보여 주며, 부자연스러운 고요함 때문에 내 마음에 막연한 공포를 야기했다. 그런 다음 모든 것이 갑자기 움직이지 않는 듯하다. 평평한 느낌 그리고 습기. 이 모든 것은 광기, 금지된 것들 사이에서 분주하게 움직이는 기억의 광기이다.

갑자기 내 영혼의 움직임과 소리, 즉 심장의 격동적인 움직임과 박동 소리가 돌아왔다. 그런 다음 모든 것이 비어 있는 일시 중지. 그런 다음 다시 소리, 움직임, 촉감, 내 몸에 퍼져 있는 따끔거림. 그런 다음 존재에 대한 단순한 의식, 즉 오래 지속되는 상태. 그러다가 갑자기 생각이 떠올랐고, 나는 공포에 떨며 나의 진정한 상태를 이해하려고 진지한 노력을 기울였다. 그런 다음 무감각에 빠지고 싶은 강한 욕망. 그런 다음 영혼의 서두르는 부흥과 성공적인 움직임 그리고 재판, 재판관, 검은담비 휘장, 선고, 질병, 기절에 대한 완전한 기억. 그런 다음 일어난 모든 일을 완전히 잊었다. 그 모든 것 중에서 그리고 많은 열렬한 노력으로 말미암아 나는 약간의 일들을 어렴풋이 기억할 수 있었다.

지금까지 나는 눈을 뜨지 않았다. 내 몸은 묶이지 않은 채 등을 대고 누워 있는 것 같았다. 내가 손을 뻗자 그 손은 축축하고 딱딱한 무언가로 무겁게 떨어졌다. 그곳에서 나는 어디에 있고 무엇이 될 수 있는지 상상하려고 노력하는 몇 분 동안 그것을 참았다. 나는 갈망했지

만 감히 눈을 뜰 수 없었다. 나는 주변의 물체를 보게 되는 것이 두려웠다. 끔찍한 광경을 보게 될까 봐 두려워서가 아니라 볼 것이 없을까 봐 두려웠다. 나는 절망적인 마음으로 재빨리 눈을 떴다. 내가 했던 최악의 생각이 확인되었다. 영원한 밤의 어둠이 나를 감쌌다. 나는 숨을 쉬기 위해 애썼다. 참을 수 없는 어둠의 강렬함이 나를 억압하고 억누르는 것 같았다.

나는 여전히 조용히 누워서 이성을 발휘하려고 노력했다. 나는 종교 재판 절차를 떠올리고 그 시점부터 나의 실제 상태를 추론하려고 시도했다. 선고는 끝났다. 그 이후로 매우 긴 시간이 흐른 것처럼 보였다. 한순간도 내가 실제로 죽었다고는 생각하지 않았다. 그러한 가정은, 우리가 소설을 통해 읽은 것들에도 불구하고, 실제 존재와 전혀 일치하지 않는다. 그러나 나는 어디에 그리고 어떤 상태로 있었는가? 내가 알기로는, 사형 선고를 받은 사람들은 대개 아우토다페에서 죽임을 당하였는데, 그중 한 명은 내가 재판을 받던 바로 그날 밤 사형이 집행되었다. 나는 지하 감옥으로 끌려가 여러 달 동안 일어나지 않을 다음 희생을 기다렸던 것일까? 나는 즉시 이것이 있을 수 없는 일임을 떠올렸다. 사형수들은 즉각적인 처벌을 받았다. 더욱이 내가 있던 지하 감옥과 톨레도에 있는 모든 사형수 감방에는 돌바닥이 깔려 있었고 빛이 전혀 없지는 않았다.

두려운 생각이 갑자기 심장에 피를 흘리게 했고 한동안 나는 다시 한 번 무감각에 빠졌다. 정신이 회복되자마자 즉시 일어섰고, 내 몸 안의 모든 섬유질이 경련을 일으켰다. 나는 내 팔을 사방으로 거칠게 밀어

넣었다. 아무것도 느낄 수 없었다. 그러나 무덤의 벽에 의해 방해받지 않도록 한 발짝을 떼는 것도 두려웠다. 모든 땀구멍에서 땀이 나와 이마에 차갑고 큰 구슬이 맺혔다. 긴장의 고통은 참을 수 없을 정도로 커졌고, 나는 희미한 광선을 잡기 위해 팔을 뻗고 눈구멍을 잔뜩 긴장한 채 조심스럽게 앞으로 나아갔다. 나는 여러 걸음을 걸었다. 여전히 어둠과 공허뿐이었다. 나는 더 자유롭게 숨을 쉬었다. 적어도 내 운명이 가장 끔찍한 운명은 아니라는 것이 분명해 보였다.

여전히 조심스럽게 앞으로 나아가고 있을 때 톨레도의 공포에 대한 수천 가지의 막연한 소문이 내 기억 속에 몰려들었다. 지하 감옥에서 일어난다는 기이한 일들은 —평소에는 지어낸 이야기에 지나지 않는다며 무시했지만— 그저 기괴한 이야기임에 틀림없을 테지만 막상 말을 하려고 하면 너무나도 무서운 생각이 들었기 때문에 작은 목소리로도 이야기할 수가 없었다. 암흑의 지하 세계에서 굶어 죽는 것일까? 아니면 더욱 무시무시한 다른 운명이 기다리는 것일까? 어쨌든 심문관들의 정체를 속속들이 잘 알고 있는 나로서는 결국 죽음일 거라는 사실에는 의문의 여지가 없었다. 나의 마음을 점령하고 괴롭히는 것은 오직 그 방법과 시기였다. 뻗은 손은 단단한 장애물에 닿았다. 그것은 돌로 된 벽이었는데 아주 매끄럽고 끈적끈적하고 차가웠다. 나는 벽을 따라서 걸었다. 수많은 옛날이야기를 알고 있던 나는 의심이 매우 커졌기 때문에 더할 나위 없이 신중하게 발걸음을 옮겼다. 하지만 이 방법은 지하 감옥의 길이나 폭을 확인하는 데 그다지 도움이 되지 않았다. 벽은 사방이 완전히 똑같이 만들어져 있는 듯했고, 한 바퀴를 돌아 출발점으로 돌아와도 출발점으로 돌아왔다는 사실을 알 방법이 없었다. 종교 재판소의 법정에 끌려갈 때 주머니에 숨겨 두었던 칼을 찾아보았지만 찾을 수 없었다. 내 옷은 굵은 서지 옷감으로 바뀌었다.

나는 출발점을 식별하기 위해 벽돌의 좁은 틈새에 칼날을 밀어넣을 생각을 했다. 처음에는 머릿속이 혼란스러웠기에 이 난관을 극복하기 어려울 거라고 여겼지만, 그렇게 어려운 문제도 아니었다. 죄수복의 일부를 찢어 길게 늘인 다음 벽과 직각이 되게 놓았다. 더듬더듬 걸어 이 감옥을 한 바퀴 돌고 나면 그 헝겊 조각을 만나게 될 것이다. 적어도 그렇게 생각했다. 하지만 지하 감옥의 크기, 내 체력이 떨어진 정도까지는 계산에 넣지 못했다. 땅은 축축하고 미끄럽다. 나는 한동안 비틀거리며 앞으로 나아가다가 비틀거리며 넘어졌다. 과도한 피로는 나를 엎드린 상태로 이끌었다. 눕자마자 곧 잠이 쏟아졌다.

잠에서 깨어나 팔을 뻗으니 옆에는 빵 한 개와 물이 담긴 주전자가 있었다. 이 상황을 생각하기에는 너무 지쳤기에 허겁지겁 먹고 마셨다. 그 후 얼마 안 있어 교도소 주변을 돌아다녔고, 많은 수고 끝에 마침내 죄수복의 파편을 발견했다. 넘어질 때까지 52보를 세었고, 다시 걷기 시작했을 때 48보를 세었다. 그렇다면 전부해서 100보라는 이야기가 되니, 1야드를 2보라고 한다면 지하 감옥의 둘레는 50야드가 되는 셈이다. 하지만 벽에는 요철이 수없이 많았기 때문에 구덩이의 모양을 추측하기란 불가능한 일이었다. 지금 구덩이라고 말했는데 그렇게밖에는 달리 생각되지 않았다.

이러한 탐구에 특별한 목적이 있었던 것은 아니었다. 그러나 막연

한 호기심이 나를 이끌었다. 벽을 그만두고 울타리 주변을 건너기로 결심했다. 처음에는 극도로 주의했는데 바닥은 겉보기에 단단한 물질로 되어 있었지만 점액질 때문에 위험했다. 나는 용기를 내어 주저하지 않고 단호하게 발걸음을 내디뎠다. 그 상태로 10~12보 걸어갔을 때 옷에서 찢어낸 천 조각이 발에 걸려 엉기면서 그대로 엎어졌다. 넘어진 직후에는 낭패감에 싸여서 일이 이상하게 돌아가고 있음을 즉시 알아차리지 못했지만, 몇 초 만에, 내가 여전히 엎드려 있는 동안에 상황을 깨달았다.

내 턱은 감옥 바닥에 닿았지만 입술과 머리 윗부분은 턱보다 낮은 곳에 떨어져 있다는 것을, 즉 아무것에도 닿아 있지 않다는 것을 알게 되었다. 동시에 내 이마는 축축한 수증기에 휩싸인 것 같았고, 썩은 곰팡이의 독특한 냄새가 콧구멍을 찔렀다. 나는 팔을 내밀었고, 원형 구덩이의 바로 직전에 떨어졌다는 것을 알고 몸서리쳤다. 테두리 바로 밑 돌이 쌓인 곳을 더듬다가 작은 돌멩이가 떨어져 나오기에 그것을 나락으로 떨어뜨렸고, 몇 초 동안 그것이 내려가며 측면에 부딪힐 때 내는 잔향에 귀기울였다. 이윽고 음침한 물속으로 뛰어드는 소리가 들렸고 뒤이어 큰 메아리가 울려퍼졌다. 동시에 머리 위에서 문이 빠르게 열리는 듯한 소리가 들렸고 희미한 빛이 어둠 속에서 번쩍였다가 사라졌다.

나를 위해 준비된 운명을 분명히 보았고 거기에서 벗어나게 해준 다행스러운 사고에 기분이 좋아졌다. 넘어지기 전에 한 발만 더 앞으로 내딛었다면 나는 이 세상에서 사라졌을 것이다. 방금 피한 죽음은 종교 재판에 관한 이야기에서 내가 환상적이고 경솔하다고 여겼던 바로 그 성격의 것이었다. 폭정의 희생자들에게는 가장 끔찍한 육체적 고통을 유발하는 죽음이나 가장 끔찍한 도덕적 공포를 불러일으키는 죽음이라는 선택지가 있었다. 나는 후자를 위해 예약되어 있었다. 오랜 고통을 겪음으로써 신경은 풀렸고, 마침내 나는 내 자신의 목소리에 떨었고, 모든 면에서 나를 기다리는 일종의 고문에 적합한 대상이 되었다.

나는 사지를 떨면서 더듬더듬 벽으로 돌아갔다. 우물의 공포에 위험을 무릅쓰기보다는 그곳에서 죽기로 결심했고, 내 상상은 지하 감옥의 다양한 위치에 있는 사람들을 그리고 있었다. 한편으로는 이러한 심연 중 하나에 뛰어들어 즉시 불행을 끝낼 용기를 가질 수도 있었을 것이다. 하지만 겁쟁이가 되었다. 또한 나는 이 구덩이에 대해 읽은 것, 즉 생명의 갑작스러운 멸종은 그들의 가장 끔찍한 계획의 일부가 아니라는 것을 잊을 수 없었다.

정신의 동요는 나를 오랜 시간 동안 깨어 있게 했다. 다시 잠이 들었다. 잠에서 깨어나자 전과 마찬가지로 내 곁에서 음식 한 덩이와 물병을 발견했다. 타는 듯한 갈증에 집어삼켰고 그릇을 비웠다. 약을 먹었음이 틀림없다. 술을 마신 적이 없는데도 참을 수 없을 정도로 졸음이 밀려왔다. 깊은 잠이 찾아왔는데 죽음 같은 잠이었다. 그것이 얼마나 오래 지속되었는지는 모르겠다. 그러나 다시 한번 눈을 감았을 때 주변의 물체가 보였다. 처음에는 그 기원을 알 수 없었던 거친 유황 광택 때문에 나는 감옥의 범위와 측면을 볼 수 있었다. 그리고 감옥의 크기에 대해서 크게 착각하고 있었음을 알 수 있었다.

성벽의 전체 넓이는 25야드를 넘지 않았다. 나는 몇 분 동안 그 문제로 상당히 고민했지만 그야말로 아무런 도움이 되지 않았다. 이처럼 무시무시한 상황에 놓였는데 지하 감옥의 넓이 같은 것이 무슨 의미가 있단 말인가? 하지만 그와 같은 사소한 일에 흥미를 느꼈고 계측상의 잘못을 설명하기 위해 분주하게 노력했다. 이윽고 진리가 번쩍였다. 탐험을 위한 첫 번째 시도에서 넘어질 때까지 52보를 세었다. 그때 천 조각이 한두 걸음 안에 있었음을 알 수 있었다. 즉 구덩이를 거의 일 주한 것이다. 그런 다음 잠들어 눈을 떴고 이번에는 반대편으로 돈 것이 틀림없었다. 그래서 주위의 길이를 실제보다 배 가까이 길게 계산했다. 혼란스러웠기에 벽을 왼쪽에 두고 출발했음에도 걷기를 마쳤을 때는 벽이 오른쪽에 있었다는 사실을 깨닫지 못했다.

울타리의 모양에 관해서도 잘못 알고 있었다. 손으로 더듬거리며 걸어가는 동안 튀어나온 곳을 여러 번 만났기 때문에 극히 불규칙한 형태일 것이라고 생각했던 것이다. 실신이나 최면에서 깨어난 사람에게 완벽한 어둠의 효과란 그렇게도 강렬한 것이다! 요철이란 곳곳에 있는 움푹 패인 곳에 지나지 않았다. 감옥의 모습은 대체로 정사각형이었다. 이 금속 울타리의 전체 표면은 승려들의 납골당 미신에서 볼 수 있는 끔찍하고 혐오스러운 장치로 무례하게 더럽혀져 있었다. 위협적인 악마의 모습, 해골 형태와 기타 더 무서운 이미지가 벽을 뒤덮고 변형되었다. 이처럼 이상한 형상을 한 것들의 윤곽은 상당히 뚜렷했지만 습기 때문인지 빛은 바래서 흐릿하게 보였다. 바닥도 주의해서 살펴보았는데 다름 아닌 석조였다. 중앙에는 조금 전 그 아가리에서 간신히 벗어났던 원형의 함정이 커다란 입을 벌리고 있었다. 지하 감옥에서 구멍이 뚫린 곳이라고는 거기밖에 없었다.

나는 이 모든 것을 막연하게 간파했지만 그것도 커다란 노력을 한 결과였다. 왜냐하면 잠들어 있는 동안에 내 육체적 입장이 눈에 띄게 변했기 때문이었다. 지금 나는 천장을 향해서 전신을 늘어트린 형태로 온전히, 낮은 나무 뼈대 위에 누워 있다. 안장을 고정하기 위해서 말의 배에 묶는 긴 끈 같은 것으로 단단히 묶여 있다. 그것은 내 팔다리와 몸 주위를 여러 번 휘감았고, 머리와 왼팔만 자유롭게 남겨 두었기 때문에 바닥에 놓인 질그릇의 음식을 먹을 수 있었다. 끔찍하게도 물통이 사라진 것을 보았다. 끔찍하다고 했는데 견딜 수 없는 갈증으로 온몸이 타들어 가는 것 같았기 때문이었다. 이 갈증을 자극하는 것이 바로 나를 박해하는 자들의 의도 같았다. 접시에 담긴 고기에는 톡 쏘는 양념이 되어 있었다.

시선을 위로 올려 천장을 살폈다. 그것은 머리 위로 3,40피트 높이였으며 측벽과 비슷한 모양이었다. 측벽 중 한 면에 그려진 매우 독특한 인물이 내 모든 관심을 끌었다. 그림에서 그는 골동품 시계에서 볼 수 있는 거대한 진자로 추정되는 것을 들고 있었다. 그러나 이 기계의 외관에는 그것을 더 주의 깊게 바라보게 만드는 무언가가 있었다. 그것을 똑바로 올려다보는 동안(그 위치가 바로 내 머리 위에 있었기 때문에) 나는 그것이 움직이는 것을 보았다고 상상했다. 공포심에서라기보다는 호기심에서 그것을 몇 분 동안이나 바라보였는데 곧 그 완만한 움직임

을 관찰하는 것에도 싫증이 나서 시선을 방 안의 다른 곳으로 돌렸다.

약간의 소음이 내 주의를 끌었고 바닥을 보니 거대한 쥐 몇 마리가 바닥을 가로질렀다. 그들은 내 오른편에 보이는 우물에서 나왔는데 내가 바라보는 동안 고기 냄새에 매료되어 굶주린 눈으로 서둘러 무리를 이끌고 올라왔다. 이로부터 그들을 놀라게 하는 데까지는 대단한 노력과 주의가 필요했다.

30분이나 한 시간쯤 지났을지도 모르지만(시간을 완전하게 기록하기란 어렵기 때문에) 다시 눈을 위로 돌렸다. 그때 본 것은 나를 당황하게 하고 놀라게 했다. 진자의 움직임이 거의 1야드 정도로 증가했다.

당연히 속도도 훨씬 더 빨랐다. 더 무섭게 나를 괴롭힌 것은 진자가 눈에 띄게 아래로 내려왔다는 생각이었다. 가만히 살펴보니 ―어느 정도 놀랐는지는 말할 필요도 없겠지만― 그 하단부는 초승달 모양의 번쩍번쩍 빛나는 동철이었는데 끝에서 끝까지의 길이는 거의 1피트 뿔처럼 생겼고 양쪽 끝은 위쪽으로 젖혀져 있었으며 하단부는 면도날처럼 날카롭게 보였다. 그리고 거대하고 무거운 면도날은 가장자리에서 가늘어져 단단하고 넓은 구조로 변했다. 그것은 육중한 놋쇠 막대에 붙어 있었고, 그 전체가 공중에서 흔들리면서 쉭 쉭 바람을 가르는 소리를 냈다.

고문에 관해서는 가히 천재적이라고 할 수 있는 악한 성직자들이 궁리에 궁리를 거듭한 끝에 나를 위해서 준비한 운명에 대해 더는 의문의 여지가 없었다. 함정이 있다는 사실을 내가 알게 되었다는 소식은 심문소 사람들도 알고 있었다. 함정, 그 공포는 나 같은 불굴의 거부자를 위해서 마련된 것이었다. 함정, 그것이야말로 지옥의 전형, 형벌의 극치라고 세상에 알려진 것이었다. 구덩이에 떨어지지 않았던 것은 완전히 우연의 일치였지만, 의표를 찌르거나 고문의 덫에 걸리게 하는 것이 지하 감옥에서의 기괴한 처형의 중요한 부분을 이루고 있다는 사실을 잘 알고 있었다. 심연으로 나를 던져 넣는 것은 악귀들의 계획에서 제외되었으며 그렇게 해서 좀더 평온한 다른 파멸이 나를 기다리게 된 것이다. 평온한! 이런 말을 이런 상황에서 사용할 생각을 다 하다니 스스로도 감탄해서 고통스럽기는 했지만, 어이가 없어 웃음이 나왔다.

강철의 날이 날렵하게 왕복하는 횟수를 세어 보았다. 죽음보다도 더 길고 긴 공포의 시간을 얘기해봤자 무슨 소용 있겠는가? 그동안 나는 강철의 돌진하는 진동을 세었다! 조금씩, 한 줄씩, 강철의 날은 여전히 내려오고 있었다! 며칠이 지났고, 어쩌면 더 많은 날이 흘렀을지도 모르지만, 그것은 매캐한 숨결로 부채질할 정도로 나를 바짝 휩쓸었다. 날카로운 강철 냄새가 콧구멍으로 밀려들었다. 나는 하늘이 더 빨리 내려오기를 기도하느라 하늘을 지치게 했다. 나는 미친 듯이 화를 냈고, 무시무시한 초승달의 휩쓸림에 맞서 몸을 일으켜 세우려고 애썼다. 그러고 나서 침착해졌고 죽음에 미소를 지었다.

또 다른 완전한 무감각의 시간이 찾아왔다. 그것은 매우 짧았다. 다시 정신을 차렸을 때 진자에는 감지할 수 있는 움직임이 없었기 때문이다. 그 시간은 길었을 수도 있다. 왜냐하면 나는 내가 기절한 것에 주목하는 악마들이 있다는 것을 알았고, 그들은 쾌락을 위해 진동을 멈출 수 있었다. 회복되자마자 나는 오랜 무질서를 겪은 것처럼 말로 표현할 수 없을 정도로 아프고 약해졌다. 그 시대의 고통 속에서도 인간의 본성은 음식을 갈망했다. 고통스러운 노력으로 결박이 허락하는 한 왼팔을 뻗어 쥐들이 나를 위해 남겨 둔 남은 음식을 차지했다. 그중 일부를 입에 넣었을 때 희미하게 느껴지는 기쁨, 즉 어떤 작은 희망이 머릿속으로 밀려들었다. 그러나 어떤 희망이 있었을까? 내가 말했듯이 그것은 희미한 느낌이었다. 인간은 결코 완성되지 않은 많은 것을 가지고 있다.

나는 그것이 기쁨과 희망이라고 느꼈다. 그것은 또한 그 형성 과정에서 소멸되었다고 느꼈다. 나는 그것을 되찾기 위해 완벽하게 만들기 위해 고군분투했지만 헛수고였다. 오랜 고통은 나의 모든 평범한 정신력을 거의 소멸시켰다. 나는 멍청한 사람이었고 바보였다.

진자의 진동은 내 몸 길이와 직각을 이루었다. 나는 초승달이 심장의 영역을 가로지르도록 설계된 것을 보았다. 그것은 서지로 만든 상의를 스쳐 갔다 돌아와 같은 움직임을 반복했다. 몇 번이고 몇 번이고. 진폭은 매우 컸으며(30피드는 족히 넘었다), 바람을 가르며 내려오는 기세는 주위의 철로 만들어진 벽까지도 잘라낼 듯했지만 몇 분 동안 그것이 한 일이라고는 기껏해야 윗도리를 스치는 것뿐이었다. 거기서 생각을 멈췄다. 아니, 앞일을 생각할 용기가 없었다. 생각을 완전히 멈춘 뒤 집요할 정도로 주의를 기울였다. 그렇게 하면 강철 칼이 내려오는 것을 여기서 멈출 수 있기라도 한 듯이. 초승달 모양의 칼이 옷을 스치고 지날 때의 소리에 대해서, 헝겊의 마찰이 신경에 전해주는 특수한 오한에 대해서 생각해 보았다. 이처럼 덧없는 일에 대해서 억지로 생각하는 동안 이가 뿌리까지 들뜬 것 같은 불쾌감에 휩싸였다.

내려온다. 쑥쑥 내려오더니 살금살금 내려온다. 나는 그것의 아래쪽과 측면의 속도를 대조하는 데 열광적인 기쁨을 느꼈다. 오른쪽으로, 왼쪽으로, 멀리서 저주받은 영혼의 비명과 함께 호랑이의 은밀한 속도로 내 마음에! 나는 번갈아 웃고 울부짖으며 하나 또는 다른 생각들을 떠올렸다.

내려온다. 아래로, 확실히, 가차 없이! 그것은 내 가슴에서 3인치 이내에서 진동했다! 나는 왼팔을 풀기 위해 격렬하게 몸부림쳤다. 이제 팔꿈치에서 손까지만 자유로웠다. 옆에 있는 접시에서 내 입까지 큰 노력을 기울여 도달할 수 있었지만 더는 할 수 없었다. 팔꿈치 위의 고정 장치를 부러뜨릴 수 있었다면 진자를 붙잡으려고 했을 것이다. 하지만 그것은 두 손으로 눈사태를 막으려는 것처럼 무모한 행동일 것이다.

내려온다. 여전히 쉬지 않고 피할 수도 없이 내려오고 있다! 진자가 한 번 스쳐갈 때마다 헐떡이고 몸부림쳤다. 한 번 스칠 때마다 경련을 일으켰다. 내 눈은 가장 무의미한 절망의 열망으로 바깥쪽 또는 위쪽으로 소용돌이를 따랐다. 그들은 내리막길에서 경련을 일으키며 몸을 감쌌지만 죽음이 안도감을 주었다. 이 얼마나 말로 표현할 수 없는 감정인가! 아직도 나는 기계가 얼마나 가라앉아야 그 날카롭고 반짝이는 도끼가 내 가슴에 쏟아질 수 있을지 생각하느라 온 신경이 떨렸다. 신경을 떨리게 한 것은 희망이었고 몸은 움츠러들었다. 그것은 종교 재판소의 지하 감옥에서도 사형 선고를 받은 사람들에게 속삭이는 희망, 즉 거짓 희망이었다.

앞으로 10~12번 정도 진자가 왕복하면 강철의 날은 실제로 내 옷에 닿을 것이고, 이러한 생각과 함께 갑자기 날카롭고 절망적인 평온함이 찾아왔다. 몇 시간, 어쩌면 며칠 만에 처음으로 생각했다. 나를 감싸고 있는 붕대, 즉 몸통이 독특하다는 생각이 들었다. 나는 별도의 끈으로 묶여 있지 않았다. 면도칼 같은 초승달 모양의 첫 번째 획은 붕대의 어떤 부분도 떼어내어 내 왼손으로 남은 붕대를 풀 수 있게 만들 것이다. 그러나 강철이 몸에 닿는다는 것은 얼마나 두려운 일일까! 사소한 투쟁의 결과는 얼마나 치명적인가! 더군다나 고문자의 하수인들이 이러한 가능성을 예견하고 이미 준비하지 않았을까! 붕대가 진자의 궤도에서 가슴을 가로지르고도 내가 살아남을 가능성이 있을까? 마지막 희망이 좌절된 것을 느끼며 내 가슴을 뚜렷하게 볼 수 있도록 고개를 들었다. 그 돌파구는 내 팔다리와 몸을 사방으로 감싸고 있었다. 파괴될 초승달의 길을 제외하고는.

고개를 원래 위치로 되돌려 놓기도 전에, 이전에 언급했던 구원에 대한 관념의 형성되지 않은 절반이, 불타는 입술에 음식을 가져다 대자 내 마음에 번쩍였다. 이제 모든 관념이 온전히 존재했다. 연약하고, 거의 제정신이 아니고, 명확하지 않았지만 여전히 존재했다. 나는 절망의 긴장된 에너지로 생각을 즉시 실행에 옮겼다.

오랜 시간 동안 누워 있던 곳 근처에는 말 그대로 쥐들이 떼를 지어 있었다. 그들은 거칠고, 대담하고, 굶주렸다. 그들의 붉은 눈은 기다렸

다는 듯이 나를 노려보았다. 나는 그들이 우물에서 어떤 음식에 익숙해졌을까 하고 생각했다. 그것들은 내가 막으려고 온갖 노력을 기울였음에도 접시에 담긴 내용물의 작은 잔해를 제외하고는 모두 먹어 치웠다. 나는 접시 주위에서 규칙적으로 손을 흔들었고 탐욕스러운 짐승은 날카로운 송곳니를 내 손가락에 고정했다. 이제 나는 남아 있는 기름지고 매운 음식 찌꺼기를 손이 닿는 곳이면 어디든 붕대에 철저히 문질렀다. 그런 다음 바닥에서 손을 들어 숨을 쉬지 않고 누워 있었다.

처음에는 굶주린 동물들이 움직임이 멈춘 그 변화에 깜짝 놀랐고 겁에 질렸다. 그들은 놀라울 정도로 뒤로 물러섰다. 많은 사람이 우물을 찾았다. 그러나 이것은 잠시뿐이었다. 나는 그들의 탐욕을 헛되이 생각하지 않았다. 내가 움직이지 않는 것을 보고 가장 용감한 한두 마리가 골조 위로 뛰어올라 지붕널에서 냄새를 맡았다. 이것은 서두름의 신호처럼 보였다. 그들은 우물에서 나와 새로운 군대를 서둘러 이끌었다. 그들은 나무에 매달렸고, 그것을 뛰어넘었고, 수백 마리가 내 몸 위로 뛰어올랐다. 측정된 진자의 움직임은 전혀 방해되지 않았다. 그들은 진자를 피하면서 기름 부음 받은 붕대를 위로 계속 쌓여가며 나를 압박했다. 그들은 내 목 위에서 몸부림쳤다. 그들의 차가운 입술은 내 입술을 찾았다. 나는 그들의 몰아치는 압력에 반쯤 숨이 막혔다. 이름도 없는 혐오감이 내 가슴을 부풀리고 무거운 축축함과 함께 마음을 차갑게 했다. 그러나 1분, 나는 투쟁이 끝날 것이라고 느꼈다. 분명히 붕대가 풀리는 것을 느꼈다. 한곳 이상에서 이미 붕대가 끊어지고 있다는 것을 알았다. 인간적인 결의보다 더 큰 결의로 가만히 누워 있었다.

계산을 잘못한 적도 없고 헛되이 견디지도 않았다. 이윽고 나는 자유롭다고 느꼈다. 뱃대끈은 내 몸에서 갈비뼈에 매달려 있다. 그러나 진자의 날은 이미 내 가슴을 누르고 있었다. 그것은 겉옷의 앞섶을 두쪽으로 나누고 아래에 있는 아마포를 뚫고 지나갔다. 그것은 다시 두번 흔들렸고 날카로운 고통이 모든 신경을 관통했다. 그러나 탈출의 순간이 도래했다. 내 손짓에 나의 구원자들은 소란스럽게 서둘러 떠났다. 조심스럽고, 옆으로 뻗고, 움츠러들고, 천천히 꾸준한 움직임으로 나는 붕대의 포옹에서 벗어나 초승달의 손이 닿지 않는 곳으로 미끄러졌다. 적어도 당분간은 자유로웠다.

자유롭다! 이단 심문소에서의 자유! 공포의 평상 위에서 감옥의 돌바닥으로 발을 내딛기도 전에 지옥 같은 기계의 움직임이 멈추고 보이지 않는 힘에 의해 천장을 뚫고 올라가는 것을 보았다. 이것은 내가 필사적으로 마음에 새긴 교훈이었다. 나의 모든 움직임을 의심할 여지없이 그들이 지켜보고 있다. 이 무슨 자유인가? 어떤 형태의 고뇌의 죽음에서 벗어났나 싶더니 죽음보다도 더욱 좋지 않은 또 다른 형태의 죽음이 나를 기다렸다. 그렇게 생각하면서도 나는 주위의 철로 만들어진 벽을 두려움 가득한 눈으로 둘러보았다. 처음에는 확실하지 않았지만 어떤 이상한 변화가 틀림없이 이 방에서 일어난 것이 분명했다. 꿈결 같고 떨리는 몇 분 동안 헛된 추측으로 바빴다. 나는 처음으로 세포를 비추는 유황빛의 기원을 알게 되었다. 그것은 폭이 약 반 인치인 갈라진 틈에서 나왔고, 벽의 바닥에 있는 감옥 주위로 완전히 뻗어 있었고, 그렇게 하여 바닥과 분리된 것처럼 보였다. 나는 구멍을 통해 밖을 보려고 했지만 헛수고였다.

그 시도를 멈추고 일어섰을 때 방의 변형에 대한 수수께끼가 즉시 이해되었다. 거칠고 무시무시한 생기를 지닌 악마의 눈이 이전에는 아무도 볼 수 없었던 천 개의 방향에서 나를 노려보았고, 내 상상력이 만들어 낸 비현실적인 광경이 아닐까 여겨질 정도로 불의 무시무시한 광채가 번쩍였다.

비현실적! 내가 숨을 쉬는 동안에도 뜨겁게 달궈진 쇠의 증기가 콧구멍으로 올라왔다! 숨막히는 악취가 교도소를 가득 채웠다! 내 고뇌를 노려보는 눈에는 매 순간 더 깊은 빛이 자리 잡았다! 더 짙은 진홍 색조가 피의 공포 위로 퍼져 나갔다. 나는 숨을 헐떡였다! 나를 괴롭히는 자들의 계획에는 의심의 여지가 없다. 오! 가장 무자비한! 오! 악마 중에서도 가장 악마 같은 사람! 나는 반짝이는 금속으로부터 격리실의 중앙으로 움츠러들었다. 임박한 멸망에 대한 생각 속에서 우물의 차가움에 대한 생각이 향유처럼 영혼을 덮쳤다. 그 치명적인 벼랑 끝으로 달려갔다. 두려운 시선을 아래로 던졌다. 불이 붙은 지붕에서 나오는 눈부심이 가장 안쪽 움푹 들어간 곳을 비췄다. 그러나 잠시 동안 내 영혼은 내가 본 것의 의미를 이해하기를 거부했다. 그것은 내 영혼 속으로 파고들며 힘차게 움직였다. "오! 음성을 듣게 하소서! 오! 공포! 오! 이것 외에는 어떤 공포도!" 나는 비명을 지르며 가장자리로 달려가 두 손에 얼굴을 파묻고 몹시 울었다.

열기가 급증했고, 나는 다시 한번 고개를 들어 무언가에 맞은 것처

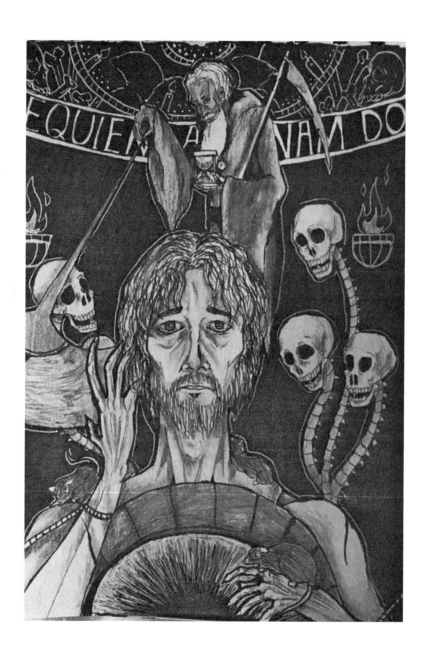

럼 몸을 떨었다. 감옥에 두 번째 변화가 일어났고, 이제 그 변화는 분명 감옥의 형태에 있었다. 이전과 마찬가지로 무슨 일이 일어나고 있는지 이해하거나 이해하려고 노력했지만 헛된 일이었다. 그러나 오래지 않아 의심에 빠졌다. 종교 재판소의 복수는 나의 두 번에 이은 탈출 때문에 다급해졌고, 나는 공포의 왕과 더는 밀고 당기기를 할 수 없었다.

정사각형 방은 순식간에 마름모꼴로 바뀌며 좁혀 왔고, 나는 이제 멈추기를 바라지도 않았다. 나는 영원한 평화의 옷으로 붉은 벽을 가슴에 안을 수 있었다. "구덩이의 죽음 말고는 어떤 죽음이라도!" 바보! 구덩이로 들어가는 것이 불타는 쇠의 목적임을 몰랐을까? 그 빛에 저항할 수 있을까? 아니면 그 압력을 견딜 수 있을까? 그 속도는 생각할 시간을 주지 않았다. 나는 뒤로 물러섰지만 닫히는 벽은 저항할 줄 모르고 앞으로 나아갔다. 그을리고 몸부림치는 내 몸 아래에는 더는 발판이 없었다. 더는 몸부림치지 않았지만 내 영혼은 고통과 절망의 크고 긴 마지막 비명을 내질렀다. 나는 벼랑 끝에서 비틀거렸다. 그리고 눈을 피했다.

바로 그때 인간의 목소리가 불협화음으로 윙윙거리는 소리가 들렸다! 수많은 나팔 소리가 요란하게 울려 퍼졌다! 천 번의 천둥소리 같은 거친 소요가 있었다! 불타는 벽이 물러났다! 어디선가 뻗쳐 온 팔이 내 팔을 붙잡았고 나는 기절하여 심연으로 떨어졌다. 라사르 장군이었다. 프랑스군이 톨레도에 입성한 것이다. 종교 재판소가 적들의 수중에 떨어진 것이었다.

고자질하는 심장

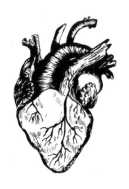

사실이다! 나는 너무나도 신경질적이었으며 지금도 그러하다. 그렇지만 왜 나를 미친 사람으로 취급하는가? 병 때문에 감각은 날카로워졌지만 마비되지도 둔해지지도 않았다. 무엇보다 청각이 예민해졌다. 하늘과 땅의 모든 소리를 들었다. 지옥의 소리도 수없이 들었다. 그런데 내가 미치다니? 여러분은 이 이야기를 경청하기를! 내가 얼마나 분명하고 차분하게 이야기하는지 관찰하기를! 그 생각이 처음에 어떻게 내 머릿속에 떠올랐는지는 말할 수 없다. 한번 떠오른 뒤에는 밤이고 낮이고 머릿속을 떠나지 않았다. 거기에는 목적도 없었고 열정도 없었다.

나는 그 노인이 좋았다. 그가 나에게 잘못한 적은 한 번도 없었다. 나를 욕한 적도 없었다. 나는 그의 재산을 바란 것이 아니었다. 생각건대 그것은 그의 눈 때문이었다. 바로 그 눈 때문이었다! 그의 한쪽 눈은 독수리 눈을 닮았는데 창백하고 푸른 눈 위에 엷은 막이 있었다. 그 눈이 내게로 향할 때마다 피가 얼어붙는 것 같았다. 그리고 서서히 너무나도 천천히 그 노인의 목숨을 빼앗아 그 눈으로부터 영원히 벗어나겠다고 마음먹었다.

이 점이 중요하다. 여러분은 내가 미쳤고 미친 사람은 아무것도 모른다는 환상을 가질 것이다. 내가 얼마나 조심스럽고, 깊게 생각하며, 감쪽같이 그 일을 현명하게 해나갔는지 봤어야 하는데……

나는 일에 착수했다. 그를 죽이기 전 일주일 동안 그에게 더없이 친절하게 대했다. 그리고 매일 자정쯤에 그의 방 문고리를 돌려 살며시 문을 열었다. 머리가 들어갈 만큼 문을 연 뒤 빛이 새어 나오지 못하도록 덮개를 덮은 희미한 등불을 방으로 집어넣고 머리를 들이밀었다.

얼마나 교묘히 머리를 집어넣었는지 여러분이 보았다면 웃었을 것이다. 나는 천천히 너무나도 서서히 움직였기 때문에 노인의 잠을 깨우지 않았다. 머리를 다 들이밀고 노인이 침대에 누워 있는 것을 보기까지 긴 시간이 걸렸다. 보라, 미친 사람이 어떻게 이처럼 현명할 수 있단 말인가? 머리가 무사히 방으로 들어간 뒤 정말이지 조심스럽게 (문이 삐걱거렸으므로) 등불 덮개를 열자 한 줄기 엷은 빛이 그 독수리 눈에 떨어졌다.

이 일을 일곱 밤 내내 자정쯤에 했으나 그 눈은 늘 감겨 있었다. 그러므로 그건 어려운 일이 아니었다. 나를 괴롭혔던 것은 노인이 아니라 악마의 눈이었으므로.

매일 아침 동틀 때 나는 대담하게 그 방으로 들어가 용기를 내어 그에게 말을 걸고 다정한 목소리로 그를 부르며 밤새 잘 잤는지 물었다. 매일 밤 정각 12시에 자고 있는 그를 내가 찾아갔다고 의심했다면 그는 선견지명 있는 늙은이일 것이다.

여드레째 밤에는 여느 때보다 더 조심스럽게 문을 열었다. 시계의 분침이 내 손보다 더 빨리 움직이는 듯했다. 이전에는 나의 총명함과 능력이 그렇게 대단하다고 느끼지 못했었다. 나는 승리감으로 흥분을 감추지 못할 지경이었다. 내가 서서히 문을 열려고 할 때 노인은 나의 비밀스러운 행동과 생각은 꿈도 꾸지 못했을 것이다. 그런 생각이 들자 키득거렸다. 그는 아마 내 소리를 들었을 수도 있다. 놀란 듯 갑자기 침대에서 몸을 뒤척였기 때문이다.

내가 물러났으리라 생각했겠지만 그렇지 않다. 도둑맞을까 두려워 덧문을 걸어 잠갔으므로 방은 짙은 어둠으로 캄캄했다. 나는 그가 문여는 것을 보지 못했다는 것을 알았고 문을 서서히 계속해서 밀었다. 머리를 집어넣고 등불 덮개를 열려고 할 때 손가락이 양철에 미끄러지자 노인은 침대에서 벌떡 일어나 소리쳤다.

"거기 누구냐?"

나는 조용히 있었고 소리도 내지 않았다. 한 시간 내내 근육 하나 움직이지 않았는데 그동안 노인이 드러눕는 소리를 듣지 못했다. 그는 여전히 침대에 앉아 귀를 기울이고 있었다. 내가 밤마다 벽 속에 있는 죽음의 파수꾼에 귀기울인 것처럼

희미한 신음이 들렸다. 죽음을 두려워하는 신음이라는 것을 나는

알 수 있었다. 고통이나 슬픔의 신음은 아니었다! 공포에 억눌렸을 때 영혼의 심연으로부터 올라오는 낮은 숨막힘 소리였다. 나는 그 소리를 잘 알고 있었다. 수많은 밤, 정확히 자정에, 세상 모든 것이 잠들었을 때 그 소리는 내 가슴으로부터 올라와 그 끔찍한 메아리를 울리며 내 마음을 어지럽히던 공포를 더 깊게 만들었다.

나는 그 소리를 잘 알고 있다. 나는 그 노인에게 어떤 감정도 없었고 마음속으로 키득거렸지만 그를 동정했다. 침대에서 돌아누우며 희미한 소리를 낸 이후에도 그가 깨어 있다는 것을 알 수 있었다. 그가 느끼던 무서움은 그의 마음속에서 계속 커져만 갔다. 그는 아무것도 아니라고 생각하려 애썼으나 그렇게 할 수 없었다. 그는 이렇게 중얼거렸을 것이다.

"굴뚝에서 나는 바람 소리일 뿐이야. 마루에 생쥐가 지나가는 거겠지." 혹은 "귀뚜라미가 한번 운 것뿐이지."

그렇다. 그는 이런 가정들로 마음의 안정을 얻으려 했을 것이다. 그러나 모두 헛수고임을 알았다. 그렇다, 모든 게 헛수고였다. 검은 그림자를 앞세우며 죽음이 다가와 그 제물을 둘러싸고 있었으므로. 그는 보지도 듣지도 못했지만, 알아차릴 수 없는 그림자의 음산한 영향으로 방에 있는 나의 존재를 알아챘을 것이다.

그가 다시 드러눕는 소리를 듣지 못한 채 너무도 인내심 있게 오랫동안 기다린 나는 등불 덮개를 아주 조금 열기로 마음먹었다. 그걸 열었는데 얼마나 서서히 열었는지 여러분은 상상할 수 없을 것이다. 드디어 거미줄 같은 희미한 한 줄기 빛이 나와 틈새를 지나 독수리 같은

그 눈에 떨어졌다. 완전히 부릅뜬 눈이었다. 그것을 쳐다보자 화가 치밀었다. 너무나도 분명히 그 눈을 보았다. 전체적으로 희미한 푸른빛에 무서운 엷은 막이 있어 뼛속까지 얼어붙는 것 같았다. 그러나 노인의 얼굴도 몸도 보지 못했다. 마치 본능에 의한 것처럼 그 저주스러운 지점으로 정확히 빛을 비추었기 때문이다.

여러분이 광기로 오해하는 것은 감각이 지나치게 예민한 것에 지나지 않는다고 나는 이미 말한 적 있다. 솜으로 싼 시계에서 나는 소리 같은 낮고 둔탁하며 빠른 소리가 귀에 들렸다. 나는 그 소리 역시 잘 알고 있었다. 노인의 심장이 뛰는 소리였다. 북 치는 소리가 병사들의 용기를 자극하듯 노인의 심장 뛰는 소리는 나의 노여움을 증폭시켰다.

나는 참고 조용히 있었다. 숨도 거의 쉬지 않았다. 움직이지 않은 채 등불을 잡고 있었다. 얼마나 오랫동안 불빛을 눈에 비출 수 있을지 시험했다. 그러는 동안 빌어먹을 심장 박동 소리는 계속 커져만 갔다. 그 소리는 매초마다 점점 더 빠르고 커졌다. 노인의 공포가 극에 달한 것이 틀림없었다! 정말이지 매초마다 커져만 갔다! 여러분은 내 말을 잘 이해할 것이다. 나는 신경질적이라고 이미 말한 바 있다.

한밤중에, 낡은 집의 죽음 같은 침묵 속에서, 이런 소리는 나를 흥분시켜 참을 수 없는 공포를 느끼게 할 지경이었다. 그러나 몇 분 동안 참고 조용히 서 있었다. 박동 소리는 더 커져만 갔다. 나는 심장이 터지리라 생각했다. 이제 새로운 걱정에 사로잡혔다. 옆 사람이 소리를 들을지도 모른다는 걱정. 운명의 시간이 다가왔다! 고함을 지르며 등불 덮개를 열고 방으로 뛰어들었다. 노인은 외마디 소리를 질렀다. 단 한마디. 곧 그를 바닥으로 끌어내려 무거운 침구를 씌웠다. 그러고는 이제까지의 행동을 생각하며 웃어 보았다. 그러나 오랫동안 심장이 둔탁한 소리를 내며 뛰었다. 그것으로 나는 초조하지 않았다. 벽을 통해 들리지는 않을 테니까.

결국 박동 소리는 멎었다. 노인은 죽었다. 나는 침구를 치우고 시체를 살폈다. 그는 돌이었다. 죽은 돌이었다. 나는 노인의 손을 얹고 오랫동안 그대로 있었다. 박동은 멈추었다. 그는 돌처럼 죽어 있었다. 그의 눈은 이제 나를 괴롭히지 않으리라.

여러분이 여전히 나를 미친 사람으로 생각한다면 시체를 숨길 때 내가 얼마나 현명하게 준비했는지 듣고 나서는 더는 그렇게 생각하지 않을 것이다. 밤이 이슥했고 서둘러 일을 해치웠다. 아무런 소리도 내지 않았다. 시체를 토막 냈다. 머리를 잘라냈고 팔과 다리를 잘랐다. 방 바닥의 널빤지 석 장을 뜯어내고 각목 사이에 그것들을 쑤셔 넣었다. 그러고는 너무도 간교하고 교묘하게 널빤지를 다시 맞추어 넣었는데, 어떤 사람도, 심지어 그도 이상한 점을 찾아내지 못했을 것이다. 어떤 종류의 얼룩도 핏자국도 없었다. 그러기에는 나는 너무도 조심스러웠다. 모두 쑤셔 넣었다. 하하하!

이 모든 일을 마치자 새벽 4시였고 자정처럼 여전히 어두웠다. 종소리가 시각을 알렸을 때 현관문을 두드리는 소리가 들렸다. 나는 가벼운 마음으로 문을 열어 주러 아래로 내려갔다. 이제 두려울 것이 무엇이란 말인가? 세 남자가 들어왔는데 그들은 정중하게 경찰이라고 소개했다. 나쁜 일이 일어났을지도 모른다는 의심이 일었다. 소식이 경찰서에 전해져 그들이 가택 수색을 나온 것이다.

나는 웃음 지었다. 무엇을 두려워해야 한단 말인가? 나는 신사적으로 환영했다. 비명은 내가 꿈속에서 지른 것이라고 말했다. 노인은 시골에 가서 안 계신다고 말했다. 나는 방문자들을 이곳저곳으로 안내했다. 잘 조사해 보라고 부탁까지 했다. 드디어 그들을 노인의 방으로 안내했다. 그의 재산이 안전하게 그대로 있는 것을 보여 주었다. 나는 승리감으로 확신에 차 방으로 의자를 가지고 와 피곤할 테니 여기서 좀 쉬라고 했다. 완벽한 승리감에 대담해진 나는 내가 앉을 의자를 시체를 숨긴 바로 그 지점에 놓았다.

경찰들은 만족해했다. 나의 태도가 그들을 납득시킨 것이다. 나는 이상하게도 침착했다. 내가 기분 좋게 대답하는 동안 그들은 앉아 이런저런 이야기를 나누었다. 시간이 흐르자 나는 점점 창백해졌고 그들이 어서 떠나기를 원했다. 머리가 아프고 귀에서 울리는 소리가 들리는 것 같았다. 그들은 여전히 앉아 잡담을 나누었다.

울림은 분명해졌다. 귓속의 울림은 계속되고 더욱 분명해졌다. 나는 이런 느낌을 없애기 위해 자유롭게 이야기했다. 그러나 울림은 극에 달했다. 그 소리가 내 귓속에서 나는 것이 아님을 알았다. 의심할 여지없이 나는 몹시 창백해졌다. 그러나 나는 유창하게 고조된 목소리로 말했다. 울리던 그 소리는 더욱 커졌다. 대체 어떻게 한단 말인가? 그것은 낮고 탁하고 빠른 소리로, 솜에 싼 시계에서 나는 소리 같았다.

나는 숨이 막혀 헐떡거렸다. 경찰들은 듣고 있지 않았다. 나는 더 빨

리 더 격렬하게 지껄였다. 그 소음은 꾸준히 커져만 갔다. 나는 일어나 사소한 것들에 관한 논쟁을 했고 격렬한 몸짓을 써 가며 큰 목소리로 말했다. 그러나 소음은 계속 커져만 갔다. 왜 그들은 가지 않는 것일까? 그들에게 관찰되고 있는 것에 화가 난 듯 나는 무겁게 발걸음을 옮기며 이쪽저쪽을 돌아다녔다. 그러나 소음은 계속 커져만 갔다.

아! 어떻게 한단 말인가? 나는 거품을 물고, 고함을 지르고 욕설을 퍼부었다! 그때까지 앉아 있던 의자를 잡아 흔들고 널빤지에 비벼 보았다. 그러나 소음은 더 커졌다. 소리는 점점 더 커졌다! 경찰들은 여전히 즐겁게 지껄이며 미소 짓고 있었다.

그들은 과연 듣지 못했을까? 전능하신 신이여 이럴 수는 없습니다! 그들은 들었다! 그들은 의심했고 그들은 알았다! 놈들은 나의 공포를 가지고 논 것이다! 그렇게 생각했고 지금도 그렇게 생각한다. 그러나 어떤 것도 이런 고통보다는 낫다! 어떤 것도 이런 비웃음보다는 견딜 만하다! 이런 위선적인 웃음은 더는 참을 수 없다! 나는 소리를 지르거나 죽어야 한다는 느낌이 들었다! 그러고는 다시 소리가 더 크게! 더 크게! 더 크게!

나는 소리쳤다.

"나쁜 놈들! 시치미떼지 마라! 내가 죽였다! 널빤지를 뜯어봐! 여기, 바로 여기! 이 소리는 끔찍한 그의 심장 박동이란 말이다!"

타원형 초상화

　나의 시종이 힘찬 걸음으로 들어간 저택은 심하게 상처를 입은 내가 밖에서 밤을 보내지 않도록 머물게 해주었다. 오랫동안 아페니스 산맥 가운데 자리한 그 저택은 혼란스러운 어둠과 장중함이 짙게 깔려 있어서 정말로 레드클리프 부인을 생각나게 했다. 그 저택은 전체적으로 보았을 때 최근까지 사람이 살았고 일시적으로 비운 것 같았다. 우리는 작고 덜 화려한 가구로 치장된 방으로 들어갔다.

　그 방은 건물의 작은 탑에 있었고 장식은 고급스럽고 오래되어 보였다. 벽에는 고급스러운 아라베스크 문양으로 된, 금테를 두른 생기 넘치는 근대의 그림과 함께 태피스트리와 각양각색의 문장이 달린 트로피로 장식되어 있었다. 벽에 매달려 있는 그림들은 주된 표면뿐만 아니라 구석구석까지 이 건물의 독특한 건축 양식을 표현하고 있었다.

이 그림들이 내 흥분의 발단이 되었을 것인데, 그림들은 매우 흥미로워서 페트로에게 방의 무거운 문을 닫으라고 했다(이미 밤이었으니까). 나의 침대 머리맡에 놓인 긴 촛대의 끝에 불을 붙이고, 침대를 감싸고 있는 검은 벨벳으로 된 주름진 천을 활짝 열어젖히라고 했다. 나는 이렇게라도 해서 잠은 못 자더라도 그림을 감상하고 그림을 비평하는 소책자를 베개 위에서 찾아 읽고자 했다.

나는 천천히 읽었다. 그리고 조심스럽게 바라보았다. 시간은 빠르고도 황홀하게 흘러갔고 자정이 다가왔다. 촛대 위치가 마음에 들지 않았으나 시종을 깨우지 않았고, 손을 뻗어 어렵사리 촛대를 잡아서 책을 더 잘 비추도록 놓았다.

이 행동이 예상치 못한 결과를 초래했다. 초의 여러 불빛이(초가 여러 개 꽂혀 있었으므로) 침대의 기둥 뒤 어둠 속에 묻혀 있던 벽의 움푹 들어간 부분을 비추고 말았다. 그리하여 처음에는 보지 못했던 그림을 생생히 보게 되었다. 이제 막 여인으로 성숙해 가는 소녀 그림이었다. 나는 급히 그림을 바라보았고 눈을 감았다. 왜 이렇게 했는지 처음에는 알 수 없었다. 한참 동안 눈꺼풀을 닫고 있으려니 왜 눈을 감았는지 생각났다. 그것은 생각할 시간을 벌려고 한 충동적인 동작이었다. 시력이 나를 속이지 않았다는 것을 확인하기 위해서였다. 생각을 잠시 가라앉히고 좀 더 정신을 차린 후 정확히 그림을 바라보았다. 방금 본 것은 의심의 여지가 없었다. 캔버스를 비추는 촛불의 섬광이 무감각하고 꿈꾸는 듯한 마비 상태를 가시게 해주었고 현실로 돌아오도록 나를 깨워주었다.

그 초상화는 내가 말한 대로 소녀 그림이었다. 머리와 어깨까지만 있는 그림으로 기술적인 용어로 비네트(윤곽을 흐리게 한 그림) 기법으로 그렸는데 설리(Thomas Sully)의 두상화 스타일에서 많이 보는 것이었다. 팔과 가슴, 빛을 발하는 머리카락까지도 전체적인 배경을 이루는 어두운 그림자 속으로 희미하게 녹아 들어가는 것 같았다. 그림틀은 타원형이었는데 모레스크풍으로 고급스럽게 금속 세공되어 있었다. 무엇보다도 예술 작품으로서 그림 자체가 매우 뛰어났다. 불멸의 소녀를 그린 아름다움 작품의 기법보다는 더욱 갑작스럽고 맹렬하게 나를 감동시켰다.

나의 상상이었는지 모르겠지만, 반쯤 잠든 의식에서 깨어나서 보니, 그 얼굴은 살아 있는 것처럼 보였다. 디자인, 비네트 기법, 그림틀의 독특함에 주목함으로써 그런 생각을 떨치려고 했다. 이런 요소를 꼼꼼히 생각하느라 반쯤 앉고 반쯤은 기대어 한 시간가량 그러고 있었다. 결국 그림의 진정한 결과에 만족하고 뒤로 기대었다.

그림은 완벽히 살아 있었다. 표정의 생기발랄함이 놀랍기만 했으나 결국 등골을 오싹하게 만들었다. 경외감으로 경건해져서 촛대를 이전 위치로 되돌려 놓았다. 나는 그림들과 배경을 설명하는 책을 찾았다. 타원형의 초상화를 지칭하는 번호를 찾아서 다음과 같은 희미한 내용을 읽었다.

"그녀는 보기 드문 미를 갖춘 아가씨로, 환희에 찬 모습이 더없이 사랑스러웠다. 그녀가 한 화가를 발견하고 만나고 결혼한 것이 화근이었다. 그는 정열적이고, 학구적이며, 엄숙하고, 활달했으며 이미 예술과 결혼한 남자였다. 그녀는 보기 드문 미녀였으며 환희에 찬 모습이 더없이 사랑스러웠다. 찬란한 빛과 미소를 지닌 흥겨운 젊은 아가씨였다. 만물을 사랑하고 소중히 여길 줄 알았으니 그녀의 경쟁자인 예술을 미워했다. 그녀의 사랑을 빼앗아 가는 팔레트와 붓과 다른 도구들만을 두려워했다."

이 여인은 화가가 그림에 대한 정열을 말하는 것을 두려워했다. 그러나 겸손하고 순종적인 신부여서 높은 탑의 방에서, 빛이라곤 캔버스에만 비추는 어둠 속에서 몇 주 동안이고 얌전히 앉아 있었다. 화가는 몇 시간이고 며칠이고 계속되는 작업에서 영광을 얻었다. 그는 정열적이었고, 야생적이고, 결국 환상 속에서 헤매는 우울한 남자였다. 그는 눈에 띄게 수척해진 신부가 정신적·육체적으로 시들어 가는 것을 보지 못했다. 그녀는 늘 웃었고 불평하지 않았다. 유능한 화가가 밤이고 낮이고 사랑하는 자신을 그리는 작업에서 즐거움을 얻는 것을 알기 때문이었다.

몇몇 사람이 그 초상화를 보고 능숙함에 대하여 위대하고 경이로운 일이라고 낮은 목소리로 말하게 되었다. 화가의 이러한 능력이 그녀를 향한 깊은 사랑의 증거라고 말했다. 그림이 완성될 무렵에는 그 탑의 방에는 아무도 들어가지 못했다. 그 화가는 작업으로 너무 거칠어져서 그의 눈은 캔버스와 자기 신부 사이만을 오갔다. 그는 캔버스에 번진 푸른 기운이 옆에 앉아 있는 그녀의 뺨에서 나온 것임을 보지 못했다.

몇 주가 흐른 뒤, 입술에 한 번의 붓 터치와 눈에 한 번의 채색만을 남겨 두고 거의 완성될 무렵, 이 여인의 영혼은 램프의 불빛처럼 깜박거렸다. 붓 터치는 가해졌고 눈의 채색은 완성되었다. 한순간 화가는 자신의 작품 앞에 서 있었다. 다음 순간, 그림을 응시하는 순간, 벌벌 떨면서 창백해져서는 큰소리로 외쳤다.

"이 그림은 진짜로 살아 있다!"

그리고는 갑자기 신부에게 시선을 돌렸다. 그녀는 죽어 있었다!

모르그 거리의 살인 사건

    분석적인 것으로 논의되는 정신적 특징은 자체로는 분석 대상이 되지 않는다. 그것이 거두는 효과를 통해서 정체를 짐작할 수밖에 없다. 그에 대한 매우 뚜렷한 사실은 그러한 자질의 혜택을 충분히 부여받은 뛰어난 정신 소유자에게는 그것이 언제나 생생한 기쁨의 원천이라는 점이다. 건장한 사람이 자신의 신체적 능력을 기뻐하고 근육을 움직이는 운동을 좋아하는 것처럼, 분석가는 얽힌 것을 푸는 도덕적 활동을 영광스럽게 여긴다. 그는 자신의 재능을 발휘하는 사소한 직업에서도 즐거움을 얻는다. 그는 수수께끼, 상형 문자를 좋아하며 모든 해결책에서 통찰력의 정도를 보여 준다.

    분석적인 능력은 수학적 연구, 특히 최고 분야인 '해석학(Analysis)'에 의해 크게 높아질 수 있지만 계산이 그대로 해석은 아니다. 체스를 두는 사람은 계산을 하지만 해석하려고는 하지 않는다. 그러므로 체스를 두는 일이 지능 발달에 좋다는 견해는 의심스럽다. 그렇다고 해서 내가 이에 관해 논문을 쓰겠다는 생각이 있는 것은 아니다. 단지 기괴한 이야기를 시작하기에 앞서 어리석은 의견을 그저 생각나는 대로 피력하고 싶을 뿐이다.

이 기회에 주장하고 싶은 것은 교묘하고 번거로운 체스보다 한결 단순한 체커가 고도의 해석 능력에서는 훨씬 더 위에 있다는 사실이다. 체스에서는 말들이 제각각 다르며 변화하기도 한다. 그것은 그저 복잡하기만 할 뿐인데 심오한 것으로 착각하기 쉽다.

체스에서 주의력이 중요한 것은 사실이다. 한순간이라도 주의력이 흐트러지면 수를 놓쳐 커다란 손실을 입거나 큰 실수를 범하게 된다. 행마법이 복잡하므로 제대로 대응하지 못하면 패한다. 그러므로 체스의 승자는 대개 주의력 있는 사람이지 명석한 사람은 아니다.

그와 반대로 체커에서는 행마가 단순하고 변칙적인 움직임이 거의 없기 때문에 수를 놓칠 가능성이 없어 단순한 주의력은 문제되지 않는다. 따라서 명석한 쪽이 더 유리하다. 이야기를 더 구체적으로 해보겠다. 체커에서 왕 4개만 남았다고 하자. 이렇게 되면 실수할 가능성은 거의 없다. 이때 승패는 어떻게 하면 무언가 허점을 찌르는 움직임으로 나갈 수 있는가. 즉 지력(知力)을 강력히 작용시키느냐 그렇지 않느냐에 따라 결정될 게 분명하다. 어떤 수단을 동원해도 통하지 않기 때문에 해석가는 상대방의 마음속으로 뛰어들어 그것과 하나가 되고, 그렇게 하여 한순간에 천하제일의 묘수(때로는 어처구니없이 단순한 수)를 발견하는 경우가 적지 않다.

휘스트(Whist, 4명이 플레이하는 카드 게임으로, 2명씩 2팀으로 나뉘어 승부를 겨룬다)는 오래 전부터 계산 능력에 좋은 영향을 주는 것으로 알려졌다. 최고 지성의 소유자 가운데에는 체스는 시시하다고 경멸하면서도 휘스트에는 열중하는 사람들을 흔히 볼 수 있다. 휘스트만큼 고도의 해석 능력이 요구되는 놀이는 없다.

세계에서 체스를 가장 잘 두는 사람은 고작해야 세계에서 체스를 가장 잘 두는 사람에 불과하지만, 휘스트에 능숙하다는 것은 지력과 지력이 격렬한 경쟁을 벌이는 훨씬 더 중요한 인간 활동의 모든 분야에서도 성공할 능력을 갖추고 있음을 의미한다. 여기서 말하는 능숙함이란 게임에서의 완벽성을 뜻하는 것으로, 완벽성에는 정당한 이점을 얻는 급소를 모조리 알고 있는 자질도 포함된다. 급소는 그 수와 형태가 갖가지라서 평범한 사색 능력으로는 도저히 이를 수 없는 사고의 내면 깊숙이 숨겨져 있다.

빈틈없는 관찰이란 똑바로 기억한다는 것이다. 이 점에서는 주의력 있는 체스의 명수라면 휘스트도 꽤 잘할 것이며, 호일의 법칙도 (그것 자체가 게임의 단순한 구조에 기초를 둔 법칙이니) 누구나 충분히 이해할 수 있는 정도의 것이다.

해석가의 솜씨가 발휘되는 것은 단순한 법칙의 한계를 넘은 차원에서다. 그는 말없이 관찰하고 추리한다. 상대방도 그럴 것이다. 그러므로 얻어 놓은 정보의 폭에 틈이 생기는 것은 추리의 옳고 그름에 의한다기보다 관찰의 깊이에 따른다는 이론이 성립된다. 필요한 것은 무엇을 관찰해야 하는지를 알고 있는가이다. 해석가는 자신을 한정하는 짓은 절대로 하지 않는다. 게임이 목적이라고 해서 게임 이외의 것에서의 연역을 거부하지도 않는다. 그는 자기 편의 얼굴 표정을 음미하여 그것을 상대편 두 사람의 표정과 상세히 비교 검토한다. 그는 각자가 카드를 나누는 법을 주의깊게 살피고, 저마다 카드에 주는 눈길을 통해 어떤 것이 버리는 패이며 어떤 것이 승부를 띄우는 패인지를 읽어내는 경우가 흔히 있다. 게임 중에는 표정의 조그만 변화에도 신경을 써서 자신 있다는 듯한 표정, 놀라는 표정, 승리감에 젖은 표정, 안타까워하는 표정 같은 차이점에서 사색의 재료를 수집한다. 카드를 잡는 모습을 통해 그것을 잡은 사람이 전과 똑같은 패들로 다시 한번 승부수를 띄울지 어떨지를 판단한다.

카드를 테이블에 던지는 동작으로 상대방의 가장된 태도 속에 무엇이 숨어 있는지를 꿰뚫어본다. 슬쩍 또는 무심히 내뱉는 한마디, 우연히 카드 한 장이 떨어지거나 뒤집어졌을 때 당황하느냐, 아니면 태평한 얼굴을 유지하느냐. 카드를 세고 배열하는 순서, 당황, 망설임, 서두름, 몸의 경련 등 모두가 직관적인 그의 지각력에 사태의 진상을 꿰뚫는 단서를 제공하는 것이다. 두어 번 차례가 돌면 그는 참가들이 쥔 패를 완전히 꿰뚫어보기 때문에 그다음부터 모든 참가자가 카드를 앞면이 보이도록 들고 있기라도 한 것처럼 절대로 지지 않는 수로 게임을 진행한다.

해석력은 충분한 교묘함과 혼동되어서는 안 된다. 해석가는 누구나 교묘하지만 교묘한 사람 중에서 해석력이 떨어지는 사람은 아주 흔히 볼 수 있기 때문이다. 일반적으로 교묘함은 구성하거나 결합하는 능력으로 표출되어 골상학자들(나는 잘못 믿고 있음)이 그것을 원시적인 능력으로 가정하여 별도의 기관을 할당한 건설적 또는 결합적 힘은 지성이 어리석음과 접한 사람들에게서 너무 자주 볼 수 있어 도덕에 대해 쓰는 작가들 사이에 이야깃거리를 제공했다. 교묘함과 해석 능력 사이에는 공상과 상상 사이의 차이보다 훨씬 더 큰 차이가 존재하지만, 성격은 매우 엄격하게 유사하다. 교묘한 사람은 항상 공상적이며 진정으로 상상력이 풍부한 사람은 해석적인 것이 사실이다.

이제부터의 이야기는 앞에서 서술한 명제에 대한 설명처럼 비칠지도 모른다.

나는 18××년 봄과 여름에 파리에 거주하면서 그곳에서 C. 오귀스트 뒤팽 씨를 알게 되었다. 이 젊은 신사는 저명한 집안 출신이었지만 여러 가지 불운으로 몰락했고 그 때문에 타고난 의욕을 잃어, 세상에서 활약해야겠다거나 가문을 일으켜야겠다는 등의 생각을 완전히 버렸다. 채권자들의 호의로 유산이 아직 얼마쯤 그의 명의로 되어 있었으므로 거기에서 나오는 수입으로 엄격하고 검소하게 살며 그럭저럭 생활필수품을 조달했다. 책은 그의 유일한 사치품이고 파리에서는 쉽게 구할 수 있었다.

우리의 첫 만남은 몽마르트르 거리에 있는 알려지지 않은 도서관에서였는데, 그곳에서 우리는 매우 희귀하고 놀라운 책을 찾다가 우연히 친밀하게 교제하게 되었다. 우리는 몇 번이고 만났다. 나는 그가 솔직하게 털어놓은 가족사에 탐닉하며 깊은 관심을 가졌다. 나는 그의

방대한 독서량에 놀랐다. 무엇보다도, 그의 상상력의 생생한 신선함과 거친 열정에 의해 내 영혼이 내 안에 불을 붙였다. 파리에서 내가 찾던 물건을 찾으면서 나는 그런 사람의 사회가 나에게 값을 매길 수 없는 보물이 될 것이라고 느꼈다. 이 느낌을 솔직하게 그에게 털어놓았다.

그러다가 내가 파리에 있는 동안은 둘이서 함께 살자는 데 의견을 모았다. 주머니 사정은 내가 좀 나았으므로 집세와 가구 비용을 부담하기로 하고, 파리 교외 생제르맹의 황량한 구석에 붕괴 직전의 모습으로 서 있는 고색창연하고 기괴한 저택을 빌렸다.

이곳에서의 일상이 세상에 알려졌다면 우리는 미친 사람으로 여겨졌을 것이다. 하기야 아무 해로움 없는 미치광이지만 어쨌든 우리의 은둔은 완벽했다. 다른 사람은 절대로 끌어들이지 않았다. 나는 전부터 알고 지내던 사람들에게도 이 집의 주소가 알려지지 않도록 주의했으며 뒤팽은 이미 오래전부터 파리에서는 그의 소식을 들을 수 없는 사람이었다. 우리는 둘만의 세계에서 생활했다.

밤에 매혹된다는 것이 내 친구의 변덕스러운 공상벽 ─그것을 무엇이라고 부를까?─ 이었으나 그 밖의 것과 함께 차츰 이 '변덕'에 물들어 마침내 그의 분방한 변덕에 완전한 포로가 되었다. 밤의 여신에게 늘 함께 있어 주기를 바랄 수는 없었지만 그 존재를 위조할 수는 있었다. 어둠이 희미하게 밝아오면 우리는 이 낡은 건물의 무거운 덧문을 전부 내리고 촛불을 두 개 밝혔다. 이 촛불은 강한 향이 났으며, 아주 희미하고 무시무시한 태양광선마저도 내몰았다.

이들의 도움으로 진정한 어둠의 출현에 대해 시계가 경고할 때까지 꿈에서 우리의 영혼을 바쁘게 읽고, 쓰고, 대화했다. 그런 다음 팔짱을 끼고 거리로 뛰쳐나가 그날의 화제를 계속하거나 늦은 시간까지 먼 곳을 배회하면서 인구가 많은 도시의 거친 빛과 그림자 속에서 조용한 관찰이 감당할 수 있는 무한한 정신적 흥분을 찾았다. 그럴 때 뒤팽의 독특한 해석 능력에 주목하고 감탄했다. 그는 그 운동에 열렬한 기쁨을 느끼는 것 같았고 —과시하지는 않았지만— 그렇게 해서 얻은 즐거움을 고백하는 데 주저하지 않았다. 이 순간에 그의 태도는 차갑고 추상적이었다. 눈에는 표정이 없었다. 성량이 풍부한 테너 같은 목소리는 고음으로 올라갔지만 대화는 신중했고, 이러한 분위기에서 그를 관찰하면서 뒤팽의 공상으로 나 자신을 즐겁게 했다.

미리 말해 두겠는데, 이런 말을 시작했다고 해서 괴담을 이야기하거나 공상 소설을 쓸 생각은 추호도 없다. 내가 프랑스인을 묘사한 것은 단지 어떠한 흥분 또는 병든 지능의 결과일 뿐이다. 그러나 문제의 기간에 발언은 그의 능력을 가장 잘 드러내는 예일 것이다.

우리는 밤에 팔레 루아얄 근처의 길고 더러운 거리를 산책하고 있었다. 둘 다 생각에 잠겼기 때문에 적어도 15분 동안 한 음절도 말하지 않았다. 15분 뒤 뒤팽은 다음과 같은 말을 했다.

"과연 그는 키가 작아. 만담이나 하면 알맞겠군."

"그건 틀림없어."

나는 무의식적으로 대답했고, 처음에는 그가 내 명상에 끼어들었던 특별한 방식을 관찰하지 못했다. 순간 나 자신을 회상했고 화들짝 놀랐다.

"뒤팽, 이건 뜻밖이로군. 아니, 놀랐다고 하는 편이 낫겠어. 내가 잘 못 들은 건 아니겠지? 그걸 어떻게 알아낸 거지? 내가 생각하던 게 바로……."

말을 멈췄다. 내가 누구를 생각하는지 그가 진짜로 알고 있나 확인하고 싶었다.

그가 말했다.

"샹틸리 말이지. 왜 말을 끊었나? 저렇게 키가 작아서야 비극에는 맞지 않는다고 말하고 있지 않았는가."

바로 그것이 내 사색의 주제였다. 샹틸리는 생 드니 가에서 구두 수선공으로 일하다가 연극에 푹 빠져서 크레비용(Crébillon)의 비극 『크세르크세스』의 주역을 자청해서 출연했는데 욕만 얻어먹었다.

내가 다그치듯 말했다.

"어떻게 된 건지 말 좀 해보게. 내가 무슨 생각을 하는지 자네는 그대로 읽어냈는데 방법이 있다면 그 방법을……."

나는 내가 표현하고자 했던 것보다 훨씬 더 놀랐다.

뒤팽이 대답했다.

"과일 장수 덕분이야. 덕분에 자네는 결론에 도달했지. 구두 수선공은 크세르크세스는 물론 그와 비슷한 다른 역할을 맡기에는 키가 작다고."

"과일 장수라고? 전혀 뜻밖인데 내가 아는 과일 장수는 단 한 사람도 없다고!"

"우리가 길에 들어섰을 때 자네와 부딪친 사람 말일세. 벌써 15분

전 일이군."

나는 사과가 담긴 큰 바구니를 머리에 인 과일 장수가 우리가 서 있는 도로로 지나갈 때 우연히 나를 넘어뜨릴 뻔한 것을 기억했다. 그러나 샹틸리와 무슨 관련 있는지 이해할 수 없었다. 뒤팽에게는 사람을 속이는 기색이 털끝만큼도 없어 보였다.

그는 말했다.

"내가 설명하겠네. 자네가 모든 것을 분명하게 이해할 수 있도록. 내가 말을 꺼낸 시점에서부터 문제의 과일 장수와 부딪치기까지의 자네 사고를 거꾸로 더듬어 보세. 자네는 대략 이런 사고를 했네. 샹틸리, 오리온 성좌, 니콜스 박사, 에피쿠로스, 스테레오토미, 도로의 포석, 과일 장수."

생애의 어느 시기에, 자신의 마음이 특정 결론에 도달된 단계를 되짚어 보면서 즐거워하지 않은 사람은 거의 없다. 직업은 관심으로 가득 차 있으며 처음 시도하는 사람은 출발점과 목표 사이의 명백히 무한한 거리와 불일치에 놀란다. 그 프랑스 사람이 방금 말한 것을 들었을 때, 그가 진실을 말했음을 인정했을 때 나는 얼마나 놀랐겠는가.

뒤팽은 말을 이었다.

"내 기억이 틀림없다면 C 거리를 지나기 바로 전 우리는 말 이야기를 했지. 그것이 우리의 마지막 화제였네. 이 거리로 들어섰을 때 커다란 광주리를 머리에 인 과일 장수가 우리 옆을 스쳐갔네. 그 순간 자네는 포장용 돌더미 위로 쓰러졌지. 보도는 수리 중이고 거리에 돌이 쌓여 있었기 때문이었네. 자네는 돌에 발이 걸려 미끄러지자 발목을 좀 삐어 아픈 듯한 얼굴을 하고 한두 마디 중얼대며 돌더미에 눈길을 보내고는 다시 묵묵히 걸었지. 나는 자네의 움직임을 하나하나 주의하고 있었던 건 아닐세. 하지만 요즈음 관찰하는 일이 뭐라고 해야 할까? 고질병처럼 되었거든. 자네는 눈을 내리깐 채 걸었네. 보도의 구멍, 바퀴자국 등을 기분 나쁘다는 듯 힐끔 바라보았고(그래서 자네가 아직도 돌에 대한 생각을 하고 있다는 사실을 알 수 있었지) 우리는 라마르틴이라는 작은 길로 접어들었어. 그 길은 시험적으로 포석을 겹쳐서 고정하는 포장 방식이 채용된 곳이야.

그곳으로 접어들자 자네의 얼굴이 밝아졌다네. 입술까지 움직였어. 그것을 보고 자네가 '스테레오토미'라고 중얼거렸음을 확신했지. 그런 포장 방식은 한껏 멋을 부려서 그런 이름으로 불리고 있으니까. 자네가 스테레오토미라고 중얼거리면서 원자를, 결국에는 에피쿠로스의 학설을 떠올리지 않을 리가 없다는 사실을 알고 있었네. 며칠 전에 이 문제로 자네와 이야기할 때 이 위대한 그리스인의 추측이 뜻밖에도 최근의 성운우주창조설과 일치하고 있음에도 그다지 주목받지 못하는 것은 이상한 일이라고 말했으니 자네가 오리온성좌의 그 대성운에 눈을 돌리지 않을 리 없다고 생각했고, 틀림없이 그래 주기를 바랐어. 그랬더니 아니나다를까 자네는 하늘을 올려다봤어. 거기서 나는 확신했지. 자네 사고의 궤적을 정확하게 따라가고 있다고. 그런데 어제 「뮈세」에 실린 샹틸리를 혹평한 기사에서 그 비난가 선생은 비극의 공연을 위해 이름을 바꾼 구두 수선공의 행동을 비천한 것이라 빈정대며 라틴어 문구를 인용했어. 우리가 곧잘 화제로 삼았던 그 구

절일세. '처음 글자는 옛 소리를 잃었도다(Perdidit antiquum litera sonum).'

이것은 예전에 오리온(Orion)이 우리온(Urion)으로 쓰여진 것을 두고 우리가 한 말일세. 이에 대한 설명을 할 때 내가 아주 놀랄만한 말을 했으니 자네가 그것을 잊을 수 없다는 것을 알고 있었어. 따라서 오리온과 샹틸리의 두 가지를 결합하는 데 실패하지 않을 것이 분명했지. 그것들을 결합했다는 것을 자네의 입술을 스치는 미소로 보았어. 자네는 불쌍한 구두 수선공의 낭패를 생각했네. 그때까지 자네는 몸을 움츠리고 걸었는데, 갑자기 허리를 쭉 펴더군. 자네가 샹틸리의 작은 키를 생각하고 있었던 게 뚜렷해졌네. 이 시점에서 자네의 명상에 끼어들어, 과연 '그는 키가 작아, 만담이나 하면 알맞겠어'라고 말했지."

이 일이 있은 지 얼마 안 되어, 우리는 「트리부노 공보」의 저녁 판을 살펴보고 있었는데, 다음과 같은 기사가 주의를 사로잡았다.

"이례적인 기괴한 살인 사건— 오늘 새벽 3시경, 생로스 구 사람들은 무서운 비명 소리에 잠이 깼었다. 비명은 모르그 거리의 레스파네 부인과 딸 카미유 레스파네 양이 사는 건물의 4층에서 새어나온 게 분명했다. 열 사람쯤의 이웃이 경관과 함께 달려와 건물 안으로 들어가려 했으나 문이 열리지 않았으므로 시간이 지체되었고, 쇠지레로 비틀어 열고 겨우 들어갔다. 비명은 이미 멈췄다. 일행이 1층에서 2층으로 계단을 뛰어 올라갈 때 싸우는 듯한 격렬한 목소리가 두어 번 확실하게 들려왔는데 그것은 건물의 3층이나 4층 부근에서 들린 듯했다.

2층에 이르렀을 때 소리도 그쳤고 모든 것이 완벽하게 조용했다. 일행은 각자 나눠서 방들을 살펴보았다. 4층 안쪽에 있는 커다란 방에

가 보니(그 방의 문이 안쪽으로 잠겨 있었기에 강제로 열었다) 처참한 광경이 펼쳐져 그곳에 있던 모든 사람을 전율로 몰아넣었다.

방 안은 극심하게 무질서했는데, 가구들이 부서지고 사방으로 흩어져 있었다. 침대는 하나뿐이었다. 그 침대에서 침구가 떨어져 나가 바닥 한가운데 내동댕이쳐져 있었다. 의자에는 피로 얼룩진 면도칼이 놓여 있었다. 난로에는 길고 굵은 회색 머리카락 두세 올 있었는데 피로 얼룩졌고 뿌리가 뽑힌 것 같았다. 바닥에는 나폴레옹 금화 4개, 토파즈 귀고리 1개, 큰 은수저 3개, 작은 양은 수저 3개, 금화 약 4천 프랑이 든 봉투 2개 등이 흩어져 있었다. 한쪽 구석에 있는 장롱 서랍이 열려 있었는데 뒤진 흔적은 있었지만 아직도 많은 물건이 남아 있었다. 조그만 철제 금고가 침구(침대가 아님) 밑에서 발견되었다. 뚜껑은 열려 있었으며 열쇠는 뚜껑에 꽂힌 채였다. 그 안에 있던 건 오래된 편지 두어 통 외에 별로 중요하지 않은 서류들뿐이었다.

레스파네 부인의 모습은 보이지 않았다. 난로에서 재가 많이 보여 굴뚝을 살펴보고, 기사로 쓰기에 꺼림직하게, 머리가 아래로 향한 딸의 시체를 끄집어내었다. 그런 모습으로 좁은 공간에서 꽤 높은 곳까지 억지로 끌어올린 듯했다. 시체는 아직 따뜻했다. 조사해 보니 몸에는 수많은 찰과상이 있었는데 끌어올리고 끄집어내릴 때 생긴 것 같았다. 얼굴은 온통 멍투성이였고 목에는 시커먼 타박상과 깊은 손톱 자국이 있었는데 피해자는 교살당한 것으로 보였다.

집안을 샅샅이 뒤졌으나 그 이상은 발견되지 않았고, 건물 뒤편의 포장된 작은 마당에서 노부인의 시체가 발견됐다. 목이 심하게 잘렸기 때문에 들어 올리려는 순간 머리가 바닥으로 떨어졌다. 머리는 물론 몸도 끔찍할 정도로 잘려 있었다. 특히 몸의 상태는 참혹해서 원형을 알아볼 수 없을 정도였다.

지금까지 이 괴이한 사건을 해결할 도움이 될 단서는 어느 것 하나 찾지 못했다.”

다음날 신문에는 다음과 같은 추가 세부 사항이 발표되었다.

모르그 거리의 참극

이 기괴한 흉악 사건 —프랑스어로 사건을 나타내는 아페르(affair)는 아직 영어의 ‘affair’와 같은 가벼운 뜻을 갖지 않았다 — 으로 여러 참고인이 취조받았으나 사건 해명의 단서는 발견되지 않았다. 다음은 중요 증언들이다.

세탁을 맡아 하는 폴린 뒤부르 여인의 증언

증인은 고인과 3년 동안 알고 지냈으며 3년 동안 두 사람의 세탁물을 도맡았다고 진술했다. 노부인과 딸은 사이가 좋아 보였고 서로에게 애정이 깊었다. 세탁비도 잘 지불했다. 그들의 생활 방식이나 수입원은 잘 모른다. 생계를 위해서 부인은 점을 쳤던 것 같다. 돈을 모으고 있다는 소문도 있었다. 빨랫감을 가져갈 때 집안에서 다른 사람을 본 일은 없다. 사람을 부리던 기척도 없다. 4층 말고는 아무 데도 가구가 없는 것 같았다.

담배 상인 피에르 모로의 증언

증인은 거의 4년 동안 레스파네 부인에게 담배와 코담배를 팔아 왔다고 주장하였다. 동네에서 태어나 줄곧 그곳에 거주했다. 노부인과 딸의 시체가 발견된 집에서 6년 넘게 살고 있었다. 이전에는 보석상이 살았는데 위층의 방들을 여러 사람에게 다시 세를 주었다. 이 건물의 주인은 레스파네 부인. 그녀는 세든 사람이 자기 건물을 제멋대로 쓰는 게 불만이어서 아무에게도 방을 빌려 주지 않았다. 노부인은 순진한 데가 있었다. 6년 동안 증인이 딸을 본 것은 대여섯 번. 두 사람은 세상과의 관계를 완전히 끊은 채 살아가고 있었다. 부자라는 소문도 있었다. 동네 사람들에게서 레스파네 부인이 점을 친다는 소리를 들은 적 있지만 그렇게 생각되지 않는다. 노부인과 딸 이외에는 운송업자가 한두 번, 의사가 여덟 번인가 열 번 정도 문으로 들어서는 것을 봤을 뿐이다.

그 밖에 몇몇 이웃이 비슷한 내용의 증언을 했다. 이 집에 자주 드나든 사람은 없었다. 노부인과 딸의 가까운 친척이 있는지는 불확실했다. 길 쪽으로 난 창의 덧문이 열려 있는 일은 좀처럼 없었다. 건물 뒤쪽 창은 그 4층 뒤쪽 방의 창을 빼놓고는 늘 닫혀 있었다. 건물은 훌륭했으며 낡지 않았다.

경찰 이시도르 뮈제의 증언

증인은 오전 3시경 통보를 받고 그 집으로 달려갔는데 이삼십 명이 건물 입구로 떼 지어 들어가려 했다. 문을 총검으로 뜯어냈다. 쇠지레가 아니었다. 문은 겹문 또는 여닫이문이고 위아래 모두 볼트가 걸려 있지 않았으므로 여는 데 그리 힘들지는 않았다. 비명은 문으로 들어서는 순간까지도 들려왔다. 그런데 한순간 갑자기 그쳤다. 아주 심한 고통을 받는 한 사람 또는 그 이상이 지르는 비명 같았는데, 크고 길게 꼬리를 물었으며 짧고 빠른 성질의 것은 아니었다. 증인은 앞장서서 계단을 올랐다. 2층에 올라섰을 때 큰소리로 말다툼하는 두 사람 소리가 들려왔다. 하나는 탁하고 낮은 목소리, 다른 하나는 아주 높고 기묘한 목소리였다. 탁하고 낮은 목소리는 알아들을 수 있었는데 프랑스어였다. 여자 목소리가 아니었던 것만은 틀림없는 사실. "이 녀석!", "제길" 하는 소리가 들렸다. 높은 목소리는 외국인의 것. 남자의 목소리인지 여자의 목소리인지 확신할 수 없었다. 무슨 말인지 알아낼 수 없었지만 스페인어라고 믿었다. 방과 시체의 상태는 우리가 어제 묘사한 대로 이 증언에 따른 것이다.

　이웃의 은세공인 앙리 뒤발의 증언

　증인은 처음 건물로 들어섰던 일행 중 한 명. 뮈제의 증언을 대강 뒷받침하고 있다. 한밤중인데도 사람들이 떼 지어 모여들었으므로 들어오지 못하게 문을 잠갔다. 이 증인은 날카로운 목소리가 이탈리아 사람의 목소리라고 생각했다. 프랑스어가 아니라고 확신했다. 남자의 목소리인지 확신할 수 없었다. 여자의 것이었을지도 모른다. 이탈리아어에 익숙하지 않아 단어를 구별할 수 없었지만 화자가 이탈리아 사람이라는 것은 억양으로 확신했다. 노부인과 딸을 알고 지냈다.

둘 다와 자주 대화했다. 날카로운 목소리가 고인의 목소리가 아닌 것은 확실하다.

레스토랑 주인 오덴헤이머의 증언

이 증인은 스스로 증언했다. 프랑스어를 할 줄 몰라 통역사를 통해 증언했다. 그는 암스테르담 출신이다. 비명이 들릴 때 집을 지나가고 있었다. 비명은 몇 분 동안, 아마도 10분 정도 지속되었다. 그 소리는 길고 시끄러웠으며 매우 끔찍하고 고통스러웠다. 건물에 들어간 사람 중 한 명이라고 확신하는데, 한 가지를 제외한 모든 면에서 이전 증거를 확증했다. 날카로운 목소리는 프랑스 남자의 목소리임이 분명했다. 발화된 단어를 구별할 수 없었다. 그들은 시끄럽고 빠르며 두려움과 분노로 가득 차 말하는 것 같았다. 목소리는 거칠었다. 아니, 거칠기보다는 날카로웠다. 거친 목소리는 "어이쿠!"라는 말과 "저런!"이라는 말을 여러 번 하고 "지독한 놈"이라고 반복해서 말했다.

드롤렌 거리의 미뇨 부자 은행 총재 쥘레 미뇨의 증언

레스파네 부인에게는 재산이 좀 있었다. 이 은행과 8년 전 봄부터 거래를 시작했다. 소액을 자주 입금했다. 예금 인출이 전혀 없다가 죽기 사흘 전 처음으로 그녀가 직접 와서 4천 프랑을 찾아갔다. 모두 금화로 지급되었고, 그 돈을 집으로 가져다 달라고 요청했다.

미뇨 부자 은행의 은행원 아돌프 르 봉의 증언

증인은 문제의 날 정오쯤에 가방 두 개에 담긴 4천 프랑을 가지고 레스파네 부인과 함께 그녀의 집으로 갔다고 진술했다. 문이 열리자 마드무아젤 레스파네가 모습을 드러내 가방 하나를 받아들었고 나머지 하나는 노부인이 받아들었다. 그는 인사하고 물러났다. 당시 거리에서는 아무도 보지 못했다. 그곳은 샛길로 매우 한적했다.

재단사 윌리엄 버드의 증언

증인은 집안으로 들어간 이들 가운데 한 사람으로 영국인이다. 그는 파리에서 2년 동안 살았다. 계단을 올라간 첫 번째 사람이었다. 다투는 목소리를 들었다. 거친 목소리는 프랑스인의 목소리였다. 여러 단어를 알아낼 수 있었지만 모두 기억할 수 없다. "어이쿠!" "지독한 놈"은 뚜렷하게 들었다. 그 순간 여러 사람이 몸부림치는 것 같은 소리가 들렸는데 긁히고 부딪치는 소리였다. 날카로운 목소리는 매우 컸다. 거친 목소리보다 더 컸다. 영국인의 목소리가 아니라고 확신했다. 독일인으로 보였다. 여자의 목소리였을지도 모른다. 독일어를 이해하지 못했다.

위의 증인 가운데 다시 불려온 네 사람의 증언에 따르면, 그들이 집에 도착했을 때 레스파네 양의 시체가 발견된 방문은 안으로 잠겨 있었다. 두 개의 방을 연결하는 문 중 하나는 닫혀 있었지만 자물쇠가 걸려 있지는 않았다. 앞쪽 방에서 복도로 통하는 문에는 자물쇠가 걸려 있었는데 안쪽에 열쇠가 꽂힌 채였다. 건물 앞쪽의 4층 복도 끝에 있는 조그만 방의 문은 활짝 열려 있었다. 그 방에는 낡은 침구, 상자 등이 쌓여 있었다. 이런 물건들도 하나하나 밖으로 들어내 조사했다. 신중한 조사가 행해지지 않은 곳은 집안에 단 1인치도 없었다. 굴뚝은 굴뚝 청소 도구를 안쪽으로 넣어 조사했다. 집은 4층 건물로 다락방이 연결되어 있었다. 다락방의 창문은 튼튼하게 못질이 되어 있었다. 지난 몇 년 동안 연 흔적은 없었다. 다투는 소리가 들린 이후부터 방문을 뜯어 열기까지 걸린 시간에 대한 증인들의 진술에는 차이가 있었다. 어떤 사람은 3분이라고 했고 어떤 이는 5분이라고 했다. 문은 어렵게 열렸다.

장의사 알폰조 가르시오의 증언

증인은 모르그 가에 산다. 스페인 태생의 그는 집안으로 들어간 일행 중 한 명이었다. 하지만 위층으로는 올라가지 않았다. 신경이 예민한 편이었기에 흥분하면 좋지 않은 일이 일어날지도 모른다고 생각했기 때문이다. 싸우는 소리를 들었다. 낮고 거친 목소리는 프랑스인의 것이었다. 무슨 말을 하는지는 알아들을 수 없었다. 높은 목소리는 영국인의 목소리였다. 여기에는 확신이 있다. 영어는 모르지만 억양으로 판단했다.

과자 장수 알베르토 몬타니의 증언

증인은 자신이 가장 먼저 계단을 오른 사람이라고 주장했다. 문제의 목소리를 들었다. 거친 목소리는 프랑스인의 목소리였다. 여러 단어를 구별했다. 날카로운 목소리가 하는 말을 알아들을 수 없었다. 그는 빠르고 고르지 않게 말했다. 러시아인의 목소리라고 생각했다. 대개의 줄거리는 다른 증언과 같다. 증인은 이탈리아 사람이나 러시아 사람과 대화를 나눈 적이 없다.

몇몇 증인이 다시 호출되어 증언한 바에 따르면, 4층 각 방에 있는 모든 굴뚝은 매우 좁기에 사람은 도저히 드나들 수 없다는 것. 앞서 말한 '굴뚝 청소 도구'는 원통형의 굴뚝 청소용 솔로 굴뚝 청소부들이 사용하는 흔히 볼 수 있는 도구인데 그것을 모든 굴뚝에 집어넣어 위아래로 통과시켰다. 일행이 계단을 올라가는 동안 내려갈 수 있는 다른 통로는 없었다. 마드무아젤 레스파네의 시체는 굴뚝에 너무 단단히 박혀 있어 4~5명이 힘을 합칠 때까지 끌어내릴 수 없었다.

의사 폴 뒤마의 증언

증인은 동틀 무렵 검시하라는 부름을 받았다고 진술했다. 시체 두 구는 레스파네 양의 시체가 발견된 방의 침대 매트리스에 안치되어 있었다. 딸의 시체에서는 심한 타박상과 멍이 발견되어 굴뚝에 쑤셔 넣어졌다는 사실이 검증되었다. 목의 살갗은 심하게 벗겨져 있었다. 턱 바로 밑에 깊게 긁힌 상처가 몇 군데 있고 납빛 얼룩도 여러 개 있었다. 손가락에 눌려 생긴 것으로 여겨진다. 얼굴의 변색이 뚜렷하고 안구가 튀어나와 있었다. 혀의 일부가 물려 잘려져 있었다. 명치의 커다란 타박상은 무릎 압박으로 생긴 것으로 여겨진다. 뒤마 씨의 견해로는 레스파네 양은 한 사람 또는 여러 사람에 의해 목 졸려 죽었다.

　노부인의 시체는 끔찍하게 훼손되었다. 오른쪽 다리와 팔의 모든 뼈가 산산조각이 났다. 왼쪽 경골은 모든 갈비뼈뿐만 아니라 그 밖의 뼈들이 쪼개졌다. 온몸이 끔찍하게 멍들고 변색되었다. 부상이 어떻게 가해졌는지 말할 수 없었다. 무거운 나무 몽둥이나 넓은 쇠막대기(의자)는 크고 무겁고 둔한 어떤 무기라도 매우 강력한 사람이 휘두르면 그러한 결과를 낳았을 것이다. 어떤 여성도 어떤 무기로도 이러한 타격을 가할 수 없을 것이다. 목격자가 보았을 때 고인의 머리는 몸에서 분리되었고 산산조각이 났다. 목구멍은 면도칼 같이 매우 날카로운 것으로 잘린 것 같다.

　외과 의사 알렉상드르 에티엔은 뒤마 씨와 함께 검시하라는 부름을 받았다. 그는 뒤마 씨와 견해가 같았다. 그 외에도 몇몇 사람에 대한 심문이 행해졌지만 새로운 사실은 발견되지 않았다.

　같은 신문의 석간이 보도한 바에 의하면 생 로스 거리는 아직도 소란에 휩싸였으며 문제의 그 집에 대한 면밀한 조사가 다시 행해졌고 새로운 증인이 불려왔지만 모든 것이 헛수고였다고 한다. 추신에는 아돌프 르 봉이 체포되어 투옥되었다고 했지만, 이미 자세히 설명된 사실 외에는 그를 유죄로 판결할 증거가 보이지 않았다.

　뒤팽은 이 사건에 관심 있는 것 같았다. 그는 아무 말도 하지 않았지만 그의 태도로 판단할 수 있었다. 르 봉이 투옥되었다는 발표가 나온 뒤 살인 사건에 대한 내 의견을 물었다. 이 사건을 불가사의한 수수께끼로 본다는 점에서는 나도 모든 파리 시민과 같은 의견이라고 말할 수밖에 없었다. 나는 살인자를 추적할 방법을 찾지 못했다.

뒤팽이 말했다.

"이런 껍데기 같은 조사만으로 수사라고 할 수 있겠어? 파리 경찰들 더 영리한 줄 알았더니 가진 건 잔꾀뿐이로군. 그들의 수사 절차에는 수사라고 할 만한 게 거의 없어. 현장을 조사한 것밖에 없지 않은가? 그들은 방책이 어떻다는 둥 떠들어대지만 늘 엉뚱한 것만 골라 하니 나는 주르댕 선생(몰리에르의 희극 『벼락 신사』의 주인공)이 '실내복을 가져와, 음악을 더 잘 들을 수 있게 말이야'라고 외쳤다는 이야기가 생각날 정도지. 물론 그들이 훌륭한 성과를 올리는 경우도 없지는 않지. 하지만 열심히 움직여서 거두는 성과에 불과하단 말이야. 열심히 움직여도 안 될 경우는 그들의 의도 자체가 헛수고가 돼. 예를 들어 비독의 경우는 육감도 끈기도 있네. 그러나 사고 훈련이 되어 있지 않아서 조사가 면밀할수록 도리어 실패만 하고 있지. 그는 대상에 너무 눈을 가까이해서 보려고 하므로 도리어 지나치고 마는 거야. 그야 한두 가지점은 보통보다 더 잘 보이겠지. 당연하지만 그렇게 탐구한다면 말이야. 진실이 항상 우물 속에 있는 것은 아니지. 더 중요한 지식을 보더라도 진리는 뜻밖에 피상적인 데 존재하기도 하며, 심원한 것은 우리가 늘 진리를 찾는 골짜기 밑에 있지. 산꼭대기에는 없지만 진리를 발견하는 위치는 산꼭대기인 걸세.

이런 오류를 저지르는 원인은 천체 관측의 예를 보면 잘 알 수 있지. 별을 관찰하는 방법으로는, 중심보다 약한 빛에 예민한, 망막 가장자리를 별 쪽으로 돌리고 곁눈질하는 게 별빛을 포착하는 가장 좋은 방법이야. 빛이란 눈을 가까이 대는 정도에 비례해 도리어 보이지 않게 되는 법일세. 눈에 들어오는 실제 빛의 양은 눈을 가까이 대었을 때 가장 많은 셈이지만, 곁눈질이 지각의 섬세함과 민감함에서는 더 나은 거지.

지나치게 심오하게 읽는 것도 어느 정도껏 해야지 도를 지나치면 오히려 사고를 흐리고 사고력을 약하게 할 뿐이야. 따라서 너무 오랫동안, 너무 집중적으로, 너무 정면에서 응시하면 결국 금성조차도 궁창(穹蒼)에서 사라질 수 있을 일이네.

이 살인 사건에 관해서는, 그들에 대한 의견을 제시하기 전에 우리 나름대로 조사해 보지 않겠나? 견해를 정리하는 것은 그 이후에 해도 늦지 않을 걸세. 게다가 르 봉에게는 신세를 진 적도 있거든. 은혜를 입은 적도 있고. 현장에 가서 집을 직접 살펴보고 오세. G 경찰국장을 알고 있으니 필요한 허가를 얻는 데 어려움은 없을 것이네."

우리는 경찰청으로부터 허가를 얻어 바로 모르그 가로 향했다. 그곳은 리슬리 가와 생 로스 가 사이에 있는 초라한 거리였다. 우리가 도착했을 때는 오후가 한참 지나서였다. 그 집은 쉽게 찾을 수 있었다. 반대편에서 여전히 많은 사람이 호기심 가득한 눈으로 닫힌 덧문을 올려다보고 있었다. 그곳은 출입구가 있는 평범한 파리의 집이었고, 한쪽에는 유리창이 달린 방이 있으며 창에는 여닫이문이 있어 그것이 문지방임을 나타냈다. 들어가기 전에 우리는 길을 걸어 올라가 골목을 따라 내려간 다음 다시 돌아서 건물 뒤쪽을 지나갔다. 뒤팽은 집뿐만 아니라 온 동네를 살피면서 주의를 기울였다.

발걸음을 돌려서 우리는 다시 집 앞으로 와 벨을 울렸고 감시하는 경찰에게 허가증을 보인 다음 안으로 들어갔다. 계단을 올라가 마드무아젤 레스파네의 시체가 발견된 방으로 갔는데 거기에는 아직도 두 사람의 시체가 놓여 있었다. 당연한 이야기지만 방은 사건이 일어났을 때 그대로 어지러운 상태를 유지하고 있었다. 내 눈에는 「가제트 트리뷰노」가 보도한 것 이상의 일은 아무것도 비치지 않았다. 뒤팽은 하나하나 자세히 살펴보았다. 그런 다음 우리는 다른 방과 마당으로 들어갔다. 그동안 줄곧 두 경찰관이 곁을 따라다녔다. 우리는 어두워질 때까지 조사에 열중하고는 그 집에서 나왔다. 돌아오는 길에 뒤팽은 어느 신문사에 잠깐 들렀다.

앞서도 말한 바와 같이 내 친구의 변덕은 좀처럼 종잡을 수 없는 'Je les ménageais'였다. 이 프랑스어는 '종잡을 수 없다'는 뜻인데 이에 걸맞은 영어는 없다. 이번에는 무슨 바람이 불었는지 그는 살인 사건에 대해 일체 말하고 싶지 않다는 태도로 다음 날 정오까지 입을 다물고 있었다. 그 뒤 갑자기 입을 연 그는 범행 현장에서 '특이한' 무엇을 발견하지 못했느냐고 내게 물었다. '특이한'이라는 말을 강조할 때의 말투에 무엇인가가 있어 순간 나는 전율했다.

내가 말했다.

"아니, 특별히 이상한 점은 없었는데. 그 신문에 게재된 것 이상은."

「가제트」는 사건이 괴상하게 무시무시하다는 점은 언급하고 있지 않은 것 같아. 하지만 신문의 태평스러운 의견 따위는 아무래도 좋네. 이 사건이 해결 불가능한 것처럼 보이는 건 사건을 쉽게 해결할 수 있을 것처럼 보이게 하는 면이 있기 때문이라고 나는 생각하네. 그 이유는 사건 외관상의 특징에 있지. 경찰이 갈피를 잡지 못하고 있는 것은 살인의 동기가 아니라, 그토록 끔찍하게 죽여야 될 동기가 있을 법하지 않다는 점에 있네.

그들이 어리둥절해하는 또 한 가지 이유는 다투는 소리를 들었다는 것과 2층 방에는 살해된 레스파네 양 말고는 아무도 없었다는 사실, 그리고 계단을 오르던 일행의 눈에 띄지 않고 달아날 방법이 없다는 사실들이 제대로 연결되지 않았기 때문이야. 방이 어질러졌다는 사실, 노부인의 몸이 난도질당했다는 사실, 거기에 방금 말한 사실과 새삼스레 말할 필요도 없는 그 외의 다른 사실들이 더해지면 그렇게도 영리함을 자랑하던 국가 경찰력도 마비되어 완전히 두 손 두 발 다 들게 될 수밖에 없지.

경찰은 이상함과 난해함을 혼동하는 그리고 어디서나 흔히 볼 수 있는 커다란 오류에 빠져 있어. 하지만 이성이 진리를 찾아 더듬거리며 나아갈 때 단서가 되어 주는 것은 이와 같은 평범함의 차원에서 벗어난 이들이야. 현재 우리가 진행하는 조사에서 중요한 것은 '무엇이 일어났나?' 하는 것이 아니라 '지금까지 일어난 적도 없었던 어떤 일이 일어났나?' 하는 점이야. 나는 곧 이 사건을 해결해 보일 것이고 사실은 이미 해결한 거나 다름없지만, 그건 식은 죽 먹기야. 경찰이 이 사건을 해결 불가능한 것으로 보는 것만큼 그 불가능성만큼 아주 간단한 일이지."

나는 어리둥절하여 말없이 그를 바라보았다. 그는 계속해서 말하며 방문 쪽으로 눈길을 돌렸다.

"나는 지금 누구를 기다리네. 그 사람은 이번의 흉악한 범죄를 저지른 장본인은 아니지만 어느 정도 관계있는 사람일 거야. 이 범행의 최악의 부분에는 그는 끼어들지 않았을 걸세. 이 가정이 맞는다면 다행이지. 이 가정 아래 수수께끼를 풀려는 게 내 의도니까. 그 사람은 이 방으로 곧 올 걸세. 하기야 오지 않을 수도 있지. 그러나 틀림없이 올 거야. 그가 온다면 잡아둘 필요가 있겠는데. 자, 여기 권총이 있네. 만약의 경우에는 이걸 써야 하는데 우리 모두 사용법은 잘 알고 있지."

나는 내가 무엇을 하고 또 무슨 말을 들었는지 분간할 수 없는 멍한 태도로 권총을 받아들었다. 뒤팽은 독백처럼 혼잣말을 계속했다. 이럴 때 그가 신들린 사람처럼 된다는 것은 이미 말한 바 있다. 그의 이야기는 나를 상대로 하는 것이고 그 목소리는 크지 않았지만, 멀리 떨어진 사람에게 이야기하는 듯한 억양을 띠었다. 그의 눈은 표정을 잃은 채 가만히 벽을 바라보고 있었다.

그가 말했다.

"계단에서 사람들이 들었다는 그 다투던 소리가 피해자들의 목소리가 아니었다는 것은 증언으로 입증되었어. 그렇다면 노부인이 딸을 먼저 죽인 다음 자살했을 가능성은 완전히 배제되네. 그렇다면 범행은 제3자에 의해 저질러진 게 되며, 말다툼하던 소리가 그 제3자의 소리였다는 결과가 나오지. 자, 이제부터 본론으로 들어가 볼 텐데, 증언의 특이한 점을 눈치채지 못했나?"

나는 굵고 탁한 목소리는 프랑스인이라는 데에 모든 증인의 의견이 일치되는데, 날카롭고 귀에 거슬리는 거친 소리라고 한 그 목소리에 대해서는 의견이 저마다 달랐다는 점을 지적했다.

그러자 뒤팽이 말했다.

"그것은 그 증언 자체지 증언의 특이성은 아닐세. 자네는 아무것도 특별한 것을 발견하지 못한 듯한데 실은 찾아낼 만한 일이 있었다네. 굵은 목소리에 대한 증인들의 의견이 일치된 건 자네가 지적한 대로일세. 이 점에서는 만장일치였지. 하지만 높은 목소리에 대한 증언의 특이한 점은, 의견이 일치되지 않는 점이 아니라, 이탈리아, 영국, 스페인, 네덜란드, 프랑스 사람 모두 그 목소리가 외국인의 것이라고 말했다는 데에 있어. 모든 사람이 어쨌든 자기와 같은 나라 사람이 아니라고 단언하고 있다는 점이야. 그 누구도 그 목소리를 자신이 가장 잘 아는 모국어를 사용하는 사람의 목소리라고는 보지 않았어. 그와는 반대로 보았지.

프랑스인은 그것을 스페인 사람의 목소리라고 말했고, 스페인어를 안다면 몇 마디 알아들을 수 있었을 거라고 했지. 네덜란드인은 그것을 프랑스 말이라고 했는데 그는 프랑스어를 몰라 통역을 통해 심문이 행해졌었네. 영국인은 독일어라고 생각하지만 '독일어를 모른다'고 했어. 스페인 사람은 영국말이었다고 '확신'하는데, 단지 '억양으로 그렇게 판단했다'는 것뿐이며, 더욱이 '영어를 전혀 모른다'고 했지. 이탈리아인은 러시아 말이라고 믿으나 '러시아인과 대화한 일이 없다'는 거야. 또 한 사람의 프랑스인은 처음 프랑스인과 달리 이탈리아 말이라고 했지만 '이탈리아어를 모르며' 조금 전 스페인 사람과 마찬가지로 '억양에서 확신했다'고 했지. 이렇게 서로 다른 증언을 얻은 걸 보면 실제로는 아주 기묘한 목소리였을 거야. 유럽 5대 국가 사람들이 한꺼번에 들었는데도 알아들을 수 있는 말이 한마디도 없었으니까.

자네라면 아시아나 아프리카 사람의 목소리였을지도 모른다고 말하겠지? 하지만 아시아 사람이나 아프리카 사람은 파리에는 그다지 많지 않아. 물론 그런 추측도 부정할 수는 없지만, 어쨌든 다음의 세 가지 점에 주의를 기울여 달라는 말만은 꼭 해두고 싶네. 한 증인은 그 목소리를 '높다기보다는 시끄럽다'고 말했어. 다른 두 사람은 '빠르고 높낮이가 일정하지 않았다'고 표현했어. 위의 증인들은 모두 말, 아니 말다운 말조차 듣지 못했어."

뒤팽은 계속해서 말했다.

"자네의 이해력이 어떻게 작용했는지 알 수 없지만, 주저 없이 말할 수 있는 것은 증언의 이 부분, 굵은 목소리와 날카로운 목소리에 관한 부분에서 비롯된 합리적인 추론만 가지고도 이 사건의 조사 과정에 어떤 방향을 제시해 줄 의심을 불러일으키기에 충분하다는 걸세. 방금 내가 합리적인 추론이라고 했지만, 아무래도 이것만으로는 내 의도를 충분히 전할 수가 없네. 내가 말하려는 것은 그 추론이 오직 하나의 정당한 추론이며, 그것의 유일한 결과로써 그 의심이 불가피하다는 것이었네.

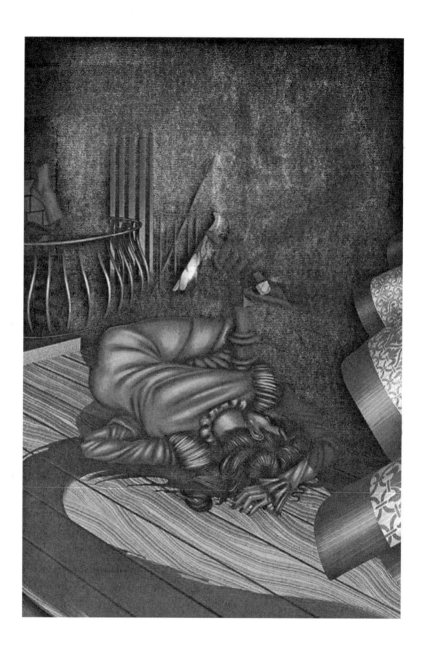

그럼 공상의 나래를 타고 그 방에 가보세. 여기서 내가 제일 먼저 무엇을 찾을 것 같나? 범인이 어떻게 탈출했을까 하는 것이라네. 자네나 나는 초자연적인 현상은 믿지 않는다고 말해도 좋을 거야. 레스파네 모녀는 망령에 의해 살해된 것이 아니야. 범인의 행동은 물리적인 것이고 도망간 것도 마찬가지야. 그렇다면 그 수단은? 다행스럽게도 이 점에 대한 추리법은 단 한 가지밖에 없으며 그 추리법은 필연적으로 우리를 어떤 결론으로 인도한다네. 어쨌든 가능한 탈출법을 하나하나 살펴보기로 하세.

일행이 계단을 오를 때 범인이 레스파네 양의 시체가 발견된 방이나 그 옆 방에 있었던 것만은 틀림없는 사실이야. 그렇다면 우리가 찾아야 할 출구는 이 두 개의 방에 있다는 얘기가 돼. 경찰은 바닥, 천장, 벽 등 모든 곳을 다 뜯어 봤어. 비밀의 문이 있더라도 그것은 경찰의 눈에서 벗어날 수 없었을 거야. 하지만 나는 그들의 눈을 믿지 않기 때문에 내 눈으로 직접 확인해 봤어. 그랬더니 역시 비밀의 문은 없더군. 두 방에서 복도로 통하는 문은 두 개 모두 굳게 잠겨 있었어. 그것도 열쇠는 안쪽에 꽂혀 있었지. 그렇다면 다음은 굴뚝. 굴뚝은 난로에서 위로 10피트(1피트는 약 30cm) 정도까지는 평범한 넓이지만 그 위로는 커다란 고양이는 드나들 수 없을 거야. 위에서 말한 수단으로는 절대로 탈출할 수 없다면 남은 것은 창문뿐이지. 앞쪽 방의 창문으로 탈출했다면 거리에 있던 사람들이 못 봤을 리 없어. 그렇다면 범인은 틀림없이 뒤쪽 방의 창문을 통해서 나갔을 거야. 이처럼 명확한 방법으로 이런 결론에 도달했으니, 그것이 언뜻 보기에 있을 수 없는 일 같다고 해서 그 결론까지 좌시한다는 것은 추리가로서 이 사건에 임하는 우리가 취해야 할 자세는 아니야. 우리가 해야 할 일은 이처럼 한편으로는 불가능해 보이는 일이 사실은 그렇지 않다는 점을 증명해 보이는 것이지.

그 방에는 창문이 두 개 있네. 그중 하나는 가구가 놓여 있지 않으므로 전체가 보이는 것이고 또 하나는 멋없이 큰 침대가 빈틈없이 들어차 침대 머리에 숨겨져 밑의 절반은 보이지 않게 되어 있지.

첫 번째 창문은 안에서 꼭 잠겨 있었고, 몇 사람이 힘을 다해 들어 올리려고 했으나 꼼짝도 하지 않았지. 창틀 왼쪽에 송곳으로 뚫어 놓은 커다란 구멍이 있고 거기에는 아주 튼튼한 대못이 머리 부분까지 깊이 박혀 있었어. 조사해 보니 나머지 창문에도 역시 못이 비슷하게 박혀 있었어. 이것도 열어 보려고 해봤지만 앞서 말한 창과 마찬가지로 꼼짝도 하지 않았지. 그랬기에 경찰은 완전히 마음을 놓고 그쪽으로는 탈출하지 않았다고 단정한 거야. 따라서 못을 뽑고 창문을 여는 것은 불가능했을 거라고 생각했던 거지. 나는 더 면밀하게 조사했는데, 그것은 지금까지 말해 온 대로의 이유에서였지. 즉 한편으로 불가능해 보이는 일이 실은 그렇지 않다는 것을 증명해야 되는 것은 바로 그것이 단서임을 알고 있었기 때문이네. 나는 귀납적으로 생각했네. 범인은 실제로 그렇게 되어 있엇던 것처럼 안에서 창틀을 고정할 수는 없었을 거야. 경찰은 이러한 생각에서 잘못을 발견할 수 없었으므로 이 부분의 탐색을 중지했네. 분명 창틀은 고정되어 있었어. 그렇다면 창문에는 자동적으로 고정되는 장치가 있어야 한다는 결론을 내리지 않을 수 없지.

나는 전체가 내다보이는 쪽 창으로 가서 힘들어 못을 뽑아내고 창틀을 들어 올려봤어. 예측한 대로 내 힘으로는 꿈쩍도 하지 않았지. 나는 어딘가에 용수철이 숨겨져 있다는 사실을 알 수 있었어. 나는 그것을 눌러 보았지만 그것을 찾아낸 것만으로도 충분했으므로 창틀을 들어 올리지는 않았네. 나는 못을 원래대로 꽂고 자세히 바라보았지. 이 창문으로 나간 사람은 창문을 닫을 수는 있었지만 못을 제자리에 다시 박아 놓을 수는 없었을 거야. 결론은 아주 명백했기 때문에 내 조사 범위는 더욱 좁혀졌지. 범인은 틀림없이 다른 쪽 창문으로 도망간 거야. 양쪽 창틀의 스프링이 똑같다면, 아마도 똑같을 테지만, 차이점은 못에 적어도 못이 박힌 상태에 있었을 것임에 틀림없었지. 침대의 매트리스로 올라가 머리 부분의 판자 너머로 창문을 자세히 들여다보고 판자 뒤쪽으로 손을 넣어 보니 아니나다를까 용수철이 있기에 눌러 보았어. 예상했던 대로 그건 옆의 창문과 같은 것이었지. 그래서 못을 조사해봤더니 튼튼하다는 점도 똑같았고 박혀 있는 상태 그대로 똑같았어. 머리까지 깊숙이 박혀 있었다는 얘기야.

자네는 내가 당황했으리라고 말하고 싶겠지만, 그렇게 생각했다면 귀납법이라는 것의 본질을 오해하고 있는 게 틀림없네. 사냥꾼들이 말하는 '냄새를 잃는' 일은 내게 한 번도 없었어. 한순간이라도 냄새를 잃어 본 적이 없네. 쇠사슬의 고리는 어디에서도 끊어지지 않았네. 비밀을 밝혀내서 최종적인 결과에 도달한 거지. 그 결과라는 게 바로 못이야. 다시 말해 두겠는데 겉보기에 그 못은 다른 한쪽 창의 못과 완전히 똑같았어. 하지만 그러한 사실도(결정적이라고 여겨질지 모르나) 결국 여기에 문제 해결의 실마리가 있을 것이라고 생각하게 된 근거의 무게 앞에서는 무게를 잃어버리고 말지.

'이 못에 무언가 잘못이 있는 게 틀림없다'고 생각했네. 그래서 못을 쥐고 잡아당겨 보았지. 그러자 대가리에 4분의 1쯤 다리가 달린 못이 빠져나왔네. 나머지 부분은 송곳으로 낸 구멍에 남아 있으며, 못의 다리 부분이 도중에 부러져 있었던 거야. 부러진 데가 몹시 녹슨 것으로 보아 꽤 오래전에 부러졌으며 쇠망치로 박을 때 생긴 일인 듯했네. 못대가리 일부가 창틀 윗부분에 패어 들어가 있었으니 말일세. 나는 못의 머리 부분을 원래대로 다시 가만히 돌려놓았어. 그랬더니 멀쩡한 못과 별 차이 없어 보이더군. 부러진 데가 보이지 않았으니까. 용수철을 눌러 창틀을 가만히 몇 인치 들어올려 봤지. 못대가리가 구멍에 꼭 자리잡은 채 창틀과 함께 올라갔네. 그러자 또 완전한 하나의 못으로 보였지. 여기까지의 수수께끼는 풀린 셈이네. 가해자는 침대 머리 쪽 창문으로 달아난 것일세. 범인이 나갈 때 창문이 저절로 닫힌 건지(아니면 닫은 건지) 어떻게 된 건지는 모르겠지만, 용수철로 고정되어 있었는데 그 용수철로 고정되어 있는 것을 경찰은 못으로 고정되어 있는 것이라고 착각한 거지. 거기서 조사를 더 할 필요는 없어졌어.

다음 문제는 내려가는 방법인데, 그 점에 대해서는 자네와 함께 집 주위를 돌아보는 동안에 만족할 만한 해답을 얻었네. 문제의 창문에서 5피트 반쯤 떨어진 곳에 피뢰침이 걸려 있었는데 이 피뢰침으로는 누구든 창문으로 들어가는 것은 고사하고 창 자체에 손이 닿는 일도 불가능했을 걸세. 하지만 나는 4층의 모든 덧문이 파리의 목수들이 '페라드'라고 부르는 특수한 종류의 것임을 깨달았네. 지금은 찾아볼 수 없게 되었지만 리옹이나 보르도의 유서 깊은 저택에서는 아직도 볼 수 있지. 모양은 접는 문이 아니라 단 하나로 된 여느 문과 같지만 아래 절반이 격자식으로 되어 있어 손으로 붙잡기 아주 좋은 점이 다르네. 그런데 그 집은 덧문의 폭이 족히 3피트 반은 돼. 우리가 그 덧문을 집의 뒤쪽에서 봤을 때 두 개 모두 반쯤 열려 있었어. 말하자면 벽으로부터 직각으로 떨어져 있었다는 말일세.

경찰도 나와 마찬가지로 건물 뒤쪽을 조사했겠지. 하지만 이 페라드의 폭을 정면에서 선으로 봤기 때문에 —사실 그렇게 했을 게 틀림없네만— 폭 자체의 크기를 보지 못했거나, 적어도 폭을 충분히 고려하는 것을 잊었을 거야. 여기로 달아나기는 불가능하다고 단정해 자연히 이 부분의 조사가 소홀해졌던 거지. 하지만 침대의 머리 부분에 있던 창의 덧문을 벽면까지 활짝 열면 피뢰침까지의 거리가 2피트 이내가 될 것이라는 사실을 나는 확실하게 봤어. 게다가 아주 놀라울 정도의 운동 능력과 용기를 발휘하면 피뢰침에서 창문으로 들어가는 일도 이러한 방식으로라면 가능하다고 생각했지. 덧문이 완전히 열려 있다면 2피트 반만 팔을 뻗으면 범인은 격자를 꽉 움켜쥘 수 있었을 거야. 그런 다음 발을 벽에 꼭 붙이고 피뢰침을 쥐고 있던 손을 놓으며 힘껏 차면 덧문은 닫히고 그때 창이 열려 있었다면 몸은 그대로 방으로 튕겨져 들어갈 거야.

내가 그토록 위험하고 어려운 곡예를 성공적으로 해내기 위한 필수 조건으로 '아주 놀라운 정도의 운동 능력'이라고 한 말을 마음에 새겨

주기 바라네. 내 의도는 이런 일이 불가능하지 않다는 점을 보여 주는 것이지만, 그런 일을 해낼 수 있었던 민첩성은 거의 초자연적인 힘이라는 것을 자네 마음속에 깊이 새겨 주고도 싶기 때문일세. 자네라면 틀림없이 법률 용어를 차용해서 이렇게 말하겠지. '자기주장을 입증하기 위해서는 그 행위에 필요한 운동 능력을 충분히 평가하기보다 차라리 과소평가해야 하지 않겠느냐'고 말일세. 법률문제라면 그러는 것이 좋을지 모르나 추리를 하는 데는 그런 게 있을 수 없네. 진실만이 나의 궁극적 목표니까. 지금 나의 목적은 조금 전에 말한 이상할 정도의 운동 능력과 목소리 주인의 국적에 관한 철저하게 어긋난 견해를 연결시켜 생각해 보는 것이야."

이 말을 듣자 뒤팽이 무슨 말을 하려는지 막연하게나마 알 것 같았다. 나는 이해할 수 있는 단계에 이른 듯싶었다. 그러나 이해할 수 없었다. 이해할 수 있을 듯하지만 이해력이 부족해 이해할 수 없는 부분에까지 와 있는 것 같았다. 뒤팽이 말을 이었다.

"내가 문제를 탈출 방법에서 침입 방법으로 바꾼 의도는 자네도 알걸세. 그것은 둘 다 같은 방법, 즉 같은 장소를 이용해서 행해졌다는 것을 분명히 하려는 데 있지. 집안으로 눈을 돌려보세. 그리고 여기서 그 상황을 살펴보세. 옷장 서랍에는 많은 옷이 그대로 남아 있긴 하나 약탈당했다고 했네. 이 결론은 불합리해. 그것은 단순한 추측. 아주 어리석은 추측에 지나지 않네. 서랍에서 발견된 물건이 원래 거기에 있었던 물건 모두가 아니라는 보증이 대체 어디에 있단 말인가? 레스파네 모녀는 은둔 생활을 했어. 그렇다면 갈아입을 옷도 그렇게 많이 필요하지 않았을 거야. 남아 있던 것들은 그런 부류의 여자들 물건치고는 고급에 속하는데 만일 도둑이 물건을 갖고 갔다면 왜 가장 좋은 것을 가져가지 않았을까. 아니, 왜 모두 가져가지 않았을까? 그보다도 귀찮은 옷가지를 한아름이나 갖고 가면서 왜 금화 4천 프랑은 두고 갔단 말인가? 황금을 내버렸단 말일세. 은행가 미뇨 씨가 말한 금액이 그대로 주머니에 든 채 바닥에 뒹굴고 있었으니까. 돈을 집의 입구에서 건넸다는 증언 때문에 경찰이 떠올린 잘못된 범행 동기는 자네의 머릿속에서 완전히 지웠으면 좋겠네. 우리 인생에서는 이런 —즉, 돈을 건네주면 그것을 받는 사람이 3일이 채 지나기도 전에 살해당한다는— 암호보다도 열 배나 더 신비한 암호가 누구에게나 한 시간에 한 번 정도는 일어나지만 단지 그것을 아주 잠시도 깨닫지 못하고 있는 것일 뿐이니까.

우연의 일치란 교육은 받았어도 확률론은 전혀 공부하지 못한 사색가에게는 커다란 좌절이지. 이 확률론 덕분으로 인간의 가장 빛나는 대상이 가장 빛나는 성과를 올리고 있지만 말이네. 이번 사건의 경우에 금화가 없어졌다면 3일 전에 그것이 건네졌다는 사실은 암호 이상의 요건이 되었을 거야. 즉, 살해 동기라고 생각하는 것을 뒷받침해주는 것이 되었을 걸세. 하지만 실제로 일어난 상황 아래에서 이 사건의 동기가 돈이었다고 가정하려면 범인은 돈과 동기를 다 함께 포기할 만큼 우유부단한 천치였다는 상정도 함께 하지 않을 수 없게 되겠지.

내가 자네의 주의를 환기시켰던 모든 점들, 즉 기괴한 목소리, 발군의 운동 능력, 그처럼 흉악한 살인 사건치고는 기묘할 만큼 용기가 결

여되었다는 점들을 계속 염두에 두면서 사건을 잘 살펴보도록 하세. 실제로 한 여자가 교살당한 뒤 굴뚝에 거꾸로 처박혔어. 평범한 살인범은 그렇게 사람을 죽이지 않아. 적어도 시체를 그렇게 처리하는 일은 없을 걸세. 시체를 굴뚝 속으로 쑤셔 넣은 방법에는 '너무나 극단적인' 무엇이 있어. 인간 행위에 대한 우리 통념과 전혀 맞지 않는 무엇인가가 있다는 것을 자네도 인정할 걸세. 모름지기 우리가 생각할 수 있는 가장 흉악무도한 인간일지라도 말일세. 게다가 또 생각해 보게. 여러 사람이 힘을 모아 겨우겨우 '내렸을' 만큼 좁은 구멍으로 시체를 억지로 쑤셔 '올렸다면' 대체 얼마나 엄청난 힘이었겠는가?

그럼 이번에는 이 놀라운 힘이 어떤 식으로 이용되었는지 보여 주는 또 다른 증거를 보세. 벽난로 위에 굵은 잿빛 머리카락 뭉치가 있었네. 몹시 굵은 뭉치였지. 이것은 뿌리째 뽑힌 것이었네. 머리카락 이삼십 올일지라도 머리에서 이런 식으로 쥐어뜯으려면 얼마만한 힘이 필요할지 자네도 상상할 수 있겠지? 문제의 머리카락 뭉치를 나도, 자네도 보았지. 그 뿌리 끝에는 소름 끼치게도 머리의 살점이 더덕더덕 붙어 있었네. 그것은 단번에 몇 십만 개나 되는 증거일세. 노부인의 목은 단순히 뗀 것이 아니라 머리가 몸통에서 완전히 떨어져 있었네. 그런데 흉기는 여느 면도칼에 지나지 않았지. 이 행위의 '야수적' 잔인성을 다시 한번 유의하기 바라네.

레스파네 부인의 시체에 있었던 타박상에 대해서는 달리 할 말이 없네. 뒤마 씨와 그의 유능한 협력자인 에티엔 씨는 둔기에 의한 타박상이라고 단정했는데 거기까지는 두 사람 모두 정확한 판단을 했어. 둔기로 사용되었던 것은 뒤뜰 바닥에 깔아놓았던 돌이었다는 점도 명확한 사실이고. 희생자는 침대 쪽으로 난 창을 통해서 내던져졌을 거야. 이렇게 추정을 하지는 못했는데 이는 덧문의 폭에 주의를 기울이지 않았던 것과 마찬가지 이유에서지. 즉 못이 박혀 있었기 때문에 창문이 열렸을지도 모른다는 사실에 대해서는 경찰의 머리가 밀폐되었다는 이야기야.

이런 모든 점에 덧붙여 방이 묘하게 흐트러진 점을 올바로 고찰했다면 이미 우리는 놀라운 민첩성, 초인적인 힘, 야수적인 잔인성, 동기 없는 살육 행위, 인간적인 것과는 완전히 이질적인 소름끼치는 기괴함, 여러 나라 사람들의 귀에 한결같이 이국적인 억양이며 의미를 알 수 있는 음절이 전혀 없었던 목소리, 이 모든 것을 결부시킬 수 있는 단계에 이르는 셈일세. 그럼 어떤 결론이 나올지, 이제까지의 내 말에서 자네는 어떤 인상을 받았나?"

뒤팽이 질문할 때 등이 오싹해졌다.

"미친 사람이 저지른 짓일 테지. 멀지 않은 곳에 있는 메종 드 산테 정신병원에서 도망친 미치광이일지 몰라."

"어떤 면에서, 자네 생각은 부적절하지 않아. 그러나 미친 사람들의 목소리는, 심지어 가장 거친 발작 속에서도, 계단에서 들려왔다는 그 독특한 목소리와 일치하지 않아. 미치광이는 어느 나라 출신이며, 그들의 언어는 일관성이 없지만 음절에는 일관성이 있지. 게다가 미친 사람의 머리카락은 내가 지금 손에 쥐고 있는 것과 조금도 같지 않아. 나는 레스파네 부인의 움켜쥔 손에 꼭 쥐어져 있던 것을 조금 빼 왔는데, 자네는 이것이 무엇으로 보이나?"

나는 몹시 놀라며 말했다.

"이 머리카락은 정말 특이한데, 이건 사람의 머리카락이 아니야."

나는 완전히 공포에 질려 말했다.

그가 말을 이었다.

"사람의 머리카락이라고 하지 않았네. 이 문제에 대한 결론을 내리기 전에 이 종이에 베껴 둔 스케치를 좀 보게. 증언 중에 레스파네 양의 목에 '검은 타박상과 깊은 손톱자국'이 있었다는 부분이 있지. 그리고 뒤마와 에티엔 두 사람의 증언에 '분명히 손가락으로 누른 자국으로 여겨지는 납빛 얼룩'이라는 부분이 있었네. 이건 그 부분을 실물 크기대로 옮긴 그림이야. 보는 바와 같이."

뒤팽은 앞에 있는 탁자에 종이를 펼치며 말을 이었다.

"이 스케치대로라면 굉장히 세게 쥐었다는 사실을 알 수 있어. 미끄러졌던 흔적은 없어. 모든 손가락이 ─아마도 희생자가 죽을 때까지─ 처음 눌렀던 곳을 눌렀던 힘 그대로 끝까지 눌렸을 거야. 그러면 시험 삼아 자네 손가락을 하나하나 이 손톱자국 위에 똑바로 대어 보게."

나는 그대로 해 보았으나 그렇게 할 수 없었다.

"이 문제에 대한 올바른 해결 방법이 아닐지도 모르지. 종이는 평면으로 펼쳐져 있지만 인간의 목은 원통형이야. 여기에 나무로 된 둥근 통이 있는데 그 둘레가 얼추 목 굵기 정도네. 종이를 그것에 감아 다시 시도해 보세."

그의 말대로 해보았지만 조금 전보다 더욱 어려운 일이라는 사실을 확실하게 알 수 있었다.

"이것은 사람 손가락 자국이 아닐세."

내가 말했다.

"그럼 이걸 읽어 보게. 퀴비에(프랑스 동물학자)가 쓴 책의 이 부분을."

그것은 동인도 제도에 사는 거대한 황갈색 오랑우탄에 대한 세밀하고도 해부학적이며 일반적인 설명이었다. 이 포유류의 거대한 키, 엄청난 힘과 활동성, 사나움, 모방 성향은 모두에게 충분히 잘 알려져 있었다. 나는 살인의 공포를 단번에 이해했다.

모든 내용을 읽고 난 뒤 내가 입을 열었다.

"손가락에 대한 설명이 이 스케치와 정확히 일치하는군. 이제야 알겠네. 여기에 기술되어 있는 종류의 오랑우탄 말고는 어떤 동물도 자네가 베껴 온 것과 같은 움푹 파인 자국을 남길 수는 없을 거야. 이 황갈색 털도 퀴비에의 책에 있는 동물의 그것과 아주 비슷하군. 그러나 이 가공할 사건의 세부는 아직 모르겠네. 더욱이 말다툼하는 두 사람의 소리가 났고 그 한쪽은 확실히 프랑스인의 목소리였다고 하지 않았는가?"

"바로 그렇다고 자네도 기억하겠지만. 그 목소리가 말한 것 중에서 거의 모든 증인이 들었다고 하는 말, 즉 '지독한 놈!' 말일세. 꾸짖는 듯 달래는 듯한 말투였다고 증인인 과자점 주인 몬타니가 말했지. 이것은 그때의 상황을 정확히 포착한 말일세. 따라서 나는 주로 이 '지독한 놈!'이라는 두 마디에 수수께끼를 해결할 희망을 걸어 왔지. 한 프랑스인이 이 살인을 알고 있네. 아마도 —아니, 이건 거의 확실한 데— 그 사람은 이번 참극에 직접 가담한 사람은 아닐 거야. 틀림없이 오랑우탄이 그에게서 달아났을 걸세. 사나이는 오랑우탄을 쫓아 그 방까지 갔겠지. 그런데 그 소동이 벌어졌으므로 다시 붙잡을 수 없었을 테지. 오랑우탄은 아직 잡히지 않았네. 하지만 추측은 이쯤에서 그만두기로 하겠네. 그 바탕이 된 사고의 그림자는 내 머리로도 감지하기 어려울 만큼 희미하여 다른 사람들에게 이해시킨다는 것은 엄두도 낼 수 없으니, 내가 그것을 추측 이상의 것으로 부를 권리는 없는 거지. 따라서 단순한 추측으로 접어 두기로 하세. 만일 문제의 프랑스인이 내가 상상하듯 사건 그 자체와는 무관하다면 어젯밤 돌아오던 길에 「르몽드」(해운업계 신문으로 뱃사람이 많이 읽음)에 들러 부탁한 이 광고를 보고 찾아올 걸세."

그는 내게 신문을 건네주었다. 그 신문에는 이런 내용이 있었다.

〈포획물— 황갈색 보르네오종 오랑우탄. 이달 ××일 이른 아침. 보아 드 볼로뉴에서 포획. 주인(몰타섬 소속 선박의 선원으로 추정)에게 돌려주겠음. 단, 그것이 자신의 소유라는 것을 충분히 증명하고 포획과 보관에 든 비용을 지불할 것. 포브르 생제르맹 ××가 ××번지, 3층으로 찾아오기 바람.〉

내가 물었다.
"어떻게 그 남자가 선원이고 몰타 선박에 속해 있다는 것을 알 수 있었나?"

뒤팽이 말했다.

"잘 모르겠네. 정확하다고는 할 수 없어. 그러나 여기에는 리본 조각이 있는데, 그 형태와 기름기 많은 모양으로 볼 때 선원들이 머리를 묶는 데 사용된 것 같아. 더욱이 이 매듭은 선원 외에는 거의 사용하지 않는데 이건 몰타 특유의 매듭이네. 리본은 피뢰침이 박혀 있는 부분에서 발견했네. 그것은 고인의 것이 아니었을 거야. 이 리본에서 그 프랑스인이 몰타섬의 선원이라고 추정한 게 잘못이라고 해도 광고에 그렇게 써 두면 안 될 것은 전혀 없네. 추리가 틀렸다고 해도 상대는 이쪽이 무슨 사정으로 잘못 생각하고 있다고 여길 뿐 일부러 그러한 사정을 캐내어 보려고는 하지 않을 테니까. 하지만 내가 정확했다면 거기에는 많은 이점이 있네. 살인을 직접 저지르지는 않았다 할지라도 목격은 했을 테니 그 프랑스인은 당연히 부름에 응하는 것, 즉 오랑우탄을 찾으러 오기를 망설일 거야. 아마도 이렇게 생각하겠지.

'나는 무죄다, 돈도 없다. 오랑우탄은 가치가 있고 내게는 큰 재산이다. 위험할지도 모른다는 생각 때문에 큰돈을 날릴 수는 없지. 얼마 후면 손에 넣을 수 있을 거야. 녀석이 보아 드 볼로뉴에서 잡혔군. 그곳은 살인 현장에서 꽤 먼 곳이야. 그런 짐승이 살인을 저질렀다고 누가 상상이나 하겠어. 경찰에서도 손을 들었지. 단서를 전혀 잡지 못했거든. 경찰이 녀석에 대해서 냄새를 맡았다 할지라도 내가 살인에 대해서 알고 있을 거라고는 증명하지 못할 거고, 알고 있다 하더라도 그게 죄가 되지는 않을 거야. 무엇보다도 나는 이미 세상에 알려졌어. 광고

주는 나를 그 짐승의 주인이라고 말했으니, 광고를 낸 사람이 어디까지 알고 있는지 알 수는 없지만, 내가 주인이라는 사실이 고가의 재산을 찾으러 가지 않으면 그건 그 동물이 의심을 받는다는 거고 그다지 좋은 일이 아니야. 광고에 응해 오랑우탄을 인수하고 사건의 관심이 식을 때까지 가만히 숨겨 둬야지.'"

바로 그때 우리는 계단을 밟는 소리를 들었다.

"권총을 준비하게. 단 내가 신호를 보낼 때까지 쏘거나 보여서는 안 돼."

뒤팽이 말했다.

현관문은 열려 있었고, 방문객은 벨을 울리지 않고 들어와 계단을 몇 개 올라왔다. 그러나 그는 주저하는 것 같았다. 이윽고 우리는 그가 내려오는 소리를 들었다. 뒤팽이 문으로 빠르게 이동할 때 그가 다가오는 소리가 다시 들렸다. 그는 두 번 다시 돌아서지 않고 단호하게 일어나 우리 방의 문을 두드렸다.

"들어오세요."

뒤팽이 명랑하고 다정한 어조로 말했다.

한 남자가 방으로 들어왔다. 그는 분명히 선원으로 보였는데, 키가 크고 뚱뚱하고 근육질의 사나이로 무모해 보이는 얼굴이었으나 전혀 애교가 없는 것도 아니었다. 볕에 몹시 그을린 얼굴은 절반 이상 구레나룻과 콧구멍으로 덮혀 있고 커다란 떡갈나무 막대기를 쥐고 있었으나 무기를 지니고 있는 것 같지 않았다.

그는 어색하게 고개를 숙이고 프랑스 억양으로 "안녕하세요"라고

인사했다. 뇌샤텔 지방의 억양이 어느 정도 섞여 있기는 했지만 원래
는 파리 사람이라는 사실을 알 수 있었다.

뒤팽이 말했다.

"앉으세요. 오랑우탄 때문에 오셨죠? 그렇게 멋진 것을 가지고 계시
다니 정말 부러울 따름입니다. 참으로 멋진, 게다가 굉장한 가치를 지
닌 것이겠죠? 녀석은 몇 살 정도 된 겁니까?"

드디어 무거운 짐을 벗은 투로 선원은 공기와 함께 긴 숨을 들이쉬
고는 확신에 찬 어조로 대답했다.

"뭐라고 말할 수는 없지만, 네다섯 살을 넘기지 않았을 겁니다. 오랑
우탄은 여기에 있습니까?"

"아뇨, 이곳에는 사육할 시설이 없어서 뒤브르 거리의 세를 낸 우리
에 넣어 두었소. 바로 이 가까이오. 아침이 되면 인도하겠소. 물론 당
신이 주인이라는 사실을 증명하실 수 있겠죠?"

"네, 증명할 수 있습니다."

"넘겨주기 좀 아까운 마음이 드는데."

뒤팽이 말했다.

"물론 신세만 질 생각은 없습니다. 그럴 수는 없지요. 부당한 요구만
아니라면 그놈을 잡아 주신 보답은 기꺼이 하겠습니다."

선원이 말했다.

"그렇지요. 정말 훌륭한 생각입니다. 그렇다면 무엇을 받는 게 좋을
까? 맞아. 이거면 되겠군. 모르그 가에서 일어난 이 살인 사건에 대한
모든 정보를 나에게 주셔야 합니다."

뒤팽은 매우 낮은 어조로 조용히 말했다. 그는 문 쪽으로 걸어가 문을 잠그고 열쇠를 주머니에 넣었다. 그러고는 가슴에서 권총을 꺼내 조금도 흔들리지 않고 탁자에 올려놓았다. 선원의 얼굴이 어두워지며 붉어졌다. 그는 일어서서 곤봉을 움켜쥐었지만 격렬하게 몸을 떨며 자리에 주저앉았다. 그는 아무 말도 하지 않았다. 얼굴이 마치 송장 같았다. 한마디도 하지 못하는 이 사나이에게 나는 동정의 마음을 누를 길이 없었다.

뒤팽은 친절한 어조로 말했다.

"친구여, 그렇게 두려워할 필요는 없소. 정말 해를 끼칠 마음은 털끝만큼도 없으니까. 신사로서 프랑스인으로서 맹세하오. 당신이 모르그 거리의 흉악한 범죄의 하수인이 아님을 잘 알고 있으니까. 그러나 그 일에 전혀 관계없다고 말해 봐야 소용없소. 이만큼 말했으니 이제 당신도 알았으리라 생각하지만, 이 일에 대해 나는 정보망을 갖고 있소. 당신으로서는 도저히 상상할 수도 없는. 그러니까 사건은 이렇게 된 거죠. 당신이 좋아서 한 일은 하나도 없을 거요. 즉 죄가 될 일은 아무것도 저지르지 않았소. 도둑질도 하지 않았소. 의심받지 않고 물건을 훔칠 수 있었는데도 말이오. 당신은 숨길 것이 없소. 은폐할 이유가 없습니다. 반면에 당신은 아는 모든 걸 고백해야 할 의무가 있으며 그것은 명예의 문제요. 당신이 범인을 지목할 입장에 있는 범죄 혐의 때문에 지금 죄 없는 사람 한 명이 기소되었습니다."

뒤팽이 말하는 동안 선원은 마음의 평온을 되찾고 있었다. 그러나 원래의 담대함은 모두 사라지고 말았다. 잠시 후 선원이 입을 열었다.

"하느님, 저를 도와주세요."

그가 잠시 말을 멈춘 뒤 다시 입을 열었다.

"이 사건에 대해서 내가 아는 모든 것을 당신에게 말하겠소. 그러나 당신은 내 말의 절반도 믿지 않을 겁니다. 믿어주길 바란다면 내가 어리석겠지요. 하지만 나는 아무 죄도 없습니다. 죽어도 상관없으니 속 시원하게 털어 놓아야겠습니다."

선원이 한 이야기를 요약하면 다음과 같다.

그는 최근에 인도네시아를 항해하고 돌아왔다. 일행과 보르네오에 상륙하여 오지까지 탐험했다. 친구와 둘이서 그 오랑우탄을 포획했다. 친구가 죽는 바람에 자연히 오랑우탄은 그의 소유가 되었다. 돌아오는 도중 오랑우탄은 이따금 감당할 수 없을 만큼 난폭성을 발휘하여 엄청나게 고생했다. 마침내 오랑우탄을 파리에 있는 자신의 집에 안전하게 가두는 데 성공했으며, 이웃 사람들의 불쾌한 호기심을 끌지 않기 위해 애써 오랑우탄을 숨겨 두고 그놈이 배에서 발에 가시가 박혀 생긴 상처가 회복될 때까지 기다렸다. 그의 궁극적인 목적은 오랑우탄을 파는 것이었다.

그날 밤, 아니, 살인이 일어난 날 아침에 몇몇 선원들이 집에서 함께 놀다가 돌아간 후 그는 그 짐승이 갇혀 있던 벽장을 부수고 자신의 침실을 차지하고 있는 것을 발견했다. 그 짐승은 면도칼을 손에 쥐고 얼굴 가득 비누 거품을 충분히 낸 채 거울 앞에 서서 면도를 하고 있었는데, 의심할 여지없이 벽장의 열쇠 구멍을 통해 그를 지켜보고 배운 것이다. 이처럼 위험한 도구가 이렇게 난폭하고 또한 그것을 능숙하게 사용할 수 있는 동물의 손에 쥐어져 있는 것을 보고 완전히 겁에 질려서 한동안 어찌할 바를 몰랐다. 그러나 이 짐승이 아무리 사납게 날뛰어도 채찍을 사용하면 온순해졌으므로 이번에도 그 방법을 쓰려고 했다. 채찍을 보자 오랑우탄은 문을 통해 계단을 내려갔고, 불행히도 열린 창문을 통해 거리로 도망쳤다.

이 프랑스인은 초조한 마음으로 열심히 뒤쫓았으나 곧 절망에 빠졌다. 오랑우탄은 여전히 면도칼을 손에 들고 있었고, 이따금 멈춰 서서 뒤를 돌아보며 추적자를 향해 어서 오라는 듯 손짓하며 가까워지면 다시 속도를 내어 달아났다. 이런 식으로 추격은 계속되었다. 거리는 새벽 3시가 다 되어 가는 시간이었기에 매우 조용했다. 모르그 가 뒤쪽의 골목을 달아날 때 오랑우탄은 레스파네 부인 집 4층 방의 열린 창문에서 새어 나오는 불빛에 사로잡혔다. 건물로 다가가 피뢰침을 발견하자 믿을 수 없을 정도의 민첩함으로 기어 올라가더니 벽에 딱 들어붙을 만큼 활짝 열린 페라드를 붙잡고 매달려서는 그 반동을 이용하여 단숨에 침대 머리판자가 있는 데로 뛰어들었다. 이 놀라운 곡예에 걸린 시간은 1분도 되지 않았다. 오랑우탄이 방 안으로 사라지자 페라드는 반동으로 다시 열렸다. 선원은 난처했으나 한편 마음이 놓였다. 마음이 놓인 것은 이번에야말로 틀림없이 잡을 수 있다고 생각했기 때문이다. 그놈이 보기 좋게 뛰어든 올가미에서 도망치는 길은 피뢰침말고는 없었으므로 거기를 내려올 때 잡으면 되리라는 계산이었다.

하지만 그 짐승이 무슨 짓을 벌일지 걱정되지 않을 수 없었다. 그 생각이 들자 더는 가만히 있을 수 없어서 선원은 계속해서 오랑우탄 뒤를 좇았다. 선원에게 피뢰침을 오르는 것은 그리 어려운 일이 아니었다.

그러나 왼쪽에 있는 창문 높이에 도착했을 때 그의 움직임은 딱 멈추고 말았다. 몸을 앞으로 숙여 집안을 흘끗 살펴보는 게 고작이었다. 순간 그는 공포에 휩싸여 떨어질 뻔했다. 모르그 가에 사는 사람들의 잠을 깨운 그 무서운 비명이 밤의 고요를 깨뜨린 것은 바로 그때였다. 레스파네 부인과 딸은 나이트가운을 걸치고 앞서 이야기한 철제 금고를 방바닥 복판에 꺼내놓고 정리하고 있는 듯했다. 금고 문이 열려 있고 그 안의 물건들이 바로 옆 바닥에 놓여 있었다. 희생자들은 창문을 향해 등을 대고 앉아 있었음이 틀림없다. 그리고 짐승이 침입한 후 비명이 터져 나오기까지 걸린 시간을 보면 상황을 눈치 채지 못했다는 것을 알 수 있다. 페라드가 타닥거리는 소리도 바람 탓으로 여기고 마음에 두지 않았던 것이다.

선원이 밖에서 엿보았을 때 그 거대한 짐승은 레스파네 부인의 머리채(갓 빗은 뒤라 풀어 내려져 있었다)를 움켜쥐고 마치 이발사처럼 그녀의 얼굴 앞에서 면도칼을 휘두르고 있었다. 딸은 엎드려 움직이지 않았다. 노부인의 비명과 몸부림(머리에서 머리카락이 뜯겼다)은 오랑우탄을 자극했고, 광기의 오랑우탄이 근육질의 팔을 단호하게 휘두르자 그녀의 머리가 몸에서 잘릴 뻔했다. 현장은 광란의 피로 물들었다. 놈은 이를 갈고 눈에서 불을 뿜으며 소녀의 몸 위로 날아가 무시무시한 발톱을 목구멍에 박아 그녀가 숨을 거둘 때까지 붙잡고 있었다. 방황하던 거친 시선은 순간 침대 머리맡에 떨어졌고, 그 위로 공포로 굳은 주인의 얼굴이 눈에 띄었다. 의심할 여지없이 무서운 채찍을 마음속에 품고 있던 짐승의 분노는 순식간에 두려움으로 바뀌었다. 벌을 받아 마땅하다는 것을 의식한 짐승은 피비린내 나는 행위를 숨기고 싶어 하는 것처럼 신경질적인 동요의 고통 속에서 방을 뛰어다녔다. 가구를 던지고 부수고 침대를 끌고 다녔다. 결론적으로, 먼저 딸의 시체를 붙잡아 굴뚝 위로 밀어 올렸다. 그런 다음 노부인의 시체를 창문을 통해 내던졌다.

오랑우탄이 갈가리 찢긴 시체를 안고 창 쪽으로 다가왔을 때 선원은 깜짝 놀라 피뢰침 쪽으로 달아나 내려간다기보다는 미끄러지듯 떨어져 뒤도 돌아보지 않고 집으로 달아났다. 공포에 질려 오랑우탄의 운명에 대한 모든 염려를 기꺼이 포기했다. 계단 위에서 일행이 들었던 말은 공포에 찬 프랑스인의 외침이었고, 그 목소리는 짐승의 사악한 외침과 뒤섞였다.

덧붙일 것이 없다. 오랑우탄은 문을 부수기 직전에 피뢰침을 통해서 탈출했고 창을 통과할 때 그것을 닫았을 것이다.

그 후 오랑우탄은 소유자의 손에 포획되어 자르댕 데 플랑테 동물원에 비싼 값으로 팔렸다. 경찰청 국장실에서 우리가 이 모든 사실을(뒤팽의 설명) 이야기하자 르 봉은 즉각 석방되었다. 국장이란 작자는 내 친구에게 호의를 품고 있기는 했지만, 사건이 이런 식으로 해결된 데는 불쾌감을 느꼈던 듯 분함을 참지 못하고 쓸데없는 참견은 금물이라는 싫은 소리를 한두 마디 덧붙였다.

대꾸할 필요가 없다고 생각한 뒤팽이 말했다.

"이야기하게 놔둬. 마음대로 떠들라지, 그래서 속이 풀린다면. 상대방이 전문으로 삼는 분야에서 그를 이겼으니 그것으로 만족이야. 하지만 녀석이 사건을 해결하지 못한 건 녀석이 생각하는 범위보다 깊이가 모자랐던 것뿐일세. 국장이라는 자는 지나치게 잔꾀를 부리는 경향이 있어서 생각에 깊이가 없었던 것일 뿐이야. 그의 지혜에는 라베르나 여신의 그림처럼 머리만 있고 몸은 없으며, 기껏해야 대구처럼 머리와 어깨만 있지. 그러나 좋은 사람이야. 특히 별것도 아닌 일을 능청스럽게 잘난 척하며 말하는 모습이 좋아. 그런 방식으로, 즉 '있는 것을 부정하고 없는 것을 해석하는' 방식으로 슬기롭고 날카롭다는 명성을 한껏 누리고 있으니 말이야."

절름발이 개구리

　나는 왕처럼 농담을 좋아하는 사람을 본 적이 없다. 그는 농담을 위해서만 사는 것 같았다. 농담을 잘하는 것이 왕의 곁으로 갈 수 있는 가장 확실한 길이었다. 그리하여 그의 장관 일곱 명은 모두 농담꾼으로서 유명해졌다. 그들 모두 왕처럼 덩치가 크고 뚱뚱했는데 농담을 잘하는 사람들은 모두 뚱뚱한 건지 아니면 농담을 잘하면 뚱뚱해지는 건지 알 수는 없다. 다만 확실한 것은 빼빼 마른 농담꾼은 흔치 않다는 사실이다.

　왕은 특히 짧은 농담에 감탄했는데 내용만 풍부하다면 길다고 해서 그리 싫어하는 것도 아니었다. 왕은 또한 지나친 예의를 좋아하지 않았다. 그는 볼테르의 『자디그(Zadig)』보다 라블레의 『가르강튀아(Gargantua)』를 더 좋아했을 것이다. 전반적으로 실용적인 농담이 그의 취향에 훨씬 더 잘 맞았다.

이 이야기의 시대에 궁정에는 익살을 직업으로 삼는 광대들이 있었다. 그들은 잡다한 옷을 입고 모자와 종을 달고 왕의 식탁에서 떨어지는 빵부스러기를 보고도 언제든지 날카로운 익살이 입술로부터 술술 튀어나오게 하지 않으면 안 되었다.

당연히 우리 왕도 광대를 두었다. 왕은 무엇이든지 익살맞은 —왕 자신의 것은 고사하고 그의 일곱 대신인 일곱 현자들의 둔중한 지혜에 걸맞은— 것을 찾았다. 그러나 왕이 둔 광대, 직업적인 익살꾼은 흔히 볼 수 있는 광대는 아니었다. 그가 난쟁이이며 절름발이라는 사실로 말미암아 왕의 눈에는 그가 다른 이들보다 몇 배의 가치가 있었다.

당시 궁정에는 난쟁이가 바보만큼 흔했다. 그리고 많은 군주는 함께 웃을 광대와 난쟁이 없이는 하루를 보내기 어려웠을 것이다(다른 곳보다 궁정에서의 하루가 더 길다). 그러나 내가 이미 관찰한 바와 같이 대부분의 광대는 열에 아홉이 뚱뚱하고 다루기 힘들기 때문에 우리 왕의 '절름발이 개구리' —이것은 바보의 이름이다— 는 왕에게 적지 않은 만족을 주었다.

'절름발이 개구리'라는 이름에 걸맞은 걸음걸이, 즉 도약과 꿈틀거림 사이의 무언가는 —그의 배가 돌출되었고 머리가 체질적으로 부풀어 올랐음에도 불구하고— 왕에게 무한한 즐거움은 물론 큰 위안을 주었다. 절름발이 개구리는 다리의 뒤틀림 때문에 도로나 바닥을 걸을 때에는 아주 고생스럽게 어기적어기적 걸을 수 있을 정도였지만, 신은 그 결점 대신 비상한 능력을 그에게 주었는지, 나무타기며 줄타

기며 그 밖의 올라가는 것에서는 무엇이든 놀라운 재주가 있었다. 이러한 재주를 부릴 때면 개구리라기보다 다람쥐나 작은 원숭이와 훨씬 더 닮았다.

나는 절름발이 개구리가 어느 나라에서 왔는지 정확하게 말할 수 없다. 그러나 아무도 들어본 적 없는 야만적인 지역, 즉 우리 왕의 궁정에서 멀리 떨어진 곳임에 분명했다. 절름발이 개구리와 자신보다 약간 덜 난쟁이인 소녀 트리페타 ―절묘한 비율과 놀라운 무용 실력에도 불구하고― 는 전쟁에서 승리한 장군에 의해 인접 지방의 집에서 끌려가 왕에게 선물로 바쳐졌다.

이렇게 비슷한 처지이므로 두 난쟁이 사이에 친밀감이 생겨났다는 것은 놀라운 일이 아니다. 실제로 그들은 곧 장래를 약속한 사이가 되었다. 절름발이 개구리는 재주를 많이 부렸지만 인기 있는 편은 아니었으므로 트리페타에게 그리 도움이 되지는 않았다. 그러나 난쟁이였지만 그녀는 우아하고 뛰어나게 아름다웠으므로 사람들의 존경과 사랑을 한몸에 받았다. 그리하여 그녀는 상당한 영향력이 있었는데 기회 있는 대로 절름발이 개구리를 위해 영향력을 발휘하는 것을 잊지 않았다.

무슨 연회인지 이름은 잊었지만 성대한 연회 때 왕은 가장무도회를 열 계획을 세웠다. 가장무도회 또는 그런 종류의 연회가 궁중에서 열릴 때는 언제든지 절름발이 개구리와 트리페타의 재능이 필요했다. 특히 절름발이 개구리가 미인 대회를 준비하고, 새로운 캐릭터를 제안하고, 가면을 쓴 무도회를 위한 의상을 마련하는 방식은 너무나 독창적이어서 그의 도움 없이는 아무것도 진행되지 않았다.

축제를 위해 약속된 밤이 다가왔다. 트리페타의 지휘 아래 홀은 가장무도회를 할 수 있는 온갖 장치가 갖춰졌고, 화려한 궁정 전체가 기대에 부풀었다. 의상과 캐릭터에 관해서는 벌써부터 저마다 나름대로 결정을 하고 있었다. 사람들은 모두가 어떤 가장을 할 것인지를 1주일, 아니 한 달 전부터 정해 놓고 있었다. 왕과 일곱 대신만은 그러지 않았다. 그들이 왜 망설였는지는 농담으로 하지 않는 한 결코 말할 수 없었다. 그들은 너무나 뚱뚱해서 마음을 정하기가 어려웠을 것이다. 최후의 수단으로 트리페타와 절름발이 개구리를 불러들였다.

두 꼬마 친구들이 왕의 부름에 순종했을 때 그들은 왕이 내각 평의회의 일곱 구성원과 함께 포도주 앞에 앉아 있는 것을 발견했다. 왕은 기분이 매우 좋아 보였는데 그는 절름발이 개구리가 포도주를 좋아하지 않는다는 것을 알고 있었다. 왕은 절름발이 개구리에게 억지로 포도주를 먹여 '쾌활하게 만들고' 싶었다. 절름발이 개구리와 트리페타가 홀로 들어가자 왕이 말했다.

"가까이 오너라. 절름발이 개구리야. 이 술 한 잔을 너의 고향 친구들의 건강을 위해 마셔라." 왕의 말에 절름발이 개구리는 속으로 한숨을 내쉬었다.

"네게는 새로운 의견이 있을 테니 그걸 좀 듣기로 하자. 우리도 배역이 필요하거든. 지금까지와는 달리 좀 색다른 것으로, 종전의 것에는 아주 싫증이 났어. 이리 와, 마셔! 와인이 너의 지혜를 밝게 해줄 것이다."

절름발이 개구리는 여느 때처럼 익살로 대답하려고 애썼다. 그러나 헛수고였다. 그날은 불쌍한 난쟁이의 생일이었고, '부재한 친구들'을 위해 술을 마시라는 왕의 명령에 눈물이 고였다. 그가 폭군의 손에서 술잔을 공손히 받았을 때 구슬 같은 커다란 쓰라린 눈물이 잔 속으로 뚝뚝 떨어졌다. 난쟁이가 억지로 술잔을 기울이는 것을 보고 왕은 껄껄 웃었다.

"하! 하하! 술이란 참 좋은 거야! 자, 봐라. 네 눈이 벌써 빛나고 있구나!"

불쌍한 친구! 그의 큰 눈은 빛나기보다 흐려지고 있었다. 술은 그의 흥분하기 쉬운 뇌를 콕 찔렀을 뿐만 아니라 취기를 빨리 돌게 했다. 그는 술잔을 상에 내던지다시피하고 미친 듯한 눈으로 사람들을 둘러보았다. 그들은 모두 왕의 장난이 성공한 것을 매우 즐거워하는 것 같았다.

뚱보인 총리가 말을 꺼냈다.

"자, 그러면 해 볼까요."

"그렇지. 자, 절름발이 개구리야. 좀 도와다오. 무슨 배역을 맡으면 좋겠느냐. 응? 우리는 배역이 필요해. 우리 모두. 하하하!"

왕을 포함한 일곱 명이 웃음으로 합창했다. 절름발이 개구리도 미약하고 공허하지만 웃음을 터트렸다. 그러자 참을성 없는 왕이 재촉했다.

"자, 무슨 좋은 생각이 없느냐?"

난쟁이는 포도주에 정신이 오락가락했기에 추상적으로 대답했다.

"신기한 것을 생각해 내려고 궁리 중입니다."

"궁리 중이라? 그건 대체 무슨 뜻이냐? 아, 알았다. 네가 퉁명을 떠는 게로구나. 이런 못된 놈 같으니. 술을 더 마셔야겠단 말이지. 자, 그렇다면 한 잔 더 마셔라."

왕은 또 다른 잔을 가득 부어 절름발이 개구리에게 주었고, 그는 숨을 헐떡이며 그것을 바라보기만 했다.

"마시라니까. 아니면 악마들에 의해……."

절름발이 개구리는 머뭇거렸다. 분노한 왕의 얼굴은 보랏빛으로 변했다. 신하들은 능글맞은 웃음을 지었다. 시체처럼 창백한 트리페타는 왕의 자리로 다가가 무릎을 꿇고 친구를 살려달라고 간청했다.

왕은 잠시 그녀의 대담함에 경이로움을 느꼈다. 그는 무엇을 해야 할지, 무슨 말을 해야 할지, 어떻게 하면 자신의 분노를 가장 잘 표현할 수 있을지 막막한 것 같았다. 그는 한마디도 내뱉지 않은 채 그녀를 격렬하게 밀어냈고, 가득 찬 잔의 내용물을 그녀의 얼굴에 뿌렸다. 불쌍한 소녀는 겨우 일어나 한숨 한 번 내쉬지 못하고 상 끝에 있는 제자리로 돌아왔다. 잠시 쥐 죽은 듯이 고요한 침묵이 흘렀다. 나뭇잎이나 깃털이 떨어지는 소리가 들릴 만큼 고요했다. 이 고요한 침묵은 방 끝으로부터 들려오는 낮고 귀에 거슬리는, 길게 이를 가는 소리 때문에 깨졌다.

"뭐야? 이놈아. 그 소리가 뭐냐?"

왕이 절름발이 개구리에게 화를 내며 물었다. 절름발이 개구리는 술이 어느 정도 깬 낯으로 폭군의 얼굴을 빠히 쳐다보며 말했다.

"제가요? 천만에 말씀입니다."

대신 하나가 대답했다.

"그 소리는 밖에서부터 들려온 것 같습니다. 창가에 있는 앵무새가 주둥이를 새장에 비벼대는 소리인가 봅니다."

대신의 말에 마음이 좀 풀어졌다는 듯이 왕이 대답했다.

"암, 그렇겠지. 난 이 고얀 놈의 짓인 줄로만 알았지."

이 말을 듣고 난쟁이는 웃었다. 왕은 다른 사람을 웃지 못하게 할 만큼 도량 없는 익살꾼은 아니었다. 난쟁이는 크고 새까만 이를 드러내고 껄껄대며, 마시라는 대로 얼마든지 술을 마시겠노라고 말했다. 왕의 분노는 씻은 듯이 사라졌다.

아무 탈 없이 또 한 잔을 마신 후에 절름발이 개구리는 가벼운 마음으로 정신을 차리고 가장무도회 계획에 들어갔다. 그는 태연하게, 술이라곤 태어나서 처음 마셔 본다는 듯이 말했다.

"왜 이런 생각이 갑자기 떠올랐는지는 모르겠습니다만, 폐하께서 트리페타를 때리시고 그녀의 얼굴에 술을 뿌리신 바로 그 순간, 앵무새가 창밖에서 이상한 소리를 낸 그 순간, 제 머리에 굉장한 생각이 선뜻 떠올랐습니다. 소인의 고향에서 하는 놀이입니다. 우리 고향에서는 가장무도회 때 흔히들 하는 것이지요. 하지만 이곳에선 아주 신기할 겁니다. 사람 수가 꼭 여덟 명 필요하다는 것이 좀 까다롭다고 할까요. 그리고……."

"됐다. 됐어!"

왕은 지레 떠들며 좋아했다. 자기가 재빠르게 그 인원수를 맞춘 것을 기뻐하며 외치는 것 같았다.

"꼭 여덟 명이로구나. 나하고 대신들 일곱하고. 자, 그런데 그 놀이는 어떤 것이냐?"

"우리는 그것을 '쇠사슬로 맨 여덟 마리의 오랑우탄'이라고 부릅니다. 잘만 하면 참 재미있습니다."

왕은 몸을 일으켜 눈꺼풀을 내리며 말했다.

"그것을 하기로 하자! 재미있겠는데!"

왕과 일곱 대신은 입을 모아 외쳤다.

"소인이 폐하와 각하들을 오랑우탄으로 가장해 드리겠습니다. 모든 일을 소인에게 맡기십시오. 가장무도회에 오신 손님들이 폐하와 각하들을 정말 오랑우탄이 온 줄로만 알게 감쪽같이 가장해 드리겠습니다. 이렇게 되면 물론 손님들은 놀라 질겁할 겁니다."

"오, 참으로 훌륭한데! 절름발이 개구리야, 네게 좋은 자리를 내주마."

"쇠사슬은 삐걱거리는 소리로 혼란을 한층 더 야기시키기 위한 것입니다. 폐하와 각하들께서는 다 같이 방금 우리에서 도망쳐 나온 것처럼 보여야 합니다. 쇠사슬로 묶인 오랑우탄 떼가 일으킨 소동은 폐하도 상상하기 어려우실 걸요. 그리고 섬세하고 화려하게 차려입은 남녀의 군중 사이에서 야만적인 외침과 함께 돌진하는 광경은 말로는 표현할 수 없습니다."

"틀림없이 그럴 것이야."

왕과 일곱 대신은 절름발이 개구리의 계획을 실행하기 위해 서둘러 일어났다.

절름발이 개구리가 그들을 오랑우탄으로 변장시키는 방법은 매우 간단했지만 그의 목적을 위해서는 충분히 효과적이었다. 문제의 동물은 이 이야기의 시대에 그리 흔하게 볼 수 없었다. 난쟁이가 만들어낸 가장은 그들을 진짜 오랑우탄처럼 보이게 하는 데 충분했고, 그 모습이 더할 나위 없이 무서웠으므로 그들의 가장은 성공이었다.

왕과 신하들은 꽉 끼는 셔츠와 바지를 입고 그 위에 콜타르를 새까맣게 발랐다. 대신 중에 한 사람이 깃털을 쓰면 어떻겠느냐고 제안했다. 그 제안은 난쟁이에 의해 즉시 기각되었고, 난쟁이는 곧 삼베와 타르가 훨씬 더 효율적이라고 여덟 명을 확신시켰다. 이제 여덟 명의 몸에는 두꺼운 타르가 칠해졌고 긴 사슬이 조달되었다. 난쟁이는 왕의 허리에 사슬을 묶은 다음 다른 사람의 허리에도 줄줄이 사슬을 동여맸다. 이 사슬 배열이 완료된 뒤 그들은 원을 형성했다. 모든 것이 자연스럽게 보이기 위해 절름발이 개구리는 오늘날 보르네오에서 침팬지나 다른 큰 유인원을 포획하는 사람들이 쓰는 방법을 흉내냈다.

가장무도회가 열릴 그랜드 살롱은 매우 높은 원형 방이었고, 꼭대기에 있는 창문을 통해서만 태양 빛을 받았다. 밤에는 주로 채광창 중앙의 대형 샹들리에를 통해 방 전체를 밝혔다.

홀의 배치는 트리페타가 감독이 되어 진행했는데, 먼저 절름발이 개구리의 제안에 따라 샹들리에가 제거되었다. 초가 뚝뚝 녹아 떨어져 귀빈들의 훌륭한 옷을 더럽힐 것이 확실했기 때문이다. 무도장이 사람들로 혼잡해지면 무도장 가운데로, 즉 그 샹들리에 밑으로 밀려가지 않으리라는 보장이 없었다.

홀의 여러 벽에 추가로 촛대가 설치되었고, 벽을 등지고 서 있는 성모상이 50~60개쯤 있었다. 오랑우탄 여덟 마리는 절름발이 개구리의 충고를 받아들여 방이 가면들로 가득 찰 자정까지 참을성 있게 기다렸다가 모습을 드러냈다. 그러나 시계가 멈추자마자 그들은 모두 함께 달려가거나 굴러 들어갔다. 그들이 함께 묶인 사슬 때문에 대부분이 넘어졌고, 방에 들어서자마자 모두 비틀거렸기 때문이다.

가면무도회의 흥분은 엄청났고 왕의 마음은 기쁨으로 가득 찼다. 예상했던 대로 사나워 보이는 동물이 정확히 오랑우탄은 아니더라도 실제로는 어떤 종류의 짐승이라고 생각하는 손님이 적지 않았다. 여성들은 공포에 휩싸였다. 왕이 미리 명령하여 무도장 안의 모든 무기를 압수하지 않았더라면 왕과 신하들은 장난 때문에 피로 물들었을지도 몰랐다. 사람들은 문 쪽으로 '와!' 밀려갔다. 그러나 왕은 자신들이 방으로 들어서자마자 곧 문을 잠그라고 명령해 두었고, 열쇠를 절름발이 개구리에게 맡겨 두었다.

소란이 절정에 달하고 사람들이 자신의 안전에만 주의를 기울이는 동안 샹들리에를 제거할 때 쓰였던 쇠사슬이 서서히 내려오는 게 보였다. 쇠사슬의 갈고리 끝이 바닥에서 3피트까지 내려왔다. 얼마 지나지 않아 홀을 이리저리 비틀거리며 돌아다니던 왕과 일곱 대신들이 마침내 홀 한가운데로, 쇠사슬 끝이 그들 몸에 닿는 곳까지 오게 되었다.

그 사이 그들의 발뒤꿈치를 소리 없이 따라다니며 소란을 계속하도록 부추겼던 난쟁이는 눈 깜짝할 사이에 샹들리에를 걸어 두는 갈고랑쇠를 오랑우탄 무리를 한데 묶은 사슬 속으로 집어넣었다. 그러자 삽시간에 눈에 보이지 않는 힘에 끌려 손이 닿지 않을 높이까지 쇠사슬이 끌어올려졌다. 그 결과 오랑우탄들은 얼굴을 서로 맞댄 채 한 덩어리가 되어 끌려 올라갔다.

이때쯤 군중들도 어느 정도 두려움에서 벗어났고 모든 문제를 잘 꾸며낸 유쾌한 장난으로 받아들였다. 사람들은 오랑우탄들이 곤경에 처한 모습에 큰 소리로 웃음을 터뜨렸다.

이때 절름발이 개구리가 외쳤다.

"그 녀석들을 내게 맡겨 두시오!"

그의 날카로운 목소리는 모든 소란 가운데서도 뚜렷이 들렸다.

"그 녀석들을 내게 맡겨 두시오. 그 녀석들이 누군지 알 것 같습니다. 잘 들여다보면 누구인지 알 수 있겠지요."

난쟁이는 군중 머리 위를 엉금엉금 기어 벽으로 다가가 성모상 하나로부터 횃불을 집어 들고는 홀 가운데로 되돌아와 순식간에, 원숭이처럼 재빠르게 왕의 머리 위로 뛰어오르더니, 다시 거기서부터 쇠사슬 위로 3~4피트 기어 올라갔다. 그는 횃불을 들고 오랑우탄 무리를 살펴보면서 더욱 날카롭게 외쳤다.

"나는 곧 그들이 누구인지 알게 될 것이다!"

그리고 유인원을 포함한 전체 군중이 웃음으로 경련을 일으키는 동안 광대는 갑자기 날카로운 휘파람을 불었다. 사슬이 약 30피트 정도 격렬하게 날아올랐고 당황한 오랑우탄들은 하늘빛과 바닥 사이의 공중에 매달려 있었다. 절름발이 개구리는 가면을 쓴 여덟 명에 대해 전혀 모른다는 듯이, 그들이 누구인지 알아내려고 애쓰는 것처럼 계속

해서 그들을 향해 횃불을 내밀었다.

놀란 오랑우탄들 사이에 약 1분 동안 죽은 듯한 침묵이 뒤따랐다. 그것은 곧 왕이 트리페타의 얼굴에 포도주를 부었을 때 왕과 대신들의 주의를 끌었던 것과 비슷한 매우 낮고 거칠고 삐걱거리는 소리 때문에 깨졌다. 그 소리는 난쟁이의 송곳니로부터 나왔는데, 그는 입에 거품을 내며 광적인 분노의 표정으로 왕과 일곱 동료의 얼굴을 노려보았다.

화가 난 난쟁이가 소리쳤다.

"아, 하! 나는 이제 이 사람들이 누구인지 알겠다!"

여기에서 그는 왕을 더 면밀하게 조사하는 척하면서 왕을 감싼 삼베 코트에 횃불을 들이댔고 그 즉시 생생한 불꽃이 타올랐다. 30분도 채 되지 않아 공포에 질려 그들을 바라보는 군중의 비명 속에서 오랑우탄 무리는 맹렬하게 타올랐다.

난쟁이가 다시 입을 열었다.

"이 가면을 쓴 사람들이 어떤 사람들인지 알고 있습니다. 그들은 위대한 왕과 그의 일곱 대신, 무방비 상태의 소녀에게 폭력을 가하는 일을 주저하지 않는 왕과 그를 부추기는 일곱 명입니다. 나로 말하자면, 한낱 절름발이 개구리, 광대일 뿐이며 이것이 나의 마지막 농담입니다."

삼베와 타르는 가연성이 매우 높았기 때문에 난쟁이의 연설이 끝나기도 전에 복수는 막바지에 이르렀다. 시체 여덟 구가 쇠사슬에 묶여 있었는데, 악취를 풍기고, 검게 그을리고, 구별할 수 없이 끔찍한 덩

어리였다. 절름발이는 그들에게 횃불을 던지고 여유롭게 천장으로 기어올라 하늘빛 사이로 사라졌다. 트리페타가 무도장 지붕 위에서 이 친구의 불같은 복수에 가담한 것으로 추정되며, 그들은 함께 고국으로 탈출했다.

침묵

"내 말을 들어라."

악마가 내 머리에 손을 얹으며 말했다.

"이 저주받은 땅에 네가 아직 본 적 없는 한 점이 있느니라. 네가 그것을 보았다면, 그것은 금지된 태양 광선 사이에서, 잠들기 위해 누워 있는 자의 뇌에 시달처럼 오는 격렬한 꿈이었을 것이다. 나는 광야에 있는 우울한 사원의 엄숙한 기둥에서 미끄러져 내려오는 것을 말한다. 내가 말하는 지역은 자이르 강 경계 옆에 있는 리비아의 황량한 지역이다. 거기에는 조용함도 없고 침묵도 없다.

강물은 사프란 같은 역겨운 색조를 띠었으며, 바다로 흘러가지 않고 소란스럽고 경련하는 듯한 움직임으로 태양의 붉은 눈 아래에서 영원히 두근거린다. 강의 양쪽 진흙투성이에는 거대한 수련이 있는 창백한 사막이 수 킬로미터 펼쳐져 있다. 그들은 고독 속에서 서로에게 한숨을 쉬고, 길고 무시무시한 목을 하늘을 향해 뻗고, 그들의 영원한 머리에 고개를 끄덕인다. 그 가운데 불분명한 중얼거림이 있는데 마치 지하의 물이 쏟아지는 것 같으니라. 그리고 그들은 서로 한숨을 쉬었다.

그들의 영역에는 어둡고 끔찍하고 높은 숲의 경계가 있다. 그곳에서 헤브리디스 주변의 파도처럼 낮은 언더우드는 끊임없이 흔들린다. 그러나 하늘에는 바람이 없다. 키 큰 원시 나무는 부서지는 강력한 소리와 함께 이리저리 영원히 흔들린다. 그리고 그들의 높은 정상에서 하나씩 영원한 이슬을 떨어뜨린다. 뿌리에는 이상한, 유독한 꽃이 혼란스러운 잠에 빠져 몸부림치고 있다. 머리 위에서는 바스락거리는 소리와 함께 회색 구름이 지평선의 불타는 벽 위로 굴러갈 때까지 영원히 서쪽으로 돌진한다. 그러나 하늘에는 바람이 없다. 자이르 강 기슭에는 침묵도 없다.

밤이었고 비가 내렸다. 떨어지는 것은 비였지만 떨어지고 나면 피였다. 내가 키 큰 백합 사이의 늪에 섰을 때 비가 머리 위로 떨어졌고, 백합화는 황폐함의 엄숙함 속에서 서로 한숨을 쉬었다.

순식간에 달이 옅고 무시무시한 안개를 뚫고 떠올라 진홍색으로 물들었다. 내 눈은 강가에 서서 달빛에 비치는 거대한 회색 바위에 떨어졌다. 바위는 회색이었고 어마어마하게 컸다. 돌에는 문자가 새겨져 있었다. 나는 물가에 가까이 갈 때까지 수련의 늪을 걸었고 돌에 새겨진 글자를 읽었다. 늪으로 돌아가는데 달은 더 짙은 붉은색으로 빛났고 나는 돌아서서 바위와 인물들을 다시 보았고, 그 인물들은 황폐했다.

위를 쳐다보니 바위 꼭대기에 한 사람이 서 있었고 그 사람을 제대로 보려고 수련 사이에 숨었다. 그 남자는 키가 크고 위엄 있었으며 옛로마의 토가를 어깨에서 발까지 감싸고 있었다. 그의 형상의 윤곽은 뚜렷하지 않았지만 모습은 신(神)의 특징을 담고 있었다. 밤의 망토와 안개, 달과 이슬이 그의 얼굴 특징을 드러내지 않은 채 남겨 두었다. 이마는 생각으로 높이 솟았고, 눈은 근심으로 거칠었다. 그의 뺨에 있는 몇 개의 고랑에서 나오는 슬픔, 피로, 인류에 대한 혐오, 고독에 대한 갈망의 우화를 읽었다. 달이 그의 얼굴에서 빛났고, 오! 그들은 델로스 딸들의 영혼 주위를 맴도는 꿈보다 더 아름다웠다!

그 사람이 반석에 앉아 머리를 손에 기대고 황폐한 곳을 바라보니라. 그는 낮고 고요한 관목을 내려다보았고, 키 큰 원시나무를 올려다보았고, 더 높은 곳에서는 바스락거리는 하늘과 진홍색 달을 내려다보았다. 나는 백합화의 은신처에 가까이 누워 그 사람의 행동을 관찰했다. 그는 고독 속에서 떨었지만 밤이 깊어지자 바위에 앉았다.

그는 하늘에서 시선을 돌려 음산한 자이르 강과 노랗고 무시무시한 물과 창백한 수련 군단을 바라보았다. 그는 수련의 한숨과 그들 사이에서 들려오는 중얼거림에 귀를 기울였다. 나는 은밀한 곳에 가까이 누워 그의 행동을 관찰했다. 그 사람은 고독 속에서 떨고 있었지만, 밤이 깊어지자 바위에 앉았다.

그때 늪의 움푹 들어간 곳으로 내려가 백합 광야를 헤치고 다니다가 울타리 사이에 사는 하마를 불렀더라. 하마가 내 부름을 듣고 바위 기

숲에 이르러 달 아래에서 크고 두려운 소리로 포효하니라. 나는 은밀한 곳에 가까이 누워 그의 행동을 관찰했다. 그는 고독 속에서 떨었지만 밤이 깊어지자 바위에 앉았다.

그런 다음 나는 보름날 밤을 저주했다. 무서운 폭풍우가 몰려들더니 하늘은 폭풍우의 격렬함으로 활기를 띠었다. 비가 그 사람의 머리를 때렸다. 강에 홍수가 내렸다. 강은 거품으로 고통스러워졌다. 수련은 그들의 침대에서 비명을 질렀다. 숲은 바람 전에 무너졌다. 천둥이 굴러갔고 번개가 떨어졌다. 바위는 뿌리까지 흔들렸다. 나는 은밀한 곳에 가까이 누워 그의 행동을 관찰했다. 그 남자는 고독 속에서 떨었지만, 밤이 깊어지자 바위에 앉았다.

나는 침묵의 저주와 강과 백합과 바람과 숲과 하늘과 천둥과 수련의 한숨으로 화를 내고 저주를 받았다. 그들은 저주를 받았고 여전히 존재했다. 달이 하늘로 올라가는 길에서 흔들리는 것을 멈추고, 천둥이 그치고, 번개가 번쩍이지 않고, 구름이 움직이지 않고, 물은 가라앉았다. 나무들은 흔들리기를 멈췄다. 수련은 더는 한숨을 쉬지 않았다. 중얼거림은 더이상 들리지 않았다. 광활한 사막 전체에 소리의 그림자도 없다. 나는 바위를 보았고 그들은 변했다. 그들은 침묵했다.

그 남자의 얼굴은 공포로 가득 찼다. 그는 서둘러 머리를 들고 바위에 서서 귀를 기울였다. 광활하고 끝이 보이지 않는 사막에는 목소리가 없었고 바위 위의 인물은 침묵했다. 그가 몸을 떨며 얼굴을 돌리고 멀리 달아났더니 내가 그를 더는 보지 못하더라."

동방 박사의 우울한 책에는 훌륭한 이야기가 있다. 그 안에는 하늘과 땅과 거대한 바다, 땅과 높은 하늘을 다스린 그분의 영광스러운 역사가 있다. 거룩하고 거룩한 이야기들은 오래전부터 전해 내려오지만, 악마가 무덤 그늘에서 내 곁에 앉으며 들려준 우화는 모든 것 중에서 가장 훌륭하다! 악마가 이야기를 끝내자 그는 무덤의 구멍으로 들어가 웃었다. 나는 악마와 함께 웃을 수 없었고 그는 내가 웃을 수 없었기 때문에 나를 저주했다. 무덤에 영원히 거하던 스라소니가 거기서 나와서 마귀의 발치에 누워 그의 얼굴을 가만히 바라보더라.

마리 로제의 미스터리

아무리 차분한 사색가일지라도 자신도 모르게 단순한 우연의 일치로, 지성이 그것을 받아들일 수 없는 초자연적 현상에 대해 막연하면서도 흥분된 상태에서 절반 정도는 그것을 믿고 싶어 하는 마음이 들었던 적 없는 사람은 찾아볼 수 없을 것이다. 그러한 감정들은 —내가 말하는 반신반의는 완전한 생각의 힘을 가지고 있지 않기 때문에— 우연의 교리 또는 엄밀히 말하면 확률의 계산을 언급하지 않는 한 거의 억압되지 않는다.

약 1년 전에 내가 『모르그 거리의 살인 사건』이라는 글로 내 친구 슈발리에 C. 오귀스트 뒤팽의 심리적 성격에 관한 몇 가지 매우 놀라운 특징을 묘사하려고 노력했을 때 그 주제를 다시 꺼내게 될 줄은 꿈에도 생각지 못했었다. 그의 성격을 묘사하는 것이 근본적인 의도였는데 그 의도는 뒤팽의 특이한 성격을 보여 준 예증이라고도 할 수 있는 이상한 사건을 소개했을 때 이미 훌륭하게 달성되었다. 지금부터 우리가 이야기할 사건은 또다른 놀라운 전개 때문에 나를 놀라게 했고 그에 대해 침묵을 지키는 일은 쉽지 않을 것이다.

마담 레스파네와 딸의 죽음과 관련된 비극이 끝나자 슈발리에는 즉시 그 사건을 일축하고 변덕스러운 환상의 옛 습관으로 되돌아갔다. 언제나처럼 나는 그의 유머에 쉽게 빠져들었다. 포부르 생 제르맹에 있는 거처에 기거하면서 미래는 바람에 맡기고 고요한 현재를 즐기며 우리 주변의 지루한 세계를 꿈으로 엮었다.

고요한 현재는 오래 이어지지 않았다. 모르그 거리의 살인 사건을 통해 내 친구의 이름은 경찰과 시민들 사이에서 오르내렸는데 그가 수수께끼를 풀어낸 방법이나 분석 능력을 감안할 때 그리 놀라운 결과는 아니었다. 그는 정치적으로 냉소적이고 사람들의 편견을 비난하기 일쑤였지만 그럼에도 현장에서는 그의 도움을 필요로 하는 일이 많아졌다. 그중 가장 주목할 사건은 마리 로제라는 소녀 살인 사건이었다.

이 사건은 모르그 거리의 잔학 행위가 있은 지 약 2년 후에 발생했다. 마리는 미망인 에스테르 마리 로제의 외동딸이었다. 아버지는 아이의 유아기에 사망했으며, 사망 기간부터 우리 이야기의 주제를 형성하는 살인 사건이 있기 18개월 이내까지 어머니와 딸은 파비 생 앙드레 가에서 함께 살았다. 어머니는 마리의 도움을 받아 연금을 유지하고 있었는데, 마리가 21살이 되었을 때 그녀의 멋진 미모에 반한 것은 뜻밖에도 무슈 르 블랑이라는 향수 판매업자였다. 그는 팔레 루아

얕의 지하에 가게를 가지고 있었는데 손님이라고는 오로지 부근에 사는 깡패나 다를 바 없는 사기꾼, 주식 투기꾼들뿐이었다. 르 블랑은 마리 같은 미인을 가게에 두는 것이 돈벌이에 얼마나 커다란 도움이 되는지 잘 알고 있었다. 그가 아주 좋은 조건을 내걸자 마리의 어머니는 망설였지만 마리는 적극적으로 승낙했다.

르 블랑의 기대는 실현되었고 가게는 활기차고 밝은 여자 판매원의 매력과 미모로 곧 유명해졌다. 그녀는 약 1년 동안 일했는데 그녀의 추종자들은 그녀가 가게에서 갑자기 사라지자 혼란에 빠졌다. 르 블랑은 그녀의 부재를 설명할 수 없었고 마담 로제는 불안과 공포에 휩싸였다. 공보 신문들은 즉시 그 주제를 다루었고 경찰이 곧 조사하기에 이르렀다. 어느 화창한 아침, 일주일이 지난 어느 날, 마리는 건강하지만 침울한 기색으로 향수 가게 카운터에 다시 모습을 드러냈다. 그런 이유로 공적인 수사는 멈췄고, 르 블랑은 예전처럼 자신은 아무것도 모른다고 말했으며, 마리와 어머니는 무엇을 물어도 대답하지 않았다. 단지 마리의 어머니는 지난주에 마리를 시골에 있는 친척 집에서 보냈노라 대답할 뿐이었다. 그리하여 실종사건은 일단락됐다. 마리는 세상 사람들의 호기심이 귀찮아서 참을 수 없다는 이유로 가게를 그만두고 다시 파비 생 앙드레 가의 어머니 집에서 살게 되었다.

집으로 돌아온 지 약 5개월이 지났을 때 친구들은 그녀가 두 번째로 사라진 것을 알게 되었다. 사흘이 지났지만 그녀에 대한 소식은 없었다. 나흘이 되던 날, 센 강 그것도 생 앙드레 가의 맞은편 강가에서 마리의 사체가 발견되었다. 루르 관문의 한적한 지역에서 그리 멀지 않은 지점이었다.

이 살인의 잔학 행위 —살인이 명백했기 때문에— 희생자가 젊고 미인이었다는 점, 무엇보다 평판이 좋았다는 점 등으로 사건은 곧 호기심 많은 파리 사람들 사이에서 강한 반향을 불러일으켰다. 나는 그토록 일반적이고 그토록 강렬한 효과를 내는 유사한 사건을 기억할 수 없었다. 몇 주 동안, 흥미진진한 이 주제에 대한 토론에서, 그날의 중대한 정치적 주제들조차 잊혔다. 경찰국장도 이례적인 노력을 기울였다. 물론 파리의 모든 경찰력이 동원되어 수사에 전력을 다했다.

시체가 발견되었을 때, 워낙 빨리 수사가 시작되었기에 잠깐 동안이라면 몰라도, 그렇게 오래 범인이 잡히지 않을 것으로는 생각되지 않았다. 현상금이 필요하다는 사실을 깨닫게 된 것은 사건이 발생한 지 일주일이나 지난 뒤였다. 그때의 금액은 겨우 천 프랑밖에 되지 않았다. 그러는 동안 조사는 활발하게 진행되었고수많은 사람이 아무 목적도 없이 조사를 받았다.

특별한 단서가 없었기 때문에 대중의 흥분은 날이 갈수록 커졌다. 10일째 되는 날이 끝날 무렵 현상금을 두 배로 늘리는 것이 바람직하다는 결론이 났고, 두 번째 주가 지나도 아무런 단서를 발견하지 못하자 시민들의 흥분은 더욱 커져만 갔다. 경찰에 대해 파리에서 항상 존재하는 편견들이 몇 번인가 우려할 만한 폭동이 되어 나타났기에 경찰국장은 드디어 자신의 책임하에 "범인을 적발할 경우에는" 2만 프랑, 연루자가 다수인 경우에는 "범인들 중 한 명만 적발해도" 역시 같은 금액을 주겠노라 했다. 이 현상금을 제시하는 선언문에는 공범자

중 한 명이라 할지라도 범인 밀고의 증거 자료를 가지고 출두한다면 완전히 무죄로 인정하겠다는 약속까지 제시되어 있었다. 곳곳에 붙은 공고 옆에는 경찰청에서 제공하는 현상금 외에 시민들이 만든 위원회에서도 1만 프랑을 내겠다는 게시까지 덧붙였다. 따라서 전체 보상금은 3만 프랑 이상이다. 이는 마리의 초라한 상태와 묘사된 것과 같은 잔학 행위가 대도시에서 자주 발생하는 것을 고려할 때 이례적인 금액이었다.

이렇게까지 진행되자 이 살인 사건의 미스터리가 즉시 밝혀질 것이라는 점을 의심하는 사람은 없었다. 혐의자가 한두 번 체포되었지만 의심되는 연루의 증거는 아무것도 도출되지 않았다. 이상하게 보일지 모르지만 시신이 발견된 지 3주가 지났는데도 대중의 마음을 그토록 동요시켰던 사건에 대한 소문을 뒤팽과 나는 하나도 듣지 못했다.

우리는 모든 관심을 어떤 연구에 쏟느라 거의 1개월 동안 외출 한 번 하지 않았으며 손님도 맞아들이지 않았다. 신문에 매일 게재되는 정치 논설조차도 대충 훑어보거나 그조차도 하지 않을 정도였다. 이 사건을 알게 된 것은 경찰국장 G를 통해서였다. 18××년 7월 13일 이른 오후 그가 방문했고 밤늦게까지 함께 있었다. 그는 범인 검거를 위한 모든 노력이 실패로 돌아갔다는 사실에 매우 화를 냈으며, 이대로 간다면 자신의 명성 —그가 특유의 파리지앵 분위기로 말했듯이— 이 위태로우며 체면까지도 염려된다고 말했다. 대중의 시선이 그에게 쏠렸다. 그는 조금 우습기까지 한 그 이야기의 마지막을 뒤팽의 사건 해결 솜씨에 대한 칭찬으로 마무리 지은 뒤, 아주 파격적인 조건을 뒤팽에게 제시했다. 그에 관한 상세한 이야기를 여기서 밝힐 자유는 내게 없지만, 실상 그런 내용은 내 이야기와 직접적으로는 아무런 관계도 없다.

내 친구는 경찰국장의 칭찬은 극구 부인했지만 그의 요청은 물론 이해득실만은 즉석에서 받아들였다. 이야기가 끝나자 국장은 곧 사건에 대한 견해를 피력했다. 증거자료에 대해서는 긴 해석을 덧붙여 가며 말했는데 그 중요한 증거를 우리는 무엇 하나 가지고 있지 않았다. 그는 유창하게 사실과 지식을 이야기하였고 밤이 깊어가자 나는 잠자리에 들고 싶다는 제스처를 은근히 내비쳤지만, 뒤팽은 안락의자에 꼼짝도 하지 않고 앉아서 국장의 말을 경청하였다. 그는 이야기를 듣는 내내 안경을 쓰고 있었는데 초록색 안경 아래를 흘끗 쳐다보는 것만으로도 그가 피곤하다는 사실을 확신하기에 충분했다.

아침에 나는 현장에서 도출된 모든 증거에 대한 보고서를 입수했고, 이 사건에 관한 결정적인 정보가 실린 모든 신문의 사본도 입수했다. 이 대량의 정보는 다음과 같은 사실을 알려주었다.

마리 로제는 18××년 6월 22일 일요일 아침 9시경 파비 생 앙드레 가에 있는 어머니의 집을 떠났다. 외출할 때 그녀는 자크 생 외스타슈라는 남자에게 데 드로메 가게에 있는 숙모 댁에 간다는 사실을 이야기했다. 데 드로메 가는 센 강변에서 멀지 않은 곳이었는데 로제 부인의 하숙집에서는 직선으로 2마일 정도 떨어진 곳에 있는 짧고 좁으며 많은 사람이 이용하는 거리였다.

자크 생 외스타슈는 마리의 약혼자로 그녀의 하숙집에서 머물며 식사도 하고 있었다. 그날 저녁에는 마리를 데리러 갔다가 함께 돌아올 예정이었다. 오후가 되자 비가 세차게 내렸고 그녀가 밤새도록 숙모 집에 머물 것이라고 가정하면 —그녀가 전에 비슷한 상황에서 그랬던 것처럼— 그는 약속을 지킬 필요가 없다고 생각했다. 밤이 깊어감에 따라 허약한 70세 부인인 로제가 "마리가 돌아오지 않는 게 아닐까?" 하고 말하며 두려움에 떠는 소리를 들었지만, 이러한 관찰이 거의 관심을 끌지 못했다.

월요일에 마리가 데 드로메 가에 가지 않았다는 사실이 밝혀졌다. 마리에 대한 소식 없이 하루가 지나자 비로소 시내와 주변의 짚이는 곳을 수색하기 시작하였다. 그녀가 실종된 지 4일째 되어서야 만족할 만한 것이 확인되었다. 6월 25일 수요일에 파비 생 앙드레 가의 맞은편에 있는 센 강 기슭의 루르 관문 근처에서 마리에 대해 수소문했고, 시체가 강에 떠 있는 것을 발견한 어부들이 강변으로 견인했다는 소식을 들었다. 시체를 본 보베레는 향수 가게 마리임을 확신했다.

얼굴은 검은 피로 가득 차 있었고 일부는 입으로 흘러나왔다. 단순 익사처럼 거품은 보이지 않았다. 세포 조직에는 변색이 없었고 목 부근에는 타박상과 손가락 자국이 있었다. 팔은 가슴에서 구부려졌고 뻣뻣했다. 오른손은 꽉 쥔 채였고 왼손은 부분적으로 펼쳐져 있었다. 왼쪽 손목에는 원형 찰과상이 두 개 있는데, 이는 분명히 밧줄의 영향으로 보였다. 오른쪽 손목의 일부와 등 전체에 상처가 많았지만 특히 견갑골 부위의 피부가 더 많이 벗겨져 있었다. 시체를 끌어올 때 어부들이 밧줄을 사용했지만 그것으로 인한 찰과상은 아니었다. 목의 살이 많이 부어올랐으나 뚜렷한 상처나 타격의 영향으로 보이는 타박상은 없었다.

레이스 조각이 목에 너무 단단히 묶여 눈에 띄지 않게 숨겨진 것이 발견되었다. 그것은 살갗에 완전히 묻혔고 왼쪽 귀 바로 아래에서 매듭으로 고정되었다. 이것만으로도 죽음에 이르는 데 충분했을 것이다. 의학적 증언은 고인의 고결한 성격에 대해 자신 있게 말했다. 그 여자는 잔인한 폭력을 당했다고 신문은 말하고 있었다. 시체가 발견되었을 당시의 상태가 그것을 말해 주었다.

드레스는 심하게 찢어졌고 엉망이었다. 겉옷은 밑단에서 허리까지 1피트 너비로 찢어져 있었다. 드레스 아래 슬립은 고급 모슬린으로 되어 있었다. 슬립도 완전히 찢겨졌는데 일부는 목에 단단한 매듭으로 묶인 채 발견되었다. 이 모슬린 슬립 위에 보닛의 끈이 묶여 있었는데 그 매듭은 숙녀의 것이 아니라 선원의 매듭이었다.

시체는 인양된 후 평소처럼 시체 안치소로 옮겨지지 않고 멀지 않은 곳에 급히 안장되었다. 보베레의 노력으로 이 문제는 가능한 한 빨리 잠잠해졌다. 며칠이 지나서야 대중의 목소리가 커졌고 한 주간지가 마침내 그 주제를 다루었다. 시체는 해부되었고 재심이 시작되었다. 이미 언급된 것 이상으로 도출된 것은 없다. 고인의 옷은 어머니와 친구들을 통해 소녀가 집을 떠날 때 입었던 옷으로 확인되었다.

그러는 동안 사건의 반향은 매시간 커졌다. 몇몇이 체포되고 석방되었다. 특히 자크 생 외스타슈가 의심을 받았다. 그는 처음에 마리가 집을 떠난 일요일 동안 자신의 행방을 제대로 설명하지 못했다. 얼마 뒤 그는 G 경찰국장 앞으로 진술서를 제출하여 문제의 하루를 한 시간 단위로 충분하게 설명했다. 시간이 지나도 아무런 단서가 발견되지 않자 수천 가지의 모순된 소문이 돌았고, 기자들은 나름대로 추측 기사를 쓰기에 바빴다. 이 가운데 가장 주목을 끈 것은 마리 로제가 아직 살아 있다는 추측, 즉 센 강에서 발견된 시체가 다른 불행한 사람의 시체라는 억측이었다. 나는 그러한 억측을 구체화하는 몇 구절을 여러분에게 제시하려 한다. 다음은 대체로 상당한 활약을 펼치는 「레토아르」의 기사를 그대로 번역한 것이다.

"로제 양은 18××년 6월 22일 일요일 아침, 데 드로메 가에 있는 숙모 또는 친척을 방문한다는 명목으로 어머니의 집을 떠났다. 그 시간 이후로 아무도 그녀를 보지 못했다. 그녀의 흔적이나 소식은 전혀 없었다. (중략) 그녀가 어머니의 집을 떠난 후 그날 그녀를 본 사람은 지금까지 아무도 없다. (중략) 우리에게는 마리 로제가 6월 22일 일요일 9시 이후에 산 자의 땅에 있었다는 증거는 없지만, 그 시간까지 그녀가 살아 있었다는 증거는 있다.

수요일 정오에 루르 관문 해안에서 여성의 시신이 발견되었다. 마리 로제 양이 어머니의 집에서 나온 뒤 3일에 지나지 않는다. 그녀가 살해되었다고 할지라도 살해자들이 밤이 깊기도 전에 시체를 강물로 던져 넣을 만큼 빨리 범행이 종료되었다고 보기에는 상당한 무리가 따른다. 이 같은 흉악 범죄를 일으키는 사람은 빛보다는 어둠을 선택하는 것을 원칙으로 삼기 때문이다. (중략) 따라서 우리는 강에서 발견된 시신이 마리 로제의 시신이라면 이틀 반 또는 3일 동안 그것이 물속에 있었음을 알 수 있다. 모든 경험에 비추어 볼 때 익사한 시신 혹은 폭력으로 사망한 직후 물에 던져진 시신은 부패가 일어나 물 위로 올라오기까지 6~10일이 걸린다. 시체 위로 대포를 쏘아서 적어도 5,6일 동안 물에 잠기기 전에 대포가 솟아오르더라도 그것은 다시 가라앉는다. 우리는 이 경우에 자연의 정상적인 과정에서 벗어나게 된 원인이 무엇이었는지 묻는다. (중략)

시신이 화요일 밤까지 해안에서 훼손된 상태로 유지되었다면 살인자들의 해안에서 흔적이 발견되었을 것이다. 또한 죽은 지 이틀 만에 시체를 던진다고 해도 그렇게 빨리 떠오를 수 있을지 의심스럽다. 더군다나 살인을 저지른 악당이 그러한 예방 조치를 그렇게 쉽게 무시하고 시체를 던졌을 가능성은 극히 희박하다."

여기에서 논설 기자는 한걸음 더 나아가서, 틀림없이 시체는 3일이 아니라 적어도 15일 정도는 물속에 있었음이 틀림없다고 주장하였다. 실제로 부패가 아주 심해서 보베레가 간신히 확인할 수 있을 정도였다는 것이다. 이에 대해서는 완벽한 반증이 제기되었다. 어쨌든 기사는 계속된다.

"그렇다면, 보베레는 마리 로제의 시신이라고 어떻게 확신할 수 있었을까? 그는 마리가 입고 있던 상의의 소매를 찢어내 그녀임을 확인할 수 있는 신체적 특징을 발견했다고 말했다. 이 신체적 특징이라는 것을 세상 사람들은 당연히 어떤 상처와 같은 흔적이라고 상상했지만, 어이없게도 그는 그저 팔에 난 털을 발견한 것에 지나지 않는다고 한다. 보베레 씨는 수요일 저녁 7시에 마담 로제에게 딸에 대한 조사가 아직 진행 중이라는 소식을 보냈다.

여러 가지 사정을 고려해서 —실로 여러 가지 사실을 고려해서— 연로한 마담 로제가 비탄에 잠긴 나머지 현장에 직접 갈 수 없었다고 할지라도 그 시체가 마리 양이라고 믿었다면 누군가 다른 사람을 현장으로 보내 당연히 검사에 입회하도록 결정하지 않았을까? 실제로는 아무도 가지 않았다. 파비 생 앙드레 가에서 이 문제에 대한 이야기가 나온 정황은 전혀 포착되지 않았다. 같은 건물에 사는 사람들조차도 무엇 하나 듣지 못했다. 그녀의 어머니 집에 하숙한 마리의 연인이자 약혼자인 자크 생 외스타슈는 다음 날 아침 보베레 씨가 그의 방에 들어와 말할 때까지 시신이 발견되었다는 소식을 듣지 못했다고 진술하였다.”

이런 식으로 신문은 마리 양 주변인들의 냉담한 반응을 강조하여 그 시체를 마리 양이라고 말하는 이들의 소견과 매우 모순되고 어긋나는 일들을 어떻게 해서든 믿게 만들려고 노력했다. 결국 이 신문이 말하려는 의도는 다음과 같다. 마리는 친구들의 묵인하에 그녀의 순결에 대한 혐의와 관련된 이유로 도시를 떠났다. 친구들은 센 강에서 소녀의 시체와 닮은 시체를 발견하자 사람들로부터 그녀의 죽음을 믿게 만들 기회로 이용했다.

「레토아르」는 지나치게 성급했다. 상상했던 것과 같은 무관심이 존재하지 않는다는 것이 분명하게 증명되었다. 그 노부인은 몹시 허약했고 어떤 의무도 수행할 수 없을 정도로 동요하고 있었다. 자크 생 외스타슈는 그 소식을 냉정하게 받아들이기는커녕 슬픔에 빠져 정신이 나간 나머지 거의 미친 듯이 보였다. 더욱이 「레토아르」는 시체가 공적 비용으로 다시 매장되었다고 했지만 가족 구성원 중 누구도 의식에 참석하지 않았다. 후속 기사는 보베레를 의심했다. 기자는 이렇게 말한다.

"그러면 이제 그 문제에 변화가 생긴다. 들리는 바에 의하면 어느 날 B 부인이 로제 부인의 집을 방문했을 때 보베레는 막 외출하려던 참이었는데, 그는 로제 부인에게 '오늘 헌병이 오기로 되어 있는데 내가 돌아올 때까지는 헌병에게 아무것도 말해서는 안 된다. 모든 것을 내게 맡겨라' 하고는 나갔다고 한다. (중략) 이와 같은 상황으로 봐서 모든 계획이 보베레의 머리에 있었던 것은 아닐까. 보베레 없이는 한걸음도 전진할 수 없다. (중략) 어떤 이유에서인지 자신 외에는 그 누구도 마리의 시신을 보는 것을 매우 꺼려했던 것 같다."

그리고 다음과 같은 사실로 보베레에게 던져진 의혹에 약간의 색채가 부여되었다. 마리 로제가 실종되기 며칠 전, 그녀가 잠시 자리를 비웠을 때 사무실을 방문한 남자가 문의 열쇠구멍에 장미꽃 한 송이가 꽂혀 있고 가까이에 매달려 있는 작은 칠판에 "마리"라는 이름이 적힌 것을 보았다는 제보였다.

우리가 여러 신문을 통해 수집한 정보에서 받은 인상은 마리가 불량배들에게 의해 희생되었다는 것이었다. 그러나 광범위한 영향력을 행사하는 「르 커메르시에르」는 이 세상의 통념에 강하게 반발했다. 이 신문의 칼럼도 조금 인용하겠다.

"루르 쪽으로 조사의 중심이 쏠려 있는 한 수사 방침이 완전히 잘못

되었다고 단호하게 말할 수밖에 없다. 이 젊은 여인처럼 시민들에게 잘 알려진 사람이 누구의 눈에도 띄지 않은 채 세 블록을 지난다는 것은 불가능하다. 그녀를 본 사람은 누구나 그녀를 기억할 것인데, 그녀를 아는 모든 사람이 그녀에게 관심을 가졌기 때문이다. (중략) 루르 관문이든 데 드로메 가든 그곳으로 가려면 적어도 열 명 안팎의 낯선 사람을 만났을 것이다. 그런데도 그날 집 밖에서 그녀를 봤다는 목격자는 아직 한 사람도 나오지 않았고, 또 그녀가 외출했다는 사실도 단지 본인이 그렇게 말했다는 것 이외에는 아무런 증거도 없다.

그녀의 가운은 찢어졌고, 몸을 둘러싸고 묶여 있었다. 시체는 어디에선가 옮겨졌다. 살인이 루르 관문에서 저질러졌다면 그러한 조치가 필요하지 않았을 것이다. 시신이 바리에르 근처에 떠 있는 채 발견되었다는 사실은 시신이 어떻게 물에 던져졌는지에 대한 증거가 아니다. (중략) 불행한 피해자의 속치마 일부가 폭 1피트 길이 2피트 정도 찢겨져 있었는데 —틀림없이 소리를 지르지 못하게 하기 위해서 그랬겠지만— 그것을 이용해 후두부에서 한 바퀴 돌려 턱 밑에서 묶어 놓았다. 손수건을 들고 있지 않은 무리의 소행임이 틀림없다.”

그런데 국장이 우리를 방문하기 하루이틀 전에 몇 가지 중요한 정보가 경찰에 도착했는데, 이는 「르 커메르시에르」의 주요 주장을 뒤집는 것처럼 보였다.

마담 델뤼크의 두 아들이 루르 관문 부근의 숲을 산책하다 수풀이 우거진 곳으로 들어갔다고 한다. 그 안에는 서너 개의 큰 돌이 등받이와 발판이 있는 일종의 좌석을 형성하고 있었다. 위쪽 돌 위에는 흰색 속

옷이 놓여 있었고 두 번째에는 실크 스카프가 엎어져 있었다고 한다. 그 외에 파라솔, 장갑, 손수건도 여기에서 발견되었다. 손수건에는 '마리 로제'라는 이름이 새겨져 있다. 주변의 가시나무에서 드레스 조각이 발견되었다. 땅은 짓밟혔고, 덤불은 부서졌으며, 격투와 관련된 모든 증거가 거기에 있었다. 덤불과 강 사이에 있는 울타리가 허물어진 채 발견되었고, 땅에는 무거운 짐이 끌려간 흔적이 있었다.

주간지 「르 솔레유」는 이 발견에 대해 다음과 같은 논평을 실었는데 이는 전체 파리 언론의 논조라고 해도 무방할 것이다.

"이들 유품은 적어도 3,4주 정도 그곳에 있었던 듯하다. 그것들은 모두 비에 젖어 딱딱하게 곰팡이가 피었다. 주위의 풀은 유품의 일부 윗부분까지 완전히 덮였다. 파라솔의 비단은 튼튼했지만, 안쪽의 실은 완전히 짓물렀으며 접혀서 이중으로 되어 있던 표면은 곰팡이 때문에 썩어 펼칠 때 찢어졌다. (중략) 덤불에 의해 찢어진 그녀의 옷 조각은 너비 약 3인치 길이 6인치다. 한 부분은 옷자락이었고 그것은 수선되어 있었다. 다른 조각은 밑단이 아니라 치마의 일부분이다. 그것은 찢어진 띠처럼 보였고 땅에서 한 발쯤 떨어진 가시덤불 위에 있었다. (중략) 그러므로 바로 이곳이 소름 끼치는 분노의 현장이라는 데는 의심의 여지가 없다."

이 발견의 결과로 새로운 증거가 나타났다. 델뤼크 부인은 바리에르 뒤 룰의 맞은편 강둑에서 멀지 않은 길가 여관을 운영하고 있다고 증언했는데 이 동네는 보트를 타고 강을 건너면 나타나는 일반적인 휴양지로 매우 한적했다. 문제의 일요일 오후 3시경 젊은 처녀가 안색이 어두운 젊은이를 동반하여 여관에 도착했다. 두 사람은 한동안 이곳에 머물다가 근처의 울창한 숲으로 떠났다. 델뤼크 부인은 그 처녀가 입은 드레스가 죽은 조카딸이 입은 드레스와 닮았기 때문에 그 드레스에 주의를 기울였다. 스카프가 특히 눈에 띄었다. 두 사람이 떠난 직후 건달들이 나타나서 떠들썩하게 굴며 계산도 하지 않은 채 먹고 마셨고, 조금 전 떠났던 두 사람을 따라 숲으로 들어갔다가 황혼 무렵 여관으로 돌아와 서둘러 강을 다시 건넜다.

어두워진 지 얼마 지나지 않은 같은 날 저녁, 델뤼크 부인과 맏아들은 여관 근처에서 한 여성의 비명 소리를 들었다. 비명은 격렬했지만 짧았다. 델뤼크 부인은 덤불에서 발견된 스카프뿐만 아니라 시체에서 발견된 드레스도 알아보았다. 이번에는 마부 발랑스가 그 문제의 일요일에 그녀가 안색이 어두운 청년과 함께 센 강에서 페리를 건너는 것을 보았다고 증언했다. 발랑스는 마리 로제를 알고 있었고 다른 사람으로 착각할 수 없었다. 덤불에서 발견된 물품은 마리의 친척에 의해 확인되었다.

뒤팽의 제안에 따라 신문에서 수집한 증거와 정보의 항목은 한 가지 요점만을 더 포함했지만 엄청난 결과를 불러왔다. 위에서 설명한 옷이 발견된 직후 마리의 약혼자 생 외스타슈가 초주검이 돼서 흉악한 범죄가 일어난 현장으로 거의 확실시되는 지점으로부터 얼마 떨어지지 않은 곳에서 발견되었기 때문이다. 그 옆에는 '아편정기'라는 라벨이 붙은 빈 병이 있었다. 그의 숨결은 독극물을 먹었다는 사실을 명백하게 보여 주었다. 그는 단 한마디도 하지 못한 채 숨을 거두고 말았다. 조사해보니 편지 한 장을 가지고 있었는데 거기에는 마리에 대한 사랑과 세상을 떠나겠다는 내용이 간단히 담겨 있었다고 한다.

모든 이야기를 들은 후 뒤팽이 말했다.

"이것은 모르그 가의 살인 사건보다 훨씬 더 복잡한 사건이네. 한 가지 중요한 측면에서 다르지. 이것은 잔혹한 범죄 사건이지만 또한 지극히 평범하네. 특이할 만한 사실이란 없어. 자네도 알겠지만 그 때문에 쉽게 해결할 수 있을 것처럼 여겨지지. 하지만 그렇기 때문에 해결하기 어려울 것이라 생각하네. 따라서 처음에는 현상금을 걸 필요가 없다고 말했던 걸 거야. G 경찰국장의 부하들은 그러한 잔학 행위가 어떻게 그리고 왜 저질러졌는지 즉시 이해할 수 있었어. 그들의 수법과 여러 가지 수많은 동기를 머릿속에서 결정해버렸지. 하지만 이와 같은 여러 가지 상상이 성립되는 용이함, 그리고 그들 하나하나가 보여 주는 현상은 사실 해명의 어려움을 나타내는 것이지 결코 용이함을 나타내는 것이 아니라고 생각해야 하네. 그렇기 때문에 이성이라는 것으로 진실을 추구하고 모색하려 한다면 어떤 상투적인 것에서 한 걸음 벗어난 것을 단서로 삼지 않으면 안 된다고 말한 거야.

이번 사건에서도 정말로 중요한 문제는 '무엇이 일어났는가?' 하는 것이 아니라 '대체 지금까지 전혀 일어나지 않았던 어떤 일이 일어났는가?' 하는 점이야. 전에 레스파네 부인의 집을 수색할 때도 G 경찰국장의 부하들은 아주 정확한 지적 능력을 가진 인간이라면 틀림없이 성공할 것이라는 태도를 보였지만, 실제 현장을 보고는 완전히 당황해서 허둥거리기만 했지. 그런데 이번 향수 가게 처녀의 경우도 눈에 보이는 것들은 모두 평범하고 진부한 것뿐이야. 따라서 정확한 지적 능력을 가진 인간이라면 당연히 절망에 빠져야만 할 일임에도 경찰청 사람들은 오히려 '아주 간단하군, 간단해'라고만 생각한단 말이야.

레스파네 부인과 딸의 경우 조사를 시작할 때도 살인이라는 데는 의심의 여지가 없었지. 자살은 즉시 배제되었네. 여기에서도 우리는 처음부터 자살에 대한 모든 가정으로부터 해방되었지. 루르 관문에서 발견된 시신은 이러한 가정에 어떠한 여지도 남기지 않는 상황에서 발견되었네. 그러나 발견된 시체는 마리 로제의 것이 아니라는 의견이 대두됐어. 현상금이 걸린 것은 마리가 살해되었다는 가정하에 가해자들을 발견했을 때의 일이고, 우리가 국장과 일종의 제휴 관계에 있는 것도 단지 마리의 일에 관해서일 뿐이야. 우리는 그 국장이라는 사람을 잘 알고 있는데 너무 믿어서는 안 될 사람이란 말이지.

그런데 말이야, 우리가 이번에 발견된 시체를 바탕으로 수사를 시작했다가 마리가 아닌 다른 사람의 시체라는 사실이 밝혀진다면 어떻게 되는 거지? 마찬가지로 마리가 아직 살아 있다는 전제 아래 출발했을 때 만약 그녀를 발견했는데 살해당하지 않았다면 어떻게 되는 거지? 어느 쪽이든 우리에게는 뼈아픈 손실이 되고 말 거야. 우리의 거래 상대는 다름 아닌 G 경찰국장이니까. 따라서 우리는 먼저 실종된 마리 로제와 함께 시체의 신원을 확실하게 밝혀내야 할 필요가 있어.

세상 사람들에게 「레토아르」의 논설은 상당한 비중을 차지하는 것이야. 저널 자체가 그 중요성을 확신한다는 것은 이번 사건에 대한 논설의 표제만 봐도 알 수 있어. 이렇게 적혀 있었지. '오늘의 여러 조간

신문은 월요일자 본지의 단정적 논설에 대해서 언급했다'고. 하지만 나는 그 논설이 필자 본인이 얼마나 열심인지를 보여 준 것일 뿐 단정적인 것이라고는 생각지 않아. 우리는 신문의 목적이 대의를 발전시키기보다는 센세이션을 일으키고 소란을 만드는 것임을 명심해야 하네. 후자의 목적은 전자와 일치하는 것처럼 보일 때만 추구되지. 단순히 평범한 의견에 부합하는 인쇄물 —이 의견이 아무리 근거가 있더라도— 은 그 자체로 폭도로부터 신용을 얻지 못하네. 대중은 일반적인 생각에 모순을 지적하는 사람만을 심오하다고 간주하지. 문학에서와 마찬가지로 추리에서 가장 즉각적이고 가장 보편적으로 평가되는 것은 바로 선전 구호야.

내가 말하고자 하는 것은 마리 로제가 여전히 살아 있다는 견해, 그것을 「레토아르」가 생각해냈고, 세상 사람들은 그 견해를 반기며 그 이유는 그것이 진실에 가깝기 때문이 아니라 단지 그 속에 일종의 선동하는 무언가, 즉 극적 흥미가 혼합되어 있기 때문이라는 것이지. 이 신문의 논조를 구성하는 요소를 한번 음미해보기로 하세.

이 필자의 첫 번째 목표는 마리의 실종과 떠다니는 시체 발견 사이의 시간이 짧다는 사실을 들어 이 시체가 마리의 시체가 될 수 없다는 것을 보여 주는 것이야. 따라서 이 시간의 간격을 가능한 한 짧게 하는 것이 필자의 또 다른 목적이었던 것처럼 보이는군. 그런데 너무 성급하게 군 나머지 처음부터 아주 단순한 가정으로 돌진하네. '만일 살인이 저질러졌다면, 살인자들이 자정 전에 시체를 강물에 던질 수 있을 만큼 빨리, 그 살인이 저질러졌다고 생각하는 것은 어리석다'라고 말했지.

우리는 단번에 그리고 아주 자연스럽게, '왜? 마리 로제가 어머니의 집을 떠난 지 5분 만에 살해당했다고 가정하는 것이 어리석은 일이란 말인가? 살인이 하루 중 어느 특정 시간에 저질러졌다고 가정하는 것이 왜 어리석은가?' 하는 데 생각이 집중될 거야. 그 살인이 일요일 아침 9시에서부터 밤 12시 15분 전까지의 어느 시간에 일어났든 간에 '밤이 깊기도 전에 시체를 던져 넣을 수 있는' 시간은 얼마든지 있었을 테니까. 어쨌든 이 필자의 가설이라는 것은 결국 범행은 일요일에 일어나지 않았다는 것이지. 하지만 「레토아르」의 이런 가설을 받아들인다면 앞으로는 그 어떤 엉터리 가설도 받아들이지 않으면 안 될 거야.

우리의 상대는 「레토아르」가 아니라 진실이지. 문제 삼은 문장 그대로라면 의미는 하나밖에 없어. 말이라는 것은 배후까지 철저하게 파헤쳐서 그 말이 명확하게 의도하면서도 끝내 전달하지 않았던 의미까지 파악하는 것이 중요하지, 여기서 기자들이 하고 싶었던 말은, 살인범들은 일요일의 밤이 깊기 전에 시체를 강까지 옮기는 어리석은 짓은 절대 하지 않았을 것이라는 말이야. 이 가설을 받아들일 수 없다고 했던 이유가 바로 거기에 있어. 이 가정은 애초부터 범행은 반드시 시체를 강까지 옮겨야 할 필요가 있는 장소, 그리고 그런 사정하에서 행해졌다는 생각에서 출발한 거야. 하지만 그런 범행은 강변에서, 아니 바로 강 위에서도 얼마든지 행할 수 있었을 것이고, 그렇다면 가장 손쉽고 빠르게 시체를 처분할 방법으로 밤과 낮에 상관없이 강물에 던지는 방법을 생각했을 거야. 설마 오해하고 있는 건 아니겠지? 나는 사건이 그랬을 것이라고 말하는 것도 아니고 내 자신의 의견이 그렇다고 말하는 것도 아니야. 단지 「레토아르」의 논설이 애초부터 매우 편파적이었다는 사실에만 주목해주게.

결국 그 신문은 이처럼 자신의 선입견에 맞게 한계를 규정했네. 이것이 마리의 시신이라면 물속에 있었을 수도 있지만 아주 짧은 시간이었을 것이라고 가정했지.

'모든 경험에 비추어 볼 때 물에 빠진 시체 혹은 폭력에 의해 죽은 직후에 물에 던져진 시체는 물 위로 올라올 수 있을 만큼 충분히 분해되기까지 6~10일이 걸린다. 시체 위로 대포를 쏘아서 적어도 5~6일 동안 물에 잠기기 전에 대포가 솟아오르더라도 그냥 두면 다시 가라앉는다.'

이러한 주장은 「르 모니테르」를 제외한 파리의 모든 신문에서 암묵적으로 받아들였네. 후자의 인쇄물은 익사한 것으로 알려진 시체가 「레토아르」가 주장하는 것보다 짧은 시간이 경과한 후 떠다니는 것으로 발견된 약 5~6개의 사례를 인용함으로써 '익사한 시체'만을 언급하는 부분에 맞서기 위해 노력했지. 그러나 「르 모니테르」가 「레토아르」의 주장을 반박하려는 시도에는 지나치게 비상식적인 것이 있네. 2~3일 후에 떠 있는 시체의 5가지 예 대신 50개의 예를 추론할 수 있었다면, 이 50개의 예는 규칙 자체가 논박되어야 할 때까지 여전히 「레토아르」의 규칙에 대한 예외로만 간주될 수 있었을 거야. 왜냐하면 이 주장은 시체가 3일 이내에 수면 위로 올라왔을 확률에 대한 질문 이상을 포함하지 않기 때문이지. 이 확률은 그렇게 유도된 사례가 절대적인 규칙을 확립하기에 충분할 때까지 「레토아르」의 입장에 유리할 거야.

자네도 눈치챘겠지만, 이 점에 대해서 논의하려면 어디까지나 원칙에 대한 논의가 되어야만 해. 그러기 위해서는 원칙의 논리적 근거 자체를 검토해보아야만 하네. 인체는 센 강의 물보다 훨씬 가볍지도 무겁지도 않네. 자연 상태에서 인체의 비중은 그것이 대체하는 담수의 대량과 거의 같아. 뚱뚱하고 살찐 사람, 뼈가 작은 사람, 뼈가 큰 사람, 그리고 일반적으로 여자의 몸은 날씬하고 남자의 몸보다 가볍지. 강물의 비중은 바다에서 조수에 따라 다소 영향을 받는다네. 그러나 이러한 조류를 제쳐 놓고 극소수의 인체가, 심지어 담수에서도, 저절로 가라앉는 경우는 거의 없다고 말할 수 있을 거야. 강에 빠진 거의 모든 사람은, 거의 예외 없이 전신이 물에 잠기도록 내버려 둔다면, 결국 물에 뜨게 될 것이야.

수영에 익숙하지 않은 사람은 팔과 머리를 위로 향하려고 노력하지만 그 결과 입과 콧구멍이 잠기고 수면 아래에서 숨을 쉬려고 노력하는 동안 물이 폐로 들어가기 시작하지. 그렇게 몸은 점점 무거워지고 강바닥으로 가라앉게 된다네. 일단 강바닥으로 가라앉으면 이번에는 어떤 이유로 해서 몸이 물의 무게보다 가벼워질 때까지 그대로 가만히 가라앉아 있게 돼. 그리고 그것을 물 위로 떠오르게 하는 원인이 부패 작용이라는 것이야. 부패는 가스의 생성, 세포 조직을 팽창시키고 부풀어 오르게 만든다네. 그러나 부패는 무수한 상황에 의해 빨라지기도 하고 늦어지기도 하지. 더위와 추위에 따라서 달라지기도 하고 물에 포함된 광물질의 유무에 따라서 달라지기도 해. 물의 깊이에 따라

달라지기도 하고 흐름이 있느냐 없냐에 따라서 달라지기도 하지.

그 외에도 시체의 주된 체질, 사망 전 병의 유무 등 조건은 헤아릴 수도 없이 많다네. 따라서 우리는 시체가 부패를 통해 상승하는 명확한 시간을 지정할 수 없음을 알게 되지. 특정 조건에서 이 결과는 한 시간 이내에 나타나지만 다른 곳에서는 전혀 일어나지 않을 수도 있어. 따라서 이 주제에 대해 「레토아르」의 주장을 쉽게 반박할 수 있네.

'모든 경험에 비추어 볼 때 물에 빠진 시체 혹은 폭력에 의해 죽은 직후에 물에 던져진 시체는 물 위로 올라올 수 있을 만큼 충분히 분해되기까지 6~10일이 걸린다. 시체 위로 대포를 쏘아서 적어도 5~6일 동안 물에 잠기기 전에 대포가 솟아오르더라도 그냥 두면 다시 가라앉는다.'

이 단락은 이제 무의미하고 일관성 없는 것으로 판명이 난 거지. 모든 경험에 비추어 볼 때 '익사한 시체'가 수면 위로 올라오기에 충분한 부패가 일어나기까지 6~10일이 걸린다는 것은 이제 틀린 가설이라는 말이야. 과학과 경험 모두 그것들이 솟아오르는 시기가 필연적으로 불확실하다는 것을 보여 주네. 더욱이 대포를 쏘아 시체가 수면 위로 올라왔다면 생성된 가스가 빠져나갈 수 있을 정도로 분해가 진행될 때까지는 '가만히 있어도 다시 가라앉지' 않을 것이야. 그러나 나는 '익사한 시체'와 '폭력으로 사망한 직후 물에 던져진 시체' 사이의 구별에 주의를 환기시키고 싶네. 필자는 그 구별을 인정하지만 여전히 그들 모두를 같은 범주에 포함하네. 그러나 물에 빠진 사람의 몸부림과 헐떡거림은 '폭력으로 죽은 직후에 물에 던져진' 몸에서는 일어나지 않을 것이네. 따라서 후자의 경우에서 시체는 원칙적으로 절대로 물에 가라앉지 않아. 예를 들어 살덩어리가 다량 뼈에서 떨어져 나간 경우라면 몰라도 그전까지는 결코 가라앉을 수 없지.

그렇다면 「레토아르」의 주장, 즉 그 시체는 겨우 3일밖에 지나지 않았는데도 떠올랐으니 마리 로제가 아니라는 논조는 대체 어떻게 해석하면 좋을까? 익사라고 한다면 마리 로제는 여자니까 가라앉지 않았을 가능성도 있고, 한 번 가라앉았다 할지라도 의외로 24시간 이내에 다시 떠올랐을 가능성도 있어. 하지만 그녀가 익사했다고 생각하는 사람은 아무도 없어. 그렇다면 역시 강에 던져지기 전에 살해당한 뒤, 언제인지 시간은 확실하게 알 수 없지만, 어쨌든 떠 있을 때 발견되었다는 거겠지.

그런데 「레토아르」는 '화요일 밤까지 시체가 해안에서 망가진 상태로 유지되었다면 살인자들의 흔적이 발견될 것'이라고 했어. 자신의 이론에 대한 반론을 앞장서서 펼친 꼴이지. 그러니까 시체를 이틀이나 육지에 놔두면 부패는 더욱 빨라져서 물속에 있을 때보다도 훨씬 더 빨라진다는 거야. 그것이 수요일에 표면에 떠오르는 것을 가정하고, 여기서 그는 생각했겠지. 그런데 이번에는 갑자기 서둘러서 '하지만 시체를 육지에 놔뒀을 리가 없어. 그랬다면 당연히 강변에서 범인들의 어떤 흔적이 발견되었을 것이기 때문이야.' 이 추론에는 자네도 웃음을 참지 못할 거야. 한번 생각해 봐. 시체를 강변에 놓아 두면 어째서 흉측한 범죄의 흔적이 더 늘어난다는 건가? 나는 잘 이해가 되지 않아.

「레토아르」는 계속해서 이렇게 밝히고 있어. '한마디 덧붙이자면 그와 같은 흉악범죄를 저지른 범인들이 시체를 은닉하기 위해 어쩔 수 없이 그것을 강 속으로 던졌다는 사실은, 그것이 아주 손쉽게 생각할 수 있는 수단인 만큼, 거의 있을 수 없다고 보는 편이 좋을 것이다'라고. 이 얼마나 우스운 사고의 혼란이란 말인가? 그 누구도, 「레토아르」조차도 발견된 시체가 타살이라는 사실에는 이론의 여지가 없어. 폭행을 당했다는 증거가 너무나도 명확하니까. 따라서 이 필자의 목적은 우선 그것이 마리 로제의 시체가 아니라는 점을 증명하고 싶은 것일 뿐이지, 그 시체가 타살된 것이 아니라는 사실을 증명하려는 건 아니야.

그런데 기자의 말은 뒤의 사실에 대한 증명이 되고 있을 뿐이야. 여기 추가 달리지 않은 시체가 있네. 범인들이 시체를 강물 속으로 던져 넣으려면 무거운 추를 달지 않았을 리가 없을 거야. 따라서 시체는 범인이 던져 넣은 것이 아니야. 이렇게 되는 거지. 어떤 사실에 대한 증명이 된다면 기껏해야 그 정도일 거야. 정말 그 시체가 마리 로제의 시체일까? 그것은 거의 문제가 되지 않아. 무엇보다도 「레토아르」는 조금 전에 말했던 사실을 땀을 뻘뻘 흘리면서 부정하는 듯한 형국이 아닌가? '우리는 발견된 시체가 살해된 여성의 시체라는 점에는 더는 의심의 여지가 없다'라고 말하고 있으니.

이 필자가 무의식중에 자기모순에 빠진 예는 이뿐만이 아니야. 앞서도 말한 바와 같이 이 필자의 목적은 분명히 마리 로제의 실종에서부터 시체가 발견되기까지의 시간을 가능한 한 줄이는 데 있어. 그러면서도 한편으로는 그 처녀가 어머니의 집에서 나선 이후로 그 누구도 그녀를 보았다는 사람이 없다는 사실을 되풀이해서 강조하고 있어.

　'마리 로제가 6월 22일 일요일 9시 이후에 생존해 있었다는 증거는 어디에도 없다'라고 신문 기자는 말하고 있어. 그의 주장은 분명히 일방적인 것이기 때문에 그는 적어도 이 문제를 눈에 띄지 않게 해야 했지. 예를 들어 월요일이나 화요일에 마리 로제를 본 사람이 있었다면 문제의 간격이 훨씬 줄어들었을 것이고, 기자의 주장대로라면 그 시체는 마리가 아니라는 사실이 더 한층 확실해질 테니까. 그런데 재밌지 않은가? 「레토아르」는 전체적인 논의를 이끌어나갈 생각으로 사실은 완전히 역효과를 가져오는 점을 주장하고 있으니.

　이제 보베레가 행한 시체 검증에 대한 부분인데, 다시 한번 읽어 보게. 팔의 털에 대한 부분에서 「레토아르」는 분명히 솔직하지 못하네. 보베레는 바보가 아니기 때문에 시체를 식별하기 위해 단순히 팔에 털이 있다고 하지는 않았을 거야. 그것만으로 마리 로제의 시체라고 단정했다니 그런 일이 있을 수 있다고 믿나? 이 세상에 털이 없는 팔이 있을 리 없으니 결국 「레토아르」는 증인의 표현을 왜곡한 것이야. 그는 이 털의 어떤 특이성에 대해 말한 것이 틀림없어. 그것의 색깔, 양, 길이 또는 어떤 특징을 말했을 것임이 틀림없다고.

　그리고 「레토아르」는 이런 말도 했어. '피해자의 발은 작고, 가터벨트를 했고, 하지만 이런 것들은 아무런 증거가 되지 않는다. 그런 물건은 대량으로 판매되기 때문이다. 모자의 꽃장식도 마찬가지다. 보베레가 강조한 증거는 가터벨트의 길이를 줄이기 위해서 끈의 길이를 조절하는 쇠를 반대로 움직였다고 하는 점인데 이 역시 아무런 증거도 되지 않는다. 왜냐하면 대부분의 여성들은 물건을 집으로 가져와서 각자의 허벅지 두께에 맞게 길이를 조절하는 법으로 그것을 산 상점에서는 그런 작업을 하지 않기 때문이다'라고.

그런데 이걸 읽고 보니 필자의 진실성을 의심하고 싶어지는군. 보베레의 입장에서 마리 로제의 시체를 찾고 있었는데 만약 전체적인 몸집 크기가 그녀와 비슷한 시체가 발견됐다고 하면 어떻겠나? 복장 같은 것은 생각할 필요도 없이 틀림없이 그녀라고 생각하지 않겠나? 거기다 생존했을 때 눈에 띄게 드러났던 특징 있는 팔의 털까지 있었으니 어떻겠나? 한층 더 강한 확신이 들 거고, 거기다 그 털의 특징이나 이상한 점까지 확인하게 됐다면 더욱 자신감이 생기는 것은 당연한 일이 아닌가? 마리 로제의 발은 작았는데 시체의 발도 작았다는 점, 여기까지 오면 마리 로제일 가능성은 산술급수적으로 늘어나는 것이 아니야. 기하급수적으로 늘어난다고 해도 이상할 것이 없네. 거기에다 신발도 실종된 날 아침에 신고 나간 것과 같은 것이라고 한다면 물론 그 같은 구두도 수제 구두가 아니라 기성품이기에 대량으로 팔리고 있지만, 어쨌든 더욱 틀림없다고 생각되는 것은 당연한 일이지. 하나만 떼어놓고 보면 증거도 아무것도 될 수 없는 것이라 할지라도 뒷받침될 수 있을 만한 자리에 제대로 놓이게 되면 절대적으로 확실한 증거가 되는 경우도 있어.

그렇다면 실종된 그녀가 쓰고 있는 모자에 꽂는 꽃장식을 주목해야 해. 이것을 로제의 것과 똑같은 것이라고 한다면 더 조사해볼 필요도 없어. 단 한 송이의 꽃이라도 똑같다면 나머지는 조사해볼 필요도 없는 거지. 그런데 그것이 두 개가 되고 세 개가 된다면, 아니 그 이상이 된다면 어떻게 되겠는가? 하나하나가 몇 배의 힘을 가진 증거가 되는 거지. 증거는 증거에 추가되지 않고 수백 또는 수천으로 곱해져. 이제 죽은 그녀의 시체에는 생존했을 때 사용했던 가터벨트까지 달려 있었어. 그렇다면 더 살펴본다는 것은 바보와 다를 바 없는 행위야. 게다가 그 가터벨트는 로제가 집을 나서기 직전에 한 것과 마찬가지로 길이를 조절하는 쇠를 움직여서 짧게 조절되어 있었어. 이것까지 의심한다면 그는 미친 자이거나 위선자일 거야. 그런데 「레토아르」는 그것을 의심하고 있을 뿐만 아니라 흔히 있을 수 있는 일이라고까지 말하고 있으니 그 견해가 얼마나 잘못된 것인지 충분히 알고도 남지 않겠나?

길이를 조절하는 장치가 달린 가터벨트는 자체적으로도 신축성이 있다는 점을 생각해 본다면 그것을 줄였다는 거야 말로 이상하고 평범하지 못한 일의 증거가 될 수 있는 것 아니겠나? 저절로 조절할 수 있게 되어 있는 걸 일부러 따로 움직여서 줄였다는 것은 틀림없이 그럴 필요가 있었기 때문일 거야. 그러니까 마리 로제의 가터벨트의 길이가 정말로 줄었다면 그것이야말로 엄밀하게 말해서 아주 특이한 경우라고 할 수 있어. 그것만으로도 그녀의 시체라고 단정 지을 수 있는 충분한 증거가 됐을 것이 틀림없어. 하지만 더욱 중요한 것은 시체에 그녀의 가터벨트가 달려 있었다는 사실도 아니고, 신발, 모자, 모자의 꽃장식이 있었다는 사실도 아니야. 그리고 발이 작았다는 사실, 팔에 있던 특징, 전체적인 몸집, 크기도 아니야. 오히려 그런 것들을 하나도 남김없이 시체에서 발견할 수 있었다는 점이야.

　일이 여기까지 왔는데도 「레토아르」의 논조가 여전히 의문을 품고 있다면 그건 법률가의 흉내를 내려는 행동이야. 법률가들은 상투적인 법적 용어를 적당히 되뇌기만 하면 그것으로 만사형통이라고 생각하는 부류야. 법률적으로 각하된 증거품의 대부분은 올바른 지혜를 지닌 사람의 시각에서 보면 무엇보다도 가장 중요한 증거품이 되지. 왜냐하면 법정은 그저 증거라는 것의 일반적인 원칙은 인정되고 예약된 원칙에 따라 아무리 특수한 경우라 해도 그것을 벗어나려 하지 않아. 물론 이처럼 굳건한 원칙주의, 그리고 그것에 비춰봐서 받아들일 수 없는 예외는 가차없이 배제해 간다는 주의, 바로 이것이 긴 안목으로 보자면 도달할 수 있는 최대한의 진리에 이르는 가장 확실한 방법이라는 것은 틀림없는 사실이야. 그러니까 전체적으로 봐서 이 방법은 틀림없이 이론적이야. 그와 동시에 개개의 경우에 대해서는 엄청난 오류를 범하게 되는 것도 사실이야.

　그리고 보베레에 관해 한 말에 대해서 자네라면 단 한마디로 기꺼이 무시할 거야. 보베레의 인격에 대해서는 자네도 잘 알 텐데, 낭만적인 면이 상당히 강하고 지혜라는 면은 부족한, 한마디로 말해서 참견하기 좋아하는 사람이지. 그런 부류의 사람은 흥분하면 따지기 좋아하는 사람이나 악의를 품고 있는 사람들이 보기에 의심을 할 만한 행동을 일부러 그렇게 하는 것처럼 하게 되는 법이야.

　자네가 수집한 메모에서 알 수 있듯이 보베레는 「레토아르」의 기자와 직접 만난 것 같아. '그는 마리 로제의 시체가 틀림없다고 끝까지

주장하지만 내가 앞서 논평한 것 이외에는 무엇 하나 다른 사람을 납득시킬 만한 상황을 들지 못하고 있다'라고 신문은 적고 있는데, 개인의 정체성에 대한 인상보다 더 모호한 것이란 없어. 사람들은 자기 이웃을 알아보지만 누구도 자기를 인정할 이유를 제시할 준비가 된 경우는 없지. 「레토아르」의 기자는 보베레의 불합리한 믿음에 화를 낼 권리가 어디에도 없어.

보베레를 둘러싸고 의심스러운 일들이 일어났다고 했지. 하지만 그것은 그 때문에 수상하다고 말하는 논자의 설보다는 오히려 낭만적이고 참견하기 좋아하는 사람이라는 내 가정에 훨씬 더 잘 부합한다 생각하네. 더 관용적으로 해석하길 바라네. 그럼 그 열쇠구멍에 꽂혀 있던 꽃, 칠판에 적혀 있던 '마리 로제'라는 글자, '남자 친척들을 멀리했다'는 사실, 자신이 돌아올 때까지 헌병과 이야기해서는 안 된다고 B 부인에게 말했다는 사실, '사건을 처리하는 데 그 이외의 누구도 관여시키지 않으려' 하는 태도를 보였다는 사실 모두 쉽게 이해할 수 있게 되지. 보베레가 마리 로제를 마음에 두고 있었다는 사실, 그녀 역시도 그에게 추파를 던진 것 같다는 사실, 그는 자신이 그녀에게서 충분한 사랑과 신뢰를 받고 있었던 것처럼 보이고 싶어 했다는 사실, 이런 건 더는 말하지 않겠어. 그리고 「레토아르」가 자꾸만 말하는 또 한 가지의 사실, ―이 이야기는 그 시체가 향수 가게 여직원이었다면 틀림없이 모순되는 사실임에 틀림없지만― 여기에 대해서는 이미 확실한 반증이 있어. 그러니까 시체에 대한 문제는 이미 끝났다고 생각하고 일을 풀어나가기로 하세."

내가 끼어들어 말했다.

"그렇다면 「르 커메르시에르」의 논조에 대해서는 어떻게 생각하나?"

"이 문제에 관해서는 기사로 발표한 어떤 논조보다 정신적인 면에서 주목할 가치가 있다고 생각해. 전제에서 출발해서 연역해 나간 과정도 아주 이론적이고 날카롭기는 하지만, 전제가 적어도 두 가지 점에서 불완전한 관찰에 바탕을 두고 있는 것 같아. 「르 커메르시에르」는 마리 로제가 어머니 집에서 나온 지 얼마 지나지 않아서 건달들에게 잡혔다고 주장하고 싶어 하는 것 같아. 그래서 '마리 로제처럼 수많은 사람에게 잘 알려진 그녀가 세 구획을 지나도록 그녀를 보았다는 목격자가 없다는 사실은 불가능하다'라고 강력히 주장하고 있네. 이것은 파리에 오래 거주한 사람, 즉 공인이자 도시를 오가는 것이 관공서 근처로 제한된 사람의 생각이지.

신문은 그녀가 가게에서 12블록 떨어진 곳까지 사람들을 만 나지 않고 지나쳤다는 것에 주목하고 있어. 그래서 그녀가 알고 있는 사람들의 범위와 그녀를 알고 있는 사람들의 범위를 잘 알고 있기에 그 자신이 알려진 정도와 그 처녀가 알려진 정도를 비교해 보고 대체로 비슷할 것임에 틀림없다고 생각한 거야. 그렇다면 마리 로제도 거리를 걸으면 자신과 비슷한 정도로 아는 사람과 만날 것이라고 결론을 내리는 건 당연하지. 하지만 이와 같은 사실은 그녀의 외출 시간이 그와 마찬가지로 일정하게 정해져 있으며 범위도 똑같이 제한된 지역에 한정되었을 때만이 비로소 적용될 수 있는 말이야. 즉, 그는 일정 지역을 매일 일정한 시간에 왕복하고 있어. 게다가 그곳은 직업이 비슷하다는 이유 때문에 그의 모습에 주의를 기울일 사람들이 잔뜩 모여 있는 곳이야. 하지만 그녀의 외출은 일정하지 않았다고 봐도 좋을 거야. 특히 이번 경우는 아무리 생각해봐도 평소 자주 다니던 곳과는 전혀 다른 길을 간 것이 틀림없어. 따라서 「르 커메르시에르」가 생각하고 있었을 것이 틀림없는 부분은 만약 두 사람이 파리 전 시내를 돌아다니는 경우라면 아주 정확하게 맞아떨어질지도 몰라. 그런 경우 두 사람이 아는 사람의 숫자가 같다고 가정한다면 그들과 만나는 숫자가 같아질 확률도 같겠지.

따라서 마리 로제가 아는 사람이나 알려진 사람을 한 명도 만나지 않고 자신의 거처와 이모의 거처 사이의 많은 경로 중 한곳을 통해 주어진 기간 동안 통행했을 가능성이 있다고 생각해야 하네. 이 문제를 적절한 관점에서 바라볼 때 한편으로 파리 전체 인구를 다른 한편에는 그에 비해 제아무리 유명한 사람이라 할지라도 개인적으로 아는 사람의 숫자는 극소수에 지나지 않는다는 사실을 늘 염두에 두어야 하네.

그러나 「르 커메르시에르」의 논조는 설득력이 있네. 그것은 마리 로제가 집을 나선 시각을 고려하면 아주 약한 주장이 될 거야. '거리가 사람들로 가득 찼을 때 그녀는 밖으로 나갔다'라고 「르 커메르시에르」는 다뤘지. 그러나 그렇지 않아. 아침 9시라고. 물론 일요일을 제외하고 주중 매일 아침 9시에 거리는 사람들로 붐비지. 일요일 9시가 되면 사람들은 주로 집안에 모여 교회에 갈 준비를 하고 있어. 주의깊은 사람이라면 매 안식일 아침 8~10시까지 그 도시 특유의 황량한 공기를 알아차리지 못할 수 없을 거야. 10~11시 사이의 거리에는 사람들이 붐비지만, 문제가 된 시간처럼 이른 아침에는 붐비지 않네.

「르 커메르시에르」측의 관찰이 부족한 것처럼 보이는 또 다른 지점이 있어. '길이 2피트 너비 1피트의 마리 로제의 페티코트 한 조각이 찢어져 턱 아래와 머리 뒤쪽에 묶여 있었는데, 아마도 비명을 지르지 못하게 하려고 그랬겠지만, 그것으로 후두부에서 한 바퀴 돌려 턱 밑에서 묶어 놓았다. 손수건을 들고 있지 않은 무리'라고 말한 것은 분명 가장 저급한 건달들을 의미하는 걸 거야. 하지만 가장 저급한 건달들이야말로 설사 셔츠는 없다고 해도 손수건만은 반드시 가지고 다니는 사람들이야. 요즘은 범죄자에게 손수건은 상대의 입을 틀어막는 물건이 되어 버렸네."

"그러면 우리는 「르 솔레유」에 실린 비평 기사에 대해 어떻게 생각하지?"

나는 물었다.

"글쎄, 그 기자가 앵무새로 태어나지 않은 게 매우 유감스럽군. 그랬다면 일류 앵무새가 되었을 거야. 그는 이미 발표된 의견의 개별 항목을 반복했을 뿐이야. 참으로 놀랄 만한 근면함으로 여기저기 다른 신문의 기사를 모았어. '이들 유품은 적어도 3,4주 정도 그곳에 있었던 듯하다. 이것으로 봐서 이 소름끼치는 범죄의 현장이 발견된 것은 틀림없는 사실이다'라고 말했는데. 「르 솔레유」가 복사판 같이 다시 언급한 사실들은 내 의문을 조금도 풀어주지 못하고 있어. 그러니까 그 점은 다른 문제와 관련해서 나중에 더 구체적으로 검토해보기로 하세.

어쨌든 우리는 다른 조사에 몰두해야 하네. 자네는 시체 검사가 아주 허술하게 이루어졌다는 사실을 눈치챘겠지? 시체가 누구인지는 바로 알 수 있었고 또 당연히 그랬을 테니까. 하지만 확인해야 할 다른 점들이 있다네. 몸이 조금이라도 훼손되었는가? 고인이 집을 나섰을 때 보석이라도 지니고 있었는지? 그렇다면 시체 발견 시에 그것이 남아 있었는지? 이것들은 증거에 전혀 영향을 미치지 않은 중요한 질문이야. 그 외에도 중요한 문제는 얼마든지 있지만 전혀 주의를 기울이지 않았어. 그들 문제에 대해서는 납득할 때까지 우리가 직접 조사하지 않으면 안 돼. 자크 생 외스타슈에 대해서도 재검토해야 하네. 나는 이 사람을 의심하지 않지만 그러나 체계적으로 진행해야지. 우리는 일요일에 그의 알리바이에 관한 진술서의 타당성을 의심의 여지 없이 확인해야 해. 그와 같은 진술서는 거짓으로 작성되는 경우가 많으니까.

여기에 아무런 문제가 없다면 우리는 생 외스타슈를 조사에서 제외할 것이야. 문제가 되는 것은 그의 자살인데, 그것도 진술서에 허위라도 있다면 혐의가 짙어지기는 하지만 그렇지 않을 경우에는 결코 설명할 수 없는 문제가 아니기 때문에 굳이 통상적인 분석 방침에서 벗어날 필요는 없으리라 생각해.

내가, 아니, 우리는 이 비극의 내부적 지점들을 버리고 그 외곽에 관심을 집중할 것을 제안하네. 이와 같은 조사에서 가장 일반적인 오류는 부수적 또는 정황 사건을 무시하고 즉각적인 조사로 제한하는 것이야. 증거와 토론을 명백한 관련성의 범위로 제한하는 것은 법원의 잘못된 관행이지. 그런데 실제적인 경험은 물론 참된 논리에서도 마찬가지지만 대부분 진실은 관계가 없어 보이는 것에서 나타나는 법이야. 현대 과학은 예측할 수 없는 것을 예상한다는 것은 글자 그대로의 뜻은 아닐지 모르겠지만 정신은 어디까지나 이 원리에 따르는 법이야. 그래도 자네는 아직 잘 모르겠지? 인간 지식의 역사는 부수적·우발적 또는 우연한 사건에 대해 우리가 빚을 지고 있다는 것을 끊임없이 보여 주었지. 하지만 우리는 우연을 절대적인 계산의 문제로 만들고 상상할 수 없는 것을 학교의 수학적 공식으로 판단하려 하고 있네.

거듭 말하네만, 모든 진리의 더 많은 부분은 간접적인 것에서 태어난다는 말은 사실이야. 그래서 나는 이번 사건도 이 사실에 포함되어 있는 원칙의 정신에 따라서 조사했지만 아무런 효과도 거두지 못했지. 그래서 사건 자체보다는 사건을 둘러싼 당시의 정황 쪽으로 탐색 방향을 돌리려 하고 있어. 그러니까 자네가 진술서의 신빙성을 확인하는 동안 나는 신문을 자네가 조사한 것보다 더욱 광범위하게 조사해볼 생각이야. 지금까지 우리는 조사 분야만 정찰했어. 그러나 내가 제안한 것과 같은 공공 인쇄물에 대한 포괄적인 조사가 탐구의 방향을 확립할 수 있는 몇 가지 미세한 요점을 제공하지 않는다면 참으로 이상하다고 해야 할 거야."

뒤팽의 제안에 따라 나는 진술서를 꼼꼼하게 조사했다. 그 결과 그들의 타당성과 그에 따른 생 외스타슈의 무죄에 확신이 생겼다. 그러는 동안 내 친구는 내가 보기에 전혀 목적이 없는 것처럼 보이는 일에 몰두하여 여러 신문 파일을 면밀하게 조사했다. 일주일이 지날 무렵 그는 내 앞에 다음과 같은 발췌문을 내놓았다.

〈약 2년 반 전, 현재와 매우 유사한 소동이 팔레 루아얄에 있는 무슈 르 블랑의 향수 가게에서 발생했다. 이번 사건과 같이 마리 로제 양이 실종된 사건이었다. 그러나 일주일이 지날 무렵 그녀는 약간의 창백함을 제외하고는 여느 때와 마찬가지로 가게의 계산대에 다시 모습을 드러냈다. 무슈 르 블랑과 어머니는 그녀가 아는 사람을 찾아 시골로 놀러 갔었던 것일 뿐이라고 했으며, 그 사건은 신속히 잠잠해졌다. 개인적인 생각으로는 이번의 실종사건도 이와 같은 착각이며, 1주일 또는 1개월이 지나면 그녀가 다시 돌아올 것으로 생각한다.〉

「이브닝 페이퍼」, 6월 23일 월요일

〈어제의 석간신문이 이전에도 로제 양의 의문의 실종사건이 있었다는 사실을 보도했다. 그녀가 르 블랑의 향수 가게에 모습을 보이지 않은 일주일 동안 유명한 젊은 해군 장교와 함께 있었다는 것은 잘 알려져 있다. 두 사람 사이에 다툼이 일어났고 그 때문에 그녀는 다시 집으로 돌아온 듯했다. 그 색마는 파리에서 근무 중이며 그 이름도 알고 있고, 이유도 새삼스럽게 말할 필요도 없이 명백하지만, 일단은 발표를 미루기로 한다.〉

「르 메르퀴르」, 6월 24일 화요일 아침

〈어제 이 도시 근처에서 가장 잔인한 성격의 폭행이 자행되었다. 한 신사는 아내와 딸을 데리고 해 질 녘쯤 센 강 유역 근처에서 한가롭게 노를 젓고 있는 젊은이 여섯 명에게 돈을 주고 강을 건넜다. 강을 건

넌 가족은 배에서 내려 배가 보이지 않는 곳까지 왔는데, 딸이 파라솔을 배에 두고 온 것을 알게 되었다. 그녀는 파라솔을 찾기 위해 돌아왔고, 이 일당에게 잡혀 강 위로 끌려갔을 뿐 아니라 재갈을 물리고, 잔인하게 폭행당한 뒤 처음 부모들과 함께 내렸던 곳에서 멀지 않은 지점에 내려졌다. 악당들은 도망쳤지만, 경찰이 그들의 뒤를 쫓고 있으며 그들 중 일부는 곧 잡힐 것이다.〉

_「조간신문」, 6월 25일

〈이번 폭행에 대해서, 본사는 그 목적이 메나이스 씨의 범행이라는 내용의 보고를 한두 통 받았지만 메나이스 씨는 심문을 통해서 무죄라는 사실을 충분히 증명했기 때문에 보도원들의 논거는 열의 넘치는 것이기는 했지만 확실한 근거가 없는 것으로 판단하여 우리는 그것들을 공개하는 것이 바람직하지 않다고 생각했다.〉

_「모닝 페이퍼」, 6월 28일

〈우리는 분명히 다양한 출처에서 강제로 작성된 몇 가지 투서를 받았으며, 이에 따르면 불행한 마리 로제가 일요일에 도시 인근을 배회하다 나쁜 짓을 일삼는 불량배 한 무리에 의해서 희생된 것이 틀림없어 보인다. 본사도 이 견해를 전면적으로 지지하며 이 추측 중 일부는 곧 지면에 소개할 예정이다.〉

_「이브닝 페이퍼」, 6월 31일 화요일

〈월요일에 국세청과 연결된 선원 중 한 명이 센 강을 따라 떠다니는 빈 배를 보았다. 돛은 배 밑바닥에 놓여 있었다. 선원은 그 배를 바지선 사무실 아래로 견인했다. 이튿날 아침 그것은 장교 모르게 그곳에 대어졌다. 방향타는 바지선 사무실에 있다.〉

_「석간신문」, 6월 26일 목요일

이 다양한 발췌문은 나에게 무의미해 보였을 뿐만 아니라, 나는 그들 중 누구도 당면한 문제에 대해 다룰 수 있는 방식을 감지할 수 없었다. 나는 뒤팽의 설명을 기다렸다.

"이 발췌문 중 첫 번째와 두 번째에 대해 자세히 설명할 생각은 없네. 이것을 베낀 것은 단지 경찰이 얼마나 태만한지 보여 주는 데 지나지 않아. 경찰국장의 말을 살펴보면 여기에 나와 있는 해군 장교를 조사해볼 시도조차도 하지 않은 것 같으니까.

어쨌든 마리 로제의 첫 번째 실종과 두 번째 실종 사이에 연관성이 없다고 말하는 것은 어리석은 일이야. 첫 번째 도피가 연인 사이의 다툼과 배신으로 집에 다시 돌아온 결과를 낳았다는 것을 인정하지. 이제 두 번째 도피는 또 다른 인물이 나타나서 처음부터 설득했다기보다는 전에 배신했던 남자와 다시 정을 쌓아 행해졌다고 볼 수도 있을 거야. 그러니까 새로운 연애가 시작된 것이 아니라 타다 남은 장작이 다시 불붙은 거라고 볼 수도 있다는 말이야. 남자와 한 번 도피한 경험이 있는 여자에게 또 다른 남자가 도피하자고 말하는 경우보다, 누가 뭐래도 전에 같이 도피했던 남자가 다시 같은 말을 하는 경우가 훨씬 더 많으니까.

여기서 첫 번째 확인된 것과 두 번째로 추정되는 도피 사이의 시간이 우리 군함이 한 번 항해하는 통상적인 시간보다 겨우 2,3개월 길 뿐이야. 마리 로제의 애인이 처음에는 출항 시간에 쫓겨서 행하지 못했던 악행을, 이번에는 돌아오자마자 그 실행에 옮기지 못했던 악행을, 적어도 자신의 손으로는 실행하지 못했던 그 계획을 기회를 엿보다가 바로 실행한 것이 아닐까? 그런데 그런 문제에 대해서는 아직 아무것도 모르고 있어.

그러나 두 번째 경우에는 상상했던 것처럼 도피하지 않았다고 자네는 말할 거야. 맞아, 없었을 수도 있어. 생 외스타슈, 보베레 이외에 공개된 마리 로제의 구혼자는 한 명도 나오지 않았어. 이 두 사람 이외의 다른 사람에 대해서는 아직 아무런 얘기도 나오지 않았네. 그렇다면 친척 대부분은 아무것도 알지 못하지만, 마리 로제가 일요일 아침에 만난 비밀스러운 연인, 그리고 마리 로제가 그에게 너무나 깊이 빠져서 저녁의 그늘이 내려올 때까지 그와 함께 있기를 주저하지 않는 사람은 누구인가? 그 비밀스러운 연인은 누구인가, 그리고 마리 로제가 아침에 집을 나섰던 그날 '이제 그 아이와 두 번 다시 만나지 못하겠군'이라고 말했던 로제 부인의 이상한 예언은 대체 어떤 의미였을까?

여기서 로제 부인이 딸의 도피 계획을 은연중에 알았다고 볼 수는 없겠지만, 적어도 마리 로제가 도피할 마음이 있다는 사실을 상상은 하고 있었다고 볼 수 있지 않을까? 마리 로제가 데 드로메 가에 있는 숙모를 방문하려 한다고 생각했고, 생 외스타슈에게 저녁이 되면 데리러 오라고까지 말했잖아. 언뜻 보기에 이 사실은 조금 전 내가 말한 사실과 상당히 모순되는 것처럼 보일지도 몰라. 하지만 바로 이 점을 깊이 생각하길 바라네. 그녀가 누군가를 만나서 함께 강을 건너 오후 3시라는 늦은 시간에 루르 관문에 갔던 것은 틀림이 없어.

그런데 그 남자와 함께 가기로 했을 때 어떤 목적으로든, 그녀의 어머니가 알든 모르든, 그녀는 집을 떠날 때 그녀가 말한 목적지 그리고 구혼자인 생 외스타슈가 약속 시간에 데 드로메 가에 가봤더니 그녀가 없더라는 사실, 그리고 그 놀라운 소식을 가지고 돌아왔을 때 그녀가 아직 집으로 돌아오지 않았다는 사실을 알고 놀라며 어떤 의심을 하게 될지 정도는 예상했으리라 생각해. 물론 집으로 돌아와서 이런 의심과 싸워야 한다는 사실까지는 생각하지 못했을지도 몰라. 하지만 처음부터 돌아가지 않을 생각이었다고 가정한다면 그녀에게 그런 건 아무런 문제도 되지 않았을 거야.

그래서 나는 그녀가 이렇게 생각하지 않았을까 상상할 수 있어. 나는 그녀가 도피는 아니라 할지라도 방해하는 사람 없이 추격을 피할 충분한 시간을 확보할 필요가 있다고 생각했고, 데 드로메 가의 숙모를 방문하여 하루를 보낼 거라고 말하고는 생 외스타슈에게는 저녁에 어두워지기 전에는 오지 말라고 말해 두는 거지. 이렇게 해두기만 하면 의심이나 불안을 일으키지 않고 가능한 한 오랫동안 집을 비운 것이 설명될 것이며, 다른 어떤 방법보다 더 많은 시간을 벌게 될 것이야. 생 외스타슈에게 해가 저문 다음에 데리러 와달라고 부탁하지 않으면 훨씬 더 일찍부터 걱정을 할 게 틀림없고 그러면 그만큼 도망칠

수 있는 시간도 줄어드는 거지. 돌아올 생각이었다면 그러니까 그 남자와의 만남이 그저 산책을 위한 것이라고 한다면 생 외스타슈에게 데리러 와달라고 부탁하는 유치한 방법은 절대 쓰지 않을 거야. 그러느니 차라리 그에게는 아무런 말도 하지 않고 집을 나갔다가 어두워진 뒤 돌아와서 데 들로메 가의 숙모 댁에 다녀왔다고 하면 그 사실은 영원히 비밀에 붙일 수 있을 테니까. 하지만 그게 아니라면 적어도 몇 주일 동안은 어떻게 해서든 은신처를 마련할 때까지 결코 돌아오지 않을 생각이니 당분간 생각해야 할 일은 시간을 버는 것이었겠지.

자네가 수집한 노트에서 이 슬픈 사건과 관련한 가장 일반적인 의견은 그녀가 어떤 불량배에게 희생되었다는 말만을 시종일관 되풀이해왔어. 이제 특정 조건 아래 대중의 의견은 무시되어서는 안 되지. 현재의 경우 아무래도 이 불량배 운운하는 '세상의 일반적인 견해'에는 내가 발췌해 온 제3의 사건, 여기에 상세하게 적혀 있는 방계적인 사건이 아주 깊이 관여되어 있는 것 같은 느낌이 들어.

젊고 아름답기로 소문난 마리 로제의 시체가 떠올랐다는 사실 때문에 파리 전체가 흥분했어. 그것도 시체는 확실한 폭행의 흔적이 남아 있는 채 강 위로 떠올랐어. 그런데 한편으로 마리 로제가 살해됐을 것으로 생각되는 그 시각, 아니 거의 비슷한 시각에 그 정도는 덜하지만, 어쨌든 마리 로제가 당했던 것과 비슷한 폭행을 불량배들이 다른 젊은 여자에게 가했다는 사실이 세상에 밝혀졌어. 그렇다면 이미 밝혀진 한 개의 폭행 사실은 아직 밝혀지지 않은 또 하나의 사실에 대한 세상 일반의 판단에 당연히 영향을 주었을 거야. 그러니까 판단은 방향이 주어지기를 기다렸던 거야. 그런데 바로 그때 이 폭행 사건이 기다리기라도 했다는 듯 그 방향을 부여해줬어! 마리 로제의 시체도 강위에 떠올랐고 게다가 이 사건은 바로 그 강에서 일어났어. 그러니까 이 두 사건은 명백하게 연관성이 너무나 뚜렷한 사실이니, 세상이 그것을 발견하고 포착하지 못했다면 그게 훨씬 더 이상한 일 아니겠나.

그런데 실제로는 하나의 폭행이 명백하게 그런 식으로 행해졌다는 사실은, 굳이 그것을 증거라고 한다면 오히려 반대 증거, 즉 거의 동시에 일어난 또 다른 하나의 사건은 결코 그런 식으로 행해지지 않았다는 사실에 대한 증거가 되는 거야. 만약에 한 무리의 불량배가 특정 지역에서 가장 전례 없는 잘못을 저지르는 동안, 또 다른 유사한 불량배들이 같은 지역에서, 같은 도시에서, 같은 상황에서, 같은 수단과 기구를 가지고, 정확히 같은 양상의 잘못을 저질렀어야 했다면, 그것은 참으로 기적이었을 것이네. 정확히 같은 기간에! 그러나 이 놀라운 우연의 일치가 아니라면 대중이 우연히 제안한 의견이 우리에게 믿도록 요구하는 것은 무엇이겠는가?

이야기를 더 진행하기 전에 루르 관문의 덤불에서 암살이 일어난 것으로 추정되는 장면을 생각해 보자고. 이 덤불은 우거진 곳이지만 공공 도로 근처에 있네. 덤불에는 서너 개의 큰 돌이 있었고, 등받이와 발판이 있는 일종의 좌석을 형성했지. 위쪽 돌에서는 흰색 페티코트가 발견되었어. 두 번째는 실크 스카프야. 파라솔, 장갑, 주머니 손수건도 여기에서 발견되었네. 손수건에는 '마리 로제'라는 이름이 새겨져 있었지. 나뭇가지에 옷 조각이 보였고. 지면은 어지럽게 짓밟혔고, 덤불도 부러졌으며, 격렬한 반항의 격투가 있었다는 증거가 역력했어.

언론 매체는 이 덤불의 발견으로 사건을 바로 크게 다뤘어. 그리고 이것이야말로 폭행의 현장임이 틀림없다는 식으로 모두가 생각하게 됐어. 하지만 만장일치에도 불구하고 의심할 아주 좋은 이유가 있음을 인정해야 해. 그것이 정말 살해 현장인지 그것을 믿고 안 믿고는 나중에 생각할 문제야. 어쨌든 믿을 수도 있고 믿지 않을 수도 있지만 의심할 만한 충분한 이유가 있어.

가장 먼저, 만약 진짜 현장이, 「르 커메르시에르」가 보도한 것처럼 파비 생 앙드레 가 근처에 있었다면, 범죄의 가해자들은 여전히 파리에 거주하고 있다고 가정하고 대중의 관심은 자연스럽게 공포에 휩싸였을 거야. 그렇다면 이번에도 당연히 그들 중 누군가가 어떻게 해서든 시체를 다른 곳으로 돌리도록 손을 쓸 필요가 있다고 생각할 수 있어. 따라서 루르 관문의 덤불은 이미 의심받았고, 「르 솔레유」의 억측이 난무하는 기사는 시체가 덤불 속에서 며칠 이상 있었다고 가정하지만, 실제 증거는 없네.

그와 반대로 「르 솔레유」는 오히려 그 유품이, 문제의 일요일부터 아이들이 발견한 오후까지 20일 동안 '비로 인해 지독하게 곰팡이가 피었고, 곰팡이 때문에 밀착되어 있었다. 주위의 풀은 유품 중 일부의 위로 자랐다. 파라솔의 비단은 튼튼했지만, 안쪽의 실은 짓물렀고 접혀서 이중으로 되어 있던 표면은 온통 곰팡이가 피어 썩었으며 열었을 때 찢어졌다'라고 말했어. 그런데 먼저 풀에 대해서 살펴보자면 '풀이 일부 유품의 위로 덮여 있었다'라는 건 결국 두 아이의 말, 따라서 기억에 의해서 확인된 것에 지나지 않아. 당연한 이야기 아니겠나? 아이들은 다른 사람이 보기 전에 그것들을 들고 집으로 갔을 테니 말이야. 그런데 풀은 따뜻하고 습한 날씨에 하루에 2~3인치 정도는 얼마든지 자랄 수 있어. 시험 삼아 이제 막 심은 잔디에 파라솔을 놓아 보게 일주일만 지나도 자라난 풀에 완전히 파묻혀서 시야에서 완전히 가려질 수 있어. 그리고「르 솔레유」의 편집자가 방금 인용한 짧은 문장에서 그가 정말로 이 곰팡이의 본질을 모르는 게 아닐까 하는 생각이 드네. 그것이 여러 종류의 곰팡이 중 하나이며, 일반적인 특징은 하루 동안 발아하고 곧 사라지고 마는 수많은 균류 중 하나라는 건데 그것조차도 모르는 것 같아.

따라서 이런 이유로 유품들이 '적어도 3,4주 동안' 덤불 속에 있었다는 판단을 뒷받침할 증거로 들고 있는 사실은 증거라고도 할 수 없는 터무니없는 것임을 금방 알 수 있어. 한편 유품들이 문제의 덤불 속에 일주일 이상 —더 오랜 기간, 즉 어떤 일요일에서부터 다음 일요일이 지난날까지— 그대로 있었다고 믿기는 매우 어려운 일이야. 파리 주변에 대해서 조금이라도 아는 사람이라면 교외로 멀리 나가지 않는 한 인적 드문 장소를 찾아내는 게 얼마나 어려운 일인지 잘 알거야. 파리 근교의 숲에서 사람의 발길이 닿지 않은 곳, 사람들이 그다지 찾지 않는 장소조차도 도저히 상상할 수가 없어.

예를 들어 마음속으로는 자연을 좋아하면서도 생계 때문에 어쩔 수 없이 대도시의 먼지와 더위에 묶여 있는 사람들이라면 누구든지, 평일에도 우리를 둘러싸고 있는 자연의 아름다움 속에서 고독에 대한 갈증을 해소하려고 시도하지. 그러나 가는 곳마다 모습을 드러내는 미심쩍은 사람들이나 술을 마시며 떠들어대는 불량배의 모습 때문에 자연에 대한 갈증은 식고 말 거야. 이렇게 깊은 숲이라면 괜찮을 것이라며 고독을 맛보려 하지만 그것도 헛수고야. 이쪽 숲에는 거친 녀석들이 득시글거리고 저쪽 숲에는 신성함과 거리가 먼 신전이 서 있으니까. 결국 기분이 나빠져 다시 오욕의 파리로 돌아오지. 똑같이 더러운 물웅덩이라도 전체적으로 더럽혀진 도시가 낫다고 생각할 거야. 평일의 파리 교외조차도 그런데 하물며 안식일에는 그게 얼마나 심할지를 생각해 보게.

일요일이 되면 도시의 불량배들이 노동 의무에서 해방되지. 평소에 억눌렀던 욕망을 범죄를 통해 풀려고 교외로 몰려들어. 물론 자연이 좋아서 몰려드는 게 아니야. 그런 건 마음속으로 경멸하고 있어. 사회의 구속과 습관에서 해방되기 위해서 찾아드는 것뿐이야. 신선한 공기나 푸른 숲을 원하는 게 아니야. 시골의 완전한 자유, 방종을 찾아서 오는 거야. 그들은 신선한 공기와 푸른 나무를 원하지 않아. 여기, 길가의 여관에서 또는 숲의 나무 아래에서 함께할 동료들을 제외하고는 어떤 눈에도 띄지 않고 자유와 럼주를 통해 끝없는 방탕을 즐기려 하지. 그러니까 문제의 유품들이 파리 주변의 어떤 덤불 속이든 일요일에서부터 일요일까지, 아니면 그보다 더 오래 발견되지 않은 채 있었다면 기적에 불과한 것으로 간주되어야 하네.

그러나 그 유품들이 실제 현장으로부터 사람들의 주의를 돌리려고 일부러 덤불 속에 놓았다고 의심하는 것은 다른 근거가 있기 때문이야. 먼저 그것이 발견된 날짜를 생각해 봐. 그 날짜와 내가 여러 신문에서 수집한 내용 중 다섯 번째로 적은 것을 비교해 보세. 자네는 눈치챘겠지만, 이 긴급 투고가 석간신문에 보내진 직후에 그 유품들이 발견됐어. 이러한 의사소통은 다양한 출처에서 나온 것으로 보이지만 모두 같은 지점, 즉 분노의 가해자인 불량배와 그 장소인 루르 관문 근처라는 사실에 모든 이목을 집중시키려는 것 같네. 물론 그렇다고 해서 이 투서의 영향으로 아니면 투서 때문에 세상 사람들의 시선이 그쪽으로 쏠린 결과 유품이 아이들에 의해 발견되었다고 말하려는게 아니네. 그러나 그 유품들이 이전에 덤불 속에 있지 않았기 때문에 아이들이 그 유품들을 발견하지 못했다는 의심이 들었을 수도 있고 또 그랬을 수도 있어. 결국 그것은 훨씬 나중에 이 일련의 투서와 같은 시기 혹은 그보다 조금 앞선 시각에 투서를 보낸 사람이자 범인이기도 한 사람에 의해서 그 장소에 놓인 게 아닐까 하는 의문에는 타당성이 충분하네.

이 덤불은 정말 놀랄 정도로 기묘한 덤불이네. 가장 눈에 띄는 건 비정상적으로 우거졌다는 거야. 자연적으로 벽으로 둘러싸인 울타리 안에는 등받이와 발판이 있는 좌석처럼 보이는 특별한 돌이 세 개 있어. 그리고 자연 예술로 가득 찬 덤불 가까이에는 유품을 발견한 아이들의 집. 드류크 부인의 집이 있어. 그런데 아이들은 사사프라스의 껍질을 줍기 위해 덤불 주위을 샅샅이 뒤지며 다니는 습관이 있다고 말했어. 그렇다면 아이들 중의 누군가가 그 나무 그늘 밑에 있는 공터로 들어가거나 돌로 만들어진 천연의 왕좌에 앉지 않았던 날은 단 하루도 없었을 거야. 이 문제에 대해서 내기해도 좋네. 이런 정도의 내기에 망설인다면 그건 어린 시절을 경험하지 못했던 사람이거나, 동심을 완전히 잃어버린 사람이야. 거듭 말하지만 어떻게 그 유품들이 하루나 이틀보다 더 오랜 기간 발견되지 않은 채 이 덤불 속에 남아 있을 수 있었는지 이해하기가 매우 어려워. 따라서 「르 솔레유」의 독단적인 무지에도 불구하고 그것들이 발견된 곳에 비교적 늦게 놓인 것이라는 가설은 의심할 충분한 근거가 있네.

이제 그 유품들의 매우 인위적인 배열에 대해 알아줬으면 해. 위쪽 돌에는 흰색 페티코트가 놓여 있고, 두 번째에는 실크 스카프 · 파라솔 · 장갑 · '마리 로제'라는 이름을 새긴 주머니 손수건이 여기저기 흩어져 있었다고 하고, 이건 머리가 별로 좋지 못한 사람이 자연스럽게 떨어진 것처럼 보이기 위해서 물건을 놓을 때 쓰는 아주 전형적인 방법이야. 그런데 실제로는 아주 자연스럽지 못한 형태였어. 나 같았으면 그 유품들을 땅에 던져버리고 짓밟았을 거야.

그 좁은 덤불 안에서 범행이 자행되고 범인들은 페티코트와 스카프 이리저리 휘둘렀을 텐데 돌 위에 떡하니 놓여 있다니 과연 그게 있을 수 있는 일일까? '범행의 격투가 벌어진 흔적이 있고 지면은 어지럽게 짓밟혔고, 덤불은 엉망진창이 되었다'라고 했지? 그런데 페티코트와 스카프만은 책상 위에 올려놓기라도 한 것처럼 놓여 있었다는 거야. 그리고 '가시나무에 찢겨 걸려 있던 옷 조각은 폭 3인치 길이 6인치 정도 됐는데 그중 하나는 윗도리의 끝자락으로 수선한 흔적이 있었다.

모두 강한 완력에 의해서 찢겨진 것처럼 보였다'라고 했지? 그런데 여기에 대해서도 「르 솔레유」는 애매하기 짝이 없는 말을 사용하고 있어.

물론 기사의 내용대로 조각은 마치 '찢어진 것'처럼 보였겠지. 그것도 일부러 손으로 찢어낸 것처럼 말이야. 지금 여기서 문제되는 것처럼 옷의 일부가 가시나무 때문에 찢겨지다니 그건 절대로 있을 수 없는 일이라고 할 수 있어. 그와 같은 천에서 일부를 찢어내려면 서로 다른 방향으로 작용하는 명확한 두 개의 힘이 있어야만 해. 물론 양쪽 끝이 두 개 존재하는 헝겊의 경우에는, 가령 손수건이 여기에 해당하는데, 거기서 길고 얇은 조각을 떼어내고 싶다면 오직 그럴 때만은 하나의 힘으로도 충분하지.

하지만 지금 문제되는 것은 옷, 그러니까 끝이 한군데밖에 없는 경우야. 그런데 그걸 끝자락도 아닌 한가운데서부터 일부를 가시나무의 힘으로 찢어 내다니 기적이라도 일어나지 않는 한 있을 수 없는 이야기고, 가시나무 한 그루 때문에 절대로 그렇게 되지는 않아. 옷의 끝부분이라 할지라도 찢어지려면 역시 가시나무 두 그루가 필요해. 한 그루는 뚜렷하게 다른 두 방향으로 작용하고 또 다른 한 그루가 하나의 방향으로 작용하지 않으면 안 돼. 그것도 옷의 끝에 박음질을 하지 않았다는 가정하에서만 비로소 성립되는 이야기지. 끝부분에 박음질을 했다면 처음부터 문제 삼을 필요도 없어.

이런 말을 들었다면 거짓말도 좀 작작하라고 말해도 상관없을 거야. 그런데 이러한 사정만을 종합해서 생각해도, '그래, 듣고 보니 이상한 생각이 들기도 하는군'이라며 충분히 의심할 만한 것들 투성이지만, 그보다 훨씬 더 이상한 것은 시체를 옮겨야겠다고 생각했을 정도로 용의주도한 범인들이 왜 그런 유품을 덤불 속에 던져 놓았나 하는 놀라운 사실이야. 여기서 한 가지 말해 두겠는데, 그 덤불은 폭행의 현장이 아니라고, 내가 주장한다고 생각한다면 그건 어처구니없는 오해야. 틀림없이 거기서 폭행이 일어났을지도 모르고, 아니 그보다 더욱 가능성이 높은 건 델뤼크 부인의 집에서 어떤 일이 일어났는지도 모른다는 거지만. 그건 아무래도 상관없는 사소한 문제야. 우리가 해야 할 일은 사건이 일어났던 현장을 밝혀내는 게 아니야. 범인을 밝혀내는 거지.

지금까지 내가 한 이야기는 극히 세세한 부분까지 다루고 있었을지도 몰라. 하지만 그 목적은 첫 번째로, 「르 솔레유」의 성급하고 독단적인 주장이 얼마나 어리석은지를 논증하기 위해서였고 또 다른 하나, 아니 사실은 오히려 이게 더욱 중요한 목적이었는데, 그건 살인이 과연 불량배의 짓인지 그 문제를 자네가 다시 한번 자연스러운 과정을 통해서 의심해 보기를 바랐기 때문이야.

우리는 심문을 통해 알게 된 외과의의 어리석은 세부 사항 보고부터 살펴보기로 하세. 거기에 대해서는 이미 발표된 범인의 숫자에 관한 그 사람의 추론, 조금이라도 이름이 알려진 해부학자라면 터무니없고 전혀 근거도 없는 망언이라며 비웃음거리로 삼을 사실만으로도 충분할 거야. 그 문제가 추론되지 않았을 수도 있다는 것이 아니라 추론을 위한 근거가 없었다는 거야.

이제 '격투의 흔적'을 생각해 보고 이 흔적들이 무엇을 보여 주려고 했는지 묻고자 하네. 한 무리의 불량배 그 불량배와 격투가 벌어졌다는 것을 믿을 수 있겠나? 그렇다면 그것은 오히려 불량배들이 시원찮은 무리라는 뜻이겠지. 무기도 아무것도 가지고 있지 않은 연약한 처녀와 한 무리의 불량배라는 녀석들이 싸우는데 격투는 무슨 격투가 있겠는가? 그것도 주위 전체에 '흔적'을 남길 만큼 격렬한 격투가. 억센 남자의 팔뚝 두어 개로 말없이 휘어잡으면 그것으로 모든 일은 끝났을 거야. 피해자를 완전히 자기들 뜻대로 가지고 놀았을 거야. 이쯤에서 잘 생각해봐 할 것은 '덤불'은 절대로 폭행의 현장이 아니라는 사실에 대해서만 성립된다는 말이지. 만약 단 한 사람의 범인에 의한 것이라고 상상한다면 이번에는 반대로 뚜렷하게 '흔적'을 남길 격렬하고 집요한 격투도 충분히 생각할 수 있으며 바로 그렇기에 단독 범행이라고밖에 달리 생각할 길이 없어진다는 거야.

그리고 다시, 나는 문제의 유품이 발견된 덤불 속에 떨어진 채 계속 있었다는 사실 그것 때문에 오히려 수상하다고 생각해야만 하는 이유에 대해서 이미 말했지. 제거하기에 충분한 시간이 있었지만 유품이 눈에 띄게 놓여 있었다는 거야. 이것은 불량배의 사고가 아니야. 우리는 그것을 개인의 사고로만 상상할 수 있어.

자, 생각해보자고. 한 남자가 살인을 저질렀어. 그는 죽은 망령과 단둘이 남게 됐지. 눈앞에 꼼짝도 하지 않고 놓여 있는 시체에 경악한다, 그의 열정의 분노는 끝났고, 마음속에는 그 행위에 대한 자연스러운 경외심을 위한 충분한 공간이 남았지. 그는 죽은 자와 홀로 있어. 그는 떨고 어리둥절하지. 그러나 시체를 처리해야 할 필요성이 있어. 그는 그것을 강으로 가져가지만 다른 죄의 증거를 뒤에 남겨 두지. 모든 범죄의 증거를 전부 남겨 두고 온다? 아니, 나중에 치우러 갔다면 그렇게 어려운 일은 아니었을 거야. 그런데 힘들여 강까지 가는 동안 공포심이 더욱 깊어졌어. 앞으로 나아가는 길의 사방에서 도시의 불빛조차도 그를 두렵게 하지. 깊은 고뇌 때문에 몇 번이나 발걸음을 멈추고 강의 벼랑 끝에 도달했겠지. 그리고 기분 나쁜 물건의 처치도, 아마도 보트에 실었을 것으로 보이는데, 간신히 생각대로 해치웠어.

그런데 그때부터가 문제야. 제아무리 값진 보석을 준다 해도 그 외로운 살인자가 힘들고 위험한 길을 넘어 덤불과 피를 식히는 기억으로 돌아오도록 촉구할 힘을 가지고 있을까? 그는 그 결과가 어떠하든지 내버려 두지. 그는 돌아오고 싶어도 돌아올 수 없었어. 그의 유일한 생각은 즉각적인 탈출이야. 그는 그 무서운 관목에 영원히 등을 돌리고 다가올 진노를 피하듯이 달아나지.

하지만 불량배가 행했다면 어땠을까? 틀림없이 악당이지만 배짱 없는 녀석도 섞여 있을 수 있지. 하지만 여러 명이 가담했기에 그들에게 자신감을 불어넣었을 거야. 불량배들이란 대체로 무뢰한 악당들의 모임이지. 여기서 내가 하고 싶은 말은 그들의 숫자는 내가 상상했던 비이성적인 공포를 막았을 거야. 그리고 한 사람, 두 사람, 혹은 세 사람까지가 깨닫지 못한 것이라 할지라도 네 번째 사람이 깨달을 것이기 때문에 유품을 남기는 일은 없을 거야. 왜냐하면 사람이 많으면 한 번에 전부 옮길 수 있기에 그것을 치우러 돌아올 필요가 없었을 테니까.

이제 '시체의 겉옷이 발견되었을 때 너비가 약 1피트인 옷 조각이 밑단에서 허리까지 위로 찢어져 허리에 세 번 감겨 있고 등에 일종의 걸쇠로 고정되어 있었다'라는 상황을 생각해 보자고. 이것은 틀림없이 시체를 운반할 수 있는 손잡이로 쓰려고 묶어 놓은 거야. 그런데 범인이 여러 명이었다면 과연 그런 생각을 했을까? 서너 명만 있으면 시체의 손발을 들어 충분히 옮길 수 있을 뿐만 아니라 오히려 그게 가장 좋은 방법이 아닐까? 따라서 그건 틀림없이 혼자 있는 사람이 해낸 생각일 거야. 그랬기 때문에 당연히 생긴 결과가 '덤불과 강 사이에 있는 목책에 쓰러진 부분이 있었으며 지면에는 무거운 짐을 끌고 간 것 같은 흔적이 뚜렷하게 남아 있었다'는 것이지. 그러나 많은 사람이었다면 울타리를 허무는 불필요한 수고를 들였을까, 순식간에 울타리 너머로 들어 올릴 수 있는 시체를 끌고 갈 목적으로?

여기서 우리는 「르 커메르시에르」의 기사를 언급해야 해. 내가 이미 어느 정도 논평한 관찰이야. 이 잡지에 따르면 '불행한 그녀의 페티코트 한 조각이 찢어져 턱 밑과 뒤통수에 묶여 있었는데, 아마도 비명을 지르지 않기 위해서였을 것이다. 이것은 주머니에 손수건이 없는 동료들에 의해 행해졌다.' 이것은 조금 전에 내가 했던 말인데 진짜 악당 중에서는 손수건을 가지고 있지 않은 사람은 절대 없어. 「르 커메르시에르」가 상상하는 것과 같은 목적에 사용한 것이 결코 아니라는 점만은 확실하다고 할 수 있어. 문제의 헝겊은 폭이 18인치야. 따라서 천이 모슬린이었다고 하지만 접거나 구기면 꽤 튼튼한 끈이 돼. 그리고 발견된 것이 바로 그런 상태였다고 해. 따라서 나는 이렇게 추정하고 있어. 범인은 한 사람이었고, 그 시체를 앞서 말한 것처럼 허리에 묶은 천을 이용해 ─덤불에서든 다른 곳에서든─ 어느 정도 거리를 두고 운반하다가 너무 무거워서 끌기로 결심했지. 증거는 그것이 끌려갔다는 것을 보여 주고 있어. 이제 살인자는 의심할 여지없이 허리에 감겨 있는 붕대를 생각했어.

하지만 델뤼크 부인의 증거는 어떻게 되는 거지? 특히 그 증언은 살인이 있었던 시간 내지는 그 무렵 덤불 근처에 불량배가 있음을 지적하고 있는 게 아닌가. 나도 인정해. 이 비극이 일어난 시기나 그 무렵에 루르 관문 부근에 델뤼크 부인이 묘사한 것과 같은 불량배 열두 무리가 있었을지도 몰라. 그런데 조금 때늦은 게다가 의심스럽기까지 한 증언 말인데 델뤼크 부인의 비위를 심하게 건드린 한 무리의 불량배란 게 오로지 한 무리의 불량배들일뿐, 그러니까 그 솔직하고 자세하지 못한 부인의 말에 의하면 그녀의 가게에서 과자를 먹고 브랜디를 마신 뒤 한 푼도 치르지 않고 떠나버린 불량배들일 뿐이야. 바로 그것 때문에 화가 난 거지.

그러나 델뤼크 부인의 정확한 증거는 무엇이란 말인가? '악당 무리가 나타나 난폭하게 행동하고 대가를 치르지 않고 먹고 마신 다음 청년과 처녀의 길을 따라 황혼 무렵 여관으로 돌아와 서둘러 강을 건넜다.'

이제 이 '대단한 서두름'은 델뤼크 부인의 눈에는 더 서두르는 것처럼 보였을 것인데, 왜냐하면 그녀는 오직 조금 전에 먹은 과자, 술에 대한 것, 맞아 그녀는 그래도 아직 돈을 받을지도 모른다는 희망 정도는 품고 있었을 테니까. 따라서 꽁하게 그 일에 대해서만 원망하고 있었을까? 밤은 가까워 오고, 폭풍이 올 것 같고, 게다가 조그만 배로 넓은 강을 건너야 하니 제아무리 불량배라 하더라도 서두르는 건 당연한 일이 아닌가? 조금도 이상할 게 없어.

나는 밤이 가까워지고 있다고 말했어. 즉 아직 밤은 오지 않았다는 말이야. 무슨 말인지 알겠나? 그 불량배들이 이상하게 서두르는 듯한 모습으로 냉정한 델뤼크 부인의 기분을 상하게 한 것은 그저 저물녘이었어. 그런데 그의 장남이 '여관 부근에서 여자의 비명을 들었다'라고 한 것은 바로 그날 밤이었지. 실제로 그녀는 문제의 비명이 들려왔던 밤의 시각을 어떤 말로 표현했지? '어두워진 지 얼마 되지 않아서'라는 건 어둡다는 말이야. 하지만 '저물녘'이라는 건 아직 대낮이야. 따라서 불량배들이 루르 관문을 떠난 것은 볼 것도 없이 델뤼크 부인이 비명을 들은 것보다 전이라는 사실이 명백해. 그리고 이 문제의 전후 관계를 나타내는 말들은 수많은 증언 기사에서도 전부 확실하게 마치 내가 지금 자네와 이야기에서 사용하고 있는 것처럼 구분지어 사용되고 있는데, 어떻게 된 일인지 이 커다란 차이를 지금까지 어떤 신문이나 경찰도 깨닫지 못하고 있어.

불량배에 대한 논쟁에 한 가지만 덧붙이겠네. 이것은 내 이해 영역 안에서는 아주 결정적인 중요성이 있어. 커다란 현상금이 걸린 데다 공범을 증언하기만 하면 무죄 방면을 해주겠다는 조건이 있다면, 어떤 무리에서도 마찬가지지만, 특히 저급한 불량배 사이에서는 틀림없이 누군가가 벌써 공범자를 배신하고 밀고했을 거야. 그러지 않았다면 그것이 오히려 이상하지. 그런 위치에 있는 불량배들은 각자가 상금을 타고 싶다거나, 죄를 벗어버리고 싶다는 마음보다도 오히려 밀고를 당할지도 모른다는 사실을 두려워하는 마음이 더 큰 법이거든. 그래서 먼저 밀고를 당하지 않도록 기선을 제압하기 위해 자신이 먼저 밀고자가 되는 거지. 그러니까 비밀이 누설되지 않았다는 것은 그것이 실제로 비밀이라는 가장 좋은 증거이지. 이 어둠 속에서 일어난 공포는 살아 있는 한두 사람 그리고 신에게만 알려져 있어.

이제 우리의 오랜 분석의 미미하지만 확실한 결실을 요약해 보세. 우리는 델뤼크 부인의 집안이나 루르 관문의 덤불이 폭행의 현장이며, 범인은 피해자의 애인이나 매우 친하게 지내던 비밀스러운 사람이라는 것을 알고 있네. 이 동료는 안색이 거무스름해, 이 안색, 붕대가 말해주는 '장애', 보닛 리본을 묶은 '선원의 매듭'은 모두 선원을 가리키지. 그리고 그 남자가 피해자 —몇 번 바람을 피운 일은 있지만 결코 비천하지 않은 처녀 아닌가?— 와 교제하고 있었다는 것은 그가 평범한 선원이 아니라 계급이 더 높은 사람이라는 사실을 나타내고 있네. 이 점에 관해서는 신문사에 보낸 긴급 투서라는 것, 그것의 훌륭한 필적이 충분한 증거가 될 수 있을 거라고 생각하네. 「르 메르퀴르」가 언급했듯이 첫 번째 도피의 상황은 이 선원의 생각과 불행한 사람들을 범죄로 이끈 것으로 알려진 '해군 장교'의 생각을 혼합하는 경향이 있네. 그리고 얼굴빛이 검은 사람이 끝내는 나타나지 않았다는 사실이야.

덧붙이겠는데 그 사람의 얼굴빛은 아주 검을 거야. 발랑스도 그렇고 델뤼크 부인도 그렇고 두 사람 모두 거의 그 사실밖에 기억하지 못

하고 있다 하니 검어도 보통 검은 게 아니었다고 생각해도 좋을 거야. 그건 그렇다 치고, 이 사람은 왜 나타나지 않는 것일까? 그는 불량배에게 살해당했을까? 그렇다면 왜 암살된 처녀의 흔적만 남았을까? 두 개의 폭행 현장은 당연히 한곳이라고 생각해도 좋을 거야. 그렇다면 시체는 대체 어디로 간 것일까?

범인들은 당연히 두 개 모두 같은 방법으로 처리했을 텐데. 단 한 가지 가능성은 생각해 볼 수 있지. 이 사람은 살아 있으며 살인 혐의로 기소되는 것에 대한 두려움 때문에 자신을 알리는 것을 단념했다고 말할 수 있어. 이 고려는 그가 마리 로제와 함께 있는 것을 보았다는 목격자의 증언에 의해서 확실하게 알려졌으니까. 이 사실이 폭행 사건 당시였다면 아무런 문제가 되지 않았을지도 몰라. 만약 범인이 아니라면 무엇보다도 먼저 폭행을 곧바로 알리는 일 그리고 범인이 몇 명이었는지 명확하게 밝히는 데 조금이나마 힘을 보탤 수 있었을 테니까. 이런 정도의 사실은 틀림없이 생각해낼 수 있었을 거야. 문제의 일요일 밤 그가 직접 폭행에 가담하지 않았고 폭행이 있었다는 것조차도 몰랐을 가능성은 전혀 없을 테니까. 그렇게 실제로는 그가 살아 있으면서도 범인을 적발하기 위해 나타나지 않았다는 것은 그런 사정밖에 달리 생각할 길이 없으니까.

그렇다면 대체 어떻게 해야 범행의 진상을 밝혀낼 수 있을까?

먼저 이 사건을 밑바닥까지 가려 보자고. '장교'의 전체 이력과 그의 현재 상황과 살인 당시의 정확한 행방을 알아볼 필요가 있어. 다음으로 불량배들에게 죄를 뒤집어씌우기 위한 목적이 있는, 저녁 신문에 보낸 다양한 기사들을 서로 주의깊게 비교해 보자고. 그것이 끝나면 그보다 앞서 조간신문에 보낸 투서와 대조해서 문체와 필적을 비교해 보는 거야. 그 작업도 끝나면 이번에는 그 투서들을 장교의 필적임에 틀림없는 무엇인가와 비교해 보는 거야. 다음에는 델뤼크 부인과 아이들 그리고 승합마차의 마부 발랑스까지 거듭 심문해서 그 '얼굴빛이 검은 남자'의 풍채, 태도 등에 관한 것을 더 확실하게 해둘 필요가 있어. 질문만 제대로 한다면 그들 중 누군가에게서 이 점에 대한 —또는 다른 당사자— 그들 자신도 깨닫지 못한 지식을 이끌어 낼 수 있을 거야.

이제 6월 23일 월요일 아침에 바지선의 뱃사람이 발견했다는 배를 추적해 보세, 그리고 시체가 발견되기 전 키도 달지 않은 채 지키던 사람도 모르는 사이에 도둑맞았다는 배 말인데, 그 배를 끝까지 찾아봐야 할 거야. 신중하게 끈기를 가지고 찾다 보면 그건 틀림없이 찾아낼 수 있을 거야. 왜냐하면 그걸 처음 발견한 뱃사람에게 보이면 바로 알아볼 수 있을 거고, 키도 그쪽에서 틀림없이 가지고 있을 테니까. 양심에 꺼리는 게 조금도 없을 때의 얘기지만. 여기서 한 가지 의문이 생기는데, 배를 발견했다는 사실에 대한 광고 같은 건 단 한 줄도 없었어. 그러니까 조용히 바지선 사무실로 인도되었다가 조용히 제거된 거야. 그 배의 선주나 고용주는 어떻게 월요일에 인수된 배의 지역에 대해 알게 되었는가?

단 한 사람의 암살자가 시체를 해안으로 끌고 갔다고 말하면서 나는 이미 그가 배를 이용할 가능성을 제시했네. 이제 우리는 마리 로제가 배에서 강으로 버려졌다는 것을 이해해야 하지. 당연히 그랬을 거야. 시체를 해안의 얕은 물에 맡길 수는 없었어. 희생자의 등과 어깨에 있는 독특한 자국은 배 바닥의 뼈대를 이루는 부분에 닿아서 생긴 거야. 시체가 무거운 추가 없이 발견되었다는 것도 그 생각을 뒷받침해. 강가에서 던져 넣은 것이라면 틀림없이 추를 달았을 것이라고 생각돼. 그런데 그걸 달지 않았다는 건 배를 띄우기 전에 범인이 급히 서두르느라 준비하는 것을 잊었다고밖에 달리 설명할 길이 없어.

시체를 막 집어던지려고 했던 순간에는 준비가 부족했다는 사실을 깨달았겠지. 하지만 그때는 달리 손쓸 방법이 없었어. 그 끔찍한 강가로 되돌아가느니 차라리 어떤 위협이라도 감수하겠다고 생각했을 거야. 그리고 기분 나쁜 시체를 처리한 뒤에는 급히 서둘러서 도시로 돌아왔을 거야. 그런 다음 인적이 드문 선창에서 뭍으로 뛰어올랐을 거야. 그런데 과연 그 순간에 배를 묶었을까? 너무 서둘렀기 때문에 배를 묶을 여유 같은 것은 전혀 없었을 거야. 그리고 어쩌면 선창에 묶어놓는다면 일부러 불리한 증거를 남기는 걸지도 모른다고 했을지 모르지. 범인이 생각했던 것은 당연히 범죄에 관계가 있어 보이는 것은 가능한 한 없애버리자고 생각했을 거야. 선창에서 도망쳐야 했을 뿐만 아니라 그런 곳에 배가 남아 있다는 사실도 견딜 수 없었을 테니까.

틀림없이 그는 그것을 표류시켰을 것이야. 우리의 상상을 더 진전시켜 보세. 아침에, 비참한 이 사람은 그가 틀림없이 출퇴근을 위해 싫어도 지나다니는 바로 그곳에 묶여 있는 것을 보고 말할 수 없는 공포심을 느꼈을 거야. 다음 날 밤 그는 감히 방향타를 요구하지 않고 그것을 제거했어. 이제 방향타 없는 배는 어디에 있을까? 그것이 우리의 첫 번째 목적이야. 우리가 그것을 발견한다면 우리의 성공에 서광이 비치기 시작할 거야. 그 배를 단서로 거슬러 올라가면 틀림없이 우리도 놀랄 만큼 먼 길을 돌아서 그 운명의 일요일의 깊은 밤에 배를 이용한 사람에게까지 자연스럽게 닿을 수 있을 거야. 확증이 확증을 불러서 결국 범인은 저절로 추적될 거야."

내 마음속에는 초자연에 대한 믿음이 없다. 자연을 만든 신이 자연을 마음대로 제어하거나 수정할 수 있다는 데도 의심의 여지가 없다. 내가 '마음대로'라고 말한 것은 그 문제는 의지에 관한 것이지 논리의 광기가 가정하듯이 권력에 관한 것이 아니기 때문이다. 신이 그의 법칙을 수정할 수 없다는 것이 아니라, 우리가 수정의 필요성을 상상하면서 그를 모욕하는 것이다. 그 기원에서 이러한 법칙은 미래에 있을 수 있는 모든 우발적 상황을 포함하도록 만들어졌다.

거듭 말하겠는데 나는 이러한 일들을 단지 우연의 일치라고 생각한다. 더 나아가 내가 이야기하는 바에 따르면 불행한 여자인 메리 세실리아 로저스의 운명과 그 운명이 알려진 한 그녀 일생의 어느 시기까지 마리 로제의 운명 사이에는 그 이유가 당혹스러울 만큼 놀라운 평행선이 존재했다는 것을 알 수 있다. 그러나 방금 언급한 시대의 마리 로제에 대한 슬픈 이야기를 진행하고 그녀를 둘러싼 미스터리를 추적하면서 평행선의 확장을 암시하거나 심지어 파리에서 암살자를 발견하기 위해 채택된 조치 또는 유사한 방법은 또 다른 범죄를 낳을 것이다.

왜냐하면 두 사건의 아주 사소한 사실 차이가 결국에는 두 가지 사건의 과정을 철저히 우회함으로써 가장 중요한 계산 착오를 불러일으킬 가능성도 충분히 고려해야 하기 때문이다. 산술에서 단독으로는 알아차릴 수 없는 과오라 할지라도 그것이 계산 과정의 모든 단계에서 배가되어 가면 결국 참된 답과 터무니없이 다른 결과를 낳게 되는 것과 같은 이치이다. 그리고 기억의 전반부에 대해서도 역시 내가 앞서도 말한 바 있는 확률의 계산조차도 그것이 평행선의 연장이라고 생각해서는 절대로 안 된다는 사실을 보여 주고 있다. 이번 평행선의 경우에는 매우 길고 정확했던 것인 만큼 그것의 연장에 대해서는 한층 더 강경하고 단호하게 금하고 있는 것이다. 다시 말하자면 이것은 언뜻 보기에 수학 이외의 수학과는 아주 거리가 먼 종류의 사유 작용에 의한 문제인 것처럼 보이지만 사실은 수학자만이 충분히 받아들일 수 있는 변칙적인 명제이다.

예를 들어 주사위를 던진 플레이어가 6을 두 번 연속으로 던졌다는 사실이 세 번째 시도에서 6이 던져지지 않을 가장 큰 확률에 베팅할 수 있는 충분한 이유가 된다는 것을 독자에게 확신시키는 것보다 더 어려운 일은 없다. 이 효과에 대한 제안은 대개 지성에 의해 즉시 거부된다. 이미 완성된 두 번의 던지기, 그리고 지금 절대적으로 과거에 놓여 있는 것이 미래에만 존재하는 던지기에 영향을 미칠 수 있는 것 같지는 않다. 6을 던질 기회는 여느 때와 똑같아 보인다. 결론적으로 나는 현재 나에게 할당된 한계 내에서 이 사건의 전모를 폭로할 수 없

다. 그것은 '이성의 길에서 발생하는 무한한 일련의 실수 중 하나'였다고 말하는 것으로 충분하리라.

심술궂은 님프

인간 정신의 원초적 능력과 충동을 고려할 때 골상학자들은 어떤 성벽(性癖)에 대한 검토를 소홀히했다. 그것이 근원적이고 원초적인 기본 감정으로 엄존함에도 그랬으며 그것을 간과했다는 점에서는 골상학자들 이전의 도학자들도 다를 바 없다. 결국 우리는 예외 없이 그것을 간과해 온 것인데 왜냐하면 이성이 너무 거만하게 굴었기 때문이다. '계시록'에 대한 믿음이든 '카발라'에 대한 믿음이든 —믿는 마음이 결여되어 있어 그 존재가 우리 눈에 띄지 않은 것이다— 그런 충동은 필요 없다고 여겨진 것이다. 그 존재의 필요성을 이해하지 못했던 것이다. 다시 말해서 그러한 원동력이라는 생각이 스스로 형체를 만들어 모습을 드러냈다 해도 그 정체를 이해하지 못했을 것이며 이해할 수도 없었을 것이다. 하물며 인간의 영원한 혹은 현세적인 목적 달성을 위해서 그것이 어떤 도움이 되는지는 전혀 알지도 못했을 것이다.

골상학, 아니 형이상학적 요소를 지닌 모든 것은 선험적으로 날조된 것으로, 그것은 부정하기 어려운 사실이다. 이해형 또는 관찰형 인간보다 지성형 또는 논리형 인간에게서 현저하게 나타나는 것인데 그런 유형의 인간은 우선 스스로 의도라는 것을 제멋대로 상정하는 것에서부터, 즉 자신의 의도를 신에게 억지로 떠넘기는 일에서부터 시작한다. 이처럼 하느님의 의도를 자기 마음대로 해석한 뒤 그러한 거짓된 의도 위에 무수한 정신 체계라는 것을 구축하는 것이다. 예를 들어 골상학의 문제에서 우리는 먼저 인간이 무언가를 먹어야 하는 것이 신의 설계 때문이라고 자연스럽게 결정했다. 그런 다음 소화기관을 인간이라고 상정하고 이것이야말로 이유 여하를 막론하고 인간에게 음식을 먹게 하는 것이 신의 채찍이라고 주장한다.

다음으로 인간이 자신의 종족을 유지하는 것은 신의 의도라고 결정해 놓은 뒤 성애 기관을 발견한다. 전투성, 이상성, 사색성, 건설성 등에 대해서도 마찬가지로 우선 그와 같은 것을 상정해 놓은 뒤 성벽, 도덕 감정, 순수 지성 등에 관한 여러 기관을 발견하는 것이다. 따라서 스피츠하임 학파와 골상학자가 인간 행동의 원리를 분류할 때 행한 방법은 옳고 그름을 떠나서 전체적으로나 부분적으로나 원리적으로는 조상의 발자취를 그대로 충실하게 따른 것에 지나지 않는다. 즉 모든 것을 인간의 선입견으로부터 그리고 그의 창조주의 대상에 기초하여 추론하고 확립한다.

분류할 생각이었다면 ―분류가 필요한 것이라 가정하고― 인간이 평소 행하는 것을 기초로 분류하는 편이 신이 인간에게 행하기를 바라는 일을 제멋대로 상정하여 그것을 기초로 분류하는 것보다는 훨씬 더 현명하고 안전했을 것이다. 눈에 보이는 신의 과업으로도 신을 이해할 수 없다면 어떻게 그러한 과업을 과업으로 존재하게 하는 신비한 신의 의도로 신을 이해할 수 있겠는가? 우리가 신의 객관적인 피조물에서 신을 이해할 수 없다면 신의 창조 단계에서 어떻게 신을 이해할 수 있을까?

경험적인 귀납법은 골상학이 인간 행동의 선천적이고 원초적인 원리로서 모순된 무엇인가가 존재한다는 사실을 인정하지 않을 수 없을 것이라 생각하지만, 어쨌든 지금은 정확한 명칭도 떠오르지 않으니 그 무엇인가를 '심술궂은 꼬마 악마'라고 해두겠다.

그런데 나의 정의에 의하면 그것은 동기 없는 동인이자 동인 없는 동기다. 그 속삭임을 통해 우리는 이해할 수 있는 대상 없이 행동하는 것인데, 이와 같은 표현이 용어상의 모순이라고 한다면 다음과 같이 말해도 좋을 것이다. 그런 것의 유혹에 따라 우리는 해서는 안 된다는 것을 알기 때문에 하는 것이라고. 이론상으로는 이보다 더 불합리한 이유도 없을 테지만 실질적으로는 이보다 더 유력한 이유도 없을 것이다. 어떤 유형의 인간이 어떤 유형의 상태에 놓였을 때 이것은 절대로 저항할 수 없는 힘을 발휘한다. 이는 틀림없는 사실이라고 나는 망설이지 않고 단언할 수 있는데 어떤 행동이 악이라거나 오류라는 확신이, 아니 그러한 확신만이 우리를 자극해 그 행동을 하게 만드는 유일한 그리고 저항하기 힘든 원동력이라는 사실은 그다지 새삼스러울 것도 없다. 악을 위해서 악을 행하는 다루기 어려운 성격은 분석을 용납하지도 않고 근원적인 요소에 대한 분해도 용납하지 않는다. 그것은 근원적이고 원초적인 그러니까 기본적인 충동인 것이다.

이렇게 말하면 반론이 있을 것이라는 정도는 이미 알고 있다. 어떤 행동을 해서는 안 된다고 느끼기 때문에 —예를 들어 거만한 투로 말함으로써 상대방을 곤란하게 만들어야겠다는 생각이 들어 난처했던 경험을 평생 동안 한 번도 한 적 없다고 말할 수 있겠는가?— 오히려 그것을 할 때 그런 우리의 행동은 골상학에서 말하는 투쟁성에서 유래하는 행동의 변종에 지나지 않는다는 반론. 하지만 조금만 생각해보면 그것은 오류라는 사실을 쉽게 알 수 있다. 골상학적 전투성은 본질적으로 자기방어의 필요성이 있다. 결국 자신의 마음에 호소하는 것이 방금 알아차린 궤변에 대한 최선의 대답이다. 자신의 영혼을 신뢰하고 철저히 질문하는 사람은 문제의 성향의 급진성을 부인하지 않을 것이다.

우리 앞에는 신속히 수행되어야 할 과업이 있다. 우리는 지체하는 것이 파멸적이라는 것을 알고 있다. 우리 삶의 가장 중요한 위기는 즉각적인 에너지와 행동을 요구한다. 우리는 빛을 발하고 우리의 온 영혼이 불타오르는 영광스러운 결과에 대한 기대와 함께 과업을 시작하려는 열망에 사로잡혀 있다. 그것은 오늘 착수되어야 하지만 우리는 그것을 내일로 미룬다. 내일이 오고 그와 함께 우리의 의무를 다해야 한다는 더 참을성 없는 불안이 따라오지만, 바로 이 불안과 함께 또한 이름도 없고 헤아릴 수 없기에 두려운 지체에 대한 갈망도 따라온다.

이 갈망은 점차 힘을 얻는다. 행동의 마지막 시간이 가까워 오면 우리는 우리 안에 있는 갈등 ―무기한과 무기한― 의 그림자와 실체의 폭력으로 떨고 있다. 우리는 헛되이 투쟁한다. 시계가 울리고 오랫동안 우리를 압도한 유령이 사라진다. 우리는 자유롭다. 에너지가 돌아온다. 우리는 이제 일할 것이다. 아, 그러나 너무 늦었다!

　우리는 벼랑 끝에 서 있다. 우리는 심연을 들여다본다. 우리는 아프고 현기증이 난다. 우리의 첫 번째 충동은 위험에서 벗어나는 것이다. 무책임하게 우리는 남아 있다. 우리의 질병과 현기증과 공포는 형언할 수 없는 느낌의 구름 속에 서서히 합쳐진다. 그러데이션된 여전히 눈에 띄지 않는 이 구름은 아라비안나이트의 요술 램프에서 나오는 연기 같은 모양을 취한다. 그러나 벼랑 끝에 있는 우리의 구름 속에서 어떤 천재나 이야기 속의 악마보다도 훨씬 더 무서운 모양으로 자라나는 두려운 생각은 그저 공포의 맹렬함으로 우리 뼛속까지 오싹해지는 망상에 불과하다. 잠깐 동안 어떤 생각의 시도에서든 탐닉하는 것은 필연적으로 길을 잃는 것이다. 우리를 구해 줄 아군이 없거나 심연에서 뒤로 넘어져 갑자기 실패한다면 우리는 곤두박질쳐 멸망할 것이다.

　우리가 원하는 이러한 유사한 행동을 조사해 보면 우리는 그것들이 오로지 비뚤어진 정신에서 비롯된 것임을 알게 될 것이다. 우리는 우리가 해서는 안 된다고 느끼기 때문에 그런 일들을 저지르는 것이다. 우리는 이 비뚤어짐이 악마의 직접적인 선동이라고 생각하지만 사실 거기에는 우리가 이해할 수 있는 원칙이 없다.

　내가 이렇게 오래 떠든 것은 내가 왜 여기에 왔는지를 여러분에게 설명하기 위함이니, 내가 이 족쇄를 차고 이 사형수의 감방에 살게 된 이유를 간단하게나마 알려 주기 위함이다. 내가 이렇게 길게 설명하지 않았다면 여러분은 나를 완전히 오해하거나 다른 폭도와 마찬가지로 나를 미쳤다고 생각했을 것이다. 이제 여러분은 내가 비뚤어진 님프의 셀 수 없이 많은 희생자 중 하나라는 것을 쉽게 알아차릴 것이다.

어떤 행위도 이보다 더 철저한 숙고로 이루어질 수 없었을 것이다. 몇 주 동안 몇 달 동안 나는 살인의 수단에 대해 숙고했다. 나는 발각될 만한 수천 가지 계획을 철회했다. 마침내 프랑스 작가가 쓴 회고록을 읽다가 독이 묻은 초를 통해 감염된 필라우 부인이 치명적인 병에 걸렸다는 이야기를 발견했다. 그 아이디어는 단번에 내 공상을 만족시켰다. 나는 침대에서 책을 읽는 그의 습관을 잘 알고 있었다. 또한 그의 아파트가 좁고 환기가 잘 되지 않는다는 사실도 알고 있었다. 그러나 나는 뻔뻔스러운 세부 사항으로 당신을 괴롭힐 생각이 없다. 나는 그의 침실에 있는 촛대에 어떻게 독을 묻혔는지 그 쉬운 기교를 설명할 필요가 없다. 다음 날 아침 그는 침대에서 죽은 채 발견되었고 검시관의 평결은 "신의 방문에 의한 죽음"이었다.

그의 재산을 물려받은 후 몇 년 동안 모든 것이 잘 진행되었다. 이 일을 다시 조사한다는 이야기는 내 귀에 들리지 않았다. 나에게 유죄 판결이 내려지거나 나를 범죄자로 의심할 단서의 그림자는 단 하나도 남기지 않았다. 나는 절대적으로 안전했고 이러한 생각은 나에게 벅찬 만족감을 주었다. 아주 오랜 기간 나는 이 감정에 빠져 있는 데 익숙했다. 그것은 나의 죄로부터 생긴 모든 단순한 이익보다 더 큰 진정한 기쁨을 주었다. 그러나 이윽고 한 시대가 도래하였고 그때부터 즐거운 느낌은 감지할 수 없는 점진적인 변화로 자라나면서 나를 괴롭혔다. 귀신이 들린 것이다. 나는 한순간도 그것을 떼어낼 수 없었다. 나는 끊임없이 나의 안전에 대해 숙고하고 낮은 음조로 "나는 안전하다"라는 말을 되풀이하게 되었다.

어느 날 거리를 거닐다가 습관적으로 이 문장을 중얼거리다가 정신을 차린 나는 기쁜 마음으로 이렇게 소리쳤다.

"나는 안전하다. 나는 안전하다. 그래 내가 공개적으로 고백할 만큼 바보가 아니라면!"

이 말을 하자마자 얼음처럼 차가운 냉기가 내 마음에 스며들었다. 나는 이러한 사악한 행위에 대해 어느 정도 경험했으며 ─그 경험을 설명하기란 다소 어렵다─ 어떤 경우에도 그들의 공격에 성공적으로 저항한 적이 없다는 것을 잘 기억하고 있다. 그리고 이제 내가 스스로 저지른 살인을 자백할 만큼 어리석을지도 모른다는 우연한 발견이 마치 내가 살해한 그의 유령처럼 나를 대면하여 죽음으로 손짓했다.

처음에는 이 영혼의 악몽을 떨쳐내려고 했다. 나는 힘차게 걸었다. 더 빨리 더 빨리 나는 달렸다. 나는 큰 소리로 비명을 지르고 싶었다. 계속되는 모든 생각의 물결은 새로운 공포로 나를 압도했다. 나는 여전히 걸음을 재촉했다. 나는 미친 사람처럼 붐비는 도로를 뛰어다녔다. 이윽고 사람들이 나를 뒤쫓았다. 그때 나는 내 운명의 완성을 느꼈다. 거친 목소리가 내 귀에 울려 퍼졌다. 나는 숨을 헐떡였다. 잠시 나는 질식의 모든 고통을 경험했다. 나는 눈이 멀고 귀는 먹먹했으며 현

기증이 났다. 그때 어떤 보이지 않는 악마가 넓은 손바닥으로 내 등을 때린 것 같았다. 오랫동안 갇혀 있던 비밀이 내 영혼에서 터져 나왔다.

사람들의 말에 의하면 나는 열에 들뜬 빠른 어조로 이야기를 시작했고, 뚜렷한 발음이지만 지나치게 열정에 차서 누군가 방해할까 봐 두려워하는 것처럼, 그러나 온전한 사법적 유죄 판결을 입증하기에 충분할 만큼의 이야기를 털어 놓은 뒤 정신을 잃고 기절했다. 그런데 왜 내가 더 말해야 하지? 오늘 나는 이 사슬을 차고 여기에 있다! 내일의 나는 족쇄가 없을 것이다! 하지만 어디로?

윌리엄 윌슨

현재로서는 윌리엄 윌슨이라고 말하겠다. 지금 내 앞에 있는 하얀 종이를 나의 본명으로 더럽힐 필요가 없다. 내 본명은 우리 일족의 경멸과 공포와 혐오의 대상이 된 지 이미 오래다. 분노의 바람이 불어와 전례를 찾아볼 수 없는 오명을 세상 끝까지 전달하지 않았던가. 오, 버림받은 모든 사람 중에서 가장 버림받은 자들이여! —너는 영원히 죽지 않았느냐? 그 명예에, 그 꽃에, 그 황금빛 열망에?— 그리고 음침하고 무한한 구름이 당신의 희망과 하늘 사이에 영원히 매달려 있지 않았는가?

나는 지금 이 자리에서 말할 수 없는 비참함과 용서받을 수 없는 범죄에 대한 기록을 구체화하지 않을 것이다. 그 시기는 내게도 갑자기 타락의 깊이를 더해 간 시기였는데, 어쨌든 지금은 그 기원에 대해 이야기하는 것만이 나의 현재의 목적이다. 타락해 간다 할지라도 통상은 서서히 그렇게 되어 가는 법이지만 나의 경우는 순식간에 모든 미덕이 망토처럼 떨어졌다. 비교적 하찮은 사악함에서 나는 거인의 걸음걸이로 엘라-가발루스의 거대함보다 더 큰 곳으로 들어갔다.

어떤 기회가 어떤 사건이 이 사악한 일을 일으켰는지 내가 이야기하는 동안 참아주오. 죽음이 다가온다. 그리고 그를 앞지르는 그림자가 내 영혼에 부드러운 영향을 미쳤다. 나는 희미한 골짜기를 지날 때 내 동료들의 동정심을 —나는 거의 동정심이라고 말했다— 갈망했다. 나는 그들이 내가 어느 정도는 인간이 통제할 수 없는 상황의 노예였다고 믿게 하고 싶었다. 나는 그들이 나를 위해, 내가 이야기하려고 하는 세부 사항에서, 오류의 광야 한가운데서 죽음의 작은 오아시스를 찾기를 바랄 것이다. 나는 —그들이 허락하지 않을 수 없는 것— 유혹이 한동안 크게 존재했을지라도 인간은 결코 그렇게 유혹을 받은 적이 없었고, 결코 그렇게 타락한 적이 없었다는 것을 이해해주기를 바란다. 나는 정말로 꿈속에서 살고 있지 않은가? 나는 지금 모든 환상 중에서 가장 거친 공포와 신비의 희생자로 죽어가고 있지 않은가?

나는 상상력이 풍부하고 쉽게 흥분하는 기질을 가진 종족의 후손이다. 아주 어렸을 때 나는 가족의 성격을 충분히 물려받았다는 증거를 제시했다. 세월이 흐르면서 그것은 더욱 강력하게 발전했다. 여러 가지 이유로 내 친구들에게 심각한 불안의 원인이 되고 나 자신에게도 상처를 입혔다. 나는 성장했고, 가장 거친 변덕에 중독되었고, 가장 통제할 수 없는 열정의 먹이가 되었다. 부모님은 마음이 약하고 나와 비슷한 체질적 허약에 시달렸기 때문에 나를 억제하기 위해 할 수 있는 일이 거의 없었다. 어떤 미약하고 잘못된 노력은 그들의 편에는 완전한 실패를 가져왔고 물론 나에게는 완전한 승리를 가져왔다. 다른 아이들 같았으면 아직도 엄격한 감독하에 있어야 할 나이부터 이미 모든 것이 내 생각에 맡겨졌기 때문에 실질적으로 나는 완전히 내 행동의 주인이 되었다.

학교생활에 대한 가장 오래된 기억은 영국의 안개 낀 마을에 있는 크고 떠들썩한 엘리자베스 시대의 집과 관련 있다. 그것은 꿈과 같고 영혼을 달래는 곳 유서 깊은 구시가지에 있었다. 나는 깊은 그림자가 드리워진 길의 상쾌한 쌀쌀함을 느끼고, 수천 그루 관목의 향기를 들이마시고, 초조한 고딕 양식의 첨탑이 박혀 잠들어 있는 어스름한 분위기의 고요함 위에서 매 시간마다 음침하고 갑작스러운 포효와 함께 부서지는 교회 종소리의 깊고 속이 빈 음표에서 정의할 수 없는 기쁨으로 새롭게 전율했다.

그것은 내가 지금 어떤 식으로든 경험할 수 있는 최대한의 즐거움을 주어 학교와 관심사에 대한 세세한 기억을 깊이 생각할 수 있게 해 줄 것이다. 나는 사소하고 일시적이긴 하지만 몇 가지 떠들썩한 세부 사항의 약점 속에서 안도감을 구한 것에 대해 용서받을 것이다. 더군다나 이것들은 그 자체로 사소하고 심지어 우스꽝스럽기까지 하며, 나중에 나를 완전히 가리게 된 운명에 대한 첫 번째 모호한 암시를 내가 인식하는 시대와 지역에 관련된 것처럼 공상에 맡긴 것이다.

내가 말한 그 집은 낡고 불규칙했다. 땅은 넓었고 모르타르와 깨진 유리로 덮인 높고 단단한 벽돌로 된 벽이 전체를 둘러싸고 있었다. 이 감옥 같은 성벽은 우리 영역의 한계를 형성했다. 그 너머에서 우리는 일주일에 세 번밖에 외출하지 못했는데, 매주 토요일 오후에 안내인 두 명이 참석하여 이웃 들판을 잠깐 산책하는 것이 허락되었고, 일요일에 두 번은 마을의 교회에서 아침과 저녁 예배에 참석하기 위해 똑같은 방식으로 외출이 허락되었다. 이 교회의 교장은 목사님이었다. 깊은 경이로움과 당혹감으로 나는 그가 엄숙하고 느린 발걸음으로 강단에 올라갔을 때 회랑에 있는 우리의 외딴 자리에서 그를 바라보고 싶지 않았다! 너무나 온화한 얼굴, 너무나 광택이 나고 기품이 흐르는 예복, 아주 미세하게 가루가 묻은 가발, 너무나 단단하고 너무나 큰 몸집의 이 목사, 시큼한 얼굴과 코를 킁킁거리는 이 사람이 최근 가혹한 법을 집행한 사람일 수 있을까? 오, 거대한 역설, 너무 괴물 같다!

웅장한 벽의 비스듬한 각도에 달린 깊고 육중한 문은 눈살을 찌푸리게 했다. 거기에는 철 볼트가 박혀 있었고 들쭉날쭉한 철 스파이크로 덮여 있었다. 깊은 경외심의 인상은 얼마나 큰 영감을 주었을까! 이미 언급한 세 번의 정기적인 출입을 제외하고는 문은 열리지 않았다. 그런 다음 그 강력한 경첩이 삐걱거리는 소리에서 엄숙한 말이나 더 엄숙한 명상을 위한 풍부한 신비를 발견했다.

운동장은 평평했고 미세하고 단단한 자갈로 덮여 있었다. 나는 그곳에 나무도 벤치도 그와 비슷한 것도 없었다는 것을 잘 기억한다. 앞에는 다른 관목을 심은 화단이 있었다. 이 거룩한 분열을 겪으면서 우리는 참으로 드문 경우, 이를테면 첫 번째 등교 또는 마지막 등교 때 또

는 어쩌면 부모나 친구가 우리를 부르면 성탄절을 맞아 기쁜 마음으로 집으로 돌아갈 수 있었다.

그러나 그 집은! —이 오래된 건물이 얼마나 고풍스러운가!— 내게는 진실로 마법의 궁전이었다! 그 구불구불한 부분, 이해할 수 없는 미로는 끝이 없었다. 각 방에서 다른 방으로, 오르막이나 내리막에서 옆으로 뻗은 가지는 셀 수 없이 많았고 —상상할 수도 없었으며— 너무나 저절로 제자리로 돌아왔기 때문에, 전체 저택에 관한 우리의 가장 정확한 관념은 우리가 무한에 대해 숙고했던 관념과 크게 다르지 않았다. 이곳에 머무는 5년 동안, 나와 다른 학생 18~20명에게 배정된 작은 방이 어느 외딴 지역에 있는지 정확하게 알 수 없었다.

학교 교실은 그 건물에서 가장 컸다. 그곳에는 매우 길고, 좁고, 뾰족한 고딕 양식의 창문과 끔찍하게 낮은 참나무 천장이 있었으며, 거대한 문이 달린 견고한 구조였다. 다른 각도에는 비슷한 상자 두 개가 있었는데 그중 하나는 영어와 수학을 가르치는 강단이었다. 방 여기저기에는 끝없이 불규칙하게 교차하고 또 교차하는 무수한 벤치와 책상이 있었고, 낡은 책들이 쌓여 있었다. 방의 한쪽 끝에는 물이 담긴 거대한 양동이가 있었고, 다른 한쪽 끝에는 엄청난 크기의 시계가 있었다.

이 유서 깊은 학교의 거대한 벽에 둘러싸여 지루하거나 혐오스럽지 않은 내 인생의 세 번째 광채의 세월을 보냈다. 어린 시절의 충만한 두뇌는 그것을 점유하거나 즐기기 위해 외부 사건의 세계를 필요로 하지 않았다. 겉보기에 음울해 보이는 학교의 단조로움은 사치에서 비롯된 나의 성숙한 젊음이나 범죄에서 얻은 온전한 수컷다움보다 더 강렬한 흥분으로 가득 차 있었다. 그러나 나는 나의 첫 번째 정신 발달이 그 안에 흔하지 않은 것, 심지어 많은 비정상적인 것을 지녔다고 믿었다. 인생의 매우 초기에 일어났던 사건들이 성숙한 나이에 뚜렷한 인상을 남기는 경우는 드물다. 모든 것은 회색 그림자, 즉 약하고 불규칙한 기억, 연약한 쾌락과 환상적 고통의 불분명한 재집합이다. 그러나 나에게는 그렇지 않다.

그러나 사실상 —세상의 관점에서 볼 때— 기억할 것이 얼마나 적었던가! 아침에 깨어나고 밤마다 잠자리에 든다. 암기와 암송, 정기적인 휴식과 놀이, 그 소용돌이, 그 오락들, 그 음모들, 그것들은 오랫동안 잊힌 정신적 마법에 의해서, 감각의 광야, 풍부한 사건의 세계, 다양한 감정의 우주, 가장 열정적이고 정신을 감동시키는 흥분의 우주를 포함하게 되었다. "오, 즐거웠던 시절이여!"

사실 나의 열정, 열의, 오만한 기질은 곧 학교 친구들 사이에서 두드러진 성격으로 만들었고 결국 모든 사람들보다 우월하게 되었다. 이 예외는 한 학생에게서 발견되었는데, 그는 나와 아무런 관계도 없지만, 나와 같은 기독교 성을 가지고 있었다. 따라서 이 이야기에서 나는 나를 윌리엄 윌슨(William Wilson)으로 지칭했는데, 이는 실제와 크게 다르지 않은 가상의 칭호이다.

지상에 최고의 전제정치가 있다면 그것은 소년 시절에 우두머리가 그 동료들의 덜 활기찬 영혼을 지배하는 전제정치일 것이다. 따라서 윌슨의 반란은 내게 가장 큰 당혹감의 근원이었다. 더군다나 내가 공개적으로 그를 대하는 허세에도 불구하고 나는 은밀히 내가 그를 두려워하고 있다고 느꼈고, 그가 그 스스로를 나 자신과 평등하게 생각하는 것을 그의 진정한 우월성의 증거로 생각하지 않을 수 없었다. 그러나 이 우월성 심지어 이 평등은 나 자신 외에는 아무도 인정하지 않았다. 나의 친구들은 어떤 설명할 수 없는 동경에 눈이 멀었기 때문에 그것을 의심조차 하지 않는 것 같았다. 사실 그는 나와 기를 쓰고 경쟁하려 들지 않았다. 겉으로는 내가 이기는 것 같았어도 사실은 그가 교묘하게 져줌으로써 정말 이긴 자는 자기라는 사실을 내가 느끼게 하려는 것 같았다. 나는 이 독특한 행동이 후원과 보호의 천박한 분위기를 가정하는 완전한 자만심에서 비롯된 것이라고 생각할 수밖에 없었다.

아마도 윌슨의 행동에서 우리가 같은 날 입학한 단순한 우연이 학교의 상급생들 사이에서는 우리가 형제라는 개념을 떠오르게 했을 것이다. 이들은 대개 후배들의 일에 대해 엄격하게 묻지 않는다. 나는 윌슨이 우리 가족과 연결되어 있지 않다고 말했어야 했다. 그러나 우리가 형제였다면 틀림없이 쌍둥이였을 것이다. 왜냐하면 브랜스비 박사의 집을 떠난 후 우연히 내 이름을 딴 사람이 1813년 ×월 ×일에 태어났다는 것을 알게 되었는데, 이것은 다소 놀라운 우연의 일치였다. 그날은 바로 내가 태어난 날이기 때문이다.

윌슨의 경쟁심과 그의 참을 수 없는 모순으로 인해 계속되는 불안에도 내가 그를 완전히 미워할 수 없다는 것이 이상하게 보일 수 있다. 그에 대한 나의 진정한 감정을 정의하거나 묘사하는 것은 참으로 어렵다. 그것들은 잡다하고 이질적인 감정을 형성했다. 어떤 소극적인 적

개심은 아직 증오가 아니었고, 어떤 것은 존경이었으며, 두려움은 불안한 호기심의 세계와 함께 있었다. 월슨과 나 자신이 가장 떼려야 뗄 수 없는 동반자였다는 사실은 말할 필요도 없을 것이다.

　의심할 여지없이 우리 사이에 존재하는 변칙적인 상황에서 나의 모든 공격은(그리고 그것들은 공개적이든 은밀하든 많았다) 단호한 적대감이 아니라 농담이나 실용적인 농담(단순한 재미의 측면을 가정하면서 고통을 주는 것)의 형태로 바뀌었다. 그러나 나의 노력은 성공하지 못했다. 내 이름을 딴 그 아이는 농담의 신랄함을 즐기면서도 비웃음을 거부하는 겸손하고 조용한 금욕의 성격이었기 때문이다. 나는 정말로 단 하나의 취약점을 발견할 수 있었는데 그것은 그의 체질적 질병에서 비롯된 것이었다. 내장 기관에 문제가 있었던 그는 매우 낮은 속삭임 이상으로 목소리를 높일 수 없었다. 이 결점에 대해 내 힘에 닿는 한 그에게 고통을 주는 데 실패하지 않았다. 반면 월슨은 나에 대한 배려와 성가실 정도의 관심으로 복수했다.

　그가 나와 이름이 같다는 것, 이렇게 해서 생긴 짜증의 감정은 모든 상황이 나의 경쟁자와 나 사이에 도덕적이든 육체적이든 닮은 점을 나타내는 일이 더욱 강해졌다. 그는 내 말과 행동을 곧잘 흉내 내었다. 복장이며 걸음걸이와 전체적인 몸가짐까지도 나를 따라 하고 있었다. 한 가지 다른 점은 속삭이는 듯한 낮은 목소리였는데 그래도 그 어조만은 나의 말투와 비슷했다. 그러한 흉내는 나만이 알고 있는 사실이었다. 그가 내 흉내를 내어 나를 비웃고 괴롭히는 사실을 다른 학우들은 전혀 눈치채지 못했다. 이 가장 절묘한 부분이 나를 얼마나 괴롭혔는지 나는 이제 설명하지 않을 것이다.

그가 나에 대해 가졌던 역겨운 분위기와 내 의지에 대한 그의 빈번한 간섭에 대해 이미 한 번 이상 이야기했다. 이러한 간섭은 은혜롭지 못한 충고의 성격을 띠었다. 조언은 공개적이지 않았지만 나는 그것을 혐오했다. 그렇지만, 먼 훗날에 나는 경쟁자의 제안이 그의 미성숙한 나이에도 불구하고 어리석지 않았음을 인정한다. 그의 도덕적 감각은 그의 일반적인 재능과 세속적 지혜는 아닐지라도 나보다 훨씬 더 예리했다. 그 당시에 내가 너무나 진심으로 미워하고 너무나 경멸했던 그 의미의 속삭임에 담긴 권고를 덜 무시했더라면 나는 오늘날 더 나은 사람이 될 수 있었을 것이다. 어쨌든 당시 나는 그의 참을 수 없는 오만함에 날마다 점점 더 공개적으로 분개했다.

나는 친구로 지낸 첫 몇 년 동안 그에 대한 감정이 쉽게 우정으로 무르익었을 것이라고 말했다. 그러나 내가 학교에 있었던 마지막 몇 달 동안, 내가 올바르게 기억한다면, 그와 심한 언쟁이 있었고 그는 평소보다 더 경계를 늦추고 그의 본성과는 다소 이질적인 개방적인 태도로 말하고 행동하였다. 나는 처음에는 놀랐고 그다음에는 유아기의 희미한 환상, 즉 기억 자체가 아직 태어나지 않았던 시절의 거칠고 혼란스럽고 붐비는 기억을 떠올림으로써 억압된 감정이 살아났다.

셀 수 없이 많은 구획이 있는 거대한 오래된 집에는 서로 연결된 큰 방이 여러 개 있었고 많은 학생이 한 방에서 잠을 잤다. 너무 어색하게 계획된 건물에서 필연적으로 발생하는 것처럼, 거기에는 구조상 한 명만 사용할 수 있는 방이 있었고, 그 방 중 하나를 윌슨이 차지하

고 있었다.

　방금 언급한 말다툼이 있은 후 모두가 잠에 빠져 있는 것을 발견한 나는 침대에서 일어나 등불을 들고 경쟁자의 침실까지 좁은 통로를 걸어갔다. 입학한 지 5년째 되는 해였고 나는 오랫동안 한결같이 성공하지 못했던 복수를 계획하고 있었다. 그의 방에 도착한 나는 램프를 바깥쪽에 남겨 두고는 그에게로 한 걸음 더 나아가 고요한 숨소리를 들었다. 그가 잠든 것을 확신하고 돌아와서 불을 들고 다시 침대로 다가갔다. 그의 주위에는 커튼이 촘촘히 쳐져 있었고, 내 계획을 실행하기 위해 천천히 그리고 조용히 물러났는데 그때 밝은 광선이 잠자는 그의 얼굴에 생생하게 내리쬐었고, 동시에 내 눈이 그의 얼굴에 꽂혔다.

　그때 나는 보았다. 무감각, 감각의 얼음이 즉시 내 몸에 스며들었다. 가슴이 쿵쾅거리고, 무릎이 떨리고, 온 영혼이 대상도 없고 참을 수 없는 공포에 사로잡혔다. 숨을 헐떡이며 램프를 얼굴 쪽으로 더 가까이 내렸다. 이것이 윌리엄 윌슨의 혈통일까? 나를 혼란스럽게 한 것은 무엇이었을까? 나는 쳐다보았다. 같은 이름! 사람의 같은 윤곽! 그는 내 걸음걸이, 내 목소리, 내 습관, 내 태도에 대한 완고하고 무의미한 모방을 했다! 인간의 가능성의 한계 내에서 내가 지금 본 것은 냉소적인 모방의 습관적인 실천에 따른 결과였을까? 경외감에 사로잡혀 오싹한 몸서리를 치며 등불을 끄고 조용히 방을 빠져나온 나는 다시는 학교로 돌아가지 않았다.

　몇 달이 지나고 집에서 게으름을 피우던 나는 이튼의 학생이 되었다. 그 짧은 몇 달은 사건에 대한 나의 기억을 약화시키거나 내가 기억하는 감정의 본질에 중대한 변화를 일으키기에 충분했다. 비극은 더 존재하지 않았다. 나는 이제 내 감각의 증거를 의심할 여지를 찾을 수 있었다. 그 주제를 거의 언급하지 않았지만, 인간에 경이로움을 느꼈고 내가 유전적으로 소유한 상상력의 생생한 힘에 미소를 지었다. 이 회의론은 내가 이튼에서 이끌었던 삶의 성격에 의해 줄어들 것 같지도 않았다. 내가 그토록 즉각적이고 무모하게 뛰어든 생각 없는 어리석음의 소용돌이는 지난 시간의 거품을 제외한 모든 것을 씻어 냈고, 모든 단단하거나 진지한 인상을 한꺼번에 삼켜버렸으며, 이전 존재의 가장 경솔한 것만 기억하게 했다.

그러나 나는 여기에서 나의 비참한 방탕함, 법을 무시한 방탕의 과정을 추적하고 싶지 않다. 3년간의 어리석음은 아무런 이익도 없이 지나갔고 내게 악의 뿌리 깊은 습관을 심어주었을 뿐이다.

방탕한 학생들로 구성된 작은 파티를 내 방에서 열었을 때의 일이다. 우리는 늦은 밤에 만났다. 우리의 방탕한 생활은 아침까지 충실하게 이어져야 했기 때문이다. 카드와 술에 취해 미친 듯이 얼굴이 붉어진 나는 아파트 문이 열리고 하인이 누군가와 이야기하는 소리를 들었는데 그는 나와 이야기 나누기를 원하는 것 같았다.

와인에 취한 나는 놀라기보다 기뻤고 비틀거리며 앞으로 나아가 현관에 도착했다. 이 낮고 작은 방에는 등불이 없었다. 반원형 창문을 통해 들어오는 매우 희미한 새벽의 빛을 제외하고는 전혀 빛이 들어오지 않았다. 문지방에 발을 올려놓았을 때 내 키만 한 젊은이의 모습을 알아차렸지만 얼굴의 특징은 구별할 수 없었다. 내가 들어서자마자 황

급히 다가와 조급한 몸짓으로 내 팔을 붙잡고 내 귀에 "윌리엄 윌슨!"이라는 말을 속삭였다.

나는 순식간에 완전히 술에서 깼다. 낯선 사람의 태도와 그가 들어 올린 손가락의 떨림은 무조건적인 놀라움으로 가득 채웠다. 단순하고 친숙하게 속삭이는 목소리는 지나간 날에 대한 수천 개의 붐비는 기억과 함께 왔고 내 영혼을 강타했다. 내 모든 감각이 되살아나기 전에 그는 사라졌다.

이 사건이 나의 무질서한 상상력에 생생한 영향을 미치지는 못했지만 실제로 몇 주 동안 나는 병적인 추측의 구름에 휩싸였다. 이 윌슨은 누구이며 무엇이었을까? 그는 어디에서 왔을까? 그의 목적은 무엇이었을까? 나는 그와 관련하여 그의 가족의 갑작스런 사고 때문에 내가 도망친 날 오후에 그 역시 학교에서 쫓겨났다는 것을 확인했다. 나는 그 문제에 대해 생각하기를 잠깐 멈췄다. 내 관심은 모두 옥스퍼드로 떠나는 것에 쏠려 있었다. 나는 곧 그곳으로 떠났다. 부모님의 허영심은 내가 그곳에서 가장 거만한 상속자들과 어울리며 충분히 사치에 탐닉할 수 있도록 허락했다.

그곳에서 나의 체질적 기질은 배가된 열정으로 터져 나왔고 어떠한 품위의 억제조차 거부했다. 나는 직업적인 도박꾼의 사악한 술책을 익혔고, 동료 가운데 마음이 약한 사람들을 희생시키면서 이미 막대한 수입을 올렸다.

나는 2년 동안 이런 식으로 바빴는데, 대학에 젊은 파르베누 귀족인 글렌다이닝이 왔을 때 그가 얼마나 부자인지 얼마나 지성이 약한

지 금세 눈치챘고, 자주 그를 놀이에 끌어들였다. 나는 도박꾼의 평소 기술을 사용하여 그가 상당한 돈을 벌 수 있도록 고안했으며, 그럴수록 그를 내 덫에 더 효과적으로 얽매이게 했다. 계획이 무르익자 나는 8~10명으로 구성된 파티를 열었다.

우리는 밤늦게까지 앉아 있었고 마침내 글렌다이닝을 나의 유일한 적수로 삼는 책략을 실행에 옮겼다. 게임은 내가 가장 좋아하는 에카르테였다! 곧 우리 경기에 관심이 쏠렸고 나머지 사람들은 자기 카드를 버리고 관중으로 주위에 서 있었다. 이른 저녁에 나의 책략에 이끌려 술을 꽤 마신 글렌다이닝은 순식간에 큰 빚을 지게 되었는데, 한 시간도 채 되지 않아 빚은 네 배로 늘었다. 그의 얼굴에서는 포도주로 인한 붉은빛도 사라졌다. 그러나 지금까지 그가 잃은 액수는 그 자체로는 막대하지만, 그의 부에 비추면 심각한 수준은 아니라고 나는 생각했다. 나는 여기서 내 연극을 중단했어야 했다.

잠시 깊은 침묵이 유지되었고 동료들이 내게 던진 경멸과 비난의 불타는 눈빛 때문에 내 뺨은 따끔거렸다. 그때 아파트의 넓고 무거운 접이식 문이 마술처럼 격렬하게 열렸다. 내 키만큼 큰 망토를 걸친 사람이 순식간에 우리 한가운데 섰다. 우리 중 누구도 이 무례함의 놀라움에서 회복되기도 전에 침입자의 목소리가 들렸다.

"신사 숙녀 여러분," 그는 낮고 뚜렷하며 결코 잊을 수 없는 속삭임으로 내 뼛속까지 전율하게 했다. "당신들은 의심할 여지없이 오늘 밤 카드놀이에서 글렌다이닝 경으로부터 거액의 돈을 갈취한 사람의 진정한 성격에 대해 알지 못합니다. 지금 바로 그의 왼쪽 소매 안감에서 작은 주머니를 찾아 조사하시기 바랍니다."

그가 말을 하는 동안 작은 바늘이 바닥에 떨어지는 소리를 들을 수 있을 정도로 깊은 고요함이 흘렀다. 그는 즉시 떠났고 나는 저주받은 자들의 모든 공포를 느꼈다. 생각할 겨를도 없이 많은 손이 나를 거칠게 붙잡았고 수색이 이어졌다. 내 소매 안감에서 에카르테에 필수적인 모든 궁정 카드가 발견되었다.

"윌슨 씨," 집주인은 몸을 굽혀 발밑에서 희귀한 모피로 만든 매우 호화로운 망토를 집어들었다. (날씨가 추웠고, 나는 방에 들어서자마자 망토를 벗어 던졌다.) "여기에서 (쓸쓸한 미소를 지으며 옷의 주름을 바라보며) 당신의 기술에 대한 더 많은 증거를 찾는 것은 어려운 일이겠지요. 이만하면 충분합니다. 당신이 옥스퍼드를 떠나야 할 이유를 깨닫길 바라며, 즉시 여기에서도 나가주시길 바랍니다."

당시의 나는 비천하고 먼지처럼 겸손해져서 아파트를 떠났다. 다음 날 아침 동트기 전에 공포와 수치심의 완전한 고통 속에서 옥스퍼드를 나와 대륙으로 서둘러 여행을 시작했다.

나는 헛되이 도망쳤다. 나의 사악한 운명은 환희에 찬 것처럼 나를 뒤쫓았고, 그 신비한 지배권 행사가 이제 시작되었을 뿐임을 증명했다. 내가 파리에 발을 들여놓기도 전에 윌슨이 내 관심사에 대해 혐오스러운 관심을 갖고 있다는 새로운 증거를 얻었다. 세월이 흘렀지만 나는 아무런 안도감을 느끼지 못했다. 악당! 로마에서 그는 나와 나의 야망 사이에 끼어들었다! 비엔나에서도, 베를린에서도, 모스크바에서도! 사실 내 마음속에서 그를 저주할 쓰라린 이유가 어디 있겠는가?

그의 불가해한 폭정으로부터 나는 마침내 역병을 앓은 것처럼 공포에 질려 도망쳤다. 땅끝까지 나는 헛되이 도망쳤다.

그리고 거듭거듭 "그는 누구인가? 그는 어디서 왔는가? 그의 목적은 무엇인가?"라는 질문을 던졌다. 대답은 발견되지 않았다. 그러고 나서 나는 그의 무례한 방식과 주요 특성을 면밀히 조사했다. 여기에서도 추측의 근거가 될 만한 것은 거의 없었다. 그가 최근에 내 길을 가로막았던 여러 경우 중 어느 곳에서도 그러한 계획을 좌절시키거나 완전히 실행되었다면 쓰라린 결과를 초래할 수 있는 행동을 방해하는 것 외에는 그가 왜 그런 일을 저질렀는지 설명되지 않았다.

또한 그는 내가 이튼에서의 그의 훈계에서, 또 옥스퍼드에서 내 명예를 파괴한 자에게서 나의 숙적이자 사악한 천재, 내 학창 시절의 윌리엄 윌슨을 알아보지 못할 수 있다고 생각한 것일까? 그럴 리가 없지! 지금까지 나는 이 오만한 지배에 굴복했다. 최근 며칠 동안 나는 포도주에 완전히 빠져 있었다. 이것은 나의 유전적 기질로 하여금 나를 점점 더 통제할 수 없게 만들었다. 나는 주저하고 저항하기 위해 중얼거렸다. 내 자신의 확고함이 증가함에 따라 나를 괴롭히는 자의 영향력이 감소한다고 믿게 만든 것은 단지 공상이었을까? 어찌 되었든 나는 이제 불타는 희망의 영감을 느꼈고, 마침내 더는 노예가 되지 않겠다는 엄격하고 절망적인 결심을 은밀한 생각 속에 키웠다.

18××년 카니발 기간 동안 나는 로마 나폴리 공작 디 브로글리오의 궁전에서 열린 가장무도회에 참석했다. 나는 평소보다 더 자유롭게 와인에 탐닉했다. 붐비는 방의 숨막히는 분위기는 참을 수 없을 정

도로 나를 짜증나게 했다. 무리의 미로를 억지로 헤쳐 나가는 어려움 역시 나의 성미를 돋보이게 하는 데 적지 않은 기여를 하였다. 나는 늙고 사랑에 빠진 브로글리오의 아름다운 아내를 간절히 찾고 있었다. 너무나 파렴치한 확신으로 그녀는 자신이 입게 될 의상의 비밀을 나에게 전했고, 이제 그녀의 모습을 엿볼 수 있게 된 나는 서둘러 그녀에게로 향했다. 이 순간 가벼운 손이 내 어깨에 얹혔다. 낮고 빌어먹을 속삭임이 내 귓가에 들렸다.

나는 분노에 휩싸여 나를 방해한 자에게 즉시 몸을 돌려 옷깃을 세게 붙잡았다. 그는 예상했던 대로 나와 완전히 비슷한 의상을 입고 있었다. 파란색 벨벳 스페인 망토를 입고 레이피어를 지탱하는 진홍색 벨트로 허리를 감싸고 있었다. 검은 비단 가면이 그의 얼굴을 완전히 덮었다.

"악당!" 나는 분노에 찬 허스키한 목소리로 말했고, 내가 내뱉는 모든 음절은 내 분노의 새로운 연료처럼 보였다. "사기꾼! 저주받은 악당! 나를 따르지 않으면 네가 서 있는 곳에서 내가 너를 찌를 것이다!"

나는 무도회장에서 인접한 작은 대기실로 저항하지 않는 그를 끌고 갔다.

나는 온갖 종류의 격렬한 흥분에 휩싸였고, 내 한 팔 안에서 그의 에너지와 힘을 느꼈다. 단 몇 초 만에 나는 무자비한 사나움으로 그의 가슴을 관통하여 반복적으로 칼로 찔렀다.

그 순간 누군가가 문을 열려고 시도했고 나는 잠시 몸을 돌렸다가 서둘러 죽어가는 적수에게로 돌아갔다. 바로 그때 나를 사로잡았던

그 공포를 어떤 인간의 언어로 적절하게 묘사할 수 있을까? 내가 눈을 피한 짧은 순간은 분명히 방의 위쪽이나 더 먼 쪽의 배열에 물질적 변화를 일으키기에 충분했다. 커다란 거울이 —처음에는 혼란스러워 보였는데— 이전에는 아무도 알아볼 수 없었던 곳에 서 있었다. 내가 극도의 공포에 질려 그것에 다가갔을 때 이목구비가 창백하고 피로 물들었고 연약하고 비틀거리는 걸음걸이로 나를 만나기 위해 전진했다.

따라서 나는 그것이 나타났다고 말하지만 그렇지 않았다. 그것은 나의 적대자 윌슨이었고, 그는 해산의 고통 속에서 내 앞에 서 있었다. 그의 가면과 망토는 그가 던진 자리에, 바닥에 놓여 있었다. 그는 분명 윌슨이었다. 그러나 그는 더이상 속삭이듯 말하지 않았고, 그가 말하는 동안 나 자신이 말하고 있다고 상상할 수 있었다.

"당신은 정복했고 나는 항복했소. 그러나 이제 그대 또한 죽었다. 세상에 대하여, 하늘에 대하여, 소망에 대하여도 죽었다! 네가 내 안에 존재하였다. 내가 죽을 때에 네 자신의 이 형상을 보라. 네가 얼마나 철저하게 네 자신을 죽였는가를."

최면술 계시

　최면술의 근거를 둘러싼 의심이 무엇이든 간에 그 놀라운 사실은 보편적으로 인정되고 있다. 이를 의심하는 사람들은 직업에 대한 단순한 의심, 즉 무익하고 평판이 좋지 않다고 평가하는 이들인데, 오늘날에 인간이, 단지 의지의 행사로서, 그의 동족을 비정상적 상태로 몰아넣을 수 있다는 것을 증명하려는 시도보다 더 절대적인 시간 낭비는 있을 수 없다,

　그 현상은 죽음의 현상과 매우 유사하다. 또는 적어도 그것들은 우리가 인식하는 어떤 다른 정상적인 상태의 현상보다 더 많이 닮았다. 이 상태에 있는 사람은 미약하게 감각의 외부 기관을 사용하지만, 예리하게 정제된 지각으로 그리고 알려지지 않은 것으로 여겨지는 경로를 통해 물리적 기관의 범위를 벗어난 문제를 인식한다. 더욱이 그의

지적 능력은 놀라울 정도로 고양되고 활력이 넘친다. 그에게 깊은 인상을 준 사람에 대한 그의 동정심은 심오하다. 마지막으로 인상에 대한 그의 감수성은 빈도에 따라 증가하는 반면, 같은 비율로 유도된 독특한 현상은 더 확장되고 더 뚜렷해진다.

나는 이것들을 일반적인 최면술의 법칙이라고 말한다. 나는 독자들에게 그토록 불필요한 실증을 가하지도 않을 것이다. 오늘 나의 목적은 잠에서 깨어나는 사람과 나 사이에 일어나는 놀라운 내용을 논평 없이 자세히 설명하는 것이다.

나는 문제의 인물(반커크 씨)을 매료시키는 습관이 오랫동안 지속되었고, 그가 여러 달 동안 확증된 질환 아래에서 괴로웠으며, 나의 조작 때문에 고통스러운 영향이 완화되었음을 미리 말해 둔다. 그리고 수요일 밤, 15번째 순간, 나는 그의 침대 곁으로 소환되었다. 병자는 심장 부위에 급성 통증을 앓고 있었고 천식 증상 때문에 큰 어려움을 겪었다. 이와 같은 경련에서 그는 신경 중추에 겨자를 바름으로써 안도하였지만, 그날 밤에는 이것마저 헛수고였다.

그의 방에 들어갔을 때 쾌활한 미소로 나를 맞이했고, 수많은 육체적 고통을 겪었지만 정신적으로는 매우 편안해 보였다.

"내가 오늘 밤 자네를 부른 것은 나의 육신의 병을 치료하기 위해서라기보다 최근에 내게 많은 불안과 놀라움을 안겨 준 심령적인 인상에 관하여 나를 만족시키기 위해서라네. 영혼 불멸이라는 주제에 대해 내가 지금까지 얼마나 회의적이었는지는 말할 필요도 없네. 나는 내가 부인해 온 바로 그 영혼에 나의 존재에 대한 막연한 반쪽짜리 감정이 항상 존재했음을 부인할 수 없었지. 그러나 이 반쪽짜리 감정은 확신에 이르지 못했네. 그러한 확신에 내 이성은 아무 상관이 없었으니까. 논리적 탐구에 대한 모든 시도는 실제로 나를 이전보다 더 회의적으로 만들었네.

그러다가 내 사촌의 작품과 연구에 관심을 갖게 되었지. 요컨대 나는 인간이 자신의 불멸성을 지적으로 확신해야 한다면 영국, 프랑스, 독일의 도덕주의자들 사이에서 그토록 오랫동안 유행해 온 단순한 철학에 의해서는 결코 그렇게 되지 못할 거임을 깨닫는 데 그리 오래 걸리지 않았지.

거듭 말하지만, 나는 반쯤 느꼈을 뿐 결코 지적으로 믿지 않았어. 나중에는 그 감정이 어느 정도 깊어졌고 마침내 그것이 이성의 묵인과 거의 닮아서 그 둘을 구별하기가 어렵다는 것을 알게 되었네. 나는 이것을 최면술로 분명히 추적할 수 있다고 믿네. 수면 각성에서는 추론과 결론 ─원인과 결과─ 이 함께 존재하지. 내 자연 상태에서는 원인이 사라지고 결과만 남고 아마도 부분적으로만 남겠지.

따라서 제시된 일련의 잘 정리된 질문에서 좋은 결과가 나올 수 있다고 생각하게 되었네. 자네는 잠에서 깨어나는 사람에 의해 입증된 심오한 자기 인식, 즉 최면술 상태 자체와 관련된 모든 점에 대해 그가 보여 주는 광범위한 지식을 관찰했나? 이러한 자기인식으로부터 교리 문답의 올바른 수행에 대한 힌트를 추론할 수 있겠나?"

물론 나는 이 실험을 하는 데 동의했고 곧이어 반커크 씨를 최면술에 걸린 잠에 빠뜨렸다. 그의 호흡은 즉시 더 쉬워졌고 더는 육체적인 불안을 겪지 않는 것처럼 보였다. 그리고 다음과 같은 대화가 이어졌다. 편의상 V는 반 커크 씨, 나 자신은 P로 적는다.

P. 자고 있습니까?

V. 예— 아니, 차라리 더 푹 자고 싶네.

P. [시간이 조금 지난 후] 지금 자고 있습니까?

V. 그렇소.

P. 현재의 질병이 장차 어떻게 결론날 것이라고 생각하나?

V. [오랜 망설임 끝에 노력하는 것처럼 말한다] 나는 죽어야만 하네.

P. 죽음에 대한 생각이 당신을 괴롭히나?

V. [아주 빨리] 안 돼—안 돼!

P. 설명해 줄 수 있나?

V. 내가 깨어 있었다면 나는 죽고 싶겠지만, 지금은 중요하지 않네. 최면 상태는 나를 만족시킬 정도로 죽음에 가깝지.

P. 반커크 씨, 더 자세히.

V. 나는 그렇게 할 의향이 있지만 내가 할 수 있다고 느끼는 것보다 더 많은 노력이 필요하네. 당신은 나에게 제대로 질문하고 있질 않아.

P. 그러면 무엇을 물으면 좋겠나?

V. '처음'부터 시작해야 해.

P. '처음'! 그러니까 시작은 어디인가?

V. 당신은 시작이 하느님이라는 것을 알지.

P. 그렇다면 하느님은 무엇인가?

V. [몇 분 동안 머뭇거린다] 나는 말할 수 없네.

P. 하느님은 '영'이 아닌가?

V. 내가 깨어 있는 동안 나는 '영'이 의미하는 바를 알았지만, 이제는 진리, 아름다움과 같은 단어만 보이네.

P. 하느님은 비물질적이지 않은가?

V. 비물질적인 것은 없어. 그것은 단순한 단어야.

P. 그렇다면 하느님은 물질적인가?

V. 아니. [이 대답은 나를 매우 놀라게 했다]

P. 그렇다면 그는 무엇이란 말인가?

V. [긴 침묵 후, 중얼거림] 말하기 어려운 문제이네. [또 한 번 긴 침묵] 그는 존재하기 때문에 영이 아니네. 당신이 이해하는 것처럼 그는 중요하지 않아. 그러나 사람이 전혀 알지 못하는 물질의 점진이 있어. 더 심한 것은 더 미세한 것을 추진하고, 더 미세한 것은 더 많은 것을 퍼뜨리지. 예를 들어 대기는 전기 원리를 추진하고 전기 원리는 대기에 투과하지. 이러한 물질의 그러데이션은 희귀성 또는 미세도가 증가하여 입자가 없는 물질, 분할할 수 없는 물질에 도달할 때까지 충동과 투과의 법칙이 수정되지. 궁극적인 물질 또는 입자가 없는 물질은 모든 것에 스며들 뿐만 아니라 모든 것을 추진하므로 모든 것이 그 안에 있어. 문제는 하느님이야. 사람들이 '생각'이라는 단어로 구현하려고 시도하는 것은 움직임의 문제야.

P. 형이상학자들은 모든 행동이 움직임과 사고로 환원될 수 있으며 후자가 전자의 기원이라고 주장하지.

V. 그래, 나는 이제 관념의 혼란을 보지. 운동은 생각의 행동이 아니라 마음의 행동이야. 입자가 없는 물질 또는 고요한 신은 (우리가 생각할 수 있는 한) 사람들이 마음이라고 부르는 것이네. 그리고 자아–운동의 힘 (사실상 인간의 의지와 동등한)은 입자가 없는 물질에서 그것의 단일성과 전능성의 결과이지. 내가 왜 알지 못하는지 그리고 이제 내가 결코 알지 못할 것임을 분명히 알고 있어. 그러나 그 자체 안에 존재하는 법칙 또는 특성에 의해 움직이는 입자화되지 않은 물질은 생각하고 있네.

P. 입자가 없는 물질이라고 부르는 것에 대해 더 정확한 이야기를 해 줄 수 없나?

V. 인간이 인식하는 문제는 점진적으로 감각을 벗어나지. 예를 들어 금속, 나뭇조각, 물 한 방울, 대기, 가스, 칼로리, 전기, 발광 에테르가 있어. 이제 우리는 이 모든 것을 문제라고 부르고 모든 문제를 하나의 일반적인 정의로 받아들이지. 그럼에도 금속에 붙이는 것과 발광 에테르에 붙이는 것보다 더 본질적으로 구별되는 두 가지 아이디어는 있을 수 없어. 우리를 구속하는 유일한 고려 사항은 원자 구성에 대한 우리의 개념이야. 여기에서도 우리는 원자에 대한 우리의 개념, 무한한 미세함, 견고함, 촉각성, 무게를 지닌 것으로부터 도움을 구해야 해. 원자 구성의 개념을 파괴하면 더는 에테르를 실체로 간주하거나 물질로 간주할 수 없어야 하네. 더 나은 단어가 필요하기 때문에 그것을 '영'이라고 부를 수 있어.

자, 발광 에테르에서 한걸음 더 나아가 보게. 에테르보다 훨씬 더 희귀한 물질을 생각해 봐. 왜냐하면 에테르는 금속보다 더 희귀하기 때문이지. 그리고 우리는 즉시 (모든 학파의 교리에도 불구하고) 독특한 질량에 도달하지. 바로 입자가 없는 물질. 왜냐하면 원자 자체에서 무한한 작음을 인정할 수는 있지만, 그들 사이의 공간에서 무한함의 무한함은 부조리야. 원자가 충분히 많으면 공간이 사라지고 질량이 절대적으로 합쳐지는 희귀한 상태가 되지. 이제 원자 구성에 대한 고려가 제거되고 질량의 본질은 필연적으로 우리가 생각하는 정신으로 미끄러져. 그것이 이전과 마찬가지로 완전히 중요하다는 것은 분명하지. 진실은 그렇지 않은 것을 상상하는 것이 불가능하기 때문에 영을 잉태하는 일은 불가능해. 우리가 그 개념을 형성했다고 자부할 때 무한히 희박한 물질을 고려하여 우리의 이해를 속인 것일 뿐이야.

P. 절대적인 합체라는 개념에 대해 극복할 수 없는 반대를 하고 있는 것 같군. 그리고 그것은 천체들이 공간을 통한 회전에서 경험하는 아주 작은 저항이야. 그 저항은 어느 정도 존재한다는 것이 확인된 사실이지만, 그럼에도 뉴턴의 현명함에 의해서도 상당히 간과되어 왔을 정도로 미미하지. 우리는 신체의 저항이 주로 밀도에 비례한다는 것을 알고 있네. 절대 유착은 절대 밀도이지. 간격이 없는 곳에는 양보가 있을 수 없어. 절대적으로 밀도가 높은 에테르는 단호한 에테르나 철로 된 에테르보다 별의 진행을 무한히 더 효과적으로 정지시킬 것이야.

V. 당신의 이의 제기는 쉽게 대답될 수 있네. 별의 진행과 관련하여 별이 에테르를 통과하든 에테르가 에테르를 통과하든 상관없어. 혜성들의 알려진 지연과 그들이 에테르를 통과한다는 관념을 조화시키는 것

보다 더 설명할 수 없는 천문학적 오류는 없네. 왜냐하면 이 에테르가 아무리 희귀하다고 가정하더라도 그것은 그들이 이해할 수 없는 점을 비방하려고 애썼던 천문학자들이 인정한 것보다 훨씬 더 짧은 기간에 모든 항성의 회전을 멈추게 할 것이기 때문이지. 반면에 실제로 경험한 지연은 구체를 통과하는 순간적인 통로에서 에테르의 마찰로 인해 예상할 수 있는 것과 비슷해. 한 가지 경우 지연력은 그 자체로 순간적이고 완전하며 다른 경우에는 끝없이 축적되네.

P. 그러나 이 모든 것, 즉 단순한 물질을 하느님과 동일시하는 데에 불경한 것은 하나도 없는가? [나는 잠에서 깨어난 사람이 내 의미를 완전히 이해하기 전에 이 질문을 반복할 수밖에 없었다]

V. 왜 물질은 마음보다 덜 존경받아야 하나? 그러나 자네는 내가 말하는 문제가 모든 면에서 그 높은 능력에 관한 한 바로 그 '정신'이며, 더욱이 동시에 '문제'라는 것을 잊고 있어. 영에 귀속된 모든 능력을 가진 하느님은 물질의 완전성에 불과해.

P. 그렇다면 입자가 없는 물질이 움직이고 있다는 생각인가?

V. 일반적으로 이 운동은 보편적인 마음의 보편적인 생각이야. 이 생각은 창조하지. 피조물은 모두 하나님의 생각일 뿐이야.

P. 당신은 '일반적으로'라고 말하고 있군.

V. 그렇다네. 우주의 마음은 하느님이야. 새로운 존재를 위해서는 물질이 필요하네.

P. 당신은 지금 형이상학자들처럼 '마음'과 '물질'에 대해 말하고 있네.

V. 음, 혼동을 피하기 위해. '마음'이라고 말할 때 나는 입자가 없거

나 궁극적인 물질을 의미하지. '물질'에 의해 나는 다른 모든 것을 의도하네.

P. 당신은 '새로운 존재를 위해서는 물질이 필요하다'라고 말한 것이오.

V. 그렇지. 통합되지 않은 채 존재하는 마음은 단지 하느님일 뿐이기 때문이야. 개별적이고 생각하는 존재를 창조하기 위해서는 신성한 마음의 일부를 육화하는 것이 필요해. 따라서 인간은 개별화되지. 육체를 벗어난 그는 신이었어. 이제 입자가 없는 물질의 육화한 부분의 특별한 움직임은 사람의 생각이야. 전체의 움직임이 하느님의 움직임이기 때문이지.

P. 당신은 육신을 벗은 사람이 하느님이 될 것이라고 말하는군?

V. [많은 망설임 끝에] 나는 이것을 말할 수 없었어. 그것은 터무니없는 일이지.

P. [노트를 참조하며] 당신은 '육체를 벗어난 사람은 신이었다'라고 말했소.

V. 그것은 사실이야. 이렇게 박탈된 인간은 신이 될 것이다 —개별화되지 않은 존재가 될 것이야. 그러나 그는 결코 그렇게 벗어날 수 없어, 결코.— 그렇지 않으면 우리는 하느님이 스스로 돌아오시는 행동을 상상해야 하지. 목적이 없고 헛된 행동이야. 인간은 피조물이네. 피조물은 하느님의 생각이지. 돌이킬 수 없는 것은 생각의 본성이야.

P. 이해하지 못하겠소. 사람이 결코 육체를 벗어나지 않을 것이라고 말하는 건가?

V. 나는 그가 결코 육체가 없을 것이라고 말하네.

P. 더 자세히 설명해주시오.

V. 두 개의 몸이 있네. 기초적인 것과 완전한 것, 애벌레와 나비의 두 가지 조건에 해당하지. 우리가 '죽음'이라고 부르는 것은 고통스러운 변태에 불과하네. 우리의 현재 육신은 점진적이고, 준비적이며, 일시적이야. 우리의 미래는 완벽하고, 궁극적이며, 불멸이지. 궁극적인 삶은 완전한 설계라네.

P. 그러나 벌레의 변태에 대해 우리는 뚜렷하게 인식하고 있소.

V. 우리는 확실히 그렇지. 하지만 애벌레는 아니야. 우리의 초보적인 몸을 구성하는 물질은 그 몸의 기관 안에 있어. 또는 더 뚜렷하게 우리의 기초 기관은 기초적인 몸을 형성하는 문제에 적응하지. 그러나 궁극이 구성되는 것은 아니야. 따라서 궁극적인 몸은 우리의 초보적인 감각을 벗어나고 우리는 내면의 형태에서 썩어 가는 껍질만 인식하네. 그 내적 형태 자체가 아니지. 그러나 이 내부 형태와 껍질은 주목할 만하네. 이미 궁극적인 생명을 얻은 사람들에 의해.

P. 당신은 최면 상태가 죽음과 거의 닮았다고 말했는데, 어떻소?

V. 내가 그것이 죽음을 닮았다고 말할 때 그것은 궁극적인 삶과 닮았다는 것을 의미하네. 왜냐하면 내가 최면 상태일 때 나의 초보적인 삶의 감각은 정신을 차리게 되고, 나는 궁극적이고 조직화되지 않은 삶에서 사용할 매체를 통해 기관 없이 외적인 것들을 직접 인식하기 때문이지.

P. 조직화되지 않았다고?

V. 그렇지. 기관(內者)은 개인이 다른 부류와 형태를 배제하고 특정한 부류와 물질의 형태와 감각적인 관계를 맺게 하는 고안물이네. 사람

의 기관은 그의 초보적인 상태에 적응되어 있으며 오직 그것에만 적응되어 있어. 조직화되지 않은 그의 궁극적 조건은 한 가지, 즉 하느님의지의 본성, 즉 입자가 없는 물질의 운동을 제외한 모든 점에서 무한한 이해력을 지녔지. 당신은 그것을 전체 뇌로 생각함으로써 궁극적인 신체에 대한 뚜렷한 생각을 갖게 될 것이야. 이러한 본성에 대한 개념은 그것이 무엇인지에 대한 이해에 가까워지게 하지.

발광체는 발광 에테르에 진동을 부여하네. 진동은 망막 내에서 유사한 진동을 생성하고. 이들은 다시 시신경과 유사한 것을 전달해. 신경은 뇌와 비슷한 것을 전달하지. 뇌는 또한 뇌에 침투하는 입자가 없는 물질과 유사해. 이 후자의 움직임 중 지각은 첫 번째 기복이네. 이것은 초보적인 삶의 마음이 외부 세계와 소통하는 방식이야. 이 외부 세계는 초보적인 삶에 이르기까지 기관의 특이성을 통해 제한되지.

궁극적이고 조직화되지 않은 삶에서 외부 세계는 발광체보다 무한히 희귀한 에테르의 개입 외에는 다른 개입 없이 전신(내가 말했듯이 뇌와 친화력이 있는 물질)에 도달하지. 이 에테르에 —그것과 조화를 이루면서— 몸 전체가 진동하고 그것에 스며드는 입자가 없는 물질을 움직이게 하지. 우리가 궁극적인 삶에 대한 거의 무제한의 인식에 기인하는 것은 특이한 기관이 없기 때문이야. 초보적인 존재에게 장기는 새끼를 낳을 때까지 그들을 가두는 데 필요한 새장이라네.

P. 당신은 초보적인 '존재'에 대해 이야기하지만 사람 외에 다른 초보적인 사고를 하는 존재가 있나?

V. 희귀 물질이 성운, 행성, 태양, 그리고 성운, 태양, 행성이 아닌 다

른 천체로 모이는 것은 무한한 초보적 존재의 기관의 특이성에 양식을 공급하기 위함이야. 그러나 초보적인 것의 필요성 때문에 궁극적인 삶 이전에 이와 같은 몸은 없었을 것이야. 이들 각각은 유기적이고 초보적이며 사고하는 생물의 뚜렷한 다양성을 가지지. 대체로 장기는 임차한 장소의 특징에 따라 다르네. 죽음이나 변태에서, 이 생물들은 궁극적인 삶인 불멸을 즐기고, 모든 비밀을 인식하고, 행동하고 단순한 의지로 모든 곳을 지나가네. 우리에게 유일하게 만져지는 것처럼 보이는 별이 아니라 내주하는 것, 우리가 맹목적으로 우주가 창조되었다고 간주하는 수용을 위해, 그러나 그 공간 자체, 즉 무한대는 진정으로 실질적인 광대함이 별의 그림자를 삼키고 천사의 인식에서 실체를 지워내지.

P. 당신은 '그러나 초보적인 삶의 필요성 때문에' 별이 없었을 것이라고 말하는군. 그런데 왜 이런 것이 필요한가?

V. 무기물에서도 일반적으로 하나의 단순하고 독특한 법칙, 즉 신성한 의지의 작용을 방해하는 것은 없네. 장애를 일으킨다는 관점에서 유기적 생명과 물질(복잡하고, 실질적이며, 법의 제약을 받는)이 고안되었지.

P. 다시 말하지만, 왜 이런 장애물이 생겨나야 하나?

V. 법을 위반한 결과는 불완전하고 잘못되었으며 긍정적인 고통이지. 유기적 생명과 물질의 법칙의 수, 복잡성, 실체성에 의해 야기되는 장애를 통해 법의 위반은 어느 정도 실행 가능하게 되지. 따라서 무기적인 삶에서는 불가능한 고통이 유기적인 삶에서는 가능하다네.

P. 그러나 고통이 무슨 좋은 목적을 위해 가능한가?

V. 충분한 분석을 통해 쾌락은 모든 경우에 고통의 대조에 불과하다는 것을 알 수 있어. 긍정적인 즐거움은 단순한 생각이야. 어느 한 시점에서 행복하기 위해서는 동시에 고통을 겪어야 하네. 고난을 당하지 않았다면 결코 축복을 받지 못했을 것이야. 그러나 무기적인 삶에서 고통은 유기체의 필요성이 될 수 없다는 것이 밝혀졌네. 지구의 원시적 삶의 고통은 천국에서의 궁극적인 행복한 삶의 유일한 기초이지.

P. 그럼에도 내가 이해할 수 없는 당신의 표현이 있소. '무한의 실질적 광대함'.

V. 그것은 '물질'이라는 용어에 대해 충분히 일반적인 개념이 없기 때문일 것이야. 우리는 그것을 감정으로 간주해야 하네. 그것은 생각하는 존재에서 그들의 조직에 대한 물질의 적용에 대한 인식이야. 지구상에는 금성의 주민에게는 허무함이 될 많은 것들이 있어. 그러나 무기물적인 존재에게, 천사에게는, 입자가 없는 물질 전체가 실체야. 즉 우리가 '공간'이라고 부르는 모든 것이 그들에게 가장 진실한 실체이지. 한편 별들은 우리가 물질적이라고 생각하는 것을 통해 입자가 없는 물질과 마찬가지로 천사의 감각을 벗어나고, 우리가 비물질적이라고 생각하는 것을 통해 유기물을 피하네.

잠에서 깬 사람이 이 후자의 말을 약한 어조로 발음할 때, 나는 그의 얼굴에서 특이한 표정을 보았는데, 그것은 나를 다소 놀라게 했고 즉시 그를 깨우도록 유도했다. 그는 깨어나자마자 밝은 미소를 지었고 곧 베개에 쓰러져 숨을 거두었다. 나는 1분도 채 되지 않아 그의 시체가 돌처럼 단단해졌다는 것을 알아차렸다. 그의 이마는 얼음처럼 차가웠다. 보통은 아즈라엘의 손에서 오랜 압력을 받은 후에야 이러한 증상이 나타났어야 했다. 잠에서 깨어난 그는 실제로는 죽은 상태였던 것이다. 그는 그림자 영역 밖에서 나에게 말을 걸었던 것일까?

황금충

　여러 해 전에 나는 윌리엄 르 그랑 씨와 친밀한 관계를 맺었다. 그는 위그노 가문 출신이고 한때 부유했다. 그러나 일련의 불행으로 궁핍한 신세가 되었고, 재난으로 인한 굴욕을 피하려고 조상의 도시인 뉴올리언스를 떠나 사우스 캐롤라이나 주 찰스턴 근처의 설리번 섬에 거주했다.

　이 섬은 매우 독특하다. 섬 대부분이 바다 모래로 이루어졌는데 전체 길이는 약 3마일이며 폭은 1/4 마일을 넘지 않았다. 섬과 육지를 갈라놓는 것은 눈에 띄지 않을 정도로 작은 개울로, 그 개울은 황새들이 즐겨 모여드는 갈대밭을 흘렀다. 예상할 수 있듯이 초목은 부족하거나 왜소했다. 웬만큼 자란 크기의 나무도 볼 수 없었다. 섬 서쪽에는 몰리트 요새가 우뚝 서 있었고 허름한 목조 오두막도 몇 채 있었기에 여름이면 찰스턴의 먼지와 더위를 피해 온 사람들이 살았다. 그 부근에 털이 뻣뻣한 종려나무가 자라기는 했지만, 이 서쪽 끝의 단단하고 하얀 해변을 제외한 섬 전체는 영국의 원예가들이 소중히 여기는 달콤한 도금향 떨기나무의 빽빽한 덤불로 덮여 있다. 이곳의 관목은 15~20피트의 높이에 이르며 거의 뚫을 수 없는 그 언저리는 향기로 가득 차 있다.

레그런드는 이 숲의 가장 끝, 육지와 가장 멀리 떨어진 섬의 동쪽 끝에 오두막을 짓고 살고 있었는데 내가 우연한 기회에 그와 알게 된 것은 그 무렵의 일이었다. 그 우연한 만남은 곧 우정으로 무르익었다. 은둔자에게는 관심과 존경을 불러일으킬 만한 것이 많았기 때문이다. 나는 그가 교육을 잘 받았고 비범한 정신력을 가지고 있었지만, 인간 혐오에 감염되어 있고 열정과 우울이 번갈아 가며 비뚤어진 기분에 시달리고 있음을 알게 되었다.

그는 책을 많이 가지고 있었지만 거의 읽지 않았다. 그의 주요 오락은 총을 쏘고 낚시하거나 해변과 도금향을 가로질러 조개껍데기나 곤충학 표본을 찾는 것이었다. 이 여행에서 그는 주피터라는 늙은 흑인과 동행했는데, 이 흑인은 레그런드 집안이 몰락하기 전에 벌써 해방된 몸이었지만 젊은 '윌 나리' 뒤를 쫓아다니는 것을 특권처럼 여기는 듯 아무리 달래고 을러보아도 그 일을 그만두려고 하지 않았다. 레그런드의 친척들이 그의 정신이 좀 불안하다고 생각하고, 방랑자 감독을 위해 주피터의 머릿속 깊이 완고함을 새겨넣었는지도 모른다.

설리번 섬 위도의 겨울은 그리 춥지 않으며 가을에는 불을 피우지 않고도 한철을 넘길 수 있었다. 그러나 18××년 10월 중순 무렵 몹시 쌀쌀한 날이 있었다. 해가 지기 직전에 나는 상록수 아래를 지나 여러 주일 만나지 못한 레그런드를 찾아갔다. 섬에서 9마일 떨어진 레그런드의 거처는 요즘에 비하면 훨씬 교통이 불편했다. 오두막에 도착하자마자 습관대로 문을 두드렸지만 아무 대답이 없자 숨겨진 열쇠 통에서 열쇠를 찾아 문을 열고 들어갔다. 난로에는 따뜻한 불이 타오르고 있었다. 나는 외투를 벗어던지고 탁탁거리는 통나무 옆에 안락의자를 가져가서 집주인이 도착하기를 기다렸다.

어두워지자마자 도착한 그들은 나를 열렬히 환영했다. 주피터는 웃으며 저녁 식사를 위해 습지 뜸부기 요리를 준비하느라 분주했다. 레그런드는 그 열병의 발작 —다른 말로 달리 표현할 길이 없다— 이 또 일어난 것 같았다. 아직 세상에 알려지지 않은 새로운 종류의 쌍조개 껍데기를 발견했고 주피터의 도움으로 진귀한 풍뎅이 한 마리를 잡았는데 그것에 관해 내일 아침 내 의견을 듣고 싶다고 했다.

"오늘 밤에는 왜 안 된다는 거지?"

불길에 손을 비비며 물어보았지만, 내심 신종인지 뭔지는 모르겠지만 황금 벌레 같은 건 전부 악마에게나 내주라지 생각하고 있었다.

"자네가 올 걸 알았다면 좋았을 걸. 자네를 만난 지 꽤 오래되었잖나. 그러니 바로 오늘 밤 자네가 오리라는 걸 어찌 예측할 수 있었겠는가? 집으로 돌아오는 길에 요새에서 온 G 중위를 만나 어리석게도 그 풍뎅이를 빌려주었네. 그래서 아침까지 그것을 볼 수 없다는 것이네. 오늘 밤 이곳에서 쉬게. 그러면 내일 새벽 주피터를 보내 찾아오게 할 테니까. 세상에서 가장 아름다운 것이네."

레그런드가 말했다.

"뭐? 일출 말인가?"

"농담하지 말게! 그게 아니고 풍뎅이 말이야. 색은 반들반들한 금색에 크기는 커다란 호두 정도, 등 한쪽 끝에는 검은 반점이 두 개, 다른 한쪽 끝에는 조금 길쭉한 반점이 한 개, 더듬이는……."

주피터가 말을 가로챘다.

"더듬이 같은 건 없습니다. 나리도 참, 아까부터 말씀드렸잖아요. 그건 정말 황금 벌레였습니다. 날개를 제외하고는 전부가 순금입니다. 내 평생에 지금까지 그렇게 무거운 풍뎅이는 본 적이 없어요."

주피터는 여느 때와는 달리 지나칠 만큼 열심히 대답했다.

"흠, 주피터. 자네의 말이 옳다고 하자고."

레그런드가 대답했다. 그가 너무나도 성실한 어조로 대답했기 때문에 이런 분위기에는 어울리지 않는다는 느낌이었다.

"그렇다고 그 뜸부기 요리를 타게 내버려 두지는 않겠지. 주피터? 그 색깔은……."

그는 나를 돌아보았다.

"주피터가 저렇게 생각하는 것도 무리가 아닐세. 자네도 그런 빛깔은 아직까지 본 적이 없을 걸. 내일 아침에 실제로 보여 주기 전까지는 뭐라고 말할 수 없네. 그러나 그 형태만은 지금 이야기할 수 있지."

레그런드는 작은 탁자 앞에 앉았는데 펜과 잉크는 있었지만 종이가 없었다. 그는 서랍을 열어 종이를 찾았지만 어디에도 없었다. 그러자

그가 포기한 듯 말했다.

"하는 수 없지. 이걸 쓰는 수밖에."

그는 양복 조끼 주머니에서 매우 더러운 큰 양피지를 꺼내 펜으로 풍뎅이의 형태를 대충 그렸다. 그가 그림을 그리는 동안 나는 여전히 쌀쌀했기 때문에 모닥불 옆에 자리를 지켰다. 그림이 완성되었을 때 그는 일어나지 않고 나에게 건네주었다. 그것을 받았을 때 으르렁거리는 소리가 들렸고 문을 긁는 소리가 들렸다. 주피터가 문을 열었고 레그런드가 키우는 큰 뉴펀들랜드가 달려들어 내 어깨 위로 뛰어올라 애무했다. 오래전에 그 개와 친해졌기 때문이다. 개의 애무가 끝났을 때 그 종이를 들여다보았는데, 적잖이 놀랐다.

"흠! 이건 정말 보기 드문 황금풍뎅이로군. 정말이야. 이건 나도 뭔지 모르겠는데. 사실 이제까지 보아 온 것 가운데 해골하고 가장 닮았어. 죽음의 머리야."

"죽음의 머리!"

레그런드가 되풀이했다.

"오, 그래. 글쎄, 종이에 그런 모습이 있긴 한데, 의심할 여지없이. 위쪽에 있는 검은 반점 두 개는 눈처럼 보여. 아래쪽에 있는 더 긴 것은 입처럼. 그리고 전체의 모양은 타원형이야."

내가 말했다.

"어쨌든 레그런드, 자네는 화가로서의 소질은 타고나지 못한 것 같군. 그 풍뎅이의 실물을 직접 볼 수 있을 때까지 기다리는 게 좋겠어."

그는 조금 퉁명스럽게 말했다.

"음, 그럴까? 그런 것쯤은 꽤 잘 그리는 편인데. 유명한 선생님으로부터 그림을 배워서 그렇게 못 그리는 편은 아니라고 자부하거든."

내가 말했다.

"그렇다면 이 그림은 누가 봐도 해골의 그림이야. 이것을 풍뎅이로 볼 수 있겠나? 생리학 표본에 관한 일반적인 의견으로 생각해 볼 때 분명히 해골의 모습이야. 자네가 발견한 풍뎅이가 꼭 이런 모습이라면 그거야말로 세상에서 가장 기이한 풍뎅이임에 틀림없어. 이걸 근거로 무시무시한 미신을 날조할 수도 있겠는걸. 맞아, 이 곤충을 '해골 풍뎅이(scarabaeus caput hominis)'라고 부르는 건 어떻겠나? 생물학에는 그런 명칭이 얼마든지 있으니까. 그건 그렇고 자네가 말하는 그 더듬이는 어디 있지?"

"더듬이가 어디 있냐고?"

레그런드가 대답했는데 그는 이 일에 대해서 묘하게 열을 올리는 듯했다.

"자네 눈에도 그 더듬이가 똑똑히 보일 텐데. 실물과 똑같이 그려 놨으니까. 그래도 모른다면 어쩔 수 없지만."

내가 대답했다.

"그런가. 자네는 더듬이를 그렸을지 모르지만. 내 눈에는 보이지 않는 걸."

그의 기분을 상하게 하고 싶지 않아 아무 말도 하지 않고 종이를 건네주었다. 그의 퉁명스러운 태도에 당황하기도 했지만, 풍뎅이 그림에서 더듬이를 전혀 찾아낼 수 없었고 그림 전체가 일반적인 해골의 그림과 매우 흡사한 것에 놀란 터였다.

그는 종이를 성급하게 받아들었고, 불 속에 집어넣을 작정인지 구기다가 그림을 흘끗 보고는 갑자기 무엇인가에 주의가 쏠린 모양이었다. 그의 얼굴이 새빨개지더니 곧 새파랗게 변했다. 의자에 앉은 채 한참 동안 그림을 뚫어져라 바라보던 그는 벌떡 일어나 탁자에 있던 촛불을 들고 방의 가장 구석에 있는 트렁크에 걸터앉아 단 한마디도 하지 않고 이리저리 종이를 뒤집어보며 면밀하게 검토했는데 그런 행동에 나는 당황하고 말았다.

그는 외투 주머니에서 지갑을 꺼내 종이를 조심스럽게 넣은 다음, 그 둘을 서랍에 넣어 잠갔다. 그의 태도는 더욱 침착해졌다. 열정적인 분위기는 완전히 사라졌다. 저녁이 지날 무렵 점점 더 환상에 빠져들었고, 나의 어떤 말도 그를 깨울 수 없었다. 자주 그랬던 것처럼 오두막에서 밤을 지내려 했지만, 주인이 이런 기분에 빠진 것을 보고 나는 떠나는 편이 낫겠다고 생각했다. 나에게 남아 있으라고 강요하지 않았지만, 내가 떠날 때 평소보다 훨씬 더 진심 어린 마음으로 내 손을 흔들었다.

이 일이 있은 지 약 한 달 후(그동안 나는 레그런드를 만나지 못했다) 주피터가 찰스턴에 있는 나를 만나러 왔다. 나는 그 늙은 흑인이 그토록 낙담한 표정을 짓는 것을 본 적이 없었고, 내 친구에게 어떤 심각한 재앙이 닥칠까 봐 두려웠다.

"웬일인가, 주피터? 대체 웬일인지? 주인은 안녕하신가?"

내가 말했다.

"그게 좀, 솔직히 말씀드리자면 나리의 상태가 별로 좋지 않습니다."

"편치 않다고? 이거 큰일이군. 어디가 불편하기라도 한가?"

"그런 건 아닙니다만. 그래서 더 걱정입니다."

"주피터, 자네가 지금 무슨 말을 하는 건지 잘 모르겠어. 다시 한번 확실히 묻겠네. 자네는 레그런드가 병에 걸렸다고 했어. 하지만 그가 어디가 아픈지 자네에게 말하지 않는다는 거야?"

"그렇습니다. 나리, 저도 어디가 안 좋은 건지 알아보려 했지만 끝내 알아내지 못했습니다. 윌 나리께서는 아무렇지 않다고 하지만, 정말로 아무렇지 않으면 왜 머리를 숙이고 도깨비처럼 새파란 얼굴로 돌아다니면서 밤낮 계산용 숫자만 쓰고 계시는지…….

"뭘 한다고? 주피터."

"계산이요. 석판에 부호를 적어 놓고, 본 적도 없는 이상한 부호를 적어 놓고, 보고 있으면 으스스한 기분이 듭니다. 하지만 한시도 나리에게서 눈을 뗄 수가 없습니다. 얼마 전에는 저를 속이고 해가 뜨기 전부터 사라졌다가 그날이 다 지나도록 돌아오지 않았지요. 저는 나리가 돌아오시면 아주 혼쭐을 내줘야겠다고 생각하고 커다란 몽둥이를 들고 기다렸습니다. 하지만 저는 바보인가 봅니다. 나리를 본 순간 용기가 사라졌습니다. 나리가 너무도 가엾은 모습으로 나타나셨기 때문이지요."

"아니? 뭐라고? 아, 그래! 그런 불쌍한 사람은 너무 거칠게 다루지 않는 게 좋아. 주인에게 폭력은 안 되네. 그건 그렇고 왜 그런 병에 걸렸는지, 왜 주인이 그런 짓을 하게 되었는지 조금도 모르겠나? 요전에 내가 다녀온 뒤 무슨 이상한 일이라도 생긴 것인가?"

"아니오. 그런 건 없었어요. 아마 그전에 무슨 일이 있었나 본데, 바로 나리님이 다녀가신 그날 말입죠."

"그날 무슨 일이 있었다는 거지?"

"음, 그 풍뎅이 말이죠. 바로."

"뭐, 뭐라고?"

"아, 그 풍뎅이 말이에요. 확실히 그놈이 윌 나리의 머리를 어딘가 물었나 봐요."

"주피터, 무슨 이유로 그렇게 생각하는 거지?"

"그 발톱만 봐도 그렇고, 그렇게 기분 나쁜 풍뎅이는 본 적이 없습니다. 가까이 가면 아무거나 차고, 물고, 뜯고 하는데. 윌 나리도 맨 처음 붙잡았다가 곧 질겁해서 놔버렸지요. 아마 그때 물렸나 봐요. 나는 풍뎅이의 주둥아리 꼬락서니가 아주 보기 싫어 만지고 싶지 않아 눈에 띈 종이로 그놈을 눌렀지요. 그걸로 싸서 주둥아리에다 그 종이 끝을 틀어박았답니다. 이렇게요."

"그렇다면 자네는 정말로 주인이 풍뎅이에 물려서 그런 병에 걸렸다고 생각한단 말이지?"

"그렇게 생각할 수밖에 없지 않겠습니까? 그 황금풍뎅이한테 물리지 않고서야 왜 그리 황금 꿈만 꾸는 걸까요? 저는 그런 황금풍뎅이 이야기를 들어서 알고 있어요."

"주인이 황금 꿈을 꾸는지 어떻게 알지?"

"그건 잠꼬대를 하시기 때문입니다."

"음, 그래? 그렇다면 자네 말이 맞겠구먼. 그건 그렇고 무슨 일로 이곳에 왔나?"

"주인 나리의 전갈을 가져왔습니다."

주피터는 나에게 쪽지를 건넸다.

친애하는 벗에게

왜 자네는 그토록 오랫동안 와 주질 않는가? 내가 전에 퉁명스럽게 대해서 화가 났는가? 자네가 그럴 사람이 아니란 것 알고 있네.

자네와 헤어지고 큰 골칫거리가 하나 생겼네. 자네에게 이야기할 게 있는데 어떻게 이야기해야 좋을지 도무지 알 수가 없군.

나는 지난 며칠 동안 몸이 좋지 않았고, 불쌍한 늙은 주피터는 그의 선의의 관심으로 거의 인내할 수 없을 정도로 나를 짜증 나게 하네. 이런 이야기를 자네는 얼마나 믿어 줄지?

그는 일전에 큰 몽둥이를 준비했는데, 사실 내 얼굴빛이 핼쑥한 탓에 별일은 없었네. 그렇지 않았다면 큰일 날 뻔했다네.

자네가 다녀간 뒤로 채집은 신통치 않네. 될 수 있으면 어떻게 해서든 주피터와 함께 이곳으로 와 주었으면 좋겠네. 중대한 일로 오늘 밤 자네를 꼭 만나고 싶네. 매우 중대한 사건임을 단언하네.

_윌리엄 레그런드

편지의 어조에는 큰 불안감을 주는 무언가가 있었다. 글에서 풍기는 어투가 레그런드의 스타일과 전혀 달랐다. 그의 흥분된 두뇌를 소유한 새로운 사건은 무엇일까? 그가 이야기하는 '매우 중대한 사건'이란 무엇일까? 그에 대한 주피터의 설명은 좋지 않은 징조였다. 계속되는 불행의 압력이 내 친구의 이성을 상당히 불안정하게 만들지 않을까 두려웠다. 한순간의 망설임도 없이 주피터와 동행할 준비를 마쳤다.

부두에 도착해 보니 모두 새것으로 보이는 낫 한 개와 삽 세 자루가 우리가 타게 될 배의 밑바닥에 있었다.

"이것은 무엇인가, 주피터?"

나는 물었다.

"우리 주인님의 낫과 삽이지요."

"그것을 어디에 쓸 작정인가?"

"주인님이 가게에서 사 오라고 조르는 통에 있는 돈을 모두 털어서 샀죠."

"그러니 그것을 어디에 사용하려고 하나?"

"제가 알 수 있나요? 모두가 그놈의 황금풍뎅이 녀석 탓입니다."

주피터의 머릿속은 온통 풍뎅이에게 정신이 팔려 있어 속시원한 답변을 듣지 못했다. 나는 보트에 몸을 실었다. 순조로운 바람을 타고 보트는 짧은 시간에 몰트리 요새 북쪽의 작은 포구로 들어갔다. 2마일쯤 걸어서 오두막집에 도착했다.

우리가 도착한 시간은 오후 3시쯤이었다. 레그런드는 애타게 기다리고 있었다. 그는 나를 보자 신경질적인 열정으로 손을 꽉 잡았다. 그것은 나를 놀라게 하고 아울러 전부터 품었던 의혹을 한층 더 강하게 했다. 그의 얼굴은 무서우리만치 핼쑥했으며 움푹 들어간 두 눈은 이

상한 빛을 띠었다.

그의 건강에 대해 두서너 마디 물어본 다음 그만 말문이 막혀 나는 G 중위에게서 그 풍뎅이를 찾아왔느냐고 물었다. 그는 몹시 흥분한 빛을 띠며 말했다.

"아, 그래."

그는 격렬하게 대답했다.

"다음 날 아침에 그에게서 풍뎅이를 가져왔지. 무슨 일이 있어도 다시는 풍뎅이를 안 내놓겠네. 주피터의 말이 맞았어."

나는 슬픈 예감으로 물었다.

"무슨 말이?"

"황금풍뎅이라고 한 이야기 말일세."

그는 매우 진지한 표정으로 이렇게 말했고, 나는 표현할 수 없을 정도로 충격을 받았다. 그는 의기양양한 미소를 지으며 말을 이었다.

"이 풍뎅이가 내 운명을 바꿔 줄 걸세. 우리 집 재산을 되찾게 해 주리라 믿네. 그렇다면 내가 그것을 소중히 여기는 것이 이상하지 않지? 그것을 적절하게 사용하기만 하면 큰 금덩이 위에 올라앉을 수 있을 걸세. 주피터, 가서 그 풍뎅이를 이리 가지고 오게."

"뭐라고요? 그 벌레를요? 나리께서 가지고 오세요."

그러자 레그런드는 엄숙하고 위엄 있는 자세로 일어나 딱정벌레가 들어 있는 유리 상자를 가져왔다. 그것은 아름다운 풍뎅이였고, 당시 박물학자들에게는 알려지지 않았으며, 물론 과학적인 관점에서 볼 때 큰 발견이었다. 등 한쪽 끝 근처에는 둥글고 검은 반점이 두 개 있었고 다른 쪽 끝 근처에는 긴 반점이 있었다. 비늘은 매우 단단하고 광택이 났으며 광택은 황금처럼 보였다. 곤충의 무게는 매우 묵직했고, 모든 것을 고려할 때, 그것에 대한 주피터의 의견을 비난할 수 없었다. 그 의견에 레그런드가 동의한 것에 어떻게 반응해야 할지 쉽게 입을 열 수 없었다.

내가 딱정벌레에 대한 조사를 마쳤을 때 그는 웅장한 어조로 말했다,

"나는 이 행운과 풍뎅이에 관한 계획을 발전시키는 데 자네의 조언과 도움을 얻기 위해 오라고 한 것일세."

"친애하는 레그런드!"

나는 그의 말을 가로막으며 외쳤다,

"자네는 확실히 몸이 좋지 않으니 아무래도 예방 조치를 하는 게 좋아. 눕게나, 누워. 자네 병이 완쾌될 때까지 이삼일 옆에 있어 주겠네."

"내 맥박을 느껴봐."

그의 머리를 짚어 보았지만 열의 징후를 발견하지 못했다.

"열은 없지만 병일지도 모르네. 내가 자네를 위해 처방할 수 있도록 우선은 자리에 눕게."

그가 내 말을 끊었다.

"자네, 뭔가 착각하고 있네. 이처럼 흥분하고 있고, 이처럼 건강하니 더할 나위 없이 건강하다는 증거야. 정말로 나를 걱정한다면 내 흥분 상태를 먼저 가라앉혀주게나."

"어떻게 하면 좋겠나?"

"아주 쉽지. 주피터와 나는 본토에 있는 산으로 탐험을 갈 생각이

네. 이 탐험에는 믿을 만한 사람의 도움이 필요해. 나에게 믿을 만한 사람이라고는 자네밖에 없지. 탐험의 성공을 장담할 수는 없지만 지금 자네가 보고 있는 이 흥분 상태는 틀림없이 가라앉힐 수 있을 거야."

"어떤 식으로든 자네를 돕고 싶네. 하지만 이 지옥의 딱정벌레가 자네의 언덕 탐험과 어떤 관련이 있단 말인가?"

"있고말고."

"그렇다면, 레그런드. 그런 어리석은 탐험대에 합류할 수 없네."

"안타깝군. 그렇다면 우리끼리 할 수밖에 없지."

"자네들끼리 한다고! 자네 정말 제정신이 아니로군. 대체 얼마나 집을 비울 생각이야?"

"무슨 일이 있어도 해가 뜰 때까지 돌아올 거네."

"그럼, 틀림없는 약속을 할 수 있겠나? 자네의 이 정신 나간 행동이 끝나고, 이 벌레로 인한 소동이 해결되면, 집에 돌아와 내 말을 의사의 충고로 알고 잘 따르겠다는 것을?"

"약속하지. 그러니 이제 떠나세. 지체할 시간 없네."

무거운 마음으로 친구와 동행했다. 레그런드, 주피터, 개, 나는 오후 4시에 출발했다. 주피터는 낫과 삽을 가지고 있었다. 내가 보기에 그는 주인이 손이 닿는 도구를 자신보다 더 신뢰하게 되는 것을 두려워했던 것 같다. 그의 태도는 극도로 고집스러웠고 "그놈의 풍뎅이 놈!" 소리만 여행 중에 나온 유일한 단어였다.

나는 등불 두 개를 맡았고, 레그런드는 풍뎅이를 채찍 끝에 달고 다녔다. 그는 요술쟁이의 기운을 느끼며 그것을 이리저리 빙글빙글 돌리며 걸었다. 친구의 정신이 이상하다는 명백한 증거를 보고 눈물을 참을 수 없었다. 그러나 현재로서는 또는 성공의 기회와 함께 더 활기찬 조치를 취할 때까지 그의 공상을 유머러스하게 넘기는 것이 최선이라고 생각했다. 그러는 동안 원정의 목적에 관하여 그에게 말을 걸려고 했지만 모두 헛수고였다. 그와 동행하도록 유도하는 데 성공하자, 그는 중요한 주제로 대화 나누기를 꺼리는 것 같았고, 나의 모든 질문에 "이제 곧 알게 되네." 외에는 다른 대답을 하지 않았다.

우리는 보트를 타고 섬의 머리에 있는 개울을 건너 본토 해안의 고지대를 올라 북서쪽으로 진행하여 사람의 발자취를 볼 수 없는 거칠고 황량한 지역을 통과했다. 레그런드는 여기저기서 잠깐 멈춰 서서, 예전에 그가 고안한 어떤 랜드마크로 보이는 것들을 참고하며 앞장서 걸었다.

이런 식으로 우리는 약 두 시간 동안 여행하였으며, 해가 막 지고 있을 때 지금까지 본 어떤 지역보다도 훨씬 더 황량한 지역에 들어섰다. 그것은 거의 접근할 수 없는 언덕의 정상 근처에 있는 평평한 지대였으며, 기슭에서 봉우리까지 빽빽하게 숲이 우거졌고, 느슨하게 놓인 것처럼 보이는 거대한 바위가 산재해 있었다. 여러 방향으로 뻗은 깊은 계곡은 더욱 엄숙한 분위기를 주었다.

그곳에는 가시나무가 무성했고, 낫을 쓰지 않고는 가시덤불을 통해 길을 가는 것이 불가능해 보였다. 주피터는 주인의 지시에 따라 엄청나게 큰 백양나무 기슭으로 가는 길을 닦아 주었는데, 그 나무는 참

나무 8~10그루와 함께 평지에 서 있었고, 그 모든 나무와 잎사귀의 아름다움에서 본 다른 모든 나무를 능가했다. 레그런드는 주피터를 바라보며 나무에 오를 수 있느냐고 물었다. 주피터는 당황한 듯 잠시 아무런 대답도 하지 않았다. 이윽고 그는 거대한 나무줄기로 다가가 그 주위를 천천히 걸으며 세심하게 살펴보았다. 그가 조사를 마치고 말했다.

"네, 나리. 주피터는 평생에 못 올라가는 나무가 없었는걸요."

"그럼 가능한 한 빨리 올라가거라. 곧 어두워져서 우리가 무슨 일을 하고 있는지 볼 수 없을 테니까."

"얼마나 올라가란 말씀인가요, 나리."

주피터가 물었다.

"먼저 줄기로만 올라가면 다음에 가르쳐 줄 테니까. 자, 좀 기다려! 이 풍뎅이를 가지고 올라가."

"풍뎅이라고요?"

주피터가 당황하여 뒤로 물러나며 소리쳤다.

"자네 같은 덩치 큰 몸집이 요까짓 쏘지도 않는 작은 딱정벌레를 붙잡는 게 무서워? 자, 그럼 이 가죽끈 끝을 붙잡고 올라가 봐. 아, 그래도 싫어? 자네가 어떤 식으로든 그것을 받아들이지 않는다면 나는 이 삽으로 자네의 머리를 갈겨버릴 수밖에 없을 거야."

주피터는 부끄러워하며 순응했다.

"늘 나 같은 검둥이한테 싸움이나 거시고, 잠깐 농담한 걸 가지고 제가 벌레를 무서워할 것 같아요? 그따위 벌레를?"

그는 끈의 가장 끝을 조심스럽게 잡고 벌레를 자신에게서 멀리 떨어트린 채 나무에 오를 준비를 했다.

미국의 산림 수목 가운데에서도 가장 장엄한 백합나무는 어릴 때는 줄기가 아주 곧고 길며 옆으로 가지를 뻗지 않고 꼿꼿이 위로만 자라지만, 좀 묵으면 껍질에 울퉁불퉁한 혹이 생기며 작은 곁가지가 잔뜩 나온다. 따라서 보기보다 올라가기란 훨씬 힘들었다.

팔과 무릎으로 거대한 원통을 가능한 한 가까이 껴안고, 손으로 돌출부를 붙잡고, 벌거벗은 발가락을 다른 발가락 위에 올려놓고, 떨어지는 것을 한두 번 가까스로 피한 후, 주피터는 몸을 꿈틀거리며 가까스로 첫 번째 굵은 가지에 올라갈 수 있었다.

"이제 어느 길로 갑니까, 나리."

그가 물었다.

"가장 큰 가지, 이쪽에 있는 가지로 올라가."

레그런드가 말했다.

주피터는 그에게 복종했고 어려움 없이 올라갔다. 쪼그려 앉은 그의 모습은 빽빽한 나뭇잎 사이로 가려져 보이지 않았다. 이윽고 그의 목소리가 들렸다.

"이제 어디로 갈까요?"

"얼마나 높은 곳에 올랐나?"

레그런드가 되물었다.

"나무 꼭대기 너머로 하늘이 보일 만큼 높습니다."

"하늘은 신경 쓰지 말고 내 말을 잘 듣게. 줄기를 내려다보고 자네

밑의 이쪽에 가지가 몇 개 있는지 세어 봐. 가지를 몇 개나 지나쳤지?"

"하나, 둘, 나무, 넷. 이쪽에는 큰 가지가 다섯 개입니다."

"그럼 하나 더 높은 곳에 있는 가지로 올라가."

잠시 후 일곱 번째 가지에 올랐다는 목소리가 들려왔다. 그러자 레그런드는 흥분하여 소리쳤다.

"자, 주피터. 이제는 될 수 있는 대로 그 가지 끝까지 나가 봐. 이상한 게 눈에 띄면 알려 줘야 돼."

그의 말을 들은 나는 이 가엾은 친구의 발작에 대해 설마 하는 마음으로 품고 있던 약간의 희망마저 사라지는 걸 느꼈다. 그가 미친 것은 분명해 보였다. 나는 어떻게 하면 그를 집으로 데리고 갈 수 있을까 골똘히 생각했다. 내가 이 같은 걱정을 하고 있을 때 주피터의 목소리가 다시 들렸다.

"이 가지를 따라 앞으로 가라고요? 싫습니다. 저쪽으로는 썩었는걸요."

"가지가 썩었다고?"

레그런드가 떨리는 소리로 외쳤다.

"예, 나리. 줄기는 문짝처럼 썩었습니다. 틀림없이 말라버렸을 거예요. 생명이 없어요."

레그런드는 몹시 괴로워하는 듯 물었다.

"그래?"

나는 끼어들 수 있는 기회가 생겨 기뻐하며 말했다.

"어떻게 하느냐고? 뭘 어째. 빨리 집으로 돌아가서 자는 거야. 자,

내 말을 듣게. 꾸물거리다가는 너무 늦어지고, 나랑 약속도 하지 않았나?"

"주피터! 들리나?"

레그런드가 외쳤다. 그는 내 말은 애초부터 듣고 있지도 않았다.

"나리, 잘 들립니다."

"그러면 칼로 깎아 봐. 아주 썩었는지 어떤지."

"확실히 썩었어요. 그러나 대단치는 않아요. 나 혼자 같으면 더 갈 수 있을 것 같은데 정말."

"혼자서라니? 무슨 말이야?"

"풍뎅이 말이에요! 너무 무거운 벌레니 여기서 그만 떨어뜨려야겠어요. 그러면 이까짓 검둥이 하나쯤이야 가지가 부러지지는 않을 겁니다."

"악마 같은 놈!"

레그런드는 거칠게 소리쳤지만, 속으로는 마음이 놓인 듯했다.

"쓸데없는 소리 하지 마. 풍뎅이를 떨어뜨리기만 해봐. 모가지를 비틀어버릴 테니까. 자, 이것 봐, 주피터, 알았지?"

"나리, 불쌍한 검둥이를 나무라지 마십시오."

"그러면 시키는 대로 해. 그 가지를 따라서 갈 수 있는 데까지 가라고. 그리고 내려오면 상으로 은화 1달러를 주겠네."

"가겠습니다. 나리, 이미 가고 있습니다."

주피터는 매우 신속하게 대답했다.

"끝까지!"

여기서 레그런드가 소리쳤다,

"그 가지의 끝까지 갔느냐?"

"곧 끝이 나와요, 나리. 오, 저게 뭐야! 나무 끝에 뭐가 있어요."

레그런드는 매우 기뻐하며 외쳤다.

"그래! 그게 뭐냐?"

"해골이요. 누가 이런 데다 해골을 놓고 갔는지. 까마귀가 살은 다 파먹었어요."

"해골이라고! 좋아! 나뭇가지에 어떻게 잡아매여 있지? 무엇으로 매여 있어?"

"살펴보겠습니다. 이거 참, 이상한데요. 해골 가운데 큰 못을 쳐서 나무에 매달아 놨습니다."

"잘했어. 주피터. 지금부터 내 말대로 해. 들리지?"

"알았습니다. 나리."

"조심해서 해골 왼쪽 눈을 봐."

"그런데 눈깔이 없는데요."

"이 바보야! 너는 어느 쪽이 왼손이고 어느 쪽이 오른손인지 그 정도는 알고 있겠지?"

"네, 그야 알지요. 장작 패는 손이 왼손이지요."

"그렇지! 넌 왼손잡이니까. 그러니까 네 왼쪽 눈은 네 왼손과 같은 쪽에 있는 거야. 자, 이제 해골에서 왼쪽 눈이나 왼쪽 눈이 있던 곳이 어딘지 알 수 있겠지?"

긴 침묵이 흘렀다. 이윽고 주피터의 목소리가 들려왔다.

"해골의 왼손과 같은 쪽에 있겠지요. 그런데 해골에는 손이 없는데요. 그만둬요. 이제 알았어요. 음, 이게 왼쪽 눈이구먼. 그걸 어쩌란 말입니까?"

"거기다. 벌레를 묶은 끈을 가능한 한 끝까지 늘어뜨려. 끈을 놓치지 않게 조심하고."

"했어요. 해골 구멍으로 풍뎅이를 늘어뜨리는 것쯤이야 어려울 게 있나요. 보세요. 내려갔지요."

이런 이야기를 주고받는 동안 주피터의 모습은 보이지 않았지만, 그가 내려 보내는 가죽끈 밑에 매달린 풍뎅이는 우리가 서 있는 곳을 아직은 희미하게 비춰 주고 있는 저녁 해의 마지막 빛을 받아 잘 닦은 황금 덩어리처럼 번쩍였다.

풍뎅이는 나뭇가지에 걸리지 않고 축 늘어뜨려졌다. 그대로 떨어뜨리면 바로 우리 발아래에 떨어졌을 것이다. 레그런드는 즉시 낫을 가져다가 곤충 바로 아래에 지름 3,4야드의 원을 그리며 그 안의 풀을 쳐냈다. 그것을 끝낸 뒤 주피터에게 가죽끈을 떨어뜨리고 나무에서 내려오라고 명령했다. 딱정벌레가 떨어진 정확한 지점에서 아주 멋지게 말뚝을 땅에 박고, 내 친구는 주머니에서 줄자를 꺼냈다. 말뚝에 가장 가까운 나무줄기의 지점에 이것의 한쪽 끝을 고정시키고, 말뚝에 닿을 때까지 그것을 펼쳤고, 거기서부터 나무와 말뚝의 두 지점이 이미 설정한 방향으로 50피트 거리만큼 그것을 펼쳤다. 이렇게 얻은 지점에서 두 번째 말뚝을 박았고, 그 주위에 지름이 약 4피트인 원을 그렸다. 삽을 가져다가 하나는 주피터에게 하나는 나에게 주면서 레그런

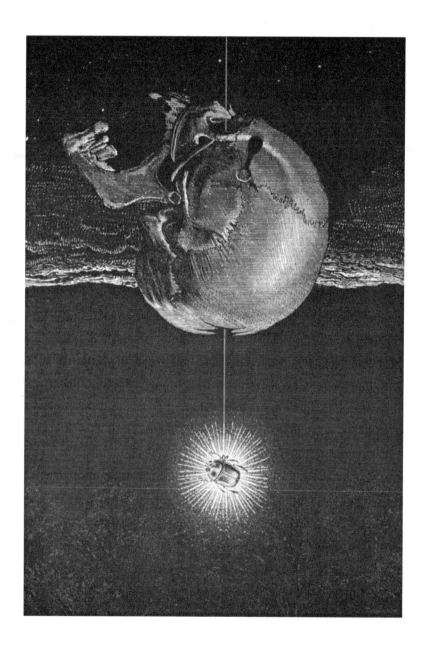

드는 가능한 한 빨리 땅을 파 달라고 간청했다.

진실을 말하자면, 나는 그 어느 때에도 그러한 오락을 특별히 좋아하지 않았으며, 그 상황에서도 마찬가지였다. 밤이 다가오고 있었고 나는 이미 피곤했다. 탈출할 방법은 없었고 친구의 부탁을 거절함으로써 불쌍한 친구의 평정을 방해할까 봐 두려웠다. 그럴 수만 있었다면 나는 미치광이를 강제로 집으로 데려가려고 시도하는 데 주저하지 않았을 것이다. 그러나 나는 그 늙은 흑인의 성향을 너무나 잘 알고 있었기 때문에 어떠한 상황이 닥치면 그가 주인이 아닌 나를 도와줄 것이라고 믿었다.

레그런드가 땅속에 묻힌 보물에 관한 수없이 많은 남쪽 나라의 미신에 홀린 것만은 확실했다. 그리고 풍뎅이를 발견한 일과 또 주피터가 고집스럽게 이 풍뎅이를 '진짜 황금풍뎅이'라고 주장한 일로 그의 공상이 한층 더 굳어진 것은 의심할 여지가 없었다. 더욱이 광기가 있는 사람은 이러한 암시로 곧 충동을 일으키기 쉬우며 이것이 오래전부터 생각하던 관념과 일치될 때는 한층 더할 것이다.

나는 슬프게도 짜증이 나고 당혹스러웠지만, 마침내 선의로 땅을 파는 것 그리하여 그가 품고 있는 생각의 오류를 증명함으로써 몽상가를 더 빨리 납득시킬 결론을 보여 주기로 마음먹었다. 등불을 켠 후 우리는 한층 더 합리적인 대의를 가지고 일하게 되었다. 빛이 우리를 비추었을 때, 우리가 얼마나 그림 같은 그룹을 구성했는지, 우리의 행방을 우연히 발견했을 수도 있는 침입자에게 우리의 수고가 얼마나 이상하고 의심스럽게 보였을지 생각하지 않을 수 없었다. 두 시간 동안 꾸준히 땅을 팠다. 거의 말이 없었다. 우리가 일하는 모습이 무척 재미있는지 개가 짖어대는 게 신경 쓰였다. 누군가 근처를 지나다 이 소리를 들을까 두려웠다. 아니, 이것은 레그런드의 염려였다. 오히려 나는 어서 그런 사람이 나타나 이 미친 친구를 집으로 데려갈 수 있게 되었으면 하는 마음에 그 소리가 반가울 정도였다. 그러나 개의 울부짖음은 주피터가 바지 멜빵을 풀어 개 주둥이를 꽉 잡아맸으므로 곧 잠잠해졌다. 주피터는 킥킥 소리 죽여 웃으며 구덩이 속으로 다시 돌아왔다.

두 시간이 지났을 때 우리는 5피트 깊이에 이르렀지만 보물의 흔적은 전혀 보이지 않았다. 땅파기는 일시 중단되었고 나는 그 희극이 끝나기를 희망했다. 레그런드는 몹시 당황한 기색으로 신중하게 눈썹을 닦고 다시 일을 시작했다. 우리는 지름이 4피트인 원 전체를 발굴했고, 약간 넓혀 2피트 더 깊은 깊이까지 갔다. 여전히 아무것도 나타나지 않았다. 내가 진심으로 불쌍히 여겼던 금을 찾는 그 사람은 마침내 구덩이에서 기어 나왔고, 얼굴 가득 쓰라린 실망이 가득했으며, 천천히 그리고 마지못해 일을 시작할 때 벗어 던졌던 외투를 다시 입었다. 나는 아무 말도 하지 않았다. 주피터는 주인의 신호에 따라 도구를 모았다. 이 일이 끝나고 개의 입마개를 풀어준 뒤 우리는 깊은 침묵 속에서 집으로 향했다. 열두 걸음을 내디뎠을 때 갑자기 레그런드가 주피터의 옷깃을 잡았다. 깜짝 놀란 주피터는 눈과 입을 최대한 벌리고 삽을 떨어뜨리고 무릎을 꿇었다.

"이 악당 같은 녀석."

레그런드는 이를 악물고 거친 숨을 내쉬며 말했다.

"이 지옥에 빠질 악당아! 자, 말해봐! 쓸데없는 말 집어치우고 바로 대답해. 어느 쪽이 네 녀석의 왼쪽 눈이냐?"

겁에 질린 주피터는 오른쪽 눈에 손을 얹고 마치 주인이 구멍이라도 뚫지 않을까 두려워하는 것처럼 필사적으로 눈을 가렸다.

"내 그럴 줄 알았어. 어째 그럴 것 같더라니. 자, 이젠 됐어!"

레그런드는 주피터를 놓아주고 껑충껑충 뛰며 기뻐했다. 주피터는 일어나 주인 얼굴과 내 얼굴을 얼빠진 사람처럼 번갈아 쳐다볼 뿐이었다.

"이리 와! 우리는 다시 돌아간다. 아직 끝난 게 아니야."

이렇게 말한 레그런드는 다시 백합나무가 있는 곳을 향해 걸었다. 나무 밑둥치로 간 그가 말했다.

"주피터, 이리 와. 그 해골은 얼굴을 어느 쪽으로 하고 못에 박혀 있었지?"

"얼굴은 바깥쪽을 향해 있었습니다. 나리, 까마귀 녀석이 눈알을 파먹을 수 있었겠죠."

"음, 그래. 그러면 네가 풍뎅이를 떨어뜨린 것은 어느 쪽 눈이야?"

레그런드는 그의 손으로 주피터의 눈을 번갈아 짚으며 물었다.

"이쪽 눈이에요. 나리 말씀대로 왼쪽 눈이에요."

주피터가 가리킨 것은 오른쪽 눈이었다.

"그래 알았다. 다시 시도해 봐야겠어."

그의 말을 들은 나는 이 미친 친구의 머리에도 어떤 법칙이 있다는 사실을 깨달았다. 아니, 이해한 것처럼 느껴졌다.

그는 풍뎅이가 떨어진 곳에 박혔던 말뚝을 이전 위치에서 서쪽으로 약 3인치 떨어진 지점으로 옮겼다. 이제 이전과 같이 몸통의 가장 가까운 지점에서 말뚝까지 줄자를 측정하고 50피트 거리까지 직선으로 계속 확장하면 우리가 파던 지점에서 몇 야드 떨어진 지점이 표시되었다. 새로운 위치 주위에는 이전보다 약간 더 큰 원이 그려졌고, 우리는 다시 땅을 팠다. 나는 몹시 지쳤지만, 무엇이 내 생각에 변화를 일으켰는지 거의 이해하지 못했기 때문에, 나에게 부과된 노동에 대해 더는 큰 혐오감을 느끼지 않았다. 사실 나는 설명할 수 없을 정도로 흥미로웠다. 심지어 흥분하기까지 했다. 어쩌면 레그런드의 모든 과장된 태도 속에서 내게 깊은 인상을 준 어떤 선견지명이 있었는지 또는 숙고의 분위기가 있었을지도 모른다.

나는 열심히 파고들었고, 이따금 기대와 매우 흡사한 무언가로 내 불행한 동반자 이상으로 환상의 보물을 찾고 있는 나 자신을 발견했다. 그러한 모호한 생각이 나를 완전히 사로잡았을 때, 그리고 우리가 한 시간 반 정도 땅을 팠을 때, 개가 격렬하게 짖는 바람에 일을 멈춰야 했다. 아까와는 달리 개도 재미나서 짖어대는 것은 아닌 듯했다. 주피터가 개의 주둥이를 결박하려고 했지만 개는 맹렬히 반항하며 구덩이로 뛰어들어 발톱으로 미친 듯 흙을 파헤쳤다.

몇 초 만에 두 개의 완전한 해골이 된 사람의 뼈다귀가 무더기로 드러났다. 금속 단추 몇 개와 썩은 양털 먼지 같은 것도 섞여 나왔다. 삽으로 두어 번 헤적이니 큰 주머니칼이 나타났고, 조금 더 파 보자 금화와 은화가 너덧 닢 나왔다. 이것을 본 주피터의 표정은 기쁨을 감출 수 없었지만, 그의 주인은 극도로 실망한 기색이 역력했다. 우리는 이제 본격적으로 땅을 팠고 나는 그후로도 약 10분 동안 강렬한 흥분을 억제할 수 없었다. 우리는 직사각형 나무 상자를 발굴했는데, 그 나무는 무언가로 처리해 놓은 듯 완벽하게 보존되어 있었다.

상자는 길이가 3피트 반, 너비가 3피트, 깊이가 2피트 반이었다. 그것은 연철 띠로 단단히 고정되어 있었고, 리벳이 박혀 있었고, 전체에 일종의 격자 작업을 해 놓은 것으로 양쪽 윗부분에는 철 고리가 세 쌍이 있었는데, 모두 여섯 개였으므로 여섯 사람이 그것을 잡을 수 있었다. 우리 셋은 있는 힘을 다해 들어 보았지만 밑바닥이 조금 움직였을 뿐이었다. 우리 힘으로는 도저히 꿈쩍도 하지 않을 것 같았다. 다행히도 뚜껑에는 빗장만이 잠겨 있었고 우리는 불안한 마음으로 가슴을 조이며 부들부들 떨리는 손으로 빗장을 잡아 뺐다. 순식간에 헤아릴 수 없을 만한 값어치의 진귀한 보물이 번쩍거리며 눈앞에 나타났다. 등불 빛이 구덩이 속으로 쏟아지자 아무렇게나 틀어박힌 황금과 보석의 찬란한 빛으로 눈도 뜨지 못할 지경이었다.

레그런드는 흥분으로 지쳐 보였고 거의 말을 하지 않았다. 주피터의 얼굴은 몇 분 동안 흑인의 얼굴빛으로는 더 창백해질 수 없을 거라고 생각될 만큼 핏기가 가서 그야말로 치명적인 창백함을 띠었다. 레그런드는 천둥에 휩싸인 듯 어리둥절해 보였다. 그는 구덩이에 무릎을 꿇고, 벌거벗은 팔꿈치까지 금으로 묻고, 목욕의 사치를 즐기는 것처럼 그대로 두었다. 이윽고 그는 깊은 한숨을 내쉬며 외쳤다.

"음, 그래. 그놈의 황금풍뎅이가 이런 복을 가져오다니! 귀여운 황금풍뎅이 녀석! 네가 잔뜩 욕을 퍼부어준 어여쁜 버러지 덕분이야! 너 이 검둥이 녀석아. 부끄럽지도 않냐? 대답 좀 해 보라고!"

마침내 레그런드와 주피터를 재촉하여 어서 보물을 날라야 했다. 밤이 꽤 깊었으므로 날이 새기 전에 이 보물을 모두 집으로 옮기려면 서둘러야 했다.

무엇을 해야 할지 말하기가 어려웠다. 그리고 숙고하는 데 많은 시간을 보냈다. 셋의 생각은 너무나 혼란스러웠다. 우리는 내용물의 2/3를 제거하여 상자를 가볍게 만들었고, 약간의 어려움을 극복하고 구멍에서 상자를 들어올렸다. 꺼낸 물건은 가시덤불 사이에 쌓여 있었고, 개는 주피터의 엄격한 명령에 따라 우리가 돌아올 때까지 그 자리를 지키라는 명을 받았다.

우리는 서둘러 집으로 향했다. 안전하게 그러나 지나친 고생 끝에 새벽 1시에 오두막에 도착했다. 우리는 지쳤고, 2시까지 쉰 뒤 저녁을 먹었다. 그 직후 튼튼한 자루로 무장하고 언덕으로 출발했다. 4시가 되기 조금 전에 구덩이에 도착했고, 남은 전리품을 균등하게 나눈 뒤 구멍을 메우지 않은 채 다시 오두막으로 출발했다.

우리는 완전히 녹초가 되었다. 그러나 강렬한 흥분은 안식을 거부했다. 서너 시간쯤 조용히 잠을 자고 나서 연주하듯이 일어나 보물을 살펴보았다. 상자는 꽉 찼고, 우리는 종일, 그리고 다음 날 밤의 대부분을 내용물을 면밀하게 조사하면서 보냈다. 질서나 배열 같은 것은 없었다. 모든 게 난잡하게 쌓여 있었다. 정성껏 분류한 결과, 우리는 처음에 생각했던 것보다 훨씬 더 많은 부를 소유하게 되었음을 알았다. 동전은 45만 달러가 넘었고, 프랑스, 스페인, 독일, 영국 화폐, 금, 매우 크고 무거운 동전도 몇 개 있었는데, 너무 닳아서 글자를 식별할 수 없었다. 미국 돈은 없었다. 보석의 가치는 추정하기가 더 어려웠다. 다이아몬드도 많았는데 일부는 매우 크고 훌륭했다. 놀라운 광채를 지닌 루비 18개, 에메랄드 3백 개 모두가 매우 아름다웠다. 그리고 사파이어와 오팔 21개는 세팅이 부서져 이리저리 흩어져 있었다.

이외에도 엄청난 양의 순금 장신구가 있었는데, 반지와 귀걸이 약 2백 개, 매우 크고 무거운 십자가, 황금 향로 5개, 정교하게 양각된 칼 손잡이 두 개와 내가 기억할 수 없는 장신구가 많았다. 이 귀중품들의 무게는 상당했고 오랜 시간의 흔적이 남긴 부식으로 식별하기 어려웠지만 모두 큰 가치가 있는 것들이었다.

우리는 전체 내용물의 가치를 백만 달러로 추정했다. 나중에 우리가 장신구와 보석(일부는 우리가 사용하기 위해 보관하고 있음)을 처분했을 때 그 보물을 과소평가했다는 사실을 알았다. 조사를 마치고 강렬한 흥분도 어느 정도 가라앉았을 때, 나는 이 비범한 수수께끼에 대한 궁금증으로 조바심이 나 있었고, 레그런드는 그것과 관련된 모든 상황을 자세히 설명했다.

"기억하겠나? 그 풍뎅이 그림을 그려서 건네주었던 날 밤 말일세. 그때 자네가 해골 같다고 해서 내가 화내지 않았나? 자네가 그렇게 말했을 때는 농담으로만 알았지. 잔등에 검은 점이 있어서 그럴지도 모른다고 말일세. 그런데 내 그림이 서툴다고 했지. 나는 그림을 꽤 잘 그리는 편인데, 그 말을 듣고 보니 공연히 화가 치밀었네. 그 양피지를 돌려주었을 때 더욱 화가 치밀어 그놈을 구겨 불속에 던지려 했었네."

"그 종이쪽지 말이지?"

"아닐세. 겉이 꼭 종이 같아서 처음에는 나도 종이인 줄 알고 그 위에 그림을 그리려 했었는데 퍽 얇은 양피지인 것을 알았지. 무척 더럽혀지지 않았나? 그것을 구기려는 순간 나는 자네가 보고 있던 그림을 보게 되었지. 나는 분명 풍뎅이를 그렸는데 풍뎅이는 간데없고 대신 해골이 있는 것을 발견했을 때 내가 놀란 모습은 자네도 생각날 걸세. 나는 너무 놀라서 아무것도 분간할 수가 없었다네. 전체 윤곽에서는 비슷한 점이 좀 있었지만, 자세한 부분에서는 너무도 달랐지. 나는 곧 촛불을 들고 방구석으로 가서 앉아 한층 더 자세히 양피지를 살펴보았네. 뒤집어서 보니 내가 그린 그림이 그대로 있지 않겠나?

첫 번째 생각은, 윤곽선의 정말 놀라운 유사성에 대한 단순한 놀라움이었네. 그 사실에 관련된 단 하나의 우연의 일치에, 내가 알지 못했던 것은 양피지의 반대편에, 풍뎅이의 내 형상 바로 아래에 해골이 있었음이 틀림없고, 해골은 윤곽뿐만 아니라 크기에서도 내 그림과 매우 흡사했네. 이 우연의 특이성이 한동안 나를 어리둥절하게 만들었네. 이것은 그러한 우연의 일반적인 효과였지. 마음은 원인과 결과의 연속적인 연결을 확립하기 위해 고군분투하며, 그렇게 할 수 없기에 일시적인 마비를 겪었어. 이 혼미에서 회복되었을 때 우연의 일치보다 훨씬 더 나를 놀라게 하는 확신이 점차 떠올랐지. 나는 스케치할 때 양피지에 그림이 없었다는 것을 분명하게 기억했네.

나는 양피지의 가장 깨끗한 곳을 찾기 위해 한쪽을 살핀 다음 다른 쪽을 살폈어. 해골이 거기에 있었다면 그것을 알아차리지 못할 수 없었을 거야. 여기에 내가 설명할 수 없었던 신비가 있었네. 그러나 그 순간에도, 그것은 내 지성의 가장 외딴 비밀의 방 안에서, 어젯밤의 모험이 그토록 장엄한 결과를 가져왔던 그 진리에 대한 반딧불이 같은 개념을 희미하게 빛내는 것 같았네. 나는 즉시 일어나 양피지를 안전하게 치우고 혼자가 될 때까지 더 생각하지 않았네.

자네가 떠난 뒤 깊이 잠이 들었고 이후 나는 그 사건에 대해 더 체계적인 조사에 착수했네. 그것이 어떻게 내 소유가 되었는지를 생각해 보았지. 그것이 발견된 곳은 섬에서 동쪽으로 약 1마일 떨어진 본토의 해안이었고, 만조 표시보다 약간 떨어진 곳에서였지. 내가 그것을 잡았을 때 무언가 날카로운 것이 느껴져 그것을 떨어뜨렸다네. 주의를 기울여 나를 향해 날아온 곤충을 붙잡으려고 잎사귀나 그런 성질의 것을 찾아보려 주위를 둘러보았지. 순간 주피터의 눈과 나의 눈이 양피지에 떨어졌어. 그것은 모래 속에 반쯤 묻혀 모퉁이가 튀어나온 채 누워 있었지. 그것을 발견한 지점 근처에서 나는 긴 배로 보이는 선체의 잔해를 관찰했네. 난파선은 아주 오랫동안 거기에 있었던 것처럼 보였어.

주피터가 양피지를 집어 풍뎅이를 싸서 내게 주었네. 얼마 지나지 않아 우리는 집으로 돌아가려고 돌아섰고, 가는 길에 G 중위를 만났네. 내가 그에게 풍뎅이를 보여 주자 그는 그것을 요새로 가져갈 수 있게 해달라고 간청했네. 내가 동의하자 그는 풍뎅이를 포장한 양피지는 내게 넘기고 풍뎅이를 살폈지. 어쩌면 그는 내 마음이 바뀌는 것을 두려워했는지 몰라. 자네는 그가 자연사와 관련된 모든 주제에 대해 얼마나 열정적인지 알고 있지 않나. 집으로 돌아온 나는 풍뎅이를 그릴 목적으로 서랍을 열고 종이를 찾았지만 아무것도 찾을 수가 없었어. 나는 낡은 편지를 찾기 위해 주머니를 뒤졌고 내 손에 양피지가 쥐어졌지. 양피지가 내 손에 들어온 경로를 이렇게 자세히 설명하는 것은 그때의 사정이 특히 나에게 깊은 인상을 주었기 때문일세.

자네는 나를 공상가라고 생각했겠지. 나는 이미 일종의 '연결'을 지어 놓았네. 큰 쇠사슬의 두 고리를 이어 놓은 것일세. 바닷가에 보트가 있었고 배에서 멀지 않은 곳에 해골이 그려진 종이가 아닌 양피지가 있었네. 자네는 '연결이 어디에 있나?'라고 묻겠지. 나는 해골 또는 죽음의 머리가 잘 알려진 해적의 상징이라고 대답하겠네. 죽음의 머리가 그려진 깃발은 모든 해적의 교전에서 게양되지.

나는 그것이 종이가 아니라 양피지라고 했네. 양피지는 지구력이 있고 거의 찢어지지 않아. 중요하지 않은 것을 양피지에 기록해 두는 법은 없지. 그림을 그리거나 글씨를 쓰는 평범한 목적에는 양피지가 종이보다 훨씬 못한 법이니까. 이렇게 생각해 보니 해골이 어떤 의미, 즉 필연성이 있으리라는 느낌이 들었어. 나는 양피지의 생김새에 관해서도 주의를 게을리하지 않았네. 한구석이 떨어져 나갔지만 본디 모양이 장방형이었지. 그것은 누군가가 잊어버리지 않도록 오래 보존해 두어야 할 사실을 기록하는 비망록으로 꼭 선택될 양피지 조각이었네."

나는 그의 말을 가로막았다.

"하지만, 자네가 풍뎅이를 그릴 때 해골은 양피지 위에 있지 않았다고 하지 않았나? 그렇다면 보트와 해골 사이에 어떤 연관을 찾았는가? 그 해골은 자네도 인정하다시피 황금풍뎅이를 그린 뒤 나타난 것 아닌가."

"바로 그 점일세. 아, 이로써 모든 신비가 풀렸네. 이 시점에서 그 비밀은 해결하는 데 어려움이 거의 없었지. 내 발걸음은 확실했고 단 하나의 결과만 감당할 수 있었지. 나는 그림을 그렸을 당시 양피지에 해골이 보이지 않았다고 추론했네. 내가 그림을 완성했을 때 나는 그것을 자네에게 주었고, 자네가 그것을 돌려줄 때까지 자네를 관찰했네. 물론 자네가 그린 것도 아니지. 그렇다면 그것은 인간의 손을 거치지 않고서 저절로 그려진 셈이 아니겠나? 내 생각이 여기까지 미쳤을 때 그때까지 일어난 모든 일을 똑똑히 떠올려보았지. 그 결과 정말로 생각해 낼 수 있었던 것일세.

그날은 추웠고 난롯불이 훨훨 타고 있었지. 나는 운동을 해서 몸이 따뜻했으므로 책상 옆에 앉았지만, 자네는 난로에 바싹 다가앉아 있었네. 내가 양피지를 자네의 손에 주었고 자네는 그것을 조사하고 있을 때, 뉴펀들랜드 종인 울프가 뛰어 들어와 자네 잔등으로 뛰어올랐지. 자네가 왼손으로 개를 쓰다듬으면서 옆으로 떼어놓을 때 보니, 오른손에 쥔 양피지는 무릎 사이로, 불 가까이 떨어져 있었어. 순간 나는 불길에 양피지가 탈까 봐 자네에게 주의를 주려고 했지만, 내가 말하기도 전에 자네는 그것을 거두어들이고 양피지의 그림을 보았네.

이런 경위를 생각해 볼 때 양피지에 해골이 똑똑히 나타난 원인은 불기운 말고는 아무것도 없는 게 뚜렷해졌네. 열기를 받았을 때 나타나도록 종이와 양피지에 글씨를 쓸 수 있는 화학적 방법이 오늘날에도 있고, 옛날부터 있어 온 것은 자네도 잘 알 걸세. 산화코발트를 왕수와 4배의 물로 묽게 만들면 초록색이 되지. 또 코발트 가죽을 초석에 녹이면 빨간색이 되고, 이런 색은 그것을 쓴 원료의 열이 식으면 빠르고 늦은 차이는 있지만 없어졌다가 열을 가하면 또다시 나타나는 법이네. 그래서 이번에는 조심스럽고 면밀하게 해골을 조사했지. 가장자리는 다른 것들보다 훨씬 더 뚜렷했네. 열의 작용이 불완전하거나 균등하지 않았다는 것이 분명했지. 즉시 불을 피우고 양피지의 모든 부분을 뜨거운 열에 갖다 댔더니 왼쪽 구석, 즉 해골이 그려진 곳에서부터 대각선 쪽에 염소 같은 것이 나타났네. 더욱 세밀히 살펴보니 아무래도 새끼 염소 같더란 말이야.”

　나는 큰 소리로 웃었다.

　“하하하, 확실히 말하자면, 나는 자네를 비웃을 권리가 없네. 150만 달러의 돈은 비웃기에는 너무 큰돈이니까. 하지만 자네의 추리를 이어 줄 제3의 고리에는 억지스러운 부분이 있네. 해적과 염소 사이에는 아무런 관계도 없어. 염소는 농부와 관련이 많지.”

　“그 그림을 염소라고는 하지 않겠네.”

　“음, 새끼 염소라고 했지. 아무튼 같은 이야기가 아닐까?”

　“거의 같지만 똑같지는 않지. 자네는 캡틴 키드에 대해서 들어본 적이 있지? 순간적으로 떠오른 생각인데, 나는 그 그림을 가차문자나 상

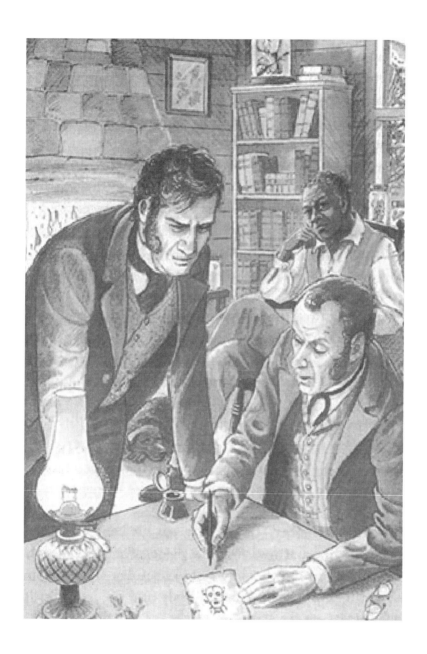

형문자와 같은 서명일 것이라고 생각했어. 서명이라고 말했는데, 양피지의 서명이 들어갈 만한 자리에 있었기 때문에 그렇게 생각한 것이지. 그 대각선 끝에 있던 해골도 인장이나 봉인 같다는 인상을 주었어. 그런데 문제는 그 외에 아무것도 보이지 않는다는 점이지. 내가 있으리라고 상상한 증서의 본문이 없는데는 그만 나도 실망했네."

"그럼 자네는 날인과 서명 사이에 글자가 있을 것을 예상했군."

"맞아. 솔직히 말하자면 어쩐지 큰 복덩어리가 굴러들어 온 것만 같았어. 왜인지는 말할 수 없네. 어쩌면 실제 믿음이라기보다는 욕망이었을 거야. 하지만 풍뎅이가 순금이라는 주피터의 어리석은 말이 내 공상에 놀라운 영향을 미쳤다는 것을 아는가? 일련의 우연과 우연의 일치는 너무나 이례적이었네. 이런 일이 하필이면 1년 365일 중에 꼭 그날 일어났으며, 또 그날이 불을 피울 만큼 추웠느냐 말이지. 난롯불을 피우지 않았다면, 자네가 나타난 정확한 순간에 개의 개입이 없었다면, 나는 결코 해골을 알아차리지 못했을 것이고 보물을 얻을 줄 꿈에도 몰랐을 거야. 모든 일이 참으로 신기하기 짝이 없지 않나."

"그래, 얘기를 계속하게. 궁금해 죽겠네."

"글쎄. 자네도 들은 적 있겠지만 여러 가지 이야기가 있어. 키드 선장 일당이 대서양 연안 어딘가에 금을 묻어 두었다는 소문쯤은 들었겠지. 이런 소문은 얼마쯤 사실에 근거했을 것이네. 그 소문이 지금도 없어지지 않고 계속되는 것은 묻힌 보물이 그대로 있기 때문이 아니겠나? 캡틴 키드가 그 약탈품을 잠시 감춰 두었다가 다시 파냈다면 그 소문도 달라졌겠지.

자네도 알다시피 떠도는 소문은 모두 보물을 찾는 사람 이야기뿐이지, 어디 보물을 찾았다는 사람이 있던가? 캡틴 키드가 보물을 도로 꺼냈다면 이 사건은 끝났을 걸세. 내가 보기에는 어떤 사건이 ―예를 들어 보물 있는 곳을 나타내는 비망록 분실― 보물을 찾아낼 방법을 사라지게 만들었고, 그래서 그 소문이 부하들에게 알려진 것 같아. 그리하여 보물은 감춘 곳을 꿈에도 모르는 부하들이 그것을 찾으려고 서둘렀으나 찾을 길이 없었으므로 헛수고만 하게 되었고, 세상에 퍼져 있는 소문의 씨가 된 것 같네. 자네는 해안에서 고귀한 보물을 캐냈다는 소문을 들은 적 있나?"

"절대 없었네."

"그러나 키드의 보물이 엄청났다는 것은 잘 알려져 있네. 그러므로 나는 땅속에 그대로 묻혀 있을 거라고 굳게 믿었네. 그리고 내가 그토록 운명적으로 발견된 양피지가 퇴적지에 대한 잃어버린 기록과 관련 있다는 희망을 거의 확실하게 느꼈다고 말해도 자네는 거의 놀라지 않을 걸세."

"그래서 그다음은?"

"나는 난로에 열을 높인 후 양피지에 다시 불에 붙였어. 아무것도 나타나지 않았지. 나는 양피지 위에 따뜻한 물을 부어 조심스럽게 헹구고, 이렇게 한 후 해골이 아래로 향하게 하여 양철 냄비에 넣고 숯 용광로 위에 올려놓았네. 몇 분 뒤 냄비가 가열되어 양피지의 코팅을 제거했는데, 양피지의 여러 군데에서 일렬로 배열된 것처럼 보이는 무언가가 발견되었네. 다시 그것을 냄비에 넣고 1분을 기다렸네. 그리고 꺼내 보았을 때 지금 보는 그대로였네."

레그런드가 양피지를 다시 데워서 주었다. 다음 문자들이 해골과 염소 사이에 붉은 색조로 희미하게 보였다.

53‡‡†305))6*;4826)4‡.)4‡);806*;48†8¶60))85;;]8*;:‡*8†83(88)5*†;46(;88*96*?;8)*‡(;485);5*†2:*‡(;4956*2(5*—4)8¶8*;4069285);)6†8)4‡‡;1(‡9;48081;8:8‡1;48†85;4)485†528806*81(‡9;48;(88;4(‡?34;48)4‡;161;:188;‡?;

양피지를 돌려주면서 말했다.

"뭐가 뭔지 하나도 모르겠는 걸. 이 수수께끼를 풀면 골 콘다의 보석을 다 준다 해도 나는 그것을 얻을 수 없을 것 같군."

레그런드가 말했다.

"얼핏 보았을 때 느껴지는 것처럼 어렵지 않네. 이 문자들은 누구나 쉽게 짐작할 수 있듯이 암호를 형성하지. 그러나 캡틴 키드에 대해 알려진 바에 따르면 그가 더 난해한 암호를 만들 수 있었다고는 생각할 수 없어. 나는 즉시 단순한 암호라고 생각했네. 물론 선원의 둔한 지성으로는 열쇠 없이 풀 수 없었겠지만."

"자네는 정말로 그 문제를 풀었나?"

"그 자리에서. 이것보다 몇 만 배나 어려운 것도 여러 번 푼 적이 있었으니까. 나는 인간의 지혜로 된 수수께끼에 흥미가 있었지. 인간의 궁리로 만들어 낸 수수께끼를 인간의 궁리로 풀어내지 못할 리 없다는 것이 내 지론일세. 실제로 기호의 관련성과 의미를 알아낸 뒤로 전체적인 의미를 해명하는 데 드는 노력은 뻔한 거 아닌가? 지능을 쓸 필요도 없었지.

실제로 모든 비밀을 기록하는 경우가 다 그렇지만, 이 경우에는 첫 번째 질문이 암호의 언어에 관한 것이네. 암호 해석의 원칙에 대해서, 특히 더 단순한 암호의 경우 그 말의 특성에 따라 이렇게도 되고 저렇게도 되는 법이니까. 그러나 일반적으로 그 말을 찾아낼 때까지는 풀려는 사람이 알고 있는 국어를 하나씩, 개연율에 따라 실험해 보는 수밖에 달리 방법이 없네. 우리 앞에 있는 암호는 그 모든 어려움이 서명에 의해 제거되네. '키드'라는 단어를 쓰는 것은 영어 이외의 다른 언어에서는 볼 수가 없거든.

양피지에 나타난 단어가 모두 붙어 있는 것을 보았지? 단어가 떨어져 있었다면 그 일은 비교적 쉬웠을 것이야. 그러나 이 암호에는 별도의 구별이 없었으므로 내가 맨 처음 한 일은 가장 많이 나온 글자와 가장 적게 나온 글자를 찾는 것이었네. 모든 글자를 세어 다음과 같은 표를 만들었지.

문장에서 8은 33번 등장

;=26번

4=19번

*와)=16번

*=13번

5=12번

6=11번

†와 1=8번

0=6번

9와 2=5번

:와 3=4번

?=3번

¶=2번

-=1번

　영어에서 가장 자주 등장하는 알파벳은 e일세. 그다음 승계는 a o i d h n r s t u y c f g l m w b k p q x z로 진행되네. 이 특정 암호에서 그것의 도움을 매우 부분적으로만 필요로 할 것이야. 우세한 문자는 8이므로 자연 알파벳의 e로 가정하여 시작하겠네.

　이제 모든 문장에 거의 대부분 등장하는 'the'에 대해 생각해보세. 그것은 세 문자의 반복일 테고 그중 마지막 문자는 8이 되겠지. 조사에서 그러한 배열이 7개 이상 있음을 발견했고, 그 기호는 바로 ;48이야. 따라서 세미콜론은 t를 나타내고, 4는 h를 나타내고, 8은 e를 나타낸다고 가정할 수 있지. 그리하여 큰 발걸음을 내딛는 셈이야.

그러나 한 단어를 확립함으로써 매우 중요한 요점을 확립할 수 있었네. 즉 다른 단어의 여러 시작과 종료이지. 마지막에서 두 번째에 있는 것으로 암호문의 거의 끝에 있는 ;48을 예로 들어보지. 그 직후에 있는 ;는 한 단어의 첫 글자라는 사실을 알 수 있고, 거기에 'the' 뒤에 오는 여섯 글자 중 다섯 개 이상은 이미 밝혀낸 기호야. 아직 모르는 부분은 빼놓고 아는 기호는 이런 식으로 그에 대응하는 문자로 바꿔보기로 하겠네.

t eeth

이렇게 해놓고 보면 이 'th'가 t로 시작하는 단어의 일부가 아니라는 사실을 쉽게 알 수 있으니 이건 떼어버려도 좋을 거야. 그리고 공간에 어울릴 만한 문자가 있는지 모든 알파벳을 다 넣어 봐도 th가 일부를 이루는 단어가 없다는 사실을 알 수 있지. 그러니 범위를 좁혀서 생각해보기로 하세.

t ee

여기에 아까처럼 알파벳을 하나하나 넣어보면 그럴듯하게 보이는 단어는 유일하게 'tree'라는 사실을 알 수 있네. 여기서 r이라는 글자를 또 알게 됐는데 이 r이라는 또 하나의 글자를 얻어 'the tree'라는 단어가 되었지. 이 단어의 조금 뒤를 보면 ;48의 결합이 눈에 띄네. 그 앞 단어의 어미에 붙은 것으로 생각하고 써 보세. 그러면 이렇게 되네.

the tree;4(†?34 the

이 배열에 알고 있는 문자를 하나하나 대입하면 다음과 같은 문장이 돼.

the tree thr†?3h the

이렇게 놓고 보니 머릿속에 'through'라는 단어가 저절로 떠오르더군. 이로써 o, u, g라는 세 개의 문자를 새롭게 알게 됐는데, 그것은 각각 †, ?, 3으로 표시되고 있다는 사실도 알게 됐지.

이번에는 암호를 죽 훑어보며 알고 있는 기호만으로 이루어져 있는 조합을 신중하게 찾아보면, 처음에서 그리 멀지 않은 곳에서 이런 배열을 찾아볼 수 있어.

83(88, 즉 egree

이건 틀림없이 'degree'라는 단어 중에서 d가 빠진 건데 이로서 또 한 가지 기호인 †가 d임을 알 수 있지. degree부터 네 글자 다음에 이런 결합이 눈에 띄네.

;46(;88*

알고 있는 기호는 문자로 바꾸고 조금 전처럼 아직 모르는 문자는 점으로 표시해보면 다음과 같지.

th.rtee.

이 배열을 보면 바로 'thireen'이라는 단어가 떠올라, 또다시 I와 n이라는 문자가 6과 *로 표시된다는 사실을 새롭게 알 수 있어. 그리고 암호문의 첫 부분은 이런 조합으로 되어 있지.

53†‡†

.good,

첫 글자가 a이고 처음 두 단어가 'A good'이라는 사실을 확실하게 알게 됐지. 이쯤에서 헷갈리지 않도록 지금까지 알아낸 열쇠를 표로 만들어 보면 이렇다네.

5=a
†=d
8=e
3=g
4=h
6=i
*=n
‡=o
(=r
;=t
?=u

그리하여 가장 중요한 글자 11개를 찾아낸 셈인데, 이 이상 더 세밀히 해석 방법을 이야기할 필요는 없을 걸세. 이런 성질의 암호는 문제없이 풀 수 있다는 것을 자네에게 이해시킬 만큼은 충분히 이야기한 셈이니까. 오해하지 말게. 이건 우리 앞에 있는 암호 중에서도 가장 단순한 부류에 속하는 거야. 어쨌든 남은 일은 양피지의 암호문을 모두 자네에게 알려 주는 일일세. 자, 다음과 같으니 보게나."

A good glass in the bishop's hostel in the devil's seat
악마의 자리에 위치한 주교의 저택에서 좋은 유리 하나
twenty-one degrees and thirteen minutes northeast and by north
북북서로 21도 37분
　main branch seventh limb east side shoot from the left eye of the death's-head
나무줄기의 일곱 번째 가지 동편 망자의 머리통 왼쪽 눈으로
a bee line from the tree through the shot fifty feet out.
다림추를 늘어뜨려 나무에서 지면까지 수직거리 50피트

"나는 아무래도 이 수수께끼를 알 수 없었겠는 걸. '악마의 자리'라든가 '해골'이라든가. '주교 저택' 같은 말에서 대체 어떤 의미를 끌어낼 수 있단 말이지?"

내가 말했다.

"겉으로 얼핏 봐서는 이해하기 어렵다네. 나는 우선 이 문장을 이 글을 쓴 사람이 생각한 것과 같이 자연스럽게 끊어 보았네."

레그런드가 대답했다.

"구두점을 찍으라는 건가?"

"그런 종류의 것."

"하지만 어떻게 이런 일이 일어날 수 있었나?"

"작자가 띄어쓰기 없이 글을 쓴 것은 풀기 어렵게 일부러 그런 것이라고 생각했네. 그러나 좀 모자라는 머리로 그런 짓을 할 때는 반드시 지나치게 하는 법이지. 글을 쓰는 도중 끊어야 하거나 구두점을 찍어야 할 때 오히려 더 붙여 쓰기 쉽지. 이 경우에도 보통 이상으로 암호가 한군데 뭉쳐 있는 다섯 군데를 꿰뚫어 보았네. 이 암시에 따라 다음과 같이 모든 문장을 끊어 보았지."

악마의 자리에 있는 주교의 저택에 있는 좋은 유리—41도 13분—북동쪽과 북쪽—본관 일곱 번째 사지 동쪽—해골의 왼쪽 눈으로부터 쏜 나무에서 직선으로 총알이 닿는 점을 지나 바깥 50피트.

"그래도 여전히 나는 모르겠네."
"나도 며칠 동안 캄캄했네. 그동안 설리번 섬 언저리에 '주교 저택'이라는 집이 있는지 열심히 찾아다녔네. 물론 나는 '저택'이라는 쓸모없는 단어를 버렸지. 그 주제에 대한 정보를 얻지 못한 채 수색 범위를 확장하고, 더 체계적인 방식으로 진행하던 어느 날 아침, 이 '주교의 숙소'가 비숍이라는 이름의 옛 가족과 관련이 있을지도 모른다는 생각이 머릿속에 들어왔어. 그들은 섬에서 북쪽으로 약 4마일 떨어진 고대 저택을 소유하고 있었지. 나는 농장으로 가서 그곳의 나이 든 흑인들에게 물어보았지. 가장 나이 많은 여인이 비숍의 성에 대해 들어본 적이 있다고 말했고, 그곳은 성도 아니고 선술집도 아닌 높은 바위라고 하는 거야.

나는 그녀의 고생에 대해 대가를 치르겠다고 제안했고, 그녀는 나와 동행하는 데 동의했네. 우리는 큰 어려움 없이 그것을 발견했고 그녀를 돌려보낸 후 나는 그 장소를 조사했지. '성'은 절벽과 바위의 불규칙한 집합체로 구성되어 있으며, 후자 중 하나는 높이와 단열 및 인공적인 외관 때문에 매우 주목할 만했네. 나는 그 꼭대기에 올라섰고, 그다음에는 무엇을 해야 할지 막막했지.

생각에 잠긴 동안, 내 눈은 바위의 동쪽 면에 있는 좁은 난간, 아마도 내가 서 있는 정상 아래 마당으로 향했을 거야. 이 난간은 약 18인치로 튀어나왔고 너비는 1피트를 넘지 않았으며, 바로 위 절벽의 틈새는 조상들이 사용했던 속이 빈 등받이의자와 무례하게 닮았지. 나는 여기에 암호문에서 언급된 '악마의 자리'가 있다는 것을 의심하지 않았고, 수수께끼의 모든 비밀을 파악한 것만 같았네.

내가 아는 '좋은 유리'는 망원경 외에는 아무것도 없었네. '유리'라는 단어는 선원들이 다른 의미로 사용하는 경우가 거의 없기 때문이지. 또한 '41도 13분, 북동쪽과 북쪽'이라는 문구가 유리의 수평을 맞추기 위한 방향이라고 믿어 의심치 않았네. 이러한 발견에 크게 흥분해 서둘러 집으로 돌아가 망원경을 준비해 바위로 돌아왔지. 나는 난간으로 내려갔고, 망원경을 사용했네. 물론 '41도 13분'은 보이는 지평선 위로 고도를 가리키는 것 외에는 아무것도 암시할 수 없는데, 수평 방향이 '북동쪽과 북쪽'이라는 말로 분명하게 표시되어 있기에 이 후자의 방향은 주머니 나침반을 사용하여 즉시 확립되었네. 그런 다음 내가 추측할 수 있는 한 거의 41도 각도로 망원경을 조심스럽게 위아래로 움직였는데, 멀리 있는 큰 나무의 잎사귀에 있는 원형 균열이나 구멍에 내 주의가 사로잡혔고 이 균열의 중심에서 흰 점을 감지했지만, 처음에는 그것이 무엇인지 구별할 수 없었네. 망원경의 초점을 조정하여 다시 보았고, 그제서야 인간의 해골을 알아볼 수 있었지.

이 발견에 대해 나는 수수께끼가 풀렸다고 생각할 정도로 낙관적이었네. '나무줄기, 일곱 번째 가지, 동쪽'이라는 문구는 나무에 있는 해골의 위치만을 가리킬 수 있는 반면, 해골의 왼쪽 눈에서 쏘는 것은 매장된 보물을 찾는 것과 관련하여 한 가지 해석만 인정했지. 나는 그 설계가 해골의 왼쪽 눈에서 총알을 떨어뜨리는 것이며, 몸통의 가장 가까운 지점에서 '총알'(또는 총알이 떨어진 지점)을 통해 50피트 거리까지 이어진 일직선이야말로 어느 일정한 지점을 나타내는 것임을 확신했네. 그리고 그 지점 아래에 적어도 보물이 감춰져 있으리라고 여겼지."

"자네 생각은 모든 게 매우 분명하고, 독창적이며 명쾌하군. 그 '주교 저택'을 떠난 다음에는 어떻게 했나?"

"조심해서 나무 생김새를 파악해 두고 집으로 돌아왔지. 그런데 내가 '악마 의자'를 떠나자마자 그 둥근 틈이 없어지는 게 아니겠나. 몇 번이나 뒤돌아보았지만 전혀 보이지 않았네. 이 계획에서 가장 교묘한 부분은 나뭇가지 사이의 틈새가 바위 앞쪽의 좁은 선반이 아닌 곳에서는 절대로 보이지 않는다는 사실일세. 실제로 여러 번 실험해 보았네만 실험할 때마다 그렇더군. '주교의 저택'으로 가는 이 원정에서 의심할 여지없이 지난 몇 주 동안 내 태도를 관찰하고 나를 혼자 두지 않도록 특별한 주의를 기울인 주피터의 참견을 받았네. 그러나 다음

날, 아주 일찍 일어나서 자네에게 쪽지를 주려고 애를 썼고, 나무를 찾아 언덕으로 들어갔네. 많은 수고 끝에 나는 그것을 발견했지. 밤에 집에 돌아왔을 때 주피터가 나를 때리겠다고 야단치는 것이 아니겠나. 그다음의 탐험은 자네도 아는 그대로일세."

내가 말했다.

"이건 내 생각인데, 맨 처음에 잘못 판 것은 주피터가 그 풍뎅이를 해골 왼쪽 눈이 아니라 오른쪽 눈으로 떨어뜨려서 그런 게 아니었나?"

"맞아. '총알이 닿는 점', 즉 나무에서 가장 가까운 말뚝의 위치에 2인치 반의 오차가 생긴 거지. 만일 보물이 '총알이 닿는 점' 바로 아래에 묻혀 있었다면 오차가 있어도 상관없었겠지만, 나무의 가장 가까운 곳과 이 '총알이 닿는 점'은 직선 방향을 나타내고 있었으므로 이 오차는 처음에는 크지 않지만 50피트를 이어 나간 뒤에는 굉장히 커졌지. 보물이 어딘가 이 언저리에 꼭 묻혀 있으리라는 신념이 나에게 없었다면 우리는 헛수고만 했을 걸세."

"해골의 눈을 통해 총알을 떨어뜨리는 것, 해적 깃발로부터 캡틴 키드가 암시받은 것 말이야. 내게는 어떤 시적 조화가 느껴지네."

"어쩌면 그럴지도 몰라. 하지만 나는 상식이 시적 일관성만큼이나 그 문제와 관련 있다고 생각하지 않을 수 없었네. '악마의 자리'에서 볼 수 있으려면 물체가 작더라도 흰색이어야 했네. 그리고 모든 변덕스러운 날씨에 노출되어도 그 하얀색을 유지하고 심지어 증가시키는 데 인간의 해골만큼 좋은 것은 없네."

"그러나 자네의 과장된 말투며 풍뎅이를 휘두르는 행동은 정말 이상했었다네. 자네가 꼭 미친 줄 알았지. 또 자네는 왜 해골 눈으로 총알이 아니라 풍뎅이를 떨어뜨리겠다고 고집했는가?"

"솔직히 말해서 나는 내 정신을 건드리는 자네의 의심에 짜증이 났고, 내 방식대로 자네를 처벌하기로 결심했네. 이런 이유로 나는 풍뎅이를 휘둘렀고, 그것을 나무에서 떨어뜨리기도 했지. 나무에서 풍뎅이를 떨어뜨린 힌트는 그것이 꽤 무겁다고 한 자네 말에서 얻은 것이네."

"알았네. 그러나 아직도 한 가지 모르겠는 것이 있네. 우리가 구멍을 팔 때 나온 사람 뼈다귀는 어떻게 된 것일까?"

"그건 나도 쉽게 대답할 수 없는 질문이야. 그것을 설명하는 그럴듯한 방법은 단 하나뿐이지만 그러한 잔학 행위를 믿는 것은 두려운 일이지. 키드가 정말로 이 보물을 숨겼다면, 의심할 여지없이 그가 부하들에게 노동의 도움을 받았을 것이라 생각하네. 그러나 일이 끝나자 그는 부하들을 없애는 편이 좋으리라고 생각했겠지. 그의 부하들이 구덩이에서 부지런히 일할 때 곡괭이로 두어 번 내려 갈기면 충분했을 테니까. 아니면 열 번쯤 갈겨야 했을까? 그것은 누구도 알 수 없는 일이겠지."

직사각형 상자

　몇 년 전 나는 사우스캐롤라이나 주 찰스턴에서 뉴욕 시로 가는 훌륭한 패킷선 '인디펜던스'호의 하디 선장과 함께 항해했다. 우리는 날씨가 허락하는 한 그 달 15일(6월)에 항해 예정이었다. 14일 나는 내 전용실에서 몇 가지 문제를 해결하기 위해 승선했다.

　나는 평소보다 더 많은 여성을 포함한 승객을 태웠다는 것을 알았다. 그 명단에는 친지 몇 명이 있었는데, 그중에서도 따뜻한 우정의 감정을 품고 있던 젊은 예술가 코넬리우스 와이어트 씨의 이름을 보고 기뻤다. 그는 C 대학교의 동료 학생으로 함께 지냈으며 천재의 기질이 있었고, 비인간적이고 감성적이며 열정의 복합체였다. 이러한 자질에 그는 인간의 가슴에서 뛰는 가장 따뜻하고 진실한 심장을 결합했다.

　나는 그의 이름이 새겨져 있는 것을 보았다. 승객 명단을 다시 보고는 그가 아내 그리고 아내의 두 자매를 위해 귀빈실을 예약했다는 것을 알게 되었다. 스테이트룸은 충분히 넓었고 각 객실에는 침대가 두 개 있었다. 나는 왜 이 네 사람이 선실을 세 개 사용하는지 이해할 수 없었다. 그때 나는 사람으로 하여금 하찮은 것들에 비정상적으로 호기심을 갖게 만드는 변덕스러운 마음이 들었고, 이 문제에 관해 여러 가지 부적절하고 터무니없는 추측에 몰두했음을 고백한다. 물론 내 일이 아니었지만, 나는 수수께끼를 풀기 위한 시도에 몰두했다. 마침내 나는 결론에 도달했다.

"얼마나 어리석은가, 그렇게 명백한 해결책을 이제야 생각해내다니!" 나는 하인이 파티에 함께 오지 않을 것임을 분명히 알았다. 사실, 하인을 데려오는 것이 원래 계획이었는데도 명단에는 "그리고 하인"이라는 단어가 쓰여 있고, 그다음에 여분의 짐이 적혀 있었다. 나는 생각했다. '그가 화물칸에 넣지 않기를 바라는 물건이 —자신의 눈 밑에 보관해야 할 것, 아마도 그림 같은 것— 있군. 그가 이탈리아계 유대인인 니콜리노와 흥정해 온 것일 테지.' 이 생각은 나를 만족시켰고 호기심을 일축했다.

와이어트의 두 처제는 아주 잘 알고 있었고, 그들은 상냥하고 영리한 소녀였다. 그의 아내는 결혼한 지 얼마 되지 않아 나는 아직 그녀를 본 적이 없었다. 그러나 그는 내 면전에서 그리고 평소의 열정적인 스타일로 그녀에 대해 이야기했다. 그는 뛰어난 아름다움, 재치, 성취로 묘사했다. 나는 그 여자와 친분을 쌓고 싶은 마음이 몹시 컸다.

내가 배를 방문한 날(14일)에 와이어트 일행도 배를 방문하기로 되어 있었고(선장이 알려 줬다), 나는 와이어트의 아내와 만나기를 바라며 한 시간 더 배에서 기다렸지만, 부인은 몸이 좋지 않아 내일 항해 시간까지 승선할 계획이 없다는 소식을 들었다.

이튿날 호텔에서 부두로 갈 때 하디 대위가 "상황 때문에"(어리석지만 편리한 표현) '인디펜던스'가 하루이틀 동안 항해하지 못할 것이며, 모든 것이 준비되면 나에게 알려 줄 것이라고 전했다. 나는 남풍이 불기에 뭔가 이상하다고 생각했지만 인내심을 가지기로 했다. 이제 집으로 돌아가 여유롭게 조급함을 소화하는 것 외에는 할 일이 없었다.

나는 거의 일주일 동안 선장으로부터 기대했던 메시지를 받지 못했다. 마침내 연락을 받고 나는 즉시 배에 올랐다. 배는 승객들로 붐볐고 모든 것이 분주했다. 와이어트 일행은 나보다 10분쯤 뒤에 도착했다. 와이어트는 아내를 소개하지도 않았고, 급하게 몇 마디 말로 여동생인 마리안을 내세워 나를 상대하게 했다.

와이어트 부인은 철저히 베일에 가려졌다. 그녀가 베일을 들어 올렸을 때 나는 심히 놀랐음을 고백한다. 오랜 경험에 비추어 여성의 사랑스러움에 대한 내 예술가 친구의 묘사를 신뢰하지는 않았지만, 나는 훨씬 더 그랬어야 했다. 와이어트 부인은 아름다움과는 거리가 확실히 멀었다. 그녀는 절묘한 취향으로 옷을 입고 있었고, 그녀가 지성과 영혼의 더 오래 지속되는 은총으로 내 친구의 마음을 사로잡았다는 데 의심의 여지가 없었다. 그녀는 거의 말을 하지 않고 즉시 와이어트와 함께 그녀의 침실로 들어갔다.

하인은 한 명도 없었고, 그것은 이미 추리한 대로였다. 나는 여분의 짐을 찾았다. 잠시 후 카트가 부두에 도착했는데 거기에는 직사각형 소나무 상자가 있었다. 모든 게 예상했던 대로였다. 배가 도착하자마자 우리는 배를 탔고 얼마 안 있어 안전하게 바다에 섰다.

문제의 상자는 내가 말했듯이 직사각형이었다. 길이는 약 6피트 너비는 2.5피트였다. 나는 그것을 주의 깊게 관찰했고 그것을 보자마자 내 추측의 정확성에 대해 나 자신에게 공로를 돌렸다. 나는 친구인 예술가의 여분의 짐이 그림이거나 그림으로 판명될 것이라는 결론에 도달했다. 그가 니콜리노와 몇 주 동안 회의를 하고 있었다는 사실을 알았기 때문이다. 그리고 이제 상자가 하나 있는데, 그 모양으로 보아 레오나르도 다 빈치의 '최후의 만찬' 사본 외에는 세상의 그 어떤 것도 담을 수 없었을 것이다. 바로 이 '최후의 만찬'의 사본, 루비니가 피렌체에서 행한 것, 이것은 니콜리노의 소유가 될 것이다.

내 통찰력을 자찬하며 지나치게 웃었다. 와이어트는 그의 예술적 비밀을, 내 코밑에 있는 멋진 그림을 뉴욕으로 몰래 가져가려고 했다. 내가 그 문제에 대해 아무것도 모를 것이라고 기대했다. 상자는 여분의 전용실에 들어가지 않고 자리를 차지한 채 놓여 있었다. 뚜껑에는 거대한 대문자로 '이쪽이 위로. 조심스럽게 다루어야 합니다.'라고 쓰여 있었다.

처음 사나흘 동안은 날씨가 좋았지만 바람은 거의 불지 않았다. 승객들은 기분이 좋았고 사교적인 성향을 띠었다. 와이어트는 승객들에게 뻣뻣하게 굴었고, 승객들은 그와 처제들을 무례하다고 여겼다. 그는 평소의 습관대로 우울했지만(사실 그는 멍청했다) 나는 그의 기이함

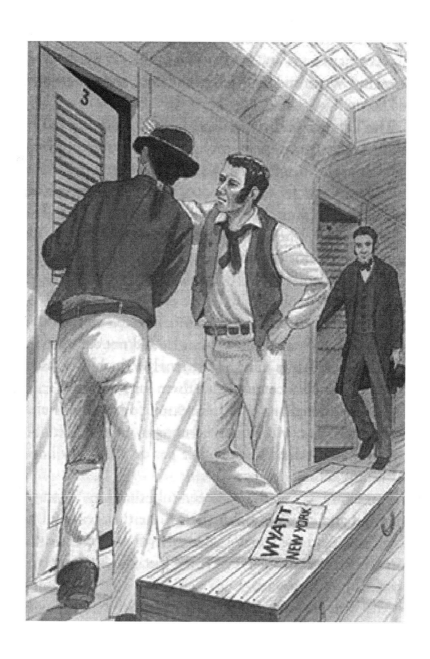

에 대비하고 있었다. 자매에게는 변명의 여지가 없었다. 그들은 선실에 은둔했고, 내가 거듭 설득했지만, 배에 탄 누구와도 이야기 나누기를 거부했다.

와이어트 부인은 훨씬 더 호의적이었다. 그녀는 수다스러웠다. 그녀는 대부분의 여성들과 지나치게 친밀해졌다. 그녀는 우리 모두를 매우 즐겁게 했다. 나는 곧 W 부인이 훨씬 더 자주 웃는다는 것을 알게 되었다. 신사들은 그녀에 대해 거의 말하지 않았다. 그러나 여자들은 그녀를 "마음씨 착하고, 다소 무관심해 보이고, 전혀 교육 받지 못하고, 확실히 천박하다"고 말했다. 가장 놀라운 것은 와이어트가 어떻게 그녀와 만나게 되었는가였다. 부(富)가 일반적인 해결책이겠지만, 나는 이것이 전혀 해결책이 아님을 알았다. 와이어트는 그녀가 부를 가져다주지도 않았고 그녀 덕분에 어떤 출세도 기대하지 않았다고 말했기 때문이다. "사랑을 위해 오직 사랑을 위해 결혼했다. 그녀는 그 사랑에 합당한 것 이상이었다."

그는 제정신일까? 내가 또 무엇을 생각할 수 있겠는가? 그는 너무나 세련되고, 너무나 지적이고, 너무나 까다롭고, 결점에 대한 절묘한 인식과 아름다운 것에 대한 예리한 통찰이 있다! 확실히 그 부인은 남편을 매우 사랑하는 것처럼 보였는데, 그가 자리에 없을 때 더욱 그러했다. 그녀가 "사랑하는 남편, 와이어트 씨"라고 할 때마다 '남편'이라는 단어는 —그녀의 섬세한 표현을 사용하자면— 영원히 '그녀의 혀끝에' 있는 것처럼 보였다. 그러는 동안 승객들은 와이어트가 가장 예리한 방식으로 그녀를 피하고 대부분은 자신의 침실에 혼자 틀어박혀 있음을 알았고, 그의 아내는 그녀가 가장 좋다고 생각하는 대로 자신을 즐겁게 만드는 완전한 자유를 누렸다.

내가 보고 들은 바에 따라 내린 결론은 그 예술가는 설명할 수 없는 운명의 기이한 것에 의해, 어쩌면 어떤 공상적인 열정에 의해서 그녀와 결합하도록 유도되었고, 자연스러운 결과로 완전하고 빠른 혐오감이 뒤따랐다는 것이다. 나는 마음속 깊은 곳에서 그를 불쌍히 여겼지만, 그 때문에 '최후의 만찬'에 대한 태도를 용서할 수는 없었다.

어느 날 그는 갑판에 올라왔고 나는 그의 팔을 잡고 함께 걸었다. 그러나 그의 우울함(나는 그 상황에서 아주 자연스럽다고 생각했다)은 완전히 사라지지 않는 것처럼 보였다. 그는 거의 말하지 않았고, 우울하게 그리고 분명한 노력으로 대화를 이어 갔다. 나는 농담을 한두 번 했고 그는 역겨운 미소를 지으려고 했다. 가엾은 친구여! 나는 그의 아내를 생각하면서 그가 환희를 느낄 마음이 있는지 궁금했다. 마침내 나는 직사각형 상자에 대한 은밀한 암시를 시작하기로 결심했다. 나는 "그 상자의 독특한 모양"에 대해 말했고, 그 말을 할 때 고의로 미소를 지으며 윙크하고 집게손가락으로 갈비뼈를 부드럽게 만졌다.

와이어트가 이 무해한 유쾌함을 받아들인 방식은 그가 미쳤다는 것을 단번에 확신시켰다. 이해할 수 없다는 듯이 나를 쳐다보았다. 그의 눈이 눈구멍에서 튀어나올 것처럼 보였다. 그는 곧 얼굴이 몹시 붉어지더니 끔찍할 정도로 창백해졌다. 그러고는 내가 암시한 것이 매우 재미있다는 듯 시끄럽고 떠들썩한 웃음을 지었는데, 놀랍게도 10분 넘게 활력 넘치게 계속 웃었다. 그러다가 갑판으로 무겁게 쓰러졌다. 그를 일으켜 세우려고 달려갔을 때 그는 죽은 듯 보였다.

나는 도움을 요청해 겨우 그를 선실로 데리고 올 수 있었다. 깨어난 그는 한동안 일관성 없이 떠들어대다가 잠자리에 들었다. 이튿날 아침 그는 몸 상태로만 보았을 때 상당히 회복되었다. 물론 그의 진짜 속마음이 어떤지는 알 수 없었다. 나는 그의 광기에 대한 견해와 완전히 일치하는 것처럼 보이는 선장의 조언에 따라 나머지 기간 동안 그를 피했지만, 배에 탄 누구에게도 이에 대해 아무 말도 하지 말라고 경고했다.

와이어트의 발작 직후에 몇 가지 상황이 발생하여 호기심은 더욱 커졌다. 짙은 녹차를 너무 많이 마셨고, 이틀 밤 동안 잠을 이룰 수 없었던 나는 더위 때문에 항상 열려 있었던 방문을 통해 배의 뒤쪽에 있는 와이어트의 방 세 개를 어렵지 않게 관찰했다. 와이어트의 방 세 개는 밤에도 잠그지 않고 미닫이문으로 메인 칸과 분리되어 있었다. 배는 끊임없이 바람이 불어오는 쪽으로 기울었다. 바람이 불 때마다 선실 사이의 미닫이문이 미끄러지듯 열렸고 아무도 일어나서 닫지 않았다.

이틀 밤 동안 내가 깨어 있는 사이 매일 밤 11시경에 와이어트 부인이 남편의 접견실에서 조심스럽게 나와 다른 방으로 들어가는 것을 분명히 보았다. 그들이 각방자리 중임이 분명했다. 그들은 틀림없이 이혼을 고려하고 있었을 것이다. 결국 여분의 전용실이 수수께끼라고 생각했다.

또 다른 상황도 있었는데 이것은 특히 흥미로웠다. 문제의 이틀 밤 동안 와이어트 부인이 여분의 전용실로 사라진 직후 나는 와이어트의 특이하고 조심스럽고 차분한 소음에 매료되었다. 얼마 동안 사려 깊은 주의를 기울인 후 그 소리가 무엇인지 알아내는 데 완벽하게 성공했다. 그것은 예술가가 끌과 망치로 직사각형 상자를 들어올릴 때 발생하는 소리였다. 나는 그가 뚜껑을 열었을 때의 정확한 순간을 구별할 수 있다고 생각했고, 또한 뚜껑을 완전히 제거했을 때와 그것을 방의 낮은 침대에 놓았을 때를 구분할 수 있었다. 예를 들어 나는 뚜껑이 침대의 나무 가장자리에 부딪히면서 만든 소음을 감지했는데, 그는 그것을 매우 조심스럽게 내려놓았다.

그 후 죽은 듯한 고요함이 흘렀고 어느 쪽이든 거의 동틀 때까지 아무 소리도 들리지 않았다. 어쩌면 낮게 흐느끼는 소리 또는 중얼거리는 소리에 대해 언급하지 않는 한 이 후자의 소음 전체가 내 상상에 의해 생성된 것이 아니라면. 그것이 흐느끼거나 한숨을 쉬는 것과 비슷하다고 느꼈지만, 물론 아닐 수도 있다. 오히려 그는 자신의 예술적 열정에 탐닉하느라, 그 안에 들어 있는 보물 같은 그림으로 눈을 즐겁게 하느라, 직사각형 상자를 열었을 뿐인지도 몰랐다. 이것에는 그를 흐느끼게 할 만한 이유가 아무것도 없었다. 그러므로 나는 하디 선장의 녹차 때문에 시작된 나의 공상의 괴물이었음에 틀림없다고 반복하였다.

동트기 직전 나는 와이어트가 직사각형 상자의 뚜껑을 교체하고 오래된 위치에 망치로 못을 밀어 넣는 것을 분명히 들었다. 이렇게 하고 나서 그는 옷을 다 입은 채 침실에서 나와 부인에게 갔다.

우리는 7일 동안 바다에 있었고 날씨는 배를 위협하고 있었다. 강풍은 허리케인으로 변했고, 돛은 갈라졌으며, 물이 찼다. 우리는 선상에서 세 사람을 잃었고 정신을 차리기도 전에 폭우는 다시 배를 위협했다. 몇 시간 동안 꽤 잘 버텼고, 배는 이전보다 안정적으로 바다로 향했지만 강풍은 여전히 잦아들 기미가 없었다. 타격 3일째 되는 날 오후 다섯 시쯤 모든 것이 혼란과 절망에 빠졌지만, 우리는 손이 닿는 한 많은 화물을 배 밖으로 던지고 남은 돛대 두 개를 잘라내어 배를 가볍게 만들었다.

해질녘이 되자 강풍은 현저하게 약해졌고, 바다는 잔잔해졌다. 우리는 희미한 희망을 품었다. 오후 여덟 시가 되어 바람이 일었는데 보름달이 떠올라 이는 축 처진 우리의 영혼을 격려했다.

엄청난 노력 끝에 마침내 보트를 띄웠고 여기에 전체 승무원과 대부분의 승객이 올라탔다. 이들은 즉시 출발하여 많은 고통을 겪은 후 난파 3일째 되는 날 안전하게 오크라코크 입구에 도착했다.

선장을 포함한 승객 14명(나, 와이어트와 그의 식솔을 포함하여)은 그들이 지켜야 하는 재산과 함께 배에 남아 있었다. 우리는 곧 난파될 배를 버리고 꼭 필요한 도구와 식량, 옷가지를 챙겨 바다에 띄운 보트로 내려갔다. 우리가 배에서 몇 미터인가를 내려왔을 때 와이어트가 멈춰 서서 직사각형 상자를 가져가야겠다고 하디 선장에게 소리쳤다.

"앉으세요, 와이어트 씨," 선장이 단호하게 대답했다, "가만히 앉아 있지 않으면 전복될 겁니다."

"상자!" 와이어트는 여전히 소리쳤다. "하디 대위, 당신은 나를 막을 수 없어. 제발, 상자의 무게는 깃털 같아. 부디 간청하네. 나를 구원해

주게. 제발, 내 상자를 찾아 올 수 있게 해줘!"

선장은 잠시 예술가의 진지한 호소에 감동을 받은 것 같았지만 평정을 되찾고 말했다.

"와이어트 씨, 미쳤군요. 나는 부탁을 들어줄 수 없습니다. 앉지 않으면 배가 바다에 빠질 겁니다. 그가 배에서 뛰어내리려 한다! 붙잡아!"

선장이 애원하듯 부탁하는 사이 와이어트가 바다로 뛰어내렸고, 우리가 아직 난파선의 소용돌이에 갇혀 있을 때 거의 초인적인 노력으로 앞 사슬에 매달린 밧줄을 잡는 데 성공했다. 그는 배에 올라 미친 듯이 선실로 돌진했다.

우리는 배의 후미에 휩쓸렸고 단호한 노력을 기울였지만, 우리의 배는 폭풍우 숨결에 휩싸인 깃털 같았다. 우리는 불행한 예술가의 운명이 끝장난 것을 보았다.

난파선과의 거리가 급격히 멀어지자 그 미치광이가 직사각형 상자를 끌고 나오는 것이 보였고, 우리가 놀라운 눈으로 바라보는 동안 그는 3인치짜리 밧줄을 몇 바퀴 빠르게 돌려 처음에는 상자를 그다음에는 자신의 몸을 감았다. 그러더니 눈 깜짝할 사이에 상자를 안은 그는 바다에 빠졌고, 영원히 사라졌다.

우리는 슬픈 마음으로 머뭇거리며 눈을 뗄 수 없었다. 침묵은 한 시간 동안 깨지지 않았다. 내가 입을 열었다.

"선장님, 보셨습니까? 어떻게 이런 일이. 고백하건대, 나는 그가 상자에 몸을 매달고 바다에 몸을 맡기는 것을 보았을 때 그의 마지막 구

원에 대한 희망을 품었습니다."

"그들은 침몰했습니다." 선장은 대답했다. "그러나 떠오를 겁니다. 소금이 다 녹은 후에."

"소금?" 선장을 보며 다시 물었다.

"쉿!" 선장이 아내와 자매를 가리키며 조용히 말했다. "좀 더 적절한 때가 오면 다시 이야기합시다."

우리는 많은 고통을 겪고 가까스로 탈출했지만, 나흘 동안 극심한 고통을 겪은 후 산 것보다 죽은 것이 더 나았을 뻔한 모습으로 로어노크 섬 맞은편 해변에 상륙했다. 우리는 일주일 동안 이곳에 머물고 마침내 뉴욕으로 갈 수 있었다.

'인디펜던스'를 잃은 지 약 한 달 후 브로드웨이에서 우연히 캡틴 하디를 만났다. 대화는 자연스럽게 불쌍한 와이어트의 운명으로 이어졌다. 그리하여 다음과 같은 이야기를 알게 되었다.

예술가는 자신과 아내, 아내의 두 자매, 하인을 위해 선실을 예약했다. 아내는 참으로 사랑스럽고 뛰어난 여성이었다. 6월 14일 아침(내가 처음 배를 방문한 날) 부인은 갑자기 사망했다. 젊은 남편은 슬픔에 휩싸였지만 상황이 어쩔 수 없어 뉴욕으로의 항해를 미룰 수 없었다. 아내의 주검을 어머니에게 가져가야 했고 다른 한편 세상의 편견에 일일이 답하고 싶지 않아서였다. 승객의 10분의 9는 시체를 가지고 항해하기보다 항해를 포기했을 것이다.

이러한 계획을 위해 하디 선장은 시체를 방부 처리하고 다량의 소

금과 함께 적절한 크기의 상자에 넣어 상품으로 실을 수 있도록 주선했다. 그 여인의 죽음에 대해서는 누구에게도 말할 수 없었다. 와이어트가 아내와 함께 항해할 것이라는 소문이 파다했기에 누군가 그녀의 역할을 맡아야 했다. 죽은 여인의 하녀는 누구보다 쉽게 그렇게 할 수 있었다. 그녀는 최선을 다해 여주인 역할을 수행했다. 그녀의 신원은 누구에게도 알려지지 않았다.

나는 너무 부주의하고, 너무 호기심이 많고, 너무 충동적인 기질 때문에 실수하고 말았다. 최근에는 밤에 푹 자는 경우가 드물다. 나를 괴롭히는 얼굴, 귓가에 영원히 울릴 히스테릭한 웃음 때문에.

엘레오노라

    나는 공상의 활력과 열정으로 유명한 종족에서 왔다. 사람들은 나를 미쳤다고 하지만, 광기가 가장 고귀한 지성인지 아닌지, 영광스러운 것은 아닌지, 심오한 모든 것이 생각의 질병에서 비롯된 것은 아닌지, 일반 지성을 희생하면서 고양된 기분에서 비롯된 것은 아닌지에 대한 문제는 아직 해결되지 않았다.

    낮에 꿈을 꾸는 사람은 밤에만 꿈을 꾸는 사람을 피하는 많은 것을 알고 있다. 그들 회색 환상 속에서 영원을 엿볼 수 있고, 깨어나면서 위대한 비밀의 직전에 있다는 것을 발견한다. 낚싯대에서 선한 지혜에 대해 배우고, 악에 속한 단순한 지식에 대해 더 많이 배운다. 그러나 그들은 다시 누비아 지리학자 모험처럼 방향타도 나침반도 없이 '형언할 수 없는 빛'의 광대한 바다로 침투한다.

내가 미쳤다고 말할 것이다. 나는 내 정신적 존재의 두 가지 뚜렷한 조건, 즉 논쟁의 여지가 없는 명쾌한 이유의 상태와 내 인생의 첫 번째 시대를 형성하는 사건의 기억에 속하는 상태, 현재에 적용되는 그림자와 의심의 조건, 내 존재의 두 번째 위대한 시대를 구성하는 것에 대한 기억이 있다. 그러므로 내가 이전 기간에 대해 말하려는 것을 믿어 주기 바란다. 내가 나중의 시간에 대해 이야기할 수 있는 것에 대해, 마땅히 받아야 할 것처럼 보이는 만큼만 공로를 인정하거나 의심할 수 없다면 오이디푸스의 수수께끼를 풀어보라.

내가 젊었을 때 사랑했던 그녀, 차분하고 또렷하게 기억하는 그녀는 오래전에 세상을 떠난 어머니의 동생의 외동딸이었다. 엘레오노라는 사촌의 이름이었다. 우리는 열대의 태양 아래 여러 가지 색깔의 풀밭 계곡에서 함께 지냈다. 골짜기에는 안내되지 않은 발자국이 단 한 번도 오지 않았다. 그것은 주위에 딱정벌레가 가득한 거대한 언덕 사이에 있었고 움푹 들어간 곳에서 햇빛을 차단했기 때문이다. 주변의 길은 누구에게도 밟히지 않았다. 우리의 행복한 집에 이르기 위해서는 숲속에 있는 수천 그루 나무의 잎사귀를 치우고, 수백만의 향기로운 꽃들의 영광을 짓밟아 죽일 필요가 있었다. 그리하여 우리는 골짜기 없이는 세상에 대해 아무것도 모르고 살았다. 나와 내 사촌 그리고 그녀의 어머니.

우리가 둘러싸고 있는 영토의 위쪽 끝에 있는 산 너머 희미한 지역에서 엘레오노라의 눈을 제외하고는 그 무엇보다도 밝고 좁은 깊은 강이 흘러나왔다. 흐릿한 코스를 따라 은밀하게 구불구불 흐르는 그곳을 '침묵의 강'이라고 불렀다. 그 흐름에 은밀한 영향력이 있는 것 같았기 때문이다. 강은 아무런 중얼거림도 없었고, 너무나 부드럽게 흘렀기 때문에, 우리가 바라보고 싶어 했던 진주 같은 자갈은 가슴속 멀리서 전혀 흔들리지 않고 움직이지 않는 상태로 놓여 있었고, 각자의 오래된 자리에서 영원히 영광스럽게 빛났다.

강의 가장자리, 교활한 길을 통해 수로로 미끄러져 들어가는 많은 눈부신 개울, 가장자리에서 개울의 깊이로 뻗어 바닥의 자갈밭에 도달할 때까지 펼쳐진 공간, 이 지점은 강에서 산에 이르기까지 계곡의 전체 표면보다 작고 두껍고 완벽하게 균일하고 바닐라 향이 나는 부드러운 푸른 풀이 카펫으로 덮여 있었지만, 노란색 미나리아재비, 흰색 데이지, 보라색, 루비 레드 아스포델이 흩어져 있어 그 엄청난 아름다움이 큰 소리로 우리 마음에 하느님의 사랑과 영광에 대해 말했다.

여기저기 풀밭 주위 숲속에는 꿈속의 광야처럼 환상적인 나무들이 솟아올랐는데, 나무들의 크고 가느다란 줄기는 똑바로 서 있지 않고 정오에 계곡 중앙을 들여다보는 빛을 향해 우아하게 기울어져 있었다. 그들의 표식은 흑단과 은색으로 생생히 번갈아가며 빛났고 엘레오노라의 뺨을 제외한 모든 것보다 더 부드러웠다. 나는 정상에서 길고 떨리는 줄로 퍼진 거대한 잎사귀의 찬란한 녹색을 위해 시리아의 거대한 뱀이 그들의 주권자인 태양에게 경의를 표하는 모습을 상상했을 것이다. 15년 동안 이 계곡에서 서로 손잡고 사랑이 우리 마음에 들어오기 전에 함께 배회했다.

그녀의 인생에서 세 번째 광채가 끝나고 내 인생의 네 번째 광채가 끝나는 어느 날 저녁 뱀 같은 나무 아래에 앉아 서로의 품에 안겨 침묵의 강물 속에 있는 우리를 내려다보았다. 우리는 그 감미로운 날의 나머지 시간 동안 아무 말도 하지 않았으며 이튿날까지도 거의 말이 없었다. 우리는 그 물결에서 에로스 신을 끌어냈고, 이제 우리는 그가 우리 조상들의 불같은 영혼을 우리 안에 불태웠다고 느꼈다. 수 세기 동안 우리 종족을 구별해 온 열정은 똑같이 주목받았던 공상으로 가득 찼고, 여러 가지 색의 풀의 계곡에 헛된 행복을 불어넣었다.

모든 것에 변화가 일어났다. 별 모양의 이상하고 찬란한 꽃들이 이전에는 꽃이 피지 않았던 나무들 위에서 타올랐다. 녹색 카펫의 색조가 깊어졌다. 하얀 데이지 꽃들이 하나씩 줄어 든 자리에 루비색 아스포델이 열 개씩 솟았다. 그리고 우리의 길에서 생명이 일어났다. 지금까지 보이지 않던 키 큰 플라밍고가 모든 빛나는 새들과 함께 주홍색 깃털을 과시했다. 황금색과 은색 물고기가 강을 맴돌았고, 그 가슴에서 조금씩 중얼거림이 흘러나왔고, 중얼거림은 에올루스의 하프보다 더 신성한 나른한 멜로디로 부풀어 올랐다. 우리가 헤스퍼 지역에서 오랫동안 지켜보던 거대한 구름이 그곳에 떠올랐고, 모두 진홍색과 금색으로 화려하게 빛나고, 우리 위에 평화롭게 자리 잡고, 날마다 아래로 가라앉고, 가장자리가 산꼭대기에 닿을 때까지 모든 어둠을 장엄하게 바꾸고 우리를 가두었다. 마치 영원히, 웅장함과 영광의 마법의 감옥과도 같이.

엘레오노라의 사랑스러움은 세라핌의 사랑스러움이었다. 그녀는 꽃들 사이에서 살았던 짧은 삶처럼 예술적이지 않고 순진한 처녀였다. 어떤 교활함도 그녀의 마음에 생기를 불어넣는 사랑의 열정을 감추지 못했고, 나와 함께 여러 가지 색깔의 풀밭을 걸을 때 그 가장 깊은 곳을 살펴보고 그 안에서 최근에 일어난 큰 변화에 대해 이야기했다.

어느 날 눈물을 흘리며 인류에게 닥칠 마지막 슬픈 변화에 대해 말한 후 그녀는 그때부터 이 슬픈 주제에만 머물렀고, 쉬라즈 음유시인의 노래에서 인상적인 구절마다 동일한 이미지가 반복해서 발생하는 것처럼 우리의 모든 대화에 그것을 엮었다.

그녀는 죽음의 손가락이 가슴 위에 있다는 것을 알았다. 에페메론처럼 그녀는 죽기 위해 완전하게 만들어졌다. 그녀는 갖가지 색의 풀밭에 자신을 묻은 후 내가 그 행복한 움푹 들어간 곳을 영원히 잊고 그토록 열정적으로 자신의 것이 되었던 사랑을 바깥세상과 일상 세계의 어떤 처녀에게 전할 것이라고 생각하면 너무 슬프다고 이야기했다. 그 자리에서 나는 서둘러 엘레오노라의 발치에 몸을 던져 그녀와 하늘에 맹세했다. 나는 지상의 어떤 딸과도 결혼하지 않을 것이며, 그녀의 소중한 기억이나 그녀가 나를 축복했던 경건한 애정에 대한 기억을 지우지 않을 것이라고 맹세했다. 나는 우주의 전능하신 통치자를 불러 내 서원의 경건한 엄숙함을 맹세했다. 내가 그 약속을 어기는 것으로 판명될 경우, 내가 여기에 기록하는 것을 허락하지 않을 정도로 큰 공포의 형벌을 받겠노라 맹세했다.

엘레오노라의 밝은 눈은 내 말에 더욱 밝아졌다. 그녀는 가슴에서 치명적인 버튼을 빼앗긴 것처럼 한숨을 쉬었다. 그녀는 떨며 몹시 울었다. 그녀는 서약을 받아들였고(그녀는 어린아이에 불과했는가?) 그것은 그녀가 더 쉽게 죽음을 받아들이도록 만들었다. 그녀는 며칠 후 조용히 죽어가면서 나에게 말하기를, 내가 그녀의 영혼의 위로를 위해 한 일 때문에 떠날 때 그 정신으로 나를 돌볼 것이며, 그렇게 된다면 밤의 시간에 나에게 돌아올 것이라고. 이 일이 정말로 낙원에 있는 영혼들의 능력을 초월하는 것이라면, 그녀는 나에게 그녀의 현존을 자주 알려 주거나, 저녁 바람 속에서 내게 한숨을 쉬거나, 내가 숨 쉬는 공기를 천사들의 향로에서 나오는 향유로 채울 것이다. 이 말을 입에 올리고 그녀는 순진한 삶을 포기하고 나의 첫 번째 시대를 끝냈다.

지금까지 나는 신실하게 말했다. 그러나 사랑하는 사람의 죽음으로 형성된 장벽을 넘어 내 존재의 두 번째 시대를 진행하면서 그림자가 내 뇌에 모이는 것을 느꼈고 기록의 완벽한 온전함을 불신했다. 세월은 무겁게 질질 끌렸지만 나는 여전히 갖가지 색깔의 풀밭 골짜기에 살았다. 그러나 두 번째 변화가 만물에 일어났다. 별 모양의 꽃은 나무줄기 속으로 줄어들어 더는 나타나지 않았다. 녹색 카펫의 색조는 희미해졌다. 루비색의 아스포델이 하나씩 시들었다. 그 대신 열 개씩 솟아난 검은 눈 같은 제비꽃이 불안하게 몸부림치며 이슬에 휩싸였다.

생명은 우리의 길에서 떠났다. 키가 큰 플라밍고는 더는 우리 앞에서 주홍색 깃털을 과시하지 않고 모든 빛나는 새들과 함께 골짜기에서 언덕으로 슬프게 날아갔다. 황금색과 은색 물고기는 낮은 협곡을 헤엄쳐 내려가 다시는 달콤한 강을 장식하지 않았다. 에올루스의 바람 하프보다 더 부드럽고, 엘레오노라의 목소리를 제외한 그 모든 것보다 더 신성했던 나른한 멜로디는 점점 더 낮아지는 중얼거림 속에서

조금씩 사라졌고, 마침내 시냇물은 원래의 엄숙함으로 완전히 돌아왔다. 마지막으로 거대한 구름이 솟아올라 산꼭대기를 옛날의 어둠 속으로 버리고 헤스퍼 지역으로 다시 떨어졌다. 구름은 갖가지 색깔의 풀밭에서 다양한 황금빛과 화려한 영광을 모두 앗아갔다.

엘레오노라의 약속은 잊히지 않았다. 나는 천사들의 향로가 흔들리는 소리를 들었다. 거룩한 향수의 시냇물이 계곡 주위를 떠다녔다. 외로운 시간에, 내 심장이 심하게 뛰었을 때, 내 이마를 적시던 바람이 부드러운 한숨을 쉬며 다가왔다. 불분명한 중얼거림이 밤공기를 가득 채웠고, 한 번은, 오, 하지만 단 한 번! 나는 죽음의 잠 같은 깊은 잠에서 깨어났고 영적인 입술로 나를 눌렀다.

그러나 내 마음속의 공허함은 채워지기를 거부했다. 나는 전에 그것을 넘치도록 채워주던 사랑을 갈망했다. 그 계곡은 엘레오노라에 대한 기억으로 고통스럽게 했고, 나는 세상의 허영심과 격동의 승리를 위해 영원히 그곳을 떠났다.

나는 낯선 도시에 있는 나를 발견했는데, 그 도시는 내가 갖가지 색깔의 풀밭에서 그토록 오랫동안 꿈꿔 왔던 달콤한 꿈들을 기억에서 지우는 역할을 했을 것이다. 위엄 있는 궁정의 화려함과 미친 듯이 부딪치는 팔, 여자들의 빛나는 사랑스러움이 내 뇌를 어리둥절하게 하고 도취시켰다. 그러나 아직 내 영혼은 그 맹세에 충실함을 증명했고, 엘레오노라의 존재는 밤의 고요한 시간에 여전히 나에게 주어졌다. 그러다 어느 날 갑자기 이러한 현상이 그쳤고, 세상이 내 눈앞에서 어두워졌으며, 나는 나를 둘러싼 무서운 유혹에 사로잡힌 불타는 생각에 깜짝 놀랐다. 멀고도 멀고 알려지지 않은 어떤 땅에서 내가 섬기는 왕의 궁정으로 한 처녀가 왔고, 그녀의 아름다움에 내 온 마음이 즉시 굴복했기 때문이다.

나는 그의 발등에서 투쟁 없이, 가장 열렬하고, 가장 비참한 사랑의 숭배 속에 잠겼다. 천상의 에르멘가르드 발치에서 눈물을 흘리며 온 영혼을 쏟아부었던 열정과 정신 착란, 영혼을 고양시키는 숭배의 황홀경에 비하면 계곡의 어린 소녀에 대한 나의 열정은 과연 무엇이었을까? 오, 세라프 에르멘가르드! 다른 어떤 것도 할 여지가 없었다. 오, 천사 에르멘가르드!

나는 결혼했다. 내가 불러일으킨 저주를 두려워하지도 않았다. 그 쓰라림은 내게 임하지 않았다. 그리고 한 번 그러나 다시 한번 밤의 침묵 속에서, 나를 버린 부드러운 한숨이 격자를 통해 들어왔다. 그들은 친숙하고 감미로운 목소리로 "평안히 주무세요! 사랑의 영이 다스리고 다스리며, 에르멘가르드를 당신의 열정적인 마음에 데려감으로써, 당신은 하늘로부터 엘레오노라에 대한 당신의 서원을 면제받았습니다."

아몬틸라도의 술통

지금까지 포르투나토의 온갖 지독한 독설도 모두 관대하게 봐줬건만, 그가 드러내놓고 모욕하자 참을 수 없었기에 복수를 맹세했다. 내 성격을 잘 아는 사람들은 내가 입을 열어 그를 위협하리라고는 전혀 생각지 않을 것이다. 하지만 톡톡히 복수할 것이다. 이것이 내 결심의 요점이다. 이처럼 확실하게 마음의 결정을 내린 이상 절대로 위험한 다리를 건너서는 안 된다. 악을 다스린 이에게 도리어 벌의 보답이 있게 된다면 이는 악을 다스린 것이 아니다. 마찬가지로 악을 저지른 자에게 죄에 대한 후회와 공포를 갖게 하지 못한다면 그 또한 악을 다스린 것이 아니다.

말이나 행동으로 포르투나토에게 내 선의를 의심하게 한 적이 없다는 것을 이해해야 한다. 나는 내 뜻대로 그에게 미소를 지었고, 그는 내 미소가 그의 재물에 대한 생각에 있다는 것을 알아차리지 못했다.

포르투나토는 여러 면에서 훌륭하고 사람들이 두려워하기까지 하는 인물이었지만 한 가지 약점이 있었다. 그는 와인에 대한 지식을 자랑스러워했다. 이탈리아인치고는 이처럼 감정인의 기질을 가진 이도 드물다. 그러나 기회가 있을 때마다 그 기질은 영국인과 오스트리아의 백만장자들에게 사기를 치기 위해 쓰였을 뿐이다. 그림이라든가 보석에서는 포르투나토 역시 다른 이탈리아인들과 마찬가지로 엉터리였지만 오래된 술을 감정하는 실력은 정말 뛰어났다. 그 점에서는 나도 별반 다를 바 없었다. 나도 이탈리아의 와인에 대해서만은 상당한 지식이 있었으며 기회만 있으면 와인을 잔뜩 사들이곤 했다.

어쨌든 포르투나토를 우연히 만난 것은 사육제 기간의 흥분이 극도에 이르렀던 날 저녁이었다. 술기운이 오른 후였으므로 그는 몹시 쾌활한 말투로 지나치지만 따뜻하게 나를 맞아주었다. 그는 광대처럼 옷을 입고 있었다. 꽉 끼는 줄무늬 드레스에 머리에는 원뿔형 모자 가득 방울이 달려 있었다. 그를 보고 너무 기뻐서 손을 꼭 잡은 채 놓을 줄 몰랐다.

"포르투나토, 아주 잘 만났네. 안색이 활짝 폈군! 오늘 아몬틸라도 술을 큰 통으로 하나 샀는데 어쩐지 의심스러워."

"뭐라고? 아몬틸라도 술을 큰 통으로? 정말인가? 사육제가 한창인 이때에."

"그러기에 의심스럽단 말이야. 당신과 상의하지 않고 전액을 지불할 만큼 어리석었어. 당신을 찾을 수 없었고 물건을 잃을까 두려웠지."

"아몬틸라도 술이라고!"

"자신이 없어."

"아몬틸라도 술이란 말인가?"

"아직, 확인이 필요해."

"아몬틸라도라!"

"자네가 바쁠 것 같아서 루케시에게 가는 중이었어. 감정할 수 있는 사람은 당신 말고는 루케시밖에 없을 테니까."

"루케시는 아몬틸라도 술과 셰리 술도 제대로 구분 못 하는 작자야."

"누가 그러던데, 당신에게 지지 않을 정도로 명 감정가라고."

"자, 어서 가세."

"어딜?"

"자네 집 지하실 술 창고로."

"아니, 그럴 수는 없어. 바쁘신 자네의 호의를 이용할 수는 없지."

"나는 아무런 약속이 없어. 그러니 어서 가세."

"아니야. 약속은 그렇다치더라도 감기가 지독한 것 같은데. 술 창고는 습기가 많고 초석으로 덮여 있어."

"그래도 가자고. 추위는 아무것도 아니야. 아몬틸라도라고! 자네 속은 거야. 그리고 루케시는 아몬틸라도와 평범한 셰리도 구별하지 못한단 말이야."

포르투나토는 내 팔을 붙잡고 말했다. 나는 검은 비단 가면을 쓰고 외투를 감싼 채 그가 재촉하는 대로 우리 집을 향했다.

하인들은 1년에 한 번뿐인 축제를 구경하러 나갔고 집에는 아무도 없었다. 나가면서 그들에게 내일 아침까지는 돌아오지 않을 테니 집에서 한 걸음도 나가면 안 된다고 단단히 이른 참이었다.

나는 건물의 튀어나온 부분에 있는 촛대에서 횃불을 두 개 들어 하나를 포르투나토에게 건네주고 이어진 방 몇 개를 지나 술 창고로 통하는 복도로 안내했다. 뒤따르던 손님에게 조심하라고 몇 번이나 말을 걸면서 구불구불한 계단을 내려갔다. 드디어 계단 밑으로 내려와 다다른 곳은 몬트레쇼가 지하 무덤의 축축한 방이었다.

내 친구의 걸음걸이는 불안정했고, 그가 걸을 때마다 피에로 모자에 달린 방울이 울렸다.

그가 말했다.

"술통은?"

내가 대답했다.

"조금 더 가야 해. 한번 살펴보게. 토굴 벽에 거미줄 같이 하얀 것이 반짝이고 있지?"

포르투나토는 나를 향해 몸을 돌렸고, 술에 취한 두 눈으로 내 눈을 들여다보았다.

잠시 후 그가 물었다.

"초석?"

내가 대답했다.

"초석이야. 기침을 시작한 지는 얼마나 됐지?"

"쿨럭! 쿨럭! 쿨럭! 쿨럭! 쿨럭! 쿨럭!"

불쌍한 친구는 몇 분 동안 대답을 할 수 없었다.

"아무것도 아니야."

그가 간신히 대답했고, 나는 엄격한 어조로 말했다.

"그만 돌아가세. 돌아가자고. 무엇보다 건강이 제일이야. 자네는 돈도 있고 사람들로부터 존경도 받고 사랑도 받고 있어. 예전에는 나도 그랬지만 자네는 지금 행복하잖아. 세상이 아끼는 사람이라고. 나 같은 건 아무래도 좋은 사람이야. 돌아가세. 병이 깊어져도 나는 책임을 질 수가 없어. 그리고 루케시가……."

그가 말했다.

"그만! 기침은 아무것도 아니야. 그것은 나를 죽일 수 없어. 나는 기침으로 죽지 않을 거란 말일세."

내가 말했다.

"그래. 알았어. 나도 쓸데없이 자네를 겁줄 생각은 없어. 단, 조심하는 게 최고니까. 이 술을 한 잔 마시면 습기를 이길 수 있을지 몰라."

나는 길게 늘어선 병 가운데 하나를 집어 들고 병마개를 뜯었다. 그에게 내밀었다. 그는 눈을 가늘게 뜨며 입술을 갖다 대고는 다정히 끄덕였다.

"이곳에 고이 잠든 사자들을 위해서 건배."

그는 이렇게 말하고 단숨에 들이켰다.

"그리고 당신의 장수를 위해."

내가 말했고, 그가 다시 내 팔을 잡은 채 앞으로 걸어갔다.

그가 말했다.

"지하실이 꽤 넓은데."

"그럼, 몬트레쇼 가문은 유서 깊은 대가족이었으니까."

"자네 집 문장이 뭐였더라?"

"짙은 감색 바탕에 거대한 황금 인간의 발이 그려져 있고, 그 발이 머리를 쳐든 뱀을 짓밟고, 그 뱀의 이빨이 발뒤꿈치를 물고 있는 그림이지."

"그렇다면 가훈은?"

"나를 해치는 자에게 보복이 있으리라."

"그렇군."

그의 눈은 취기로 반짝였으며 머리의 방울은 끊임없이 울렸다. 술기운이 돌자 내 머리도 뜨거워졌다. 산더미처럼 쌓인 뼈가 벽을 이루고, 크고 작은 술통이 나뒹구는 부근을 지나서 지하 묘지의 가장 깊은 곳에 이르자 걸음을 멈추고 힘껏 포르투나토의 팔을 잡았다. 그리고 말했다.

"초석이야! 보게 점점 더 늘어나고 있어. 이끼처럼 천장에 매달려 있어. 지금 강바닥의 밑까지 온 거야. 습기가 물방울이 돼서 뼈 위로 떨어지고 있어. 안 되겠어. 더 늦기 전에 돌아가세. 게다가 자네 기침이……."

"상관없어. 자, 더 들어가세. 한 잔 더 마시고."

나는 드 그라부주의 주둥이가 좁은 병을 열어 건네주었다. 포르투나토는 단숨에 들이켰다. 그의 눈은 강렬하게 번뜩였다. 커다란 소리로 웃더니 뭔지 알 수 없는 몸짓으로 병을 높이 집어던졌다. 깜짝 놀라 그를 바라보았고, 그는 그 동작을 반복했다.

그가 말했다.

"모르겠나?"

내가 대답했다.

"모르겠어."

"그렇다면 자네는 형제단의 회원이 아니야."

"무슨 소리지?"

"석공조합의 회원이 아니라는 말이야."

내가 대답했다.

"아니, 회원이야. 회원이라고."

"자네가 정말 회원이란 말인가?"

내가 대답했다.

"회원이고말고."

"회원이라는 표식은?"

"이거야."

이렇게 말하며 나는 외투의 끝자락에서 흙손을 꺼내 보였다.

그는 몇 걸음 뒤로 물러서며 외쳤다.

"농담하지 마."

"어쨌든 아몬틸라도가 있는 곳으로 가세."

"그러세."

나는 흙손을 망토에 집어넣고 한 팔을 내밀며 대답했다. 그는 내 팔에 무겁게 매달렸다. 다시 아몬틸라도 탐색을 위해 길을 떠난 우리는 낮은 아치를 지나 토굴에 이르렀다. 그 안의 공기는 매우 축축해서 횃불은 환하게 비추지 못하고 껌뻑거렸다.

토굴 끝에 작은 토굴이 하나 더 있었다. 파리의 지하 무덤처럼 담벼락에는 해골이 천장까지 잔뜩 쌓여 있었다. 토굴의 세 벽은 모두 이처럼 해골로 장식되었고 나머지 담벼락은 무너져 내린 해골들이 흩어진 채 수북하게 모여 작은 산을 이루고 있었다. 이처럼 해골이 치워져 드러나게 된 내부의 더욱 깊은 곳은 깊이 4피트, 폭 3피트, 높이 6,7피트 되는 토굴이었다. 특별한 용도가 있어서 지어진 것이 아니라 이 지하무덤의 지붕을 지탱하는 두 개의 거대한 기둥과 기둥 사이에서 우연하게 형성된 공간인 듯, 그 끝에 있는 벽으로는 지하 무덤을 둘러싼 견고한 화강암이 겹쳐 있었다.

포르투나토가 희미한 횃불을 쳐들어 토굴 구석을 들여다보려고 했지만 좀처럼 보이지 않았다. 희미한 빛은 그 끝까지 밝혀주지 못했다.

내가 말했다.

"들어가세. 아몬틸라도는 여기에 있어. 루케시는……."

"아, 그 녀석은 아무것도 몰라."

친구는 내 말을 끊고 비틀거리며 앞장섰고 나는 뒤를 따랐다. 포르투나토는 잠시 후 토굴 끝에 이르렀는데 앞에 우뚝 솟은 바위를 보고는 더 나가지 못하고 멈춰 섰다. 그 순간 그를 화강암 벽에 묶었다. 벽의 표면에는 U자형 못 두 개가 2피트 사이를 두고 나란히 박혀 있었다. 한쪽에는 짧은 사슬이 다른 한쪽에는 자물쇠가 달려 있었다. 사슬을 그의 허리에 감아 자물쇠를 채우는 일은 1,2초 만에 끝났다. 의표를 찔린 포르투나토는 아무런 저항도 하지 못했다. 나는 열쇠를 뺀 뒤

재빠르게 밖으로 나왔다.

내가 말했다.

"손으로 벽을 문질러보게. 틀림없이 초석이 만져질 거야. 정말 지독한 습기지? 다시 한번 돌아와 달라고 사정해보게. 싫다고? 그럼 그냥 두고 가는 수밖에 없겠군. 그래도 가능한 한 최선을 다해 보살펴주기는 하겠네."

포르투나토는 놀라움에서 벗어나지 못한 채 외쳤다.

"아몬틸라도!"

내가 대답했다.

"이거야말로 아몬틸라도지!"

이렇게 말하며 나는 전에 말했던 뼈 더미 사이로 바쁘게 움직였다. 그것들을 옆으로 던지고 건축용 돌과 회반죽을 발견했다. 이 재료와 흙손의 도움으로 틈새의 입구를 힘차게 벽으로 막기 시작했다.

첫 번째 단을 쌓는 일이 끝날 무렵 포르투나토가 어느 정도 술이 깬 것을 알 수 있었다. 토굴 저쪽 끝에서 가느다란 신음이 들려왔는데 그 소리는 취한 사람의 목소리가 아니었다. 그 뒤 길고 누르는 듯한 답답한 침묵이 흘렀다.

나는 두 번째 층, 세 번째, 네 번째 층을 놓았다. 사슬의 쩔렁쩔렁하는 소리를 들었다. 그 소리는 몇 분 동안 계속되었고, 그동안 더 만족스럽게 그 소리를 들을 수 있도록 수고를 멈추고 뼈 위에 앉았다. 마침내 삐걱거리는 소리가 가라앉았을 때 중단 없이 5단, 6단, 7단을 쌓았다. 벽은 내 가슴과 거의 같은 높이였다. 일손을 멈추고 벽 너머로 횃불을 들어 올려 몇 줄기 빛을 안쪽에 있는 사내에게 던져주었다.

쇠사슬에 묶인 그의 목구멍에서 터져 나오는 크고 날카로운 비명이 나를 격렬하게 밀어내는 것 같았다. 잠깐 머뭇거렸다. 나는 몸을 떨었다. 칼집에서 검을 뽑아 토굴에 찔러 넣고 마구 휘둘러대다가 생각을 고쳐먹었다. 지하 무덤의 견고한 벽에 손을 얹어보고 마음을 놓았다. 아우성치는 그의 고함에 답했다. 소리를 지르기도 하고 그의 말에 수긍하기도 했는데 성량에서나 기백에서나 내가 훨씬 더 위였다.

한밤중에 작업도 대강 끝났다.

여덟 번째, 아홉 번째, 열 번째 단계를 마쳤고, 마지막과 열한 번째 일부까지 끝냈다. 끼우고 회반죽을 칠해야 할 돌이 하나밖에 남지 않았다. 나는 그 무게와 씨름했다. 나는 그것을 예정된 위치에 놓았다. 틈새에서 낮은 웃음소리가 들려왔고 그 웃음소리는 내 머리털을 곤두세웠다. 뒤이어 슬픈 목소리가 들려왔는데, 나는 그것을 고귀한 포르투나토의 목소리로 인식하기 어려웠다. 목소리는 말했다.

"하! 하! 하! 히! 히! 히! 그래 맞아, 아몬틸라도를 마시며, 그런데 너무 늦지 않았나? 집에서 사람들이 기다릴 텐데. 포르투나토 부인을 비롯한 모든 사람이. 이제 그만 돌아가세."

내가 말했다.

"그래, 이제 돌아가세."

"제발 부탁일세. 몬트레쇼."

나는 대답했다.

"그래, 후생을 위해서도!"

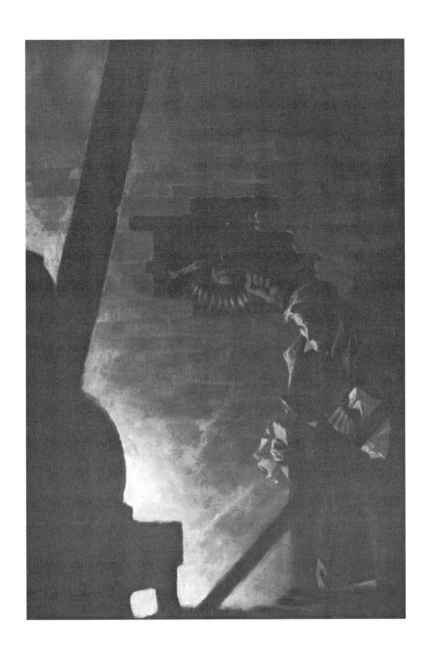

이번에는 대답도 들리지 않았다. 나는 더 기다릴 수가 없어서 소리를 질렀다.

"포르투나토!"

대답이 없었다. 다시 외쳤다.

"포르투나토!"

대답은 없었다. 돌담 틈으로 횃불을 들이밀어 비춰 보았다. 방울이 달랑달랑 흔들렸을 뿐 아무 소리도 들리지 않았다. 지하 무덤의 습기 때문에 가슴이 갑갑해졌다.

나는 빨리 일을 끝내고 마지막 남은 틈을 돌로 틀어막고는 그 위를 석회로 발랐다. 내가 쌓아 올린 새로운 석축 곁을 꽤 오래된 해골로 쌓아 올렸다. 반세기 동안 이곳에 손을 댄 사람은 아무도 없었다. 그가 길이길이 편히 잠들기를!

에드거 앨런 포의 시

까마귀

언젠가 쓸쓸한 한밤중
내가 피로와 슬픔에 젖어
잊힌 전설의, 기묘하고 신비로운
이야기책을 떠올리다가
선잠이 들어 머릴 꾸벅일 때
갑자기 들려왔지.
문 두드리는 소리가ㅡ.
누군가 살며시
나의 방문을 두드리는 소리.
"누가 왔나 봐" 난 혼자 중얼거렸지.
"방문을 두드리기만 하며
딴짓은 않고"

아, 똑똑히 기억나네.
그건 음산한 겨울이었어.
타다 남은 검불 하나하나가
마루 위에 유령처럼
그림자를 새겨 놓았던-.
난 간절히 원했지.
아침이 빨리 와주기를
나의 책에서 슬픔의 마지막 장을
-그 슬픔은 잃어버린 레노어를 위한 것-
찾아내 빌리려 했으나
그것은 헛일이었어.
천사들이 레노어라 이름 지은
세상에 둘도 없는
찬란히 빛나던 그 소녀는
지금은 여기
영원히 이름 없이 누워 있네.

자줏빛 휘장마다

비단결 흐릿한 슬픔이

스치는 소리는

나를 떨게 하네.

한번도 느껴본 적 없던

환상의 공포가

나의 마음을 가득 채우네.

그래서 이제, 두근거리며

뛰는 마음을 가라앉히려

나는 일어서서 되풀이하며 말하네

"어떤 방문객이 문 밖에서

들어오기를 청하고 있군"

"어떤 늦은 방문객이

문 밖에서 들어오기를 청하고 있어"

"그것뿐 아무것도 아니야"

이제 좀 더 단단해진 나의 영혼은
더는 주저하지 않네.
"여보세요. 남자분이든 귀부인이든"
-나는 말했지-
"저의 실례를 용서하소서"
"사실 저는 선잠이 들었고
그렇게도 부드럽게 당신은
문을 두드리며 오셨습니다.
그처럼 약한 소리로
문을 두드리며 오셨습니다.
그래서 제가
그 소리를 잘 듣지 못했습니다"
여기서 나는
방문을 활짝 열어젖혔지.
그곳에는 한밤의 어둠-
그것밖엔 아무것도 없었네.

어둠 속 깊숙이 뚫어보면서
오랫동안 나는 거기 서 있었지.
이상히 여기며, 두려워하며, 의심하며,
전엔 감히 꿈꾸지 못한
이 세상 것이 아닌 것을 꿈꾸면서.
그러나 침묵은 깨어지지 않고
정적은
아무런 계시도 보여 주지 않고
거기 들리는 단 한마디는
속삭이는 음성 "레노어!"
나도 속삭였지,
메아리처럼 웅얼거리는 그 소리 "레노어!"
단지 이것뿐 그밖엔 아무것도 없었네.

몸을 돌려 방으로 돌아와,
내 몸 안 모든 혼이 불타오르자,
곧 나는 다시 들었지,
전보다 더 크게
문 두드리는 소리.
"분명해"
–나는 말했지–
"분명히 저것은
창살에 무엇이 있기 때문이야
그럼 좀 볼까,
거기에 무엇이 있는지,
그래서 이 신비를 밝혀 봐야지
마음을 잠시 진정시킨 후
이 신비를 밝혀 보리라"
"그것은 바람, 아무것도 아니야"

내가 덧창을
갑자기 열어젖혔을 때,
펄럭이며 파닥이며
그곳에서 걸어 나온 건
성스러운 태고로부터 온
위엄 넘치는 갈까마귀.
조금도 경의를 표하지 않고
잠시도 멈추거나 주저치 않고
그는 공작이나 귀부인의 몸가짐으로
내 방 문설주에 걸터앉았다−
문 위에 놓인 팔라스의 흉상 위에
날아올라 걸터앉았지.
다만 그것뿐이었어.

그러고 나서 흑단처럼 새까만

이 새는

그 얼굴 생김생김

신중하고 엄격한 표정으로

내 슬픈 환상을 속여

미소로 변하게 하네.

"볏을 잘라내고 밀어버렸으나

그대는 분명 겁쟁이는 아니로군"

나는 말했지–

"밤의 피안을 떠나 방랑하는

소름 끼치게 냉혹한

태고의 갈까마귀여–

한밤중 지옥의 해변에서는

그대의 고매한 성명이 무엇인지

내게 말해 주구려"

갈까마귀는 말했지.

"이젠 끝이야"

나는 크게 경탄했지.
이 희귀한 새가 그처럼
쉽사리 대답하는 것에
허나 그 대답은 별 의미도 없고
믿을 만한 것도 아니었던 것-.
이제껏 살았던 사람 중에선
침실 문 위에서 새가 앉아
축복하는 걸 본 사람이 없다는 것에
우리 모두 동의하지 않을 수 없기 때문에.
그 침실의 문설주 위
조각된 흉상에
새든 짐승이든 간에
"이젠 끝이야"
따위의 이름을 가지고-.

그러고 나서 흑단처럼 새까만
이 새는
그 얼굴 생김생김
신중하고 엄격한 표정으로
내 슬픈 환상을 속여
미소로 변하게 하네.
"볏을 잘라내고 밀어버렸으나
그대는 분명 겁쟁이는 아니로군"
나는 말했지—
"밤의 피안을 떠나 방랑하는
소름 끼치게 냉혹한
태고의 갈까마귀여—
한밤중 지옥의 해변에서는
그대의 고매한 성명이 무엇인지
내게 말해 주구려"
갈까마귀는 말했지.
"이젠 끝이야"

그러나 그 갈까마귀는
평화로운 흉상에 외롭게 앉아
그 한마디밖엔 말하지 않았지.
그 한마디 속에 그의 영혼을
한꺼번에 쏟아냈다는 듯이.
그 이상 아무 소리도 하지 않고
깃털 하나 펄럭이지 않고 있었네.
내가 혼잣말하는 순간까지도
"다른 친구들이 모두 날아갔었지-.
아침이 되면
저 새도 나를 버리고 떠나가리,
나의 희망들이 그렇게 날아갔듯이"
그러자 그 새는 말했네.
"이젠 끝이야"

그렇게 때맞게 나온 대답으로
정적이 깨어진 데 깜짝 놀라
나는 말했지.
"분명해
저것이 말하는 것은
어떤 불행한 주인에게서 배운-
유일하게 간직한 한마디.
무자비한 재앙의 신에게 쫓겨
더욱더 빨리 쫓겨
그 노래는 마침내
무거운 짐으로만 남았지.
그의 희망이 여신의 슬픈 노래도
음울하고 무거운 짐으로만 남았지
"끝이야- 이젠 끝이야"라는-

그러나 아직도 갈까마귀는
나의 슬픈 마음을 속여
미소로 변하게 하네.
나는 곧장 쿠션 있는 의자를
새와 흉상이 있는 방문 앞으로
굴려다 놓고
푹신한 벨벳 천 위에서
공상과 공상의 사슬을 이어 본다.
이 태곳적 불길한 새의 뜻이
무엇일까를 생각하며ㅡ
이 냉혹하고 희귀하고 소름 끼치고 수척한,
그리고 불길한 태곳적 새가
"이젠 끝이야"라고 울어대는
의미는 무얼까 하고.

이런 나는 추측에 몰두해 있었지만

그 불꽃같은 두 눈으로

내 심장까지 타들어 오는

새에게는

한마디 비치지도 않고-

계속 이처럼 마음속으로

점을 치며 앉아 있었지.

등잔 불빛이 방긋 웃음 짓는

쿠션의 벨벳 장식 위로

편안하게 머리를 기댄 채

그러나 등잔불이 방긋 웃음 짓는

보랏빛 벨벳 장식 위에

그녀는 이제 다시는

기대지 못하네. 아, 이젠 끝이야!

그때 공기가 더욱 짙어지면서
-그렇게 여겨졌다-
향기가 가득 흘러나왔지.
술 장식 달린 방바닥에
희미한 발자국들을 반짝이며
천사들이 흔들고 다닌
향로로부터-.
"비참한 자여" 나는 스스로에게 외쳤네.
"너의 하느님께서 너에게
빌려주셨어.
이 천사들 편에 너에게 보내주셨지.
진통제를-
너의 레노어에 대한 추억으로부터
진통제와 시름 잊게 하는 약을-.
들이켜라, 오, 이 고마운 약을
들이켜고
잃어버린 레노어를 잊어라!"
갈까마귀는 말했네.
"이젠 끝이야"

"예언자여!" 나는 말했지.

"마물이여, 새든 악마든 그러나 예언자여!

신의 뜻으로 보내졌든

폭풍에 날려 왔든

황량한, 마술에 걸린 이곳 황무지

공포의 신이 붙은 이 집에

두려움 없이 날아든 새여!

청하노니 내게

진심으로 말해 주오

있소이까? 길르앗에도

슬픔을 고치는 향이 있는지?

제발 내게 말해 주오"

갈까마귀는 말했네.

"이젠 끝이야"

"예언자여!" 나는 말했지.
"마물이여, 새든 악마든 그러나 예언자여!
우리를 굽어보는 저 천국과
우리 둘 다 섬기는 신에 걸고
슬픔의 무거운 짐을 지고 있는
이 가련한 영혼에게 말해 주오.
저 멀리 에덴에서도
천사들이 레노어라 이름 지은
성스러운 소녀를 껴안을는지-
천사들이 레노어라 이름 지은
세상에 둘도 없이 빛나는 소녀를"
갈까마귀는 말했지.
"이젠 끝이야"

"그 한마디를 우리의
작별 인사로 삼자. 그대가
새든 악마든!"
나는 벌떡 일어나 소리쳤지.
"폭풍 속으로, 밤의 피안으로
돌아가라!
그대의 혼이 말하는 그 거짓을
상징하는 검은 깃털 하나도
남기지 말고!
나의 고독을 깨뜨리지도 말고-
내 문설주 위의 반신상을 떠나라!
나의 심장을 쪼던 부리도
가지고서!
그대의 모습을 나의 문으로부터
거두어라!"
갈까마귀는 말했지.
"이젠 끝이야"

그러고도 갈까마귀는 날아가지 않고

아직도 앉아 있었네.

나의 침실 문 바로 위

팔라스의 창백한 흉상 위에

아직도 앉아 있었네.

그의 두 눈을 꿈꾸고 있는

악마의 온갖 표정을 담고-

새를 훑어 내리는 등잔 불빛이

마루 위에 그의 그림자를

던져주는데

마루 위에 누운 채 떠돌아다니는

나의 영혼은

그 그림자를 떠나서는

두 번 다시 들리우지 못하리라-

"이젠 끝이야"

....

분석_에드거 앨런 포가 1845년에 발표한 시. '레이븐(Raven)'은 엄밀히 말하면 큰 까마귀지만 '갈까마귀'라는 번역 명으로도 유명하다. 미국인 들에게 매우 친숙한 시로, 한국으로 치면 윤동주 시인의 「별 헤는 밤」 정 도의 대중성을 지녔다. 이유는 알 수 없지만, 주인공이 대사를 끝낼 때 마다 까마귀가 대답으로 던지는 "이젠 끝이야"라는 말이 특히 유명하 다. 까마귀 또는 갈까마귀를 원형으로 하거나 관련된 캐릭터가 등장한 다 싶으면 열에 아홉 같이 딸려오는 문장이다.

꿈속의 꿈

이마에 키스를 해라!
그리고 이제 당신과 헤어지면서,
내가 그렇게 맹세하겠습니다-
당신은 틀리지 않습니다.

그러나 희망이 날아가버렸다면
밤이나 낮에,
환상에서나 아무도, 그러므로
덜 사라진 것입니까?
보거나 보이는 모든 것은
꿈속의 꿈에 불과합니다.

나는 파도에 시달리는 해안의
포효 속에 서 있고,
나는 내 손에
황금빛 모래 알갱이를 쥐고 있습니다.

그러나 그들이 어떻게 내 손가락을 통해
깊은 곳으로 기어드는지, 내가 우는 동안,
내가 우는 동안!
오 하느님! 더 꽉 쥐면
잡을 수 없을까?
오 하느님! 무자비한 파도에서 하나를
구할 수 없습니까?
보거나 보이는
모든 것이 꿈속의 꿈입니까?

분석_화자가 인생에서 중요한 것들이 사라지는 것을 지켜보면서 느끼는 혼란을 극화하고 있다. 모래알 하나도 붙잡을 수 없다는 것을 깨달은 그는 모든 것이 꿈에 불과한 것이 아닌가 하는 마지막 질문을 하게 된다.

종소리

Ⅰ.

썰매 종소리를 들어봐

은종이야!

그 멜로디가 얼마나 즐거운 세상을 내다보는지!

딸랑딸랑 딸랑거리네

밤의 차가운 공기 속을!

온 하늘에 별을

흩뿌린 것만 같이

수정 같은 기쁨을 반짝거리네

일정하게, 일정하게, 일정하게

신비로운 리듬으로

그토록 음악적으로 쏟아지는 딸랑 소리

종소리, 종소리, 종소리, 종소리

종소리, 종소리, 종소리로부터

짤랑짤랑, 딸랑딸랑 종소리로부터

II.

감미로운 결혼식 종소리를 들어봐

금종이야!

그 화음이 내다보는 세상 얼마나 행복한가!

밤의 은은한 대기를 통해

종들이 기쁨을 울리는구나!

빛나는 금빛 소리로부터

모든 선율로

맑은 곡조가

귀기울이는 원앙에게까지 퍼지고

그 새는 달에서 살포시 미소 짓네

아, 그 작은 공간을 울려서

이토록 아름다운 소리가 쏟아져 나오다니!

얼마나 벅찬가!

미래에 대한 생각이!

황홀한 기쁨을 이야기한다.

흔들리고 울리기를 재촉하며

종소리, 종소리, 종소리, 종소리의 울림

종소리, 종소리, 종소리, 종소리, 종소리의 울림

종소리, 종소리, 종소리

그 종소리의 울림과 운율!

III.

떠들썩한 경종을 들어봐
동종이야!
무서운 이야기, 자, 소동을 말하고 있어!
한밤에 놀란 귀에
종들이 어찌나 으름장을 놓는지!
말로 하기 너무 무서워
비명만, 비명만 지른다.
가락도 안 맞은 채
고마운 불에 요란스럽게 호소하고
귀머거리 광란의 불을 열심히 타이르며
더 높이, 더 높이, 더 높이 뛰어오른다.
필사적인 갈망과
굳은 노력으로
이제, 이제 창백한 얼굴의 달 옆자리에
앉거나 말거나.
아, 종소리, 종소리, 종소리!
공포에 질린 소리가
절망에 대해 이야기하는구나!
뎅그렁거리고, 부딪치고, 울부짖는구나!
두근거리는 대기의 가슴에

쏟아 내는 그들의 공포!
그러나 귀는 확실히 알고 있다.
튕기고 뎅그렁거리면서
위험이 차고 지는 것을.
귀는 분명히 말한다.
딸랑거리고 입씨름하며
위험이 가라앉았다 커지는 것을
화난 종소리가 가라앉았다 커졌다가
화난 종소리
종소리, 종소리, 종소리, 화난 종소리
왁자지껄 소란스러운 종소리!

IV.
종소리가 울리는 것을 들어봐
쇠종이야!
저 만가가 얼마나 엄숙한 생각을 끌어내는지!
적막한 밤에
우리는 공포에 떨고
종소리는 음울하게 위협하네!
목구멍에 낀 녹으로부터 퍼져 나오는
모든 소리가 신음하네

그리고 사람들은 -아 사람들은-
뾰족탑 위에 사는 그들은
모두 혼자
그리고 그들은 둔탁하고 단조로운 소리로
울리고, 울리고, 울리고
인간의 마음에 돌을 구르고
기쁨을 느끼네.
그들은 남자도 여자도 아니야.
그들은 짐승도 인간도 아니야.
그들은 도굴꾼이야.
그들의 왕, 그가 울린다.
그는 울리고, 울리고, 울리고
울린다.
기쁨의 종소리를!
그리고 그의 즐거운 가슴은
기쁨의 종소리로 부풀어 오른다!
그리고 그는 춤추고, 그는 고함친다.
일정하게, 일정하게, 일정하게
신비로운 운율로
기쁨의 종소리
종소리

일정하게, 일정하게, 일정하게

신비로운 운율로

두근거리는 종소리

종소리, 종소리, 종소리

흐느끼는 종소리

일정하게, 일정하게, 일정하게

그는 무릎 꿇고, 무릎 꿇고, 무릎 꿇고

신비로운 운율로

종을 구르고

종소리, 종소리, 종소리

종을 울리고

종소리, 종소리, 종소리, 종소리

종소리, 종소리, 종소리

한탄하고 신음하는 종소리.

분석_ 포가 사망할 때까지 출판되지 않은 의성어 시다. 이 시는 다양한 방식으로 해석될 수 있으며, 그중 가장 기본적인 것은 단순히 종이 낼 수 있는 소리와 그 소리가 불러일으키는 감정을 반영하는 것이다. 예를 들어 "종소리, 종소리, 종소리 / 종소리, 종소리!"에서는 무수한 교회 종소리가 떠오른다. 이 시는 젊음의 민첩함에서 나이가 들어감에 따라 고통에 이르기까지의 삶을 표현한다. 시의 어조에서 커지는 광란과 함께 커지는 절망이 강조된다.

나 홀로

어린 시절부터 전 남들이 하는 것처럼
살아보질 못했습니다.
세상을 남들이 보는 것처럼
보지 않았습니다.
나의 열정을
공동의 샘에서 길어오지 않았습니다.
공동의 근원에서 제 슬픔을
꺼내지 않았고요.
같은 선율이
제 마음을 기쁨으로 깨우게 하지 못했습니다.
제가 사랑한 것은 모두 다 저 홀로 사랑했죠.
그때
제가 어렸을 적.
풍파에 얼룩진
삶의 새벽에
끌어냈지요.

선과 악의 모든 골짜기에서

아직도 나를 사로잡고 있는 그 신비를.

급류나 샘에서

산의 붉은 벼랑에서

가을 황금빛 색깔로

나의 주위를 돌았던 태양에서

스쳐 날아갔던

하늘의 번갯불에서

우레와 폭풍

그리고 (나머지 하늘은 푸른데)

나에겐 악령처럼 보였던

구름에서.

분석_이 시는 포의 생애 동안 출판되지 않은 채로 남아 있었다. 원고에는 'E. A. Poe'라는 서명이 있고, 시인의 자서전으로 해석되어 작가의 고립감과 내면의 고통을 표현하고 있다. 시인 대니얼 호프먼은 「나 홀로」가 "포가 정말로 귀신 들린 사람"이라는 증거라고 믿었다. 그러나 이 시는 포가 4살이었을 때 쓴 어린 시절에 대한 성찰이다.

엘도라도

게일리 베드라이트,
용감한 기사,
햇빛과 그림자 속에서,
긴 여행을 했더라면,
노래를 부르고,
엘도라도를 찾아서.

하지만 그는 늙어 갔다.
이 기사는, 너무나도 대담한
그리고 그의 마음에는 그림자가 드리워져 있다.
그가 발견하자마자 쓰러졌다.
땅의 반점이 없다.
엘도라도처럼 보였다.

그리고 그의 힘으로

마침내 그를 실망시켰고,

순례자의 그림자를 만났다.

'그림자,'

그가 말했다.

'어디 있니? 이 엘도라도의 땅?'

'산 너머 달의,

어둠의 계곡 아래로,

타고,

대담하게 타고'

그늘이 대답했다.

'엘도라도를 찾는다면!'

분석_전설적인 엘도라도를 찾는 '용감한 기사'의 여정을 묘사하고 있다. 기사는 이러한 탐색에 일생을 보낸다. 노년기에 마침내 '그림자의 계곡'을 통과하는 길을 가리키는 '순례자 그림자'를 만난다. 이 시는 세스테트(sestets)로 알려진 4개의 6줄 연으로 구성된 내러티브이다. 포는 각 연의 중간에 그림자라는 용어를 사용한다. 그러나 단어의 의미는 사용할 때마다 바뀐다. 첫째는 태양이 가려진 문자 그대로의 그림자이다. 두 번째는 우울함이나 절망을 의미한다. 세 번째는 유령을 나타낸다. 마지막 '그림자의 계곡'은 '죽음의 그림자의 계곡'을 언급하는데, 이는 엘도라도(또는 재물)가 살아 있는 세계에 존재하지 않거나 물리적 영역에서 찾기가 극히 어려울 수 있음을 암시한다. 엘도라도는 또한 세속적이고 노란 금속이 아니라 실제로 영혼의 거처에 존재할 가능성 있는 보물로 해석될 수 있다. 이 '영적' 보물은 마음의 보물, 즉 지식, 이해, 지혜다.

애너벨 리

아주 여러 해 전
바닷가 어느 왕국에
당신이 아는지도 모를 한 소녀가 살았지.
그녀의 이름은 애너벨 리
날 사랑하고 내 사랑을 받는 일밖엔
소녀는 아무 생각도 없이 살았네.

바닷가 그 왕국에선
그녀도 어렸고 나도 어렸지만
나와 나의 애너벨 리는
사랑 이상의 사랑을 하였지.
천상의 날개 달린 천사도
그녀와 나를 부러워할 그런 사랑을.

그것이 이유였지, 오래전,
바닷가 이 왕국에선
구름으로부터 불어온 바람이
나의 애너벨 리를 싸늘하게 했네.
그래서 명문가 그녀의 친척들은
그녀를 내게서 빼앗아 갔지.
바닷가 왕국
무덤에 가두기 위해.

천상에서도 반쯤밖에 행복하지 못했던
천사들이 그녀와 날 시기했던 탓.
그렇지! 그것이 이유였지
(바닷가 그 왕국 모든 사람들이 알 듯).
한밤중 구름으로부터 바람이 불어와
그녀를 싸늘하게 하고
나의 애너벨 리를 숨지게 한 것은.

하지만 우리들의 사랑은 훨씬 강한 것
우리보다 나이 먹은 사람들의 사랑보다도
우리보다 현명한 사람들의 사랑보다도
그래서 천상의 천사들도
바다 밑 악마들도
내 영혼을 아름다운 애너벨 리의
영혼으로부터 떼어내지는 못했네.

달도 내가 아름다운 애너벨 리의

꿈을 꾸지 않으면 비치지 않네.

별도 내가 아름다운 애너벨 리의

빛나는 눈을 보지 않으면 떠오르지 않네.

그래서 나는 밤이 지새도록

나의 사랑, 나의 사랑, 나의 생명,

나의 신부 곁에 누워만 있네.

바닷가 그곳 그녀의 무덤에서

파도 소리 들리는 바닷가 그녀의 무덤에서.

분석 포가 아내 버지니아 클렘을 병으로 잃고 애도하며 쓴 비가이자 마지막 시이다. 「까마귀」, 「울랄루메」, 「낙원에 있는 한 분에게」를 포함한 다른 시들과 마찬가지로 「애너벨 리」는 아름다운 여인의 죽음이 주제이며, 포는 이를 '세계에서 가장 시적인 주제'라고 불렀다. 포의 다른 작품에 나오는 여성들과 마찬가지로 그녀는 젊은 나이에 결혼하고 병에 걸린다. 이 시는 유난히 강한 이상적인 사랑에 초점을 맞춘다. 사실, 화자의 행동은 애너벨 리를 사랑할 뿐만 아니라 그녀가 죽은 후에야 그녀를 숭배한다는 것을 보여 준다.

에드거 앨런 포 단편선

초판 1쇄 인쇄 2024년 10월 25일
초판 1쇄 발행 2024년 10월 30일

—

지은이 에드거 앨런 포
편 역 김성진
펴낸이 김호석
편집부 이면희
마케팅 오중환
경영관리 박미경
영업관리 김경혜

—

펴낸곳 도서출판 린
주소 경기도 고양시 일산동구 무궁화로 20-18 하임빌로데오빌딩 502호
전화 (02) 305-0210
팩스 (031) 905-0221
전자우편 dga1023@hanmail.net
홈페이지 www.bookdaega.com

—

ISBN 979-11-92575-98-8 (03840)